UND WENN ES LIEBE IST

Neuengland-Reihe, Buch 4

Von Marie Force

Übersetzt aus dem amerikanischen Englisch von Bettina Ain

Originaltitel: Coming Home © 2012 Marie Force

Copyright für die deutsche Übersetzung: Und wenn es Liebe ist © 2017 Bettina Ain

Lektorat: Ute-Christine Geiler, Birte Lilienthal, Agentur Libelli GmbH

Deutsche Erstausgabe

Dieses E-Buch ist nur für Ihren persönlichen Gebrauch lizensiert. Es darf nicht weiterverkauft oder -verschenkt werden. Wenn Sie dieses Buch mit einer anderen Person teilen wollen, erwerben Sie bitte eine weitere Kopie für jede Person, die es lesen soll. Wenn Sie dieses Buch lesen, es aber nicht für Ihren alleinigen Gebrauch gekauft worden ist, kaufen Sie bitte eine eigene Version. Vielen Dank, dass Sie die Arbeit des Autors respektieren.

Alle Rechte vorbehalten. Kein Teil dieses Buches darf ohne Zustimmung der Autorin nachgedruckt oder anderweitig verwendet werden.

Die Ereignisse in diesem Buch sind frei erfunden. Die Namen, Charaktere, Orte und Ereignisse entspringen der Fantasie der Autorin oder wurden in einen fiktiven Kontext gesetzt und bilden nicht die Wirklichkeit ab. Jede Ähnlichkeit mit lebenden oder toten Personen, tatsächlichen Ereignissen, Orten oder Organisationen ist rein zufällig.

Cover:

Buchdesign und Satz: Courtney Lopes

KAPITEL 1

Die Finsternis übermannte sie dieses Mal schneller, zu schnell, als dass sie sich dafür hätte wappnen können, bevor sie sie einhüllte. Grelle Lichter, die schreiende Menge, die Band hinter ihr … Im einen Augenblick befand sich Kate Harrington mitten in der Show. Im nächsten lag sie im Krankenwagen und wurde – wieder einmal – so rasch wie möglich in die Notaufnahme gebracht.

Zum dritten Mal, seit die Lungenentzündung sie geschwächt hatte, war sie ohnmächtig geworden, aber zum ersten Mal war es ihr auf der Bühne vor zwanzigtausend kreischenden Fans passiert.

Mit großen, ängstlichen Augen verfolgte ihre Schwester Jill, wie die Sanitäter sie an den Tropf hängten und ihr eine Sauerstoffmaske aufsetzten.

Kate wusste nicht mehr, wo sie waren. In den vergangenen zehn Jahren hatte sie zu viele Städte, zu viele Hotels, zu viele Veranstaltungsorte, zu viele Menschenmengen besucht, die alle zu einem Durcheinander verschmolzen. Als sie daran dachte, was für eine Berichterstattung dieser Vorfall bei den Medien auslösen würde, unterdrückte sie ein Stöhnen. Wie ein Rudel wilder Hunde folgten die Paparazzi jedem ihrer Schritte. Mitten im Konzert zusammenzubrechen war für sie sicher ein gefundenes Fressen.

Sie schob die Maske beiseite. »Ruf Mom und Dad an, damit sie davon nicht aus den Nachrichten erfahren«, bat sie ihre Schwester, die als ihre Managerin und Anwältin fungierte.

»Okay«, versprach Jill und holte das Handy hervor, das bereits als ihr siamesischer Zwilling bezeichnet wurde, weil sie sich nie davon trennte.

Während der Krankenwagen durch die nächtliche Stadt raste, an deren Namen Kate sich beim besten Willen nicht erinnerte, konnte sie sich gut vorstellen, wie die Gerüchte dieses Mal ins Kraut schießen würden. Ihr war bereits alles Mögliche nachgesagt worden – von Kokainsucht über geheime Schwangerschaften bis hin zu Misshandlung ihrer Angestellten. Nichts ging zu weit. Keine Lüge war zu ungeheuerlich oder absurd. So verlief das Leben, wenn man im Rampenlicht stand.

Obwohl sie auf eine Karriere in der Countrymusik gehofft hatte, war es ihr »Cross-over«-Reiz, der aus ihr einen großen Star gemacht hatte – viel größer, als sie es sich je hätte träumen lassen oder sie jemals hätte sein wollen. Im letzten Jahrzehnt hatte sie mehr Platten verkauft als alle anderen Sängerinnen der Welt, und dieser Erfolg hatte ihr ein nimmermüdes Interesse an jedem ihrer Atemzüge eingebracht.

Nachdem die Lungenentzündung sie dazu gezwungen hatte, ihre Auftritte für zwei Wochen abzusagen, waren die Mutmaßungen über ihr Privatleben immer schlimmer geworden – man hatte sogar behauptet, sie wäre in der Entzugsklinik, um von jahrelangem Drogenmissbrauch loszukommen –, weshalb sie ihre Tour viel zu früh fortgesetzt hatte, in der Hoffnung, den bösartigen Gerüchten alle Nahrung zu entziehen.

Ihr Vorhaben, wieder zu arbeiten und dem Klatsch und Tratsch einen Riegel vorzuschieben, hatte recht gut funktioniert, bis sie vorhin auf der Bühne das Bewusstsein verloren hatte. Jetzt würde das Gerede wieder auflodern und noch schlimmer werden als je zuvor.

Wenn es nicht ein solches Ärgernis wäre, sich damit zu befassen, würde sie das Ganze vermutlich fast lustig finden. Sie war ohne jeden Zweifel der langweiligste Star in der Geschichte aller Stars. Ihr Leben bestand nur aus ihrer Arbeit. Nachdem ein paar eklatant öffentliche Romanzen im Sande verlaufen waren, hatte sie den Männern abgeschworen, ganz besonders Männern, die selbst prominent waren.

Wenn sie nicht arbeitete, verkroch sie sich auf ihrem Anwesen in Tennessee mit ihren Pferden, ihrer Familie und ihren engen Freunden – so wenige es auch waren.

Als Langweiler verkaufte man natürlich keine Magazine, daher war das meiste von dem, was man über sie in die Welt setzte, frei erfunden. Für die Öffentlichkeit war sie nur eine weitere Tabletten schluckende, Koks schnupfende, verwöhnte Prinzessin, die viel zu früh viel zu viel Erfolg gehabt hatte. Die Menschen, die ihr am nächsten standen, kannten die Wahrheit, aber manchmal befürchtete sie, dass auch ihre eigene Familie sich wunderte, ob an den Gerüchten nicht doch etwas dran war.

Nachdem sie das Krankenhaus erreicht hatten und sie reingebracht worden war, hörte sie, wie jemand Oklahoma City erwähnte, und da fiel ihr wieder ein, wie sie mit Jill in ihrem Hotelzimmer angekommen war und anschließend den Soundcheck in der Chesapeake Energy Arena durchgeführt hatte.

Sie erinnerte sich noch, wie sie Jill gefragt hatte, ob sie das Denkmal beim Murrah-Gebäude besuchen könnten, und an Jills Antwort, dass keine Zeit dafür wäre, bei einem solchen Ausflug ihre Sicherheit zu gewährleisten. Kate hatte schon jede größere Stadt in den USA und zahlreiche in Übersee besucht, hatte aber kaum etwas von der Landschaft oder den Sehenswürdigkeiten zu Gesicht bekommen. Entweder die Arbeit oder die notwendigen Sicherheitsvorkehrungen hatten sie stets davon abgehalten.

Diese Tournee im Spätherbst war die Idee ihres Mentors, Freunds, Produzenten und Superstarkollegen Buddy Longstreet gewesen. Er und seine Plattenfirma Long Road Records hatten sie zum Star gemacht, und es gab kaum etwas, was sie nicht für Buddy tun würde, wenn er sie um einen Gefallen bat. Deshalb fand sie sich direkt nach der Sommertournee auf einer zweiten Tour wieder, die am Neujahrsabend in New York enden sollte.

Da sie im Augenblick kaum ihren Kopf heben konnte, erschien ihr der Gedanke daran, in ein paar Wochen in der Carnegie Hall aufzutreten, so beklemmend, wie den Mount Everest zu besteigen. Ihre Brust schmerzte, ihre Lider waren so schwer, dass sie kaum die Augen offen halten konnte, und ihr war, als könnte sie ein Jahr lang schlafen.

Der Stich der Kanüle, die ihr in den Handrücken geschoben wurde, zwang sie dazu, die Augen zu öffnen, während ein Team aus Ärzten und Krankenpflegern sich auf sie stürzte. Vor der Kabine erkannte sie Jill, die am Handy hing und auf ihren hohen Absätzen und in ihrem Kostüm auf und ab lief, das sie wie eine Uniform trug. Da Kate ihre Schwester selten anders gekleidet erlebte, neckte sie sie gerne damit, dass sie darin wohl auch schlief.

In Wahrheit wusste sie nicht, wie sie ohne Jill zurechtkommen sollte, die sich um alle Einzelheiten kümmerte, Verträge aushandelte, Kämpfe austrug und das Team leitete, das all dies ermöglichte. Dank Jill musste Kate nur aufkreuzen und singen. Die Sorge, dass ihre Schwester ihr eigenes Leben aufgab, um sich um sie zu kümmern, beschäftigte Kate häufiger, als sie zugeben wollte. Da es für sie aber unvorstellbar war, das alles ohne Jill an ihrer Seite zu schaffen, schwieg sie sich über das Thema aus, aber Jill hatte sich auch noch nicht beschwert.

Sie schuftete wie eine Irre und strich das großzügige Gehalt ein, das ihre Schwester ihr zahlte, aber Kate fragte sich, ob sie jemals auch nur einen Cent davon ausgab, um sich etwas anderes als Kostüme, Stöckelschuhe oder das neueste Smartphone zu kaufen. Sie blieben beide irgendwie nie lange genug zu Hause, um etwas von dem Geld auszugeben, das sie über die Jahre verdient hatten.

In dem Moment, als sie bemerkte, dass ihre ältere Schwester sich eine Träne wegwischte, wurde es ihr endgültig zu viel. Jill weinte nicht. Nie. Jill war ihre Stütze, ihr Fels in der Brandung. Der Druck drohte sie zu überwältigen, und es war an der Zeit, eine Weile aus dem Hamsterrad herauszukommen.

Wegen der Medikamente, mit denen man sie vollgepumpt hatte, fühlte sich ihre Zunge in ihrem Mund zu groß an, aber ihre Gedanken waren glasklar. Es reichte. Bilder von ihrem riesigen Anwesen im Blockhausstil, das sie vor fünf Jahren auf ihrem ausgedehnten Grundstück in Hendersonville errichtet hatte, erschienen vor ihrem geistigen Auge, und sie sehnte sich nach ihrem Zuhause.

Sie musste eingedöst sein, denn als sie aufwachte, lag sie in einem dunklen Zimmer. Sie blinzelte ein paarmal, um wieder klar sehen zu können, und entdeckte Jill, die am Fenster stand und in die Finsternis starrte.

»Hi«, sagte Kate zu ihr.

Jill fuhr zu ihr herum. »Du bist wach.«

»Wie lange habe ich geschlafen?«

»Ein paar Stunden. Sie haben dich eingeliefert, weil du dehydriert warst. Deshalb bist du ohnmächtig geworden.«

»Ich bin ganz schön durstig.«

Jill half ihr, etwas von dem kalten Wasser zu trinken, das auf dem Tisch stand.

»Wo sind wir?«

»Im St.-Anthony-Krankenhaus.«

»Dreht die Presse schon durch?«

Jill zuckte die Achseln. »Ich hab nicht nachgesehen.«

»Doch, hast du«, widersprach Kate mit einem kleinen Lächeln. »Schwindel mich nicht an.«

»Sie sind außer Rand und Band, wie immer, wenn es um dich geht. Dieses Mal behaupten sie, dass es eine Mischung aus Tabletten und Alkohol war.«

»Ich wünschte, ich hätte nur halb so viel Spaß, wie sie mir andichten.«

»Ich wünschte, das hätten wir beide.«

»Es ist höchste Zeit, dass wir uns mal amüsieren, meinst du nicht? Lass uns mit diesem Irrsinn aufhören und nach Hause fahren.«

Jills Augen weiteten sich, und ihr stand der Mund offen. »Was willst du damit sagen?«

»Ich habe die Nase voll, Jill. Wir waren überall, haben alles getan, haben ein Vermögen angehäuft. Es ist an der Zeit, dass wir ein wenig leben. Wie viele Nächte hast du in deinem Haus verbracht, seit es fertiggestellt worden ist?«

Sie hatte ihre Schwester vor ein paar Jahren damit überrascht, dass sie ihr über einen Hektar Fläche auf ihrem Grundstück für ein eigenes Haus anbot. Nachdem sie erst gezögert hatte, ein solch extravagantes Geschenk anzunehmen, war das Anwesen exakt nach Jills Vorstellungen errichtet worden.

»Keine Ahnung. Einen Monat, vielleicht zwei?«

»Dabei steht es schon seit einem Jahr. Das ist doch lächerlich. Was wollen wir denn beweisen? *Wem* wollen wir es beweisen?«

»Du stehst unter Vertrag, Kate. Du hast Verpflichtungen. Buddy rastet aus, wenn du die Tournee abbrichst.«

»Ich kann mir ein Attest von meinem Arzt geben lassen«, erwiderte sie mit einem übermütigen Lächeln.

»Du könntest verklagt werden. Das ist kein Witz.«

»Ich scherze nicht. Sollen sie mich doch verklagen. Ich brauche eine Pause. Eine richtige Pause. Ich möchte mal monatelang zu Hause bleiben. Zu Weihnachten möchte ich die Familie nach Tennessee holen. Ich will Mom, Dad, Andi, Aidan, die Jungs und Maggie sehen und viel mehr Zeit mit ihnen verbringen als nur vierundzwanzig hastige Stunden zwischen einem Tourneehalt und dem nächsten. Wünschst du dir das nicht auch?«

»Das weißt du doch, aber im Moment ist das einfach nicht möglich. Wir haben noch dreißig Termine im Kalender stehen, bevor wir fertig sind.« Sie erwähnte nicht, dass sie danach nur ein paar Tage freihatten, bevor sie ins Studio mussten, um Kates sechstes Album aufzunehmen. Anschließend stand schon die nächste Tournee an. »Wie soll ich dich aus all diesen Verpflichtungen boxen?«

»Wenn das jemand schafft, dann du. Dieser Entschluss ist längst überfällig. Ich hätte ihn schon fassen sollen, nachdem ich krank geworden bin. Stattdessen bin ich zu früh wieder aufgetreten und vor einer ganzen Arena voller Leute umgekippt, was der Presse wochenlang Nahrung bietet. Ich hab es satt, Jill.«

»Jetzt, oder für immer?«

»Das weiß ich noch nicht. Aber auf jeden Fall jetzt. Nachdem ich mal eine Pause hatte, lass ich dich wissen, ob es auch für immer ist.«

»Das könnte dich in große Schwierigkeiten bringen, schlechte PR …«

Kate stieß ein harsches Lachen aus. »Gibt es denn eine andere PR, wenn es mich betrifft?« Sie griff nach der Hand ihrer Schwester und drückte sie. »Wir sind achtundzwanzig und neunundzwanzig Jahre alt, und die letzten fünf Jahre haben wir so schwer geschuftet, dass es uns irgendwann in ein frühes Grab bringen wird. Wir haben Millionen auf dem Konto, wunderschöne Häuser, für die wir Leute einstellen, die sie für uns putzen, schicke Autos, die ungenutzt in der Garage stehen, Pferde, die von Leuten geritten werden, die wir dafür bezahlen, und fünf kleine Brüder, die viel zu schnell älter werden und uns kaum noch kennen.«

Jill nagte an ihrer Unterlippe und wirkte angespannt, während sie Kate zuhörte.

»Seit du dein Jurastudium beendet hast und für mich arbeitest, hattest du keinen Tag Urlaub. Auch ich hatte schon so lange keinen mehr, ich glaube, der letzte war zu Weihnachten in meinem letzten Highschool-Jahr. Es ist an der Zeit, mal etwas zu *leben*. Was nützt uns das ganze Geld, wenn wir uns nie etwas gönnen? Willst du dich denn nicht *amüsieren*, Jill?«

Es gab da noch etwas anderes, das Kate unternehmen wollte, etwas, das sie schon vor langer Zeit hätte erledigen sollen, aber das war ihr ganz eigenes Geheimnis. Das war nichts, was sie jemandem sagen konnte, nicht mal ihrer Schwester oder engsten Freundin.

»Unsere Arbeit macht mir Spaß«, erwiderte Jill. »Ich genieße sie, genau wie du, wenn es dir gut geht.«

»Sie macht mir schon lange keinen Spaß mehr – lange bevor ich krank geworden bin.« Es fühlte sich befreiend an, die Worte laut auszusprechen. »Ich komme mir vor, als wäre ich in einer Tretmühle gefangen, und jeder Tag verläuft genauso wie der davor. Das Einzige, was sich ändert, sind die Stadt und der Veranstaltungsort.«

»Was ist mit der Band und den Roadies und all den anderen, die von deinen Auftritten leben?«

»Den Roadies und den Leuten von der Tournee geben wir eine hübsche Abfindung, und die Band bezahlen wir, damit wir noch sechs Monate haben, bevor sie bei jemand anderem unterschreibt. Meinst du nicht, dass sie es begrüßen würden, etwas Zeit zu Hause bei ihren Familien zu verbringen? Einige von ihnen haben Kinder, von denen sie kaum erkannt werden, weil sie nur so selten zu Hause sind.«

Jill tippte sich mit dem Zeigefinger ans Kinn, während sie darüber nachdachte. Ihr Verstand arbeitete rasend schnell, weshalb sie für Kate so unersetzlich war. Nach ein paar Minuten sah Jill ihre Schwester an. »Lass mich mal schauen, was ich tun kann.«

* * *

Verdammt, es tat gut, wieder zu Hause zu sein, dachte Kate, als sie auf ihrem Pferd Thunder langsam durch die Wälder ritt, die an ihr Grundstück zwanzig Minuten außerhalb von Nashville angrenzten. Mit seinen dreizehn Jahren zeigte Thunder keinerlei Anzeichen von Altersmüdigkeit und hatte nichts von seiner Begeisterung für die Ausflüge mit Kate verloren.

»Wir werden in nächster Zeit viel mehr Zeit miteinander verbringen, Junge«, versprach sie ihm und strich ihm über den Hals, während er über den ausgetretenen Pfad lief.

Zur Antwort wieherte er leise, was ihr ein Lächeln entlockte. Sie könnte schwören, dass er ein Mensch, gefangen in einem Pferdekörper, war, und es machte sie froh, wieder bei ihm zu sein.

Wie so oft, wenn sie auf Thunder ritt, schweiften ihre Gedanken zu dem Mann, der ihr das Pferd geschenkt hatte, nachdem ihre bittersüße Affäre zu Ende gegangen war. Wie sie feststellte, war es unmöglich, Zeit mit Thunder zu verbringen, ohne an Reid und die magischen Monate zu denken, die sie miteinander geteilt hatten.

Kate hielt nichts davon, Dinge zu bedauern. Sie war mittlerweile pragmatisch genug, um zu wissen, dass das Leben unglaublich schön und genauso unglaublich schmerzhaft sein konnte. Über zehn Jahre war es her, dass sie Reid an jenem schrecklichen Tag zum letzten Mal gesehen hatte, an dem er sie nach Hause, nach Rhode Island, geflogen hatte, weil ihre Schwester Maggie sich schwer verletzt hatte.

Es war kein Tag vergangen, an dem sie nicht an ihn gedacht und sich gefragt hatte, wo er war, was er gerade machte, ob er glücklich war. In einem einsamen Moment auf Tournee vor sechs Jahren hatte sie eines Abends im Internet nach ihm gesucht und rausgefunden, dass er kurz nach ihrer Trennung sein Geschäft verkauft und Nashville verlassen hatte.

Für die zehn Jahre, die gefolgt waren, fand sich online kein weiterer Hinweis auf ihn. Als wäre er vom Erdboden verschluckt, weshalb sie ihre Schwester gleich um etwas bitten würde, was sie eigentlich allein erledigen wollte.

Sie brachte Thunder vor Jills zweistöckigem Holzhaus zum Stehen. Dort rutschte sie von seinem Rücken und schlang die Leine um das Geländer. Sie rieb ihm über die Flanke und versicherte ihm: »Dauert nicht lange, Kumpel.«

Er schmiegte sich wiehernd an sie, worüber sie lachen musste. Manchmal hatte sie das Gefühl, als würde sie das Pferd, das sie in letzter Zeit nur noch selten sah, besser verstehen als alle anderen in ihrem Leben, Jill einmal ausgenommen. Seit sie klein gewesen waren, kannte Jill sie am allerbesten, weshalb Kate sich sicher war, dass sie sich gegen das sperren würde, worum sie sie bitten wollte. Dennoch war sie entschlossen, es zu versuchen.

Leise klopfte sie an die Haustür und trat ein. »Hallo?«

»Hier drinnen«, rief Jill aus der Küche.

Kate begab sich zu ihr, blieb aber abrupt stehen, denn Jill saß in Bürokleidung an ihrem Laptop, und auf dem Tisch lagen überall Papiere verstreut. Eine dampfende Teetasse stand unbeachtet neben ihr. »Okay, welchen Teil von ›Urlaub‹ hast du nicht verstanden?«

Jill blickte zu ihr auf. »Du bist vielleicht im Urlaub, aber ich muss immer noch dafür sorgen, dass dein Hintern nicht von Hinz und Kunz vor Gericht gezerrt wird.«

Kate warf einen Blick über ihre Schulter, als würde sie nach ihrem Hintern schauen.

»Mach dich nicht darüber lustig. Das ist kein Witz. Buddy ist stinksauer auf dich, und Ashton ebenfalls.«

»Das ist nichts Neues«, erwiderte Kate, denn Reids Sohn hatte ihr in den letzten zehn Jahren jedes Mal die kalte Schulter gezeigt, wenn sie sich begegnet waren. Da er der oberste Anwalt von Buddy, Buddys Superstar-Ehefrau Taylor Jones und Long Road Records war, kreuzten sich ihre Wege öfter, als ihr lieb war.

»Trotz seiner anhaltenden Fehde mit dir setzt er Himmel und Erde in Bewegung, um einen Ansturm von Klagen zu verhindern.«

»Das tut er nicht für mich, sondern für Buddy und seine Firma.«

»Wen kümmert das? Das Ergebnis wird dir Millionen sparen.«

Da Kate sich seit ihrer Rückkehr vor zwei Tagen auf Ruhe und Entspannung konzentriert hatte, waren drohende Klagen das Letzte, wovon sie hören wollte.

»Erinnerst du dich noch an die Jeans, die wir in der Mall of America gekauft hatten? Die hast du doch bestimmt noch irgendwo hier rumliegen.«

»Ich habe sie noch.«

»Du bist also nur im Businesskostüm produktiv.«

»In etwas mehr als einer Stunde habe ich ein Meeting in der Stadt.«

Kate holte sich eine Cola Light. »Mit wem?«

»Ashton.«

Hier ist deine Chance, dachte Kate, und Nervosität breitete sich in ihrem Magen aus. *Sprich es einfach aus.* »Also, äh …«

Ohne von ihrer Tätigkeit aufzusehen, wollte Jill wissen: »Was ›Also, äh‹?«

Kate ließ sich ihrer Schwester gegenüber auf einen Stuhl fallen.

Da nahm Jill die goldgerahmte Brille ab, die sie trug, wenn sie am Computer arbeitete, und lehnte sich zurück. »Was hast du auf dem Herzen?«

»Ich frag mich nur … Wenn du mit Ashton sprichst, äh …«

»Spuck es aus. Ich habe keine Zeit.«

»Du solltest im Urlaub sein.«

»Raus damit. Sofort.«

Wie sollte sie jahrelanges Sehnen und Bedauern in einen Satz packen?

»Stimmt was nicht, Kate?«

Stimmte denn nicht jeden Tag etwas nicht, den sie ohne ihn verbrachte? Hatte nicht jeder Mann, dem sie nach ihm nähergekommen war, darin versagt, es mit der Erinnerung an ihn aufnehmen zu können? War sie nicht immer wieder enttäuscht worden, wenn sie erfolglos versucht hatte, sich erneut zu verlieben? »Bittest du ihn um die Kontaktdaten seines Vaters?«

Jill fiel kurz die Kinnlade runter, doch sie schloss den Mund gleich wieder. »Das ist dein Ernst.«

»Ja.«

»Warum?«

»Weil es da etwas gibt, über das ich mich mit ihm unterhalten will. Etwas Persönliches.«

»Und du glaubst, dass Ashton, der dir nie vergeben hat, dass du überhaupt erst mit seinem Vater zusammen warst, dir diese Information einfach so aushändigen wird?«

»Da kommst du ins Spiel. Deine Überredungskünste sind legendär.«

Jill schüttelte den Kopf. »Ich fühle mich nicht wohl dabei, ihn darum zu bitten. Unsere Beziehung ist rein beruflich, und das ist ein sehr persönliches Thema.«

»Ich weiß, dass ich hier viel von dir verlange. Mir ist klar, dass ich stets viel von dir erwarte, aber ich muss mit ihm reden.«

»Ohne mir zu verraten, warum?«

Kate schüttelte den Kopf.

»Das mit ihm ist schon lange vorbei, Kate. Ich weiß nicht, was du damit erreichen willst …«

»Ich brauche einen Abschluss.«

Jill verschränkte die Arme und betrachtete ihre Schwester. »Einen Abschluss.«

»Genau.« Nach längerem Schweigen setzte Kate hinzu: »Bittest du ihn darum?« Während sie auf Jills Antwort wartete, raste ihr Herz. Sie hatte das Gefühl, dass sie viel zu viel Wind um die Sache machte, aber das Bedürfnis, ihn zu sehen, seinen weichen Akzent zu hören, sich wieder so zu fühlen wie damals, als sie zusammen gewesen waren, wuchs von Tag zu Tag.

Sicher war er längst über sie hinweg und verschwendete kaum einen Gedanken an sie. Sie bildete sich ein, dass sie die Vergangenheit ruhen lassen und mit ihrem Leben weitermachen würde, sollte das der Fall sein. Wenn aber auch nur eine kleine Chance bestand, dass er so oft an sie dachte wie sie an ihn …

»Jill?«

»Wenn sich die Gelegenheit ergibt, dann frage ich ihn, aber ich kann nichts versprechen.«

»Das klingt fair.«

»Bist du sicher, dass du wieder in dieses Wespennest stechen willst?«

»Es war nur zum Ende hin ein Wespennest. Den Rest der Zeit …« Sie begegnete dem Blick ihrer Schwester. »Den Rest der Zeit über war es Magie pur.«

* * *

Eine Stunde später fuhr Jill in dem weißen Mercedes-Coupé, das Kate ihr letztes Weihnachten geschenkt hatte, in die Stadt. Ihre Schwester war stets großzügig und dankbar für alles, was Jill tat, damit ihr Leben reibungslos verlief, aber manchmal verlangte sie zu viel.

Wie heute Morgen … Kate konnte nicht wissen, dass die unglückliche Liebesbeziehung zwischen ihr und Reid Matthews dem lächerlich gut aussehenden und endlos aufreizenden Sohn des Mannes gegenüber zu erwähnen das Letzte war, was Jill tun wollte.

Ihr graute jedes Mal vor den persönlichen Begegnungen mit Ashton, die viel häufiger stattfanden, als ihr lieb war, da Kate und der Anwalt ihrer Plattenfirma nicht miteinander sprachen. Deshalb fiel Jill die Aufgabe zu, zwischen den beiden zu vermitteln. Manchmal hatte sie große Lust, sie an einen Tisch zu setzen und aufzufordern, sich nicht länger wie Kinder aufzuführen, aber sie war mittlerweile weise genug, um zu wissen, dass die Zeit nicht alle Wunden heilte. Manche Wunden waren zu tief, um jemals wieder zu heilen.

Ashtons Kanzlei lag in Green Hills, einer angesagten Gegend, die sich auch Jill ausgesucht hätte, wenn es ihr Leben nicht wesentlich vereinfachen würde, in der Nähe ihrer Schwester zu wohnen. Außerdem wusste sie, dass es Kate gefiel, sie bei sich zu wissen. Kate brauchte jemanden, auf den sie sich stets verlassen konnte – und dem sie vertrauen konnte. Meistens war Jill froh, dieser Mensch zu sein.

Heute nicht.

Sie fuhr auf den Parkplatz hinter dem restaurierten viktorianischen Gebäude, in dem sich Ashtons Arbeitsplatz befand, und stellte den Motor ab. Dann nahm sie sich einen Augenblick, um sich zu sammeln und die gelassene, kühle Maske aufzusetzen, an die sie sich bei Geschäftlichem hielt. Ganz gleich, wie viel Zeit sie darauf verwandte, diese Fassung vorzutäuschen, sie konnte sich darauf verlassen, dass Ashton Matthews sie innerhalb von fünf Minuten restlos verunsichern und zur Weißglut treiben würde.

»Bring das einfach hinter dich, dann kannst du Urlaub machen«, sprach sie sich Mut zu, bevor sie nach ihrer Aktentasche griff und reinging.

»Hi, Jill«, begrüßte Ashtons Assistentin Debi sie. »Er erwartet Sie in seinem Büro.«

»Danke«, erwiderte Jill mit einem Lächeln. Sie stieg die Stufen rauf und bog auf dem Weg zum riesigen Arbeitszimmer am Ende des Ganges nach rechts ab. Sie war schon hundert Mal hier gewesen, aber jedes Mal reagierte sie auf die gleiche Weise. Sobald sie die geschlossenen Türen zu Ashtons Räumen erreichte, schlug ihr Herz schneller, ihre Handflächen wurden ganz feucht, und ihr Magen zog sich nervös zusammen. Warum brachte der Gedanke daran, ihn zu treffen, sie ständig aus der Fassung? Das war doch zum Haareraufen.

Sie nahm sich einen letzten Moment, um sich auf die Auseinandersetzung vorzubereiten, ehe sie die Hand hob und anklopfte.

»Herein.«

Ach, diese Stimme. Dieser Akzent. Geradezu tödlich. Sie öffnete die Tür und trat ein, schloss sie hinter sich wieder. Als sie einen Blick zu seinem Schreibtisch wagte, stellte sie fest, dass er sich auf seinem Stuhl zurücklehnte und sie mit einer

Mischung aus Belustigung und Verdruss betrachtete. Gut, zumindest waren sie beide genervt.

Langsam stand er auf und kam um seinen Tisch herum. »Jill. Wie immer schön, dich zu sehen.«

Sie rieb sich verstohlen die Hand am Rock ab, ehe sie sie ihm entgegenstreckte. Es war schrecklich, wie sehr sie sich vorlehnen und den subtilen Duft seines Rasierwassers einatmen wollte. Er trug das blonde Haar kurz, und der dunkle Anzug war maßgeschneidert, damit seine breiten Schultern hineinpassten.

»Stimmt was nicht?«

Sie riss sich abrupt aus ihrer Versunkenheit und erkannte, dass sie noch immer seine Hand hielt. Rasch ließ sie los und bemühte sich um Gelassenheit. »Natürlich nicht.«

»Setz dich. Möchtest du was trinken?«

»Ich brauche nichts.«

Statt sich wieder hinter seinen Schreibtisch zurückzuziehen, nahm er auf dem Stuhl neben ihr Platz und schlug die langen Beine übereinander.

Ihr wurde der Mund ganz trocken, während sie beobachtete, wie er sich wie eine Katze auf Beutezug bewegte.

»Deine Schwester hat uns ganz schön in die Bredouille gebracht«, erklärte er mit seinem Tennessee-Akzent, der sie stets den Verstand kostete, aber nur, wenn *er* sprach. Von anderen hörte sie den Akzent ständig, aber keine andere Stimme klang wie seine.

»Sie hat deswegen ein schlechtes Gewissen.«

»Ist sie wirklich krank, oder braucht sie nur eine Auszeit?«

Die Andeutung, dass Kate lügen könnte, ließ sie beinahe rotsehen. Aber dann fiel ihr die Feindschaft zwischen Kate und Ashton wieder ein, und sie unterdrückte das Bedürfnis, ihre Schwester zu verteidigen. »Von der Lungenentzündung hat sie sich noch nicht ganz erholt. Sie hat zu früh wieder losgelegt.«

»Die PR-Leute der Firma arbeiten rund um die Uhr daran, die Konsequenzen einzudämmen.«

»Es ist nicht Kates Schuld, dass die Presse davon überzeugt ist, sie sei drogenabhängig, außerdem geht es bei diesem Meeting gar nicht darum. Tatsache ist, dass sie ein paar Monate lang eine Pause einlegen will, und es ist unsere Aufgabe, dafür zu sorgen, dass sie das kann.«

»Es ist *deine* Aufgabe, dafür zu sorgen. *Mein* Job besteht darin, Buddys Firma davor zu bewahren, verklagt zu werden, weil deine Klientin unzuverlässig ist.«

»Das ist total unfair und ungerechtfertigt, Ashton, und das weißt du auch. Sie ist eine von den fleißigsten Leuten im Geschäft, und sie ist *krank*. Ich möchte mal erleben, wie du ein zweistündiges Konzert auf die Beine stellst, wenn du kaum Luft bekommst.«

»Meinetwegen«, gab er widerwillig nach. »Wenn du sagst, dass sie krank ist, dann ist sie krank. Ich werde tun, was ich kann, damit sie nicht vor Gericht gezerrt wird, aber versprechen kann ich nichts.«

»Ich hoffe, dass du dich für sie so einsetzt wie für jeden anderen von Buddys Künstlern auch.«

Bei diesen Worten wurde sein freundlicher Gesichtsausdruck streng. »Was soll das denn heißen? Ich behandle jeden unserer Künstler gleich, aber mein Job ist es, Long Road Records vor jeder Gefahr zu beschützen. Und deine Schwester hat uns durch ihr Verhalten in Gefahr gebracht.«

»Ich werde es so oft wiederholen, bis du es in deinen Schädel bekommst: Sie ist *krank*. Wenn irgendjemand versucht, sie wegen einer Vertragsverletzung vor Gericht zu zerren, können wir die Unterlagen aus dem Krankenhaus von Oklahoma City vorweisen.«

»Die hätte ich gerne für die Akten.«

»Meinetwegen. Ich faxe sie dir, sobald ich zu Hause bin.«

»In Ordnung.«

Er ließ seinen sexy Schlafzimmerblick auf eine Weise über sie wandern, bei der sie sich nackt und entblößt fühlte. Was zum Henker? »Wo schaust du denn hin?«

»Auf dich.«

»Warum das denn?«

»Weil du die einzige andere Person in diesem Raum bist.«

Bei ihm kam sie sich immer so dumm vor. Sie wollte ihm erklären, dass sie sowohl ihr Grundstudium an der Brown University als auch ihr Jurastudium in Harvard als Jahrgangsbeste abgeschlossen hatte, tat es aber nicht. Stattdessen rutschte sie nervös – wie so oft in seiner Gegenwart – auf dem Sitz herum und verriet ihm damit, dass er ihr Unbehagen bereitete. Das war vermutlich sein Ziel.

»Außerdem frage ich mich, ob du jemals den obersten Knopf aufmachst und die Haare löst.«

Fassungslos starrte sie ihn an, während ihr die Hitze in die Wangen schoss. »Was geht dich das an?«

»Gar nichts.«

»Warum sagst du dann so was zu mir?«

Lässig zuckte er die Achseln, als wäre diese Unterhaltung ein ganz normaler Teil ihrer Routine. Dabei war sie das definitiv *nicht*. »Ich wundere mich halt. Mehr nicht.«

Sie wollte nicht nachhaken. Sie wollte absolut nicht wissen, was er damit meinte. »Worüber wunderst du dich?« Offensichtlich hatte ihr Mund eigene Ideen.

»Ich frage mich, wie du bist, wenn du nicht deine Schwester wie eine Löwin verteidigst. Was unternimmst du gerne? Wie siehst du in einer Jeans aus? Was für Musik magst du? Wer ist dein Lieblingsautor? Solche Sachen halt.«

In ihrem ganzen Leben war sie noch nie so überrascht gewesen. Er dachte über sie nach?

»Mach den Mund zu«, riet er mit Belustigung in den Augen.

Sie musste von hier verschwinden, bevor ihr noch etwas rausrutschte, was sie bedauern würde – so etwas wie: *Das alles möchte ich von dir auch wissen.* »Bist du …«

Er wartete eine Weile, ehe er nachhakte: »Bin ich was?«

Ihr Mund war ganz ausgetrocknet. »Flirtest du mit mir?« Die Worte klangen piepsig und zugleich heiser, und sie fühlte sich sofort wie eine Närrin. Sie war beinahe dreißig Jahre alt, Himmelherrgott noch mal. Sie hatte schon Beziehungen gehabt, wenn auch keine in den letzten Monaten, da sie so verdammt beschäftigt war, dass sie kaum Zeit hatte, ihre Wäsche zu waschen, von einem Date ganz zu schweigen. Warum reagierte sie auf diesen Mann so vollkommen anders?

»Was, wenn es so wäre?«

»Warum?«, sagte sie das Erste, was ihr in den Sinn kam, und verflucht sollte er sein, weil er lachte.

»Warum nicht? Du bist eine schöne Frau, zumindest wette ich darauf, wenn du ... nicht ganz so ... zugeknöpft bist.«

»Soll mir das schmeicheln?«

»Wann hast du das letzte Mal etwas nur für dich gemacht, etwas, das nichts mit deiner Schwester zu tun hatte?«

»Ist schon eine Weile her«, gestand sie wahrheitsgemäß.

»Möchtest du dich nicht mal amüsieren?«

Er sah so umwerfend aus, viel umwerfender, als es einem Mann zustand, und bei diesem Akzent war sie machtlos. »Wie meinst du das?«

»Wie auch immer du möchtest«, erwiderte er in einem Tonfall, bei dessen Klang sich ihre Brustwarzen interessiert aufrichteten. Zum Glück trug sie ein Kostüm, unter dessen Jackett ihm das nicht auffallen konnte.

»Mit dir.«

»Ja«, gestand er lachend. »So hatte ich mir das gewissermaßen vorgestellt.«

»Wie lange wolltest du dich schon mit mir ›amüsieren‹?«

»Seit einer Weile, um ganz ehrlich zu sein.«

Sie konnte nicht glauben, was sie da hörte.

»Hast du gar nichts darauf zu erwidern?«, fragte er mit hochgezogener Augenbraue.

»Ach.« *Genial, Frau Anwältin. Absolut genial.*

»Was meinst du? Wollen wir gemeinsam was unternehmen, solange du Urlaub hast?«

Ihr Verstand raste, während ihr durch den Kopf schoss, was das bedeuten würde, ganz zu schweigen davon, was ihre Schwester davon halten würde.

»Denk nicht darüber nach, was Kate vielleicht dazu sagt. Denk an das, was Jill möchte.«

Dass er sie so leicht durchschaute, brachte sie nur noch mehr aus dem Konzept. Sie dachte stets nur an das, was Kate wollte. Wann hatte sie das letzte Mal Rücksicht darauf genommen, was *sie* sich wünschte? Das war so lange her, dass sie sich nicht erinnern konnte. »Ich, äh …«

»Lass dir Zeit.« Er verschränkte die Hände hinter dem Kopf. »Mein nächstes Meeting findet erst in einer Stunde statt.«

»Wäre es kein Interessenkonflikt, wenn wir uns außerhalb der Arbeit treffen würden?«

»Da wir für gewöhnlich auf der gleichen Seite stehen, denke ich, nicht.«

Da er als Anwalt viel mehr Erfahrung hatte als sie, glaubte sie ihm das mal.

»Du musst mir einen Gefallen tun«, setzte sie an, bevor sie den Mut verlor. Sie musste diese Angelegenheit aus dem Weg schaffen, bevor sie sein äußerst reizvolles Angebot in Erwägung zog.

»Was für einen Gefallen?«

»Einen persönlichen, der dich verärgern wird.«

»Ich höre.«

Sie schien die Worte nicht über die Lippen bringen zu können, die wie auf Feuer gegossenes Öl wirken würden. Nicht, wenn er sich mit ihr verabreden wollte. Sie wollte mit ihm ausgehen, das war der traurige Teil. Kaum hätte sie Kates Bitte weitergereicht, ihr die Kontaktinformation zu seinem Vater zu geben, wäre das Date vermutlich vom Tisch.

»Jill?«

»Kate möchte sich mit deinem Vater in Verbindung setzen.«

Er erstarrte und blickte sie mit einer Mischung aus Ungläubigkeit und Zorn an. »Das ist nicht dein Ernst.«

»Ich bin nur die Botin, also bring mich nicht um.«

»Die Sache werde ich ganz bestimmt nicht noch mal aufwärmen.« Er ließ die Hände in den Schoß sinken, ehe er aufstand. »Das erste Mal hat mir schon gereicht, vielen Dank.«

»Sie will ihn nur kurz treffen«, drängte Jill, die sich das alles aus den Fingern saugte. »Offensichtlich gibt es da etwas, was sie ihm mitteilen möchte.«

»Von ihr zu hören ist das Letzte, was er jetzt braucht. Sie hat sein Leben ruiniert und fast meine Beziehung zu ihm zerstört. Sie hat ja ganz schön Nerven, wenn sie glaubt, dass ich ihr dabei helfe, wieder Kontakt zu ihm aufzunehmen.«

»Das verstehe ich«, gab Jill nach, und sie tat es tatsächlich. Das war für alle ein wunder Punkt. »Damit das klar ist: Ich habe unmissverständlich mitgeteilt, wie unwohl ich mich dabei fühle, dich darum zu bitten.«

Die Hände in den Taschen, schaute er zum Fenster raus. »Typisch Kate, dass sie zuerst an sich denkt, bevor sie die Gefühle anderer berücksichtigt.«

»Da tust du ihr unrecht, Ashton. Sie ist äußerst großzügig und gut zu den Menschen in ihrem Leben.«

»Ich erwarte nicht, dass du ihre Fehler siehst.«

»Ich sehe sie sehr wohl, aber ich liebe sie so sehr, dass ich sie ihr verzeihen kann.«

»Vergib mir, wenn ich sie nicht so liebe.« Er drehte sich zu ihr um. »Sag ihr, dass sie das sein lassen soll. Viele sind durch das verletzt worden, was zwischen ihnen vorgefallen ist. Mein Dad führt jetzt ein schönes Leben, ein Leben, das ihn zufriedenstellt. Ich möchte nicht erleben, wie sie ihm wieder wehtut.«

»Er hat sie auch verletzt.«

»Mag sein, aber ich kenne nur seine Sicht, und die war nicht schön. Glaub mir.«

Sie nickte, da es ihr leidtat, das Thema angesprochen zu haben. Dann nahm sie die Aktentasche, stand auf und begab sich zur Tür.

»Jill?«

Sie wandte sich zu ihm um.

»Du hast meine Frage nicht beantwortet.«

»Ach so. Ich dachte, du wärst sauer.«

»Das bin ich auch, aber nicht auf dich. Ich glaube nicht daran, dass man wütend auf den Boten sein sollte.«

»Kann ich darüber nachdenken?«

»Klar. Nimm dir so viel Zeit, wie du brauchst. Du weißt ja, wo ich bin, wenn du dich entschieden hast.«

Sie nickte und ging, wobei sie die Stufen mit wackligen Knien runterstieg.

»Schönen Tag noch«, wünschte Debi ihr.

»Danke, Ihnen auch.«

In ihrer Eile, ins Auto zu gelangen, ließ sie beinahe die Schlüssel fallen. Lange saß sie da und starrte zur Windschutzscheibe raus, während sie versuchte, das zu verarbeiten, was geschehen war. Ashton Matthews hatte sie um ein Date gebeten. Der Todfeind ihrer Schwester hatte Interesse an ihr. Was sollte sie nur Kate sagen?

Nichts, beschloss sie. Sie würde es vorerst für sich behalten.

KAPITEL 2

Kate zwang sich dazu, eine Stunde zu warten, nachdem Jills Auto die Einfahrt entlanggefahren war, ehe sie sich auf den gewundenen Pfad durch ein kleines Wäldchen begab, das ihre beiden Häuser voneinander trennte. Den ganzen Morgen lang waren ihre angespannten Nerven darauf ausgerichtet gewesen, wie wichtig dieses Meeting zwischen Jill und Ashton war.

Die Klagen interessierten sie nicht. Damit hatte man ihr schon mal gedroht – Himmel, sie war bereits verklagt worden –, und Jill hatte sich stets darum gekümmert, bevor das Ganze eskalierte. Auch Ashton, ob er sie nun hasse oder nicht, hielt ihr im Interesse von Buddys Firma den Rücken frei.

Nein, Klagen oder Vertragsbrüche bereiteten ihr keine Sorgen. Sie hatte wesentlich wichtigere Dinge im Sinn, als sie an die Tür ihrer Schwester klopfte.

»Es ist offen«, rief Jill.

Kate trat ein. »Na, halleluja, du hast ja doch eine Jeans.«

»Sehr lustig.«

Wie sie da in ausgeblichener Jeans, einer weißen Leinenbluse, das Haar zu einem Pferdeschwanz gebunden und mit bloßen Füßen in der Küche stand, wirkte Jill, als wäre sie noch immer zwanzig. Kate war erleichtert, dass ihre Schwester nicht mehr im Kostüm steckte und stattdessen an einem Eistee nippte und endlich entspannt aussah.

»Möchtest du was trinken?«, fragte Jill.

»Nein, danke.« Kate setzte sich auf einen Barhocker. »Wie lief es?«

»Gut. Du kennst ja Ashton. Wie immer dein größter Fan.«

Kate lachte leise. »Zumindest ändert er sich nicht. Ich nehme an, dass er dir nicht verraten wollte, wo ich seinen Vater finde?«

»Richtig.«

»Hm. Na ja, ich schätze, dann versuche ich es mit Plan B.«

»Der wäre?«

»B steht für Buddy – und Taylor.«

Jill wollte noch etwas sagen, hielt sich aber zurück.

»Was?«

»Auf dem Heimweg habe ich nachgedacht«, meinte sie zögernd. »Manche Dinge lässt man vielleicht besser auf sich beruhen.«

Kate nahm sich einen Augenblick Zeit und wählte ihre Worte mit Bedacht. »Das stimmt womöglich – und du hast wahrscheinlich recht, dass ich es ruhen lassen sollte. Seit ein paar Monaten überkommt mich aber dieses überwältigende Verlangen, ihn zu sehen, mit ihm zu reden, um mich … bei ihm zu entschuldigen.«

»Für was?«

»Dafür, wie ich die Sache beendet habe. Nach allem, was wir zusammen hatten, hatte er von mir Besseres verdient, als dass ich einfach abhaue, kaum dass es zwischen uns nicht mehr so gut läuft.«

»Er hat hinter deinem Rücken etwas getan, obwohl du ihn darum gebeten hattest, genau das sein zu lassen«, rief Jill ihr ins Gedächtnis.

»Er hat hinter meinem Rücken dafür gesorgt, dass ich die Karriere bekomme, von der ich immer geträumt hatte.«

»Damals hast du es ihm übel genommen, dass er nicht auf dich gehört hat, als du ihn darum gebeten hattest, nicht seine Beziehungen für dich spielen zu lassen.«

»Ich weiß. Glaub mir, ich bin das schon Millionen Mal im Kopf durchgegangen. Auch wenn ich mir wünsche, dass es anders gelaufen wäre, so hatte ich doch eine fantastische Karriere, die er mir letzten Endes ermöglicht hat. Als Dank dafür habe ich ihn schlecht behandelt.«

Jill setzte sich auf den Hocker neben ihr. »Was den Vorfall betrifft, hat sich deine Meinung ja um hundertachtzig Grad gedreht. Außerdem hast du, wenn ich das hinzufügen darf, dank *dir* und deinem Talent eine fantastische Karriere.«

»Wenn er Buddy nicht von mir erzählt hätte, wer weiß, ob ich es in dem Geschäft jemals zu etwas gebracht hätte?«

»Du warst viel zu gut, um zu scheitern.«

»Das musst du sagen. Du bist meine Schwester.«

»Irgendwann hättest du es geschafft. Daran hege ich keinen Zweifel.«

»Trotzdem«, meinte Kate achselzuckend. »Er hat es mir erleichtert, und ich habe lange bedauert, wie ich ihn behandelt habe, nachdem ich es rausgefunden hatte.«

»Warum schreibst du ihm nicht einen Brief oder so? Warum musst du dich persönlich mit ihm treffen, um dich zu entschuldigen?«

Das ist der heikle Teil, dachte Kate. Die Entschuldigung war nicht der einzige Grund, warum sie ihn sprechen wollte. »Ich sagte doch: Ich brauche einen Abschluss«, entschied sie sich für eine vage Antwort, statt genauer darauf einzugehen.

Jill betrachtete sie eindringlich. Niemand kannte Kate besser als ihre ältere Schwester. »Das gefällt mir nicht. Den Schorf von einer verheilten Wunde zu kratzen ist nie eine gute Idee.«

»Wenn ich ganz ehrlich sein soll, dann ist die Wunde nie vollständig verheilt.«

Jill schnappte nach Luft. »Gott, Kate, wie lange empfindest du schon so?«

»Die ganze Zeit, nehme ich an.«

»Hat es deshalb zwischen dir und Clint, Bobby und Russ nicht geklappt?«

Sie zuckte bei der Erinnerung an die fehlgeschlagenen Beziehungen zusammen, die ihre Jahre, seit sie Reid verlassen hatte, kennzeichneten. »Möglich.«

»Keiner von ihnen hatte also eine Chance, weil du nie aufgehört hast, *ihn* zu lieben? Du hast die ganze Zeit gewusst, dass du noch immer in einen anderen verliebt bist?«

Kate hob eine Hand, um ihre Schwester zu unterbrechen. »So einfach ist das nicht. Ich habe an ihn, an Reid gedacht, oft. Das hat sich nie geändert.«

»Aber?«

»Es hat eine Weile – und ein paar fehlgeschlagene Beziehungen – gedauert, bis ich erkannte, wie naiv es von mir war, zu glauben, dass mir eine solche Liebe noch einmal vergönnt sein würde. Es war dumm von mir, zu denken … es war einfach dumm von mir. Das ist alles.«

»Das war mir gar nicht bewusst«, hauchte Jill, die, auf ihrem Stuhl zusammengesunken, Kate verwundert musterte. »Da verbringe ich zwanzig Stunden am Tag an deiner Seite und hatte nicht die geringste Ahnung, dass du dich noch immer nach ihm verzehrst.«

»Woher solltest du das auch wissen? Ich habe niemandem davon erzählt – von ihm.«

»Dennoch hast du an ihn gedacht.«

»Jeden Tag.« Nach langem Schweigen fügte Kate hinzu: »Ich muss ihn sehen. Ich muss wissen, ob die Chance besteht, dass von dem, was damals zwischen uns war, noch etwas übrig ist.«

»Was, wenn nicht? Was, wenn er über dich hinweg ist und eine andere geheiratet hat? Was dann?«

»Hat er?«

»Hat er was?«

»Eine andere geheiratet? Hat Ashton dir das verraten?«

»Er hat nur behauptet, sein Vater wäre glücklich und führe ein Leben, das ihn zufriedenstellt. Er meinte, es hätte lange gedauert, bis sein Dad mit seinem Leben weitermachen konnte, nach allem, was mit dir geschehen ist.«

»Er hat dir aber nicht anvertraut, wo er sein Leben weiterführt?«

»Nein.«

»Es ist, als wäre er vom Erdboden verschluckt. Ich habe alles versucht, was mir eingefallen ist, aber ich habe nichts rausgefunden. Wie ich erfahren habe, hat er sein Geschäft verkauft, aber seither gibt es keine Informationen mehr über ihn.«

»Was ist mit seinem Haus in der Stadt?«

»Geschlossen.«

»Woher weißt du das?«

Kate ließ ein verlegenes Lächeln aufblitzen. »Kann sein, dass ich dort vorbeigeschaut habe, als wir das letzte Mal zu Hause waren.«

»Was, wenn du zu Buddy gehst und ihm offenbarst, dass du Kontakt mit Reid aufnehmen möchtest, er dir aber rät, das Ganze sein zu lassen?«

»Dann wende ich mich an Miss Martha«, bezog Kate sich auf Buddys betagte Mutter, die früher Reids Haushälterin gewesen war.

»Hat sie nicht gekündigt, weil sie das zwischen euch nicht gebilligt hat?«

»Das ist doch schon so lange her, und ich bin nicht mehr achtzehn. Wenn all das nichts bringt, dann werde ich einen Privatdetektiv anheuern, um ihn zu finden. Hoffentlich kommt es nicht dazu.« Sie wartete darauf, dass ihre Schwester noch eine Frage stellte, aber das tat sie nicht. »Woran denkst du?«

»Ich mache mir Sorgen, was passiert, wenn du ihn findest und er kein Interesse hat. Was, wenn er über dich hinweg ist?«

»Dann werde ich das akzeptieren. Bis ich aber nicht ganz sicher weiß, dass es zwischen uns vorbei ist, kann ich nichts unternehmen. Verstehst du das denn nicht?«

»Das tue ich, und eigenartigerweise kann ich es sogar nachvollziehen. Ein wenig. Das heißt aber nicht, dass ich mir keine Sorgen mache. Du warst krank und bist gerade erst auf dem Weg der Besserung. Ich möchte nicht, dass du einen weiteren Rückschlag erleidest.«

Kate lehnte sich vor, um ihre Schwester zu umarmen. »Ich liebe dich dafür, dass du dich um mich sorgst, aber mir geht es gut.«

Jill drückte sie ebenso fest an sich. »Versprochen?«

»Versprochen.«

»Ganz gleich, was mit Reid geschieht?«

»Ganz gleich, was passiert.« Kate löste sich aus der Umarmung. »Wo wir gerade von Dingen sprechen, die sich ereignen: Gibt es etwas aus dem Meeting, das ich wissen sollte?«

»Wir arbeiten daran, dir Freiraum für deinen Urlaub zu verschaffen, den du dir so dringend wünschst.«

Kate stand auf, um zu gehen. »Dann überlasse ich das mal deinen fähigen Händen.« An der Tür drehte sie sich zu ihrer Schwester um. »Versuche, deine Auszeit zu genießen, ja?«

»Nur, wenn du das auch tust.«

»Ach, das werde ich schon.«

* * *

Am nächsten Tag fuhr Kate mit ihrem Jeep zu Buddy und Taylor raus, um sie beim Abendessen am Sonntag zu stören. Der kühle Herbsttag erinnerte sie an ihre Heimat. Auch wenn nichts schöner war als der Herbst in New England, konnten sich die Laubfärbung und der klare, blaue Himmel in Tennessee blicken lassen.

Sie wohnte schon so lange hier, dass sie sich hier ganz zu Hause fühlte, aber ihr Herz würde stets dem Haus an der Küste gehören, in dem ihre Mutter mit Kates Stiefvater und ihren Söhnen Max und Nick lebte.

Ihr Handy klingelte, und sie schaltete auf Lautsprecher, um den Anruf entgegenzunehmen.

»Hi, ich bin's«, grüßte ihre Schwester Maggie sie.

»Hi, Mags, was ist los?«

»Ich habe gehört, dass du wieder Drogen nimmst, also dachte ich, ich ruf dich lieber mal an.«

»Du kennst mich: ein neuer Tag, eine neue Dröhnung. Wo hast du diesmal davon erfahren?«

»Im Mittagsradio. Die Moderatoren haben über dich geredet, als würden sie dich kennen. Mit dir ist aber alles in Ordnung, oder?«

»Ja, alles in Ordnung. Ich habe nach der Lungenentzündung zu früh wieder gearbeitet und bin auf der Bühne umgekippt. Alles andere, was du gehört hast, ist reine Erfindung.«

»Das ist mir klar. Jeder, der dich kennt, weiß das. Fühlst du dich denn jetzt besser?«

»Mit jedem Tag. Es tut gut, wieder zu Hause zu sein.«

»Hast du schon mit Dad geredet?«

»Seit einer Woche nicht, warum?«

»Das wird dir gefallen: Die Jungs lassen jeden wissen, dass sie John und Rob genannt werden wollen, jetzt, da sie in der fünften Klasse sind. Offensichtlich handelt es sich bei Johnny und Robby um Babynamen.«

Während ihr Haar in der Brise wehte, lachte Kate laut auf. »Großartig. Danke, dass du es mir mitgeteilt hast. Ich möchte nur ungern in Schwierigkeiten geraten, wenn ich das nächste Mal nach Hause komme.«

»Ohne Witz. Die beiden sind vielleicht ein Pärchen. Dieses Wochenende spielen sie in einer wichtigen Baseballmeisterschaft am Cape. Dad, Andi, Mom, Aidan und die ganzen O'Malleys sind dabei, um sie anzufeuern. Dad meinte, sie hätten das größte Publikum von allen Kindern aller Mannschaften – einschließlich des Heimteams.« Es war schön, dass ihre Eltern noch immer eine herzliche Freundschaft verband, auch wenn sie schon lange geschieden waren. »Kannst du dir Oma O'Malley vorstellen, wie sie alle herumkommandiert?«

»Absolut.« Die Mutter ihres Stiefvaters Aidan war für die Harrington-Mädchen eine willkommene zusätzliche Großmutter. »Wie läuft's bei der Arbeit?«

»Diese Woche war ganz interessant. Ich übersetze für einen gehörlosen Geschworenen in einem Mordprozess. Grauenvolle Angelegenheit. Davon habe ich noch wochenlang Albträume.«

»Ach, das klingt ja schrecklich.«

»Es ist ein Gehaltsscheck. Wie geht's Jill?«

»Du wirst es nicht glauben, aber ich habe sie endlich dazu gekriegt, das Kostüm gegen eine Jeans zu tauschen. Es ist kaum zu fassen, aber ich denke, sie macht tatsächlich Urlaub.«

»Ist nicht wahr. Wie hast du das denn geschafft?«

»Leicht war es nicht, aber ich habe sie davon überzeugt, dass wir beide eine Pause brauchen – sie so sehr wie ich. Sie arbeitet viel zu schwer. Ich mach mir immer Sorgen, dass sie ihr Leben aufgibt, um meines zu verwalten.«

»Sie liebt es, dein Leben zu managen, und das weißt du auch.«

»Sie scheint ihre Arbeit zu genießen, aber ich möchte, dass sie ihr eigenes Leben führt.«

»Du kennst doch Jill: Sie macht nichts, was sie nicht will.«

»Das stimmt.«

»Na ja, ich widme mich wohl besser wieder dem Kettensägenmord.«

»O mein Gott, es kam eine *Kettensäge* zum Einsatz?«

»Metallsäge.«

»Du scherzt.«

»Richtig«, erwiderte Maggie lachend. »Es war eine ganz normale Messerstecherei.«

»Das ist doch krank. Du verbringst zu viel Zeit im Gerichtssaal.«

»Allerdings.«

»He, Maggie, hast du zu Weihnachten frei?«

»Eine Woche. Warum?«

»Willst du sie hier bei mir verbringen? Ich schick dir ein Ticket.«

»Liebend gerne.«

»Toll. Bis später.«

»Ich hab dich lieb. Bis dann.«

Jedes Mal, wenn sie sich mit ihrer jüngeren Schwester unterhielt, musste Kate lächeln. Maggie war noch immer dasselbe Energiebündel wie früher, das ohne Punkt und Komma von einem Thema zum nächsten sprang. Sie würde nichts an ihr ändern wollen, und der Gedanke daran, eine ganze Woche mit ihr zusammen zu sein, machte sie froh.

Es war die richtige Entscheidung gewesen, sich eine Auszeit zu gönnen. Viel zu lange war sie stets so erschöpft gewesen, überlegte sie, während sie zu Buddys und Taylors zweistöckigem Ziegelsteinhaus im Kolonialstil in Rutherford County fuhr. Auf dem Weg zur Haustür wehte ihr der Wind vom See hinter dem Haus entgegen.

Sie dachte an ihren ersten Besuch hier, an jenem Tag, an dem sie herausgefunden hatte, dass Reid sich bei Buddy für sie verwendet hatte. Sie würde alles geben, was sie besaß, allen Erfolg, den sie seither erreicht hatte, um jene Stunden zurückzubekommen, die dieser Enthüllung gefolgt waren.

Rückblickend besaß sie nach all diesen Jahren die Reife, um zu erkennen, dass sie die Sache ganz falsch angegangen hatte. Was wäre wohl anders, fragte sie sich – nicht zum ersten Mal –, wenn sie nach Hause zurückgekehrt wäre und in aller Ruhe mit ihm gesprochen hätte, statt ihre Sachen zu packen und aus dem Haus zu stürmen, als wäre das, was zwischen ihnen war, nicht das Wichtigste auf der Welt gewesen?

In Jills Augen wirkte ihr Wunsch, die Fehler ihrer Vergangenheit wiedergutzumachen, vielleicht töricht. Himmel, manchmal kam es Kate auch so vor. Es wurde ihr jedoch immer klarer, dass sie dem, was vor all den Jahren geschehen war, noch immer nachhing, und solange sie mit der Vergangenheit nicht abschloss, würde sie sich davon nicht lösen und nach vorn schauen können.

Mit diesem Gedanken klopfte sie an die Tür und betrat das gemütliche Heim, das sich ihre Freunde mit ihren drei Töchtern teilten. Ihr Sohn Harrison besuchte die Texas-A&M-Universität. »Hallo«, rief sie. »Ist jemand zu Hause?«

Georgia Sue, die jüngste der Longstreet-Schwestern, kam aus der Küche um die Ecke gerannt und stoppte erst ganz kurz vor einem Zusammenstoß mit Kate. »Hi, bist du zum Abendessen da?«, wollte sie wissen, ehe sie Kate umarmte.

»Wenn deine Mom genug gekocht hat.«

Georgia verdrehte die Augen, wirkte schon wie ein Teenager, obwohl sie das streng genommen noch nicht war. »Sie kocht immer genug, um eine ganze Armee satt zu bekommen, behauptet sie zumindest.«

»Dein Dad und dein Bruder essen aber auch wie eine.«

»Stimmt.« Sie nahm Kates Hand und zog sie hinter sich her in die Küche, in der Taylor Jones, die weltbeste Country-Sängerin, ein angeregtes Telefonat führte, während sie einen Topf auf dem Herd im Auge behielt. »Multitasking, wie immer.«

Taylor schenkte Kate ein herzliches Lächeln und hob einen Finger, damit sie ihr noch eine Minute am Telefon gönnte.

»Sie ist mein Idol«, gestand Kate.

Georgia lachte. »Möchtest du was trinken?«

»Sehr gerne.«

Da Kate regelmäßig zu Besuch kam, holte Georgia ihr eine Cola Light und ein großes Glas mit Eis, ohne dass Kate ihr sagen musste, was sie wollte. »Danke. Wie läuft's in der Schule?«

»Öde, wie sonst.«

»Ich dachte, die fünfte Klasse ist interessant. Meine Brüder sind in der fünften, und sie finden es toll.«

»Dann sind sie vermutlich Streber«, erwiderte Georgia mit einem frechen Lächeln, das sie von Buddy hatte.

»He, meine Brüder sind keine Streber.«

»Meiner ist einer.«

»Ja, irgendwie schon.«

»Ich darf das sagen, aber du nicht.«

»So steht's im Geschwisterhandbuch«, pflichtete Kate ihr bei, wie immer ganz bezaubert von Georgia. »Grundregel: Ich darf schlecht von meinen Geschwistern reden, du aber nicht.«

»Genau.«

Taylor legte auf und trat zu Kate, um sie in die Arme zu schließen. »Du bist hoffentlich zum Abendessen hier.«

»Wenn es keine Umstände macht.«

»Du weißt, dass du uns jederzeit willkommen bist. Georgia, du musst noch deine Hausaufgaben erledigen, bevor wir essen.«

»Aber Kate ist gerade erst eingetroffen.«

»Sie bleibt auch noch eine Weile, nicht wahr, Kate?«

»Definitiv. Wenn du mit den Hausaufgaben fertig bist, können wir am See spazieren gehen, nur du und ich.«

»Echt?«

Kate zupfte an dem seidig schwarzen Pferdeschwanz, der dem von Taylor ähnelte. »Ja, echt. Ab mit dir. Deine Mom und ich brauchen ein wenig Zeit unter uns Mädels.«

»Ich sage es ja nur ungern, aber ich bin *auch* ein Mädel«, entgegnete Georgia auf dem Weg aus der Küche.

»Hausaufgaben«, rief Taylor in jenem Tonfall, den nur Mütter beherrschen. »Himmel, hat die Hummeln im Hintern. Zum Glück kam sie zum Schluss und nicht als Erste, sonst wäre sie vermutlich ein Einzelkind geblieben.«

»Du weißt, dass ich jedes deiner Kinder gernhabe, aber sie schafft mich immer wieder.«

»Sie hat dich – und jeden anderen in ihrem Leben – um den kleinen Finger gewickelt. Ihr Vater ist Wachs in ihren Händen.«

»In deinen auch, wenn ich mich nicht irre.«

»In meinen auch«, stimmte Taylor mit roten Wangen zu. Nach fast zweiundzwanzig Jahren Ehe, vier Kindern und insgesamt mehr Nummer-eins-Hits, allein oder gemeinsam, als Kate zählen konnte, waren die beiden noch immer bis über beide Ohren ineinander verliebt.

Taylor kehrte zum Herd zurück, um umzurühren und sich ums Essen zu kümmern. »Worüber willst du reden?«

»Ist Buddy zu Hause?«

»Im Moment nicht, aber ich erwarte ihn bald zurück. Er ist drüben bei Mama, um nach ihr zu sehen.«

»Wie geht's Miss Martha?«

»Sie tritt immer mehr auf die Bremse, aber verrat ihr nicht, dass ich das gesagt habe. Wir hatten kein Glück damit, sie dazu zu überreden, bei uns einzuziehen, aber an dem Tag, an dem sie nicht mehr streitlustig und unabhängig ist, werde ich mir Sorgen machen.«

Kate lachte über Taylors Worte. Wenn eines auf Miss Martha zutraf, dann dass sie streitlustig und unabhängig war.

»Musst du mit Buddy was Geschäftliches besprechen? Du weißt, dass du ihn jederzeit anrufen kannst.«

»Ich weiß, aber es geht nicht um die Arbeit. Jill und Ashton kümmern sich darum, zumindest im Augenblick.«

Taylor goss sich Tee in ein Glas und bedeutete Kate, sich an den Tisch zu setzen. »Worum geht es denn, Schatz? Ich erkenne doch, dass du was auf dem Herzen hast.«

»Meine Schwester meint, ich würde den Schorf von einer alten Wunde abkratzen, aber ich habe ihr erklärt, dass die Wunde nie richtig verheilt ist.«

»Du sprichst von Reid.«

Überrascht, dass Taylor den Kern der Sache so rasch getroffen hatte, nickte Kate. »Ich habe nie aufgehört, an ihn zu denken.«

»Du bereust es.«

Kate starrte ihre Freundin an. »Kannst du Gedanken lesen?«

Da warf Taylor den Kopf in den Nacken und lachte. »Es ist nichts so Dramatisches. Ich kenne dich. Schon eine ganze Weile, und ich habe Männer kommen und gehen sehen, ohne dass einer länger geblieben wäre. Da habe ich mich gefragt, ob es zwischen dir und Reid noch etwas Ungeklärtes gibt, das dich zurückhält.«

»Genau das ist es. Allerdings habe ich keine Ahnung, wo er steckt. Jill hat sich deswegen bei Ashton erkundigt, aber er hat sich geweigert, es ihr zu verraten, also hatte ich gehofft, dass ihr es vielleicht wisst.«

»Ich weiß, wo er wohnt. Buddy hat erst letzte Woche mit ihm gesprochen.« Die beiden Männer waren unter verschiedenen Umständen gemeinsam in Reids Familienanwesen in Brentwood aufgewachsen und standen sich so nahe wie Brüder. »In der Tat haben wir letztes Jahr Weihnachten zusammen verbracht.«

Mit klopfendem Herzen wartete Kate darauf, dass Taylor ihr verriet, wo sie Reid finden würde.

»Du weißt, dass ich alles für dich tun würde, nicht wahr?«, fragte Taylor zögernd.

»Natürlich. Das gilt auch andersrum.« Buddy, Taylor und ihre Kinder waren Kates Nashville-Familie.

»Ich fühle mich nur nicht wohl dabei, dir zu sagen, wo er wohnt, ohne vorher mit Buddy geredet zu haben.«

»Worüber willst du mit Buddy reden?«, wollte ihr Mann wissen, der gerade in die Küche schlenderte. Mit seinen fünfzig Jahren sah er noch immer teuflisch gut aus. Er beugte sich vor, um erst seiner Frau und dann Kate einen Kuss zu geben. »Worüber plaudert ihr zwei Hübschen?«

Taylor nickte Kate zu, um sie zu ermutigen, Buddy mitzuteilen, was sie wissen wollte. Aus irgendeinem Grund fiel es ihr schwerer, die Worte ihm gegenüber auszusprechen, als bei Taylor. »Ich möchte mit Reid über etwas reden, deshalb muss ich wissen, wo ich ihn auftreiben kann.«

Offensichtlich hatte Buddy nicht damit gerechnet, dass sie diese Bitte äußern würde, denn er erstarrte. Eine Weile war Kate sich sicher, dass er ablehnen würde.

Schließlich machte er den Kühlschrank auf, nahm sich ein Bier und öffnete es. »Was willst du von ihm?«

»Das ist was Persönliches.«

»Du willst doch nicht in der Vergangenheit rumbohren, oder?«

»Was, wenn doch?«

»Ach, Darling, so was geht nie gut aus.«

»Nie?«, hakte Kate mit erhobener Augenbraue nach, in der Hoffnung, ihrem Freund und Mentor ein Lächeln zu entlocken.

Er schüttelte den Kopf. »Du erinnerst mich an meine Töchter – und meine Frau. Ein Wortgefecht mit euch gewinne ich nie.«

»Wir haben dich wiederholt aufgefordert, es sein zu lassen«, rief Taylor ihm ins Gedächtnis.

Buddy warf seiner Frau einen gespielt finsteren Blick zu.

»Wenn es keinen guten Grund gibt, es ihr nicht mitzuteilen, solltest du Kate wissen lassen, wo er lebt, damit sie unter sich klären können, was auch immer da noch zwischen ihnen ist«, riet Taylor ihm.

»Ich weiß schon, wann ich überstimmt bin«, seufzte Buddy. »Er wohnt auf St. Kitts.«

Kate sprang auf, schloss Buddy in die Arme und gab ihm einen Kuss. »Vielen Dank.«

Er erwiderte die Umarmung. »Lass mich nicht bereuen, dass ich dir das anvertraut habe.«

»Werde ich nicht. Versprochen. Schreibst du mir seine Adresse auf?«

Einen Augenblick lang zögerte Buddy, bevor er widerstrebend aufstand und das Zimmer verließ.

Sobald sie allein waren, ließ Taylor ein strahlendes Lächeln aufblitzen. »Das ist so romantisch«, flüsterte sie und klatschte in die Hände. »Ich möchte alles in allen Einzelheiten erfahren, wenn du zurück bist.«

»Beschrei es nicht«, warnte Kate, auch wenn es schon lange her war, dass sie sich so sehr auf etwas gefreut hatte. Die berauschende Ekstase der ersten Liebe und das Gefühl, das er ihr gegeben hatte, hatte sie nie vergessen …

Buddy kehrte in die Küche zurück und warf einen Zettel auf den Tresen. »Wenn er sich nicht darüber freut, dich zu sehen, dann habe ich nichts damit zu tun, dass du weißt, wo er ist. Verstanden?«

Kate lachte und umarmte ihn erneut. »Dein Geheimnis ist bei mir sicher.« Dann ließ sie ihn los und nahm ihre Tasche vom Tisch. »Ich muss los.«

»Ich dachte, du bleibst zum Abendessen«, rief Taylor.

»Nächstes Mal?«

»Na klar.«

»Sagst du Georgia, dass ich ihr einen Shoppingausflug in ein Einkaufszentrum ihrer Wahl schulde?«

»Das teile ich ihr auf keinen Fall mit«, weigerte sich Taylor. »Sie ist so schon nicht zu bändigen.«

»In Ordnung, dann lass dir was einfallen, das nicht so verschwenderisch ist, das ich aber schon bald mit ihr unternehmen kann, um es wiedergutzumachen.«

»Ich denke darüber nach.«

»Darf ich dich um noch einen Gefallen bitten?«, fragte sie mit Blick auf Buddy. »Verrätst du ihm nichts von dieser Unterhaltung?«

Buddy trat unbehaglich von einem Fuß auf den anderen.

»Ich würde dich nicht darum bitten, wenn es nicht wichtig wäre.« Sie wollte Reids Reaktion abschätzen, wenn er sie wiedersah, ohne dass Buddy ihn über ihr Kommen in Kenntnis gesetzt hatte.

»Ich schätze schon«, brummte er.

»Danke.« Sie drückte ihn ein letztes Mal, gab Taylor einen Kuss und lief zur Tür. »Ich hab euch lieb.«

»Wir dich auch«, rief Taylor ihr hinterher. »Viel Glück.«

Kapitel 3

Es war, wie Kate schon bald feststellte, viel schwieriger, als es aussah, die Stadt zu verlassen, ohne dass es jemand mitbekam. Zum einen hatte sie keine Ahnung, wie sie den Piloten kontaktieren sollte, der sie zu ihren Konzerten flog. Zum anderen wusste sie nicht, wo ihr Reisepass war, was bedeutete, dass sie Jill einspannen musste.

Kurz nach neun klopfte sie an die Tür ihrer Schwester, bezweifelte aber nicht, dass Jill schon längst wach war.

Obwohl Jill nicht reagierte, spazierte Kate hinein und spürte sie auf dem Crosstrainer im Gästezimmer auf, das sie als Fitnessstudio nutzte. Nach nur einem Anlauf hatte Kate das Trainingsgerät zum Folterinstrument deklariert, auch wenn Jill schwor, dass das der einzige Sport war, der tatsächlich etwas brachte. Kate bevorzugte Reiten.

»Was gibt's?«, erkundigte Jill sich zwischen zwei Atemzügen.

»Ich brauche meinen Reisepass. Hast du ihn?«

»Wo willst du denn hin?«

»Irgendwohin.«

»Kate …«

»Wenn du es unbedingt wissen musst: Ich treffe mich mit Reid.«

»Du hast ihn also ausfindig gemacht.«

»Ja.«

»Wie willst du hinkommen?«

Sie war darauf eingestellt, dass ihre Schwester ihr Vorhaben missbilligen würde, weshalb die pragmatische Frage sie überraschte. »Daran arbeite ich noch.« Angesichts des aktuellen Medienrummels konnte sie nicht einfach ins Flugzeug steigen, also wollte sie eins mieten. Leider fühlte sie sich vollkommen verloren, wenn es um die grundlegende Logistik ging. Normalerweise kümmerte sich Jill oder jemand anderes aus ihrem Team um solche Details. Noch nie war sie sich so sehr wie eine nutzlose Berühmtheit vorgekommen wie in diesem Augenblick.

Jill schaltete das Gerät aus und griff nach einem Handtuch, um sich das Gesicht zu trocknen. Als sie den Raum verließ, folgte Kate ihr.

In der Küche trank Jill eine Flasche mit kaltem Wasser leer und griff sich ihr Handy. »Levi«, sagte sie. »Kate braucht das Flugzeug. Wann wärst du so weit?« Sie lauschte einen Moment lang, dann schob sie das Telefon von ihrem Mund weg. »Wohin?«

»St. Kitts.«

Sie gab die Information an den Piloten weiter und nickte. Während sie das verarbeitete, was er ihr mitteilte, zog sie die Stirn kraus. »Sie ist unterwegs. Danke.« Dann legte sie auf und studierte ihre Kontaktliste. »Hier spricht Jill Harrington. Ich brauche in einer Stunde einen Wagen für meine Schwester, der sie zum Nashville-International-Flughafen bringt. Schaffen Sie das?« Nach einer Pause verabschiedete sie sich: »Großartig, danke.« Noch immer am Telefon, lief sie ins Büro hinter der Küche, kramte in einem Aktenschrank und kehrte mit Kates Reisepass zurück.

»Habe ich dir schon mal gesagt, dass du unglaublich bist?«

Jill winkte ab. »Ich mache nur meine Arbeit.«

Kate trat zu ihrer Schwester und umarmte sie.

»Ich bin total verschwitzt.«

»Danke«, meinte Kate. »Hierfür und für alles andere, was du für mich tust. Ich weiß nicht, wo ich ohne dich wäre.«

Jill drückte sie. »Vermutlich in der Entzugsklinik.«

»Sei still.«

»Ich hoffe, dass dir die Reise gibt, was immer du brauchst. Außerdem hoffe ich, dass du in einem Stück zurückkommst.«

»Werde ich. Versprochen.« Um die Stimmung ein wenig zu heben, fügte sie hinzu: »Amüsier dich, während ich weg bin, okay? Lass dich gehen. Spiel ein bisschen verrückt. Lass das Training mal ausfallen. Nimm mal nicht deine Vitamine. Hüpf mit jemandem ins Bett.«

Jill verdrehte die Augen. »Mit wem? Gordon, dem Pferdepfleger?«

»He, der hat immerhin noch einen Puls.«

»Verschwinde. Das Auto holt dich in einer Stunde ab, und Levi wartet am Flughafen auf dich.«

»Danke noch mal, Jill. Du bist die beste Schwester, die man sich nur wünschen kann.«

»Du bist auch nicht so schlecht.«

»Wir sehen uns in ein paar Tagen.«

»Viel Glück.«

Viel rührseliger wurden sie miteinander nicht, aber es wärmte Kate von innen heraus, bis sie zu Hause war, um zu duschen und ihre Sachen zu packen.

* * *

Nachdem Kate verschwunden war, ging Jill unter die Dusche, wobei sie sich ausnahmsweise mal Zeit ließ und die Hitze des Wassers auf ihren müden Muskeln genoss. Für heute hatte sie sich nichts vorgenommen, außer ihren Kleiderschrank auszumisten und vielleicht zum Shoppen in die Stadt zu fahren. Es war so lange her, dass sie mal einen Tag ohne Termine gehabt hatte, dass sie sich nicht sicher war, was sie mit der ganzen Zeit anfangen sollte.

Sie hatte sich gerade die Haare getrocknet, als ihr Handy eine SMS ankündigte. Da sie damit rechnete, dass Kate noch Hilfe in letzter Minute brauchte, war sie ziemlich erstaunt, als sie sah, dass die Nachricht von Ashton stammte.

Du weißt, wie man einen Kerl auf die Folter spannt.

Lange starrte sie den Bildschirm ihres Telefons an, las den Satz immer wieder durch und versuchte, sich eine passende Antwort einfallen zu lassen. Wollte sie witzig, bissig oder ernst klingen? Wie schaffte er es bloß, sie mit nur einem Satz ganz durcheinanderzubringen? Nach einer, wie es schien, endlos langen inneren Debatte entschied sie sich für kokett.

Ach, echt?
Machst du das mit Absicht?
Was?
Mich quälen …
Natürlich.
Dachte ich mir doch.

Mittlerweile musste sie beim Tippen lachen, denn sie genoss ihr Wortgefecht.

Erlöse mich aus meinem Elend, und geh mit mir aus. Heute.
Musst du nicht arbeiten?
Mir gehört die Kanzlei.

Jill kaute auf ihrer Lippe und überlegte, was sie tun sollte. Dann fiel ihr wieder ein, was Kate ihr geraten hatte: *Amüsier dich, spann aus, spiel ein bisschen verrückt, hüpf mit jemandem ins Bett.* Der letzte Teil kam nicht infrage, aber der Rest klang eigentlich ganz reizvoll, nachdem sie monatelang ohne Pause geschuftet hatte. Sie tippte.

Was hast du denn vor?
Überlass das mir. Ich hol dich um zwei ab, okay?
Traust du dich tatsächlich in Feindesland? Soweit sie wusste, war Ashton nie näher als zwanzig Kilometer an Kates Anwesen herangekommen.

Zwei Uhr. Ja oder nein?

Warum erschien es ihr, als würde unglaublich viel an einer Antwort hängen, die nur aus einem Wort bestand? Nach langer innerer Diskussion schickte sie ihre Erwiderung ab.

Ja.
Ausgezeichnet. Zieh eine Jeans an. Vorzugsweise eine, die eng sitzt.

Sie weigerte sich, diesen Kommentar einer Antwort zu würdigen. Verunsichert von der Unterhaltung und dem Date, dem sie gerade zugestimmt hatte, begab sie sich zu ihrem Kleiderschrank, ging einen Stapel Jeans durch, die sie kaum getragen hatte, und suchte nach der Hose, von der Kate mal behauptet hatte, sie würde ihren Hintern wundervoll zur Geltung bringen.

Wenn es einen Zeitpunkt für eine Jeans gab, die ihren Hintern wundervoll zur Geltung brachte, dann war es dieser.

»O mein Gott«, flüsterte sie. »Worauf zum Henker habe ich mich da gerade eingelassen?«

* * *

In dem Augenblick, in dem das Flugzeug den dreistündigen Flug nach Basseterre auf St. Kitts antrat, bereute Kate ihre unbesonnene Entscheidung. So viel war seit jenem schrecklichen Januartag geschehen, an dem Taylor versehentlich ausgeplaudert hatte, dass Reid Buddy von ihr erzählt hatte.

Dass Buddy sie »entdeckt«, sie bei seiner Plattenfirma unterschrieben und er sie eingeladen hatte, ihn und Taylor auf ihrer Sommertournee zu begleiten – nichts davon war ein glücklicher Zufall gewesen, wie sie geglaubt hatte.

Sie dachte an jene Zeit zurück, als sie und Reid zusammen gewesen waren und er ihr gesagt hatte, dass er Leute im Geschäft kannte, sie ihm aber erklärt hatte, dass sie nicht auf diese Weise Erfolg haben wollte. Sie wollte sich von niemandem helfen lassen, sondern allein wegen ihres Talents und ihrer Leistung weiterkommen. Wenn sie jetzt so darüber nachdachte, musste sie lachen. Niemand brachte es im Musikgeschäft zu etwas, ohne irgendwann Unterstützung zu erhalten.

Die Jahre, in denen sie weitere Tiefpunkte erlebt hatte und reifer geworden war, hatten ihr gezeigt, was für eine Närrin sie damals gewesen war, als sie sich eingeredet hatte, ihr Ziel ohne jede Hilfe erreichen zu können.

Taylors Enthüllung hatte sie so heftig geschockt, dass sie sich auf dem Heimweg zu Reids Haus am Straßenrand hatte übergeben müssen, bevor sie ihn zur Rede gestellt hatte. Selbst nach so langer Zeit wurde ihr bei dem Gedanken an jene grässlichen Minuten, die ihre Affäre abrupt beendet hatten, noch immer übel.

Wenn dieser Ausflug ihr lediglich die Gelegenheit bot, sich für ihr Verhalten an jenem Tag zu entschuldigen, dann würde ihr das genügen. Zumindest redete sie sich das noch Stunden später ein, als die Insel unter ihr in Sicht kam.

In Wahrheit erhoffte sie sich viel mehr als das. Sie hoffte, dass sie vielleicht, möglicherweise eine zweite Chance bekommen könnte. Sie hoffte, dass er einen Blick auf sie warf und wieder empfand, was er in jenem lang vergangenen Herbst und Winter empfunden hatte, als ihr alles noch irgendwie magisch erschienen war.

Wenn sie sich besonders einsam fühlte – was viel häufiger geschah, als die Außenwelt vermutete –, ließ sie die Gedanken zu jenem Tag schweifen, an dem sie ihn kennengelernt hatte, und träumte von den Tagen, die darauf gefolgt waren. Sie erinnerte sich an ihre Ausflüge zu Pferd auf seinem Anwesen und daran, wie sie in seinem Flugzeug nach Memphis geflogen waren, um sich Graceland anzuschauen, und schließlich wegen des schlechten Wetters dort nicht wieder weggekommen waren.

In jener Nacht hatten sie sich zum ersten Mal geliebt, und ihr war jede Einzelheit dieser wundervollen Erfahrung im Gedächtnis geblieben. Von all ihren Erinnerungen hob es sich als das wichtigste Ereignis ihres Lebens ab, und er blieb der wichtigste Mensch, der ihr jemals begegnet war. Und das musste sie ihm mitteilen. Selbst wenn diese Reise nichts anderes bewirkte, sollte er doch zumindest das erfahren.

Am späten Nachmittag landeten sie auf dem Robert L. Bradshaw International Airport, nördlich von Basseterre.

»Was für ein herrlich warmer Tag für einen Ausflug auf die Insel, Miss Kate«, meinte Levi über die Lautsprecher, während das Flugzeug zum Terminal rollte. »Dreißig Grad.«

Sie blickte durch das Fenster in den hellen Sonnenschein hinaus. Sie konnte an nichts anderes denken als daran, Reid wiederzusehen. Was würde er sagen? Was würde sie sagen? Würde er überhaupt mit ihr reden wollen, nach dem, was zwischen ihnen vorgefallen war? Würde er sie für entsetzlich selbstsüchtig halten, wenn sie ohne Vorwarnung in seinem kleinen Paradies auftauchte?

Sie dachte an jenen Tag zurück, Wochen nach ihrer Trennung, an dem er sie nach Hause, nach Rhode Island, geflogen hatte, weil Maggie einen schweren Unfall gehabt hatte. Sie hatte sich so sehr darauf konzentriert, zu ihrer Schwester zu gelangen, dass sie nicht über das gesprochen hatte, was zwischen ihnen vorgefallen war. Nachdem er sie zum Krankenhaus gebracht hatte, hatten sie keine Gelegenheit mehr erhalten, sich vernünftig zu verabschieden. Seither fühlte sich das zwischen ihnen unvollendet an.

Auch wenn es vielleicht egoistisch war, so war es doch das Richtige, herzukommen, um ihn zu treffen, redete sie sich ein, ehe sie sich von Levi die Stufen hinabhelfen ließ. Die Sonne strahlte so grell, dass sie kurz geblendet war, ehe sich ihre Augen daran gewöhnten.

»Wissen Sie schon, wie lange Sie bleiben wollen?«, fragte er, bevor er ihren Koffer ins Terminal brachte.

»Ich bin mir noch nicht sicher. Wenn Sie zurückmüssen, dann kann ich Sie auch anrufen, sobald ich für den Rückflug bereit bin.«

»Ich denke, ich finde hier schon was, womit ich mir in den nächsten Tagen die Zeit vertreibe«, erwiderte Levi mit breitem Lächeln, bevor er sie zu der Reihe wartender Taxis brachte. »Haben Sie meine Handynummer, damit Sie mich anrufen können, wenn Sie zurückmöchten?«

»Ja, ich melde mich bei Ihnen, sobald ich weiß, wie lange ich bleibe.«

»Lassen Sie sich Zeit, Miss Kate. Ich muss nirgendwohin.«

»Vielen Dank, Levi«, meinte Kate, dann reichte sie dem ersten Taxifahrer in der Reihe den Zettel, auf den Buddy Rcids Adresse notiert hatte.

»Das liegt drüben an der Half Moon Bay auf der Atlantikseite der Insel«, erklärte der Fahrer mit melodischem Akzent, der zum Teil britisch, zum Teil karibisch und ein wenig nach Reggae klang.

»Half Moon Bay«, wiederholte Kate und war sofort neugierig auf den Ort, den Reid sein Zuhause nannte. Sie gab Levi die Hand. »Ich melde mich.«

»Viel Spaß.«

»Wünsche ich Ihnen auch.«

»Ich werde mir Mühe geben«, brachte er sie zum Lachen, bevor der Fahrer ihr ins Taxi half.

Auf der Fahrt betrachtete sie die Landschaft, die an ihr vorbeizog – sattes Grün, das strahlende Blau des stets sichtbaren Wassers, verwahrloste Hütten neben Anwesen, die Millionen Dollar wert waren. All das flog in einem Wirrwarr aus Farben und Geschäftigkeit und Gegensätzen an ihr vorbei.

Der Fahrer redete ohne Unterlass mit ihr und bot ihr eine Rundfahrt mit Blick durch die Windschutzscheibe. Sie versuchte, sich auf das zu konzentrieren, was er erzählte, aber es fiel ihr schwer, ihn über das Klopfen ihres Herzens hinweg zu verstehen, so heftig und so schnell, dass sie schon befürchtete, sie würde ohnmächtig werden oder hyperventilieren. In wenigen Minuten würde sie Reid treffen. Zumindest hoffte sie das.

Was, wenn er nicht da war? Wenn er verreist oder ganz woanders war? Vielleicht war er gerade in Nashville. Wie komisch wäre das? Sie war den weiten Weg hierhergekommen, und er war wahrscheinlich nicht mal da. Warum hatte sie nicht zugelassen, dass Buddy ihm verriet, dass sie herfliegen würde? Auf die Art hätte sie wenigstens gewusst, ob er zu Hause war oder nicht.

Als der Fahrer schließlich den Wagen vor einem Anwesen zum Stehen brachte, das auf einem von Strandhäusern gesprenkelten Streifen Sand errichtet war, stand sie kurz vor einem Nervenzusammenbruch.

»Miss?« Der Taxifahrer hielt ihr die Tür auf. »Alles in Ordnung?«

»Ja.« Sie schüttelte die Panik ab und zwang sich, aus dem Auto zu steigen. »Macht es Ihnen was aus, zu warten? Ich zahle auch extra.«

»Kein Problem«, versprach er, während er sie neugierig musterte.

»Ich weiß noch nicht, wie lange es dauern wird.«

»Ich warte hier auf Sie. Lassen Sie sich Zeit.«

»Vielen Dank.«

»Sind Sie sicher, dass alles in Ordnung ist? Sie sind schrecklich blass.«

Sie legte die Hände auf die Wangen. »Wirklich?«

Der Fahrer nickte.

»Ich bin ganz nervös, weil ich den Mann treffen werde, der hier wohnt.«

»Verstehe.« Ein Lächeln erhellte sein Gesicht. »Meinen Töchtern sage ich gerne, dass jeder Mann, mit dem sie ausgehen, sich glücklich schätzen kann und dass sie das nicht vergessen sollen.« Er schaute zum Haus rüber. »Wer auch immer er ist, er hat Glück, dass eine hübsche Dame wie Sie nervös ist, weil sie ihn trifft.«

»Das ist lieb von Ihnen«, bedankte sich Kate und erwiderte sein freundliches Lächeln. »Sie haben genau das ausgesprochen, was ich gerade hören musste.«

»War mir ein Vergnügen. Viel Glück.«

»Danke.«

Er schloss die Tür hinter ihr und lief um das Auto herum, um sich auf den Fahrersitz zu setzen.

Sie betrachtete das Gebäude, das aus dunklem Holz bestand. Es besaß ein reetgedecktes Dach und eine gemütliche Veranda. Windspiele hingen von der Decke und klimperten leise in der sanften Nachmittagsbrise. Das einzige andere Geräusch stammte von den Wellen, die sich am Strand brachen, und von den kreischenden Möwen.

Frieden und Ruhe lagen über allem, woraus sie den Mut schöpfte, durch das Tor im Lattenzaun zu treten, der den winzigen Vorgarten umgab.

Es schlug hinter ihr zu und ließ sie vor Schreck zusammenzucken.

Schließlich stieg sie die drei Stufen zur Veranda hinauf, und ihre Beine fühlten sich wacklig und unsicher an, ganz wie nach ihrer Lungenentzündung. Lange stand sie da und sammelte den Mut, das hier bis zu dem Ende durchzuziehen, welches das Schicksal ihnen vorherbestimmt hatte.

Sie fühlte sich, als stünde sie neben sich, als würde sie eine andere dabei beobachten, wie sie den Arm hob und an die Fliegengittertür klopfte. Die Tür dahinter stand offen, es war also jemand da … Jeder Herzschlag dröhnte ihr in den Ohren, während sie eine Weile wartete, bis Schritte durch das Haus hallten.

Eine attraktive dunkelhaarige Frau in einem bunten Baumwollkleid trat an die Tür. Das lange Haar hatte sie zu einem unordentlichen Dutt auf dem Kopf gebunden. Sie hatte dunkle Augen und ein breites, herzliches Lächeln. »Hallo. Kann ich Ihnen helfen?«

Das Erscheinen einer Frau brachte sie aus dem Konzept. In dem Moment erkannte sie, dass sie nicht ernsthaft geglaubt hatte, er könnte mit einer anderen zusammen sein, auch wenn ihr klar war, dass sie das hätte erwarten sollen. Er war ein umwerfend gut aussehender, erfolgreicher, rücksichtsvoller Mann. Warum sollte er nach all der Zeit nicht eine andere gefunden haben? »Ich …«

Sie war schon zu weit gekommen, um jetzt zu verschwinden, ohne ihn wenigstens gesehen zu haben, also räusperte sie sich und zwang die Worte über ihre Lippen: »Ich suche Reid Matthews. Wohnt er hier?«

»Das tut er. Er ist unten am Strand und arbeitet an seinem Boot.« Sie drückte die Fliegengittertür auf. »Treten Sie ein. Sie erreichen die Stufen von der hinteren Terrasse aus.«

»Danke.« Kate folgte ihr durch einen Wohnbereich, der farbenfroh und gemütlich wirkte. Sie wollte stehen bleiben und sich umschauen, aber sie lief der Frau hinterher zur Veranda, von der man einen herrlichen Blick aufs Meer hatte. »Was für ein tolles Haus.«

»Wir lieben es.«

Die drei kleinen Worte vermittelten ganz genau, was sie damit meinte. Sie waren ein Paar. Sie lebten hier zusammen. Sie schlief neben ihm, mit ihm und aß mit ihm zu Abend.

»Ich verstehe, warum.«

Sie zeigte auf eine Gestalt, ein gutes Stück entfernt am Strand. »Reid bastelt da unten an seinem geliebten Boot.«

Er hatte ein geliebtes Boot. Darüber wollte sie alles erfahren, aber sie hakte nicht nach. Sie hatte kein Recht, der Frau, mit der er sein Leben teilte, Fragen zu stellen. Waren sie verheiratet? So rasch, wie er ihr gekommen war, schüttelte sie den Gedanken wieder ab. »Vielen Dank.«

Etwas ernüchtert stieg sie die lange Treppe zum Strand hinunter, wobei sie den Blick der anderen Frau im Rücken spürte. Sie wollte sich dafür entschuldigen, dass sie ungebeten in ihrem kleinen Paradies aufgetaucht war. Sie wollte der Frau versichern, dass sie keine Bedrohung für sie darstellte, aber sie tat nichts dergleichen. Stattdessen konzentrierte sie sich auf den Punkt am Strand, auf den Mann, an den sie in den vergangenen zehn langen Jahren ständig gedacht hatte.

Auf der untersten Stufe zog sie ihre Sandalen aus und ging barfuß über den warmen Sand, lief zu ihm, als befände sie sich in einem Traum. *Wenn es ein Traum ist*, dachte sie, *dann lass mich bitte nicht aufwachen, bevor ich mit ihm gesprochen habe.*

Er schmirgelte den Rumpf eines alten Ruderboots ab und war so in seine Arbeit vertieft, dass er sie nicht bemerkte.

Zaghaft näherte sie sich ihm, denn sie wollte ihn nicht erschrecken. Als sie knapp zwei Meter von ihm entfernt war, blieb sie stehen und sah sich an ihm satt. Er trug nur kurze, khakifarbene Cargoshorts. Seine Haut war gebräunt, sein Körper noch immer schlank und fit. Graue Strähnen zogen sich durch sein dunkles Haar, und der Schweiß ließ seinen Rücken im Sonnenlicht glänzen.

Eine ganze Minute lang betrachtete sie ihn, bevor sie sich räusperte. »Reid.«

Er erstarrte, richtete sich auf und drehte sich langsam zu ihr um. Schrecken legte sich auf sein Gesicht und zeigte sich in der steifen Art, wie er dastand. »Kate?«, flüsterte er heiser. »Was machst du denn hier?«

Der Klang seiner Stimme erinnerte sie sofort daran, wie sie ihn zum ersten Mal sprechen gehört hatte, damals im Salon in dem riesigen Anwesen, das er einst sein Zuhause genannt hatte, an jenem Tag, an dem ihr Dad ihr seinen alten Freund von der Uni vorgestellt hatte.

Sag etwas. Steh nicht nur rum und starr ihn an. »Ich, äh … Ich musste dich sehen.«

Er blickte zum Haus hoch, bevor er sich wieder ihr zuwandte. »Warum?«

»Ich …«

»Du warst krank.«

»Ich schätze, du hast davon erfahren, dass ich auf der Bühne umgekippt bin.«

»Es stand in der Zeitung – sogar hier unten.«

»Ich hatte eine Lungenentzündung und bin zu früh wieder aufgetreten. Die Medien behaupten, es wären Drogen im Spiel, aber das stimmt nicht.«

Sein Lächeln war genau wie in ihrer Erinnerung – träge, sexy, freundlich –, und sie schmolz dahin. »Wir sind nicht so sehr von der Zivilisation abgeschnitten, dass uns die Gerüchte nicht erreichen.«

Sie zuckte die Achseln. »Bei mir gibt es da nicht viel zu holen, also erfinden sie das meiste. Ich hoffe, du hast nicht gedacht …«

»Ich weiß, dass du keine Drogen nimmst, Kate.«

»Ach, gut«, meinte sie, überrascht, wie wichtig es ihr war, dass er nicht schlecht von ihr dachte, obwohl sie ihm ausreichend Grund dafür gegeben hatte.

»Warum wolltest du mich sehen? Ist etwas passiert?«

Die Worte, die sie seit Wochen und Monaten einstudiert hatte, waren verschwunden, jetzt, da sie vor ihm stand und ihm erklären musste, warum sie ganz plötzlich, so viele Jahre nachdem sie ihre Beziehung beendet hatte, in sein Leben zurückgekehrt war.

»Kate?«

Ihren Namen mit diesem honigsüßen Südstaatenakzent zu hören jagte ihr Schauer über den Rücken, ganz wie damals, als sie noch zusammen gewesen waren. Er hatte sie gerne »Katherine« genannt, wenn sie einander liebten. Bei der Erinnerung daran strömte Hitze durch ihre Adern.

»Ich wollte mich bei dir entschuldigen.«

Er verschränkte die Arme und lehnte sich gegen das Boot. »Wofür?«

»Dafür, wie ich das zwischen uns beendet habe. Das beschäftigt mich schon lange, und ich wollte, dass du das weißt.«

»Aha. Na gut …«

»Was du getan hast, als du Buddy von mir erzählt hast …«

»Das war falsch von mir, besonders da du mich extra darum gebeten hattest, es nicht zu tun.«

Sie schüttelte den Kopf. »Alles, was ich habe, alles, was ich erreicht habe, habe ich dir zu verdanken, weil du Buddy auf mich aufmerksam gemacht hast.«

»Das stimmt nicht. Du bist unfassbar talentiert, und alles, was du hast, hast du dir selbst erarbeitet.«

»Zum Teil ist das richtig, aber ich glaube nicht, dass ich jemals eine solche Karriere geschafft hätte, wenn Buddy nicht daran beteiligt gewesen wäre – oder du.«

»Ich habe deinen Wunsch missachtet. Du hattest alles Recht der Welt, so zu reagieren.«

»Ich habe *uns* missachtet, so wie ich mich verhalten habe. Das bereue ich schon lange, und ich wollte es dich wissen lassen.«

»Kate …« Als müsste er etwas mit seinen Händen tun, fuhr er sich durchs Haar. »Ich weiß nicht, was ich sagen soll.«

»Du musst gar nichts sagen. Mir ist klar, dass zu viel Zeit vergangen ist und dass wir beide darüber hinweg sind, aber es war mir wichtig, dass du weißt …«

»Dass ich was weiß?«

Sie schluckte schwer und zwang sich dazu, seinen Blick zu erwidern. Diese braunen Augen … Sie hatten noch die gleiche Wirkung auf sie wie früher. Niemand hatte sie jemals auf diese besondere Art angeschaut und sie so *gesehen* wie er. »Ich habe dich nie vergessen. Ich habe es nie vergessen. Nichts davon.«

Er ließ ein gequältes Stöhnen entweichen. »Grundgütiger, Kate, was soll ich darauf antworten? Dass ich es auch nie vergessen habe? Das habe ich nämlich nicht. Wie könnte ich? Aber ich führe hier ein neues Leben – ein Leben, das mich zufriedenstellt. Ich bin in einer wundervollen Beziehung, die gut funktioniert.«

Ihr wurde schwer ums Herz, als sie erwiderte: »Das verstehe ich.«

»Nein, tust du nicht.« Sein Tonfall wirkte so streng, dass sie aufkeuchte. »Ich habe lange gebraucht, um nach dir hier anzukommen. Ziemlich lange.«

Sie hob die Hände, damit er nicht weitersprach. »Ich verlange nichts von dir. Ich wollte nur eine Gelegenheit, dich wissen zu lassen, wie sehr ich es bedauere, wie ich mich verhalten habe. Es tut mir leid, wenn du meinetwegen die ganze Zeit gedacht hast, dass ich nicht dankbar wäre für das, was du für mich getan hast. Das *bin* ich. Ich bin dankbar. Mehr wollte ich nicht von dir.«

Seine steife Haltung lockerte sich, und er ähnelte wieder ganz dem Reid aus ihrer Erinnerung. »Bist du glücklich, Kate? Erfüllt dich die große Karriere so sehr, wie du es dir vorgestellt hast?«

»Ich bin zufrieden. Die Auftritte, die Fans zu treffen, all das genieße ich noch immer. Es gibt eine Menge, was ich nicht vermissen würde, ganz besonders die Mutmaßungen der Presse, was meinen hemmungslosen Drogenmissbrauch betrifft.«

»Ich bin mir sicher, dass das mit der Zeit langweilig wird.«

»Was ist mit dir? Bist du glücklich hier im Paradies?«

»Ich bin zufrieden«, wiederholte er ihre Worte.

Es war ihr schmerzhaft bewusst, dass zwischen zufrieden und glücklich eine Menge Platz lag, aber sie beschloss, ihn nicht darauf hinzuweisen, denn es war ihm wahrscheinlich längst klar. »Es tut mir leid, dass ich einfach so aufgekreuzt bin, aber ich wollte es dir persönlich sagen. Ich wollte …«

Er löste sich vom Boot und machte einen Schritt auf sie zu, woraufhin ihr Herz raste, als würde sie auf Thunder über die weiten Felder hinter ihrem Haus galoppieren. »Was wolltest du, Kate?«

Sie zwang sich zu einem Lächeln. »Das ist jetzt nicht mehr wichtig.«

»Doch, das ist es.«

»Du bist mit einer anderen zusammen. Da ist das jetzt überflüssig.«

»Sag es mir trotzdem.«

Wenn er noch ein Stück näher kam, würde sie dem Verlangen nicht mehr widerstehen können, ihn zu berühren, ihm die Hände auf die Brust zu legen, wie sie es früher stets getan hatte, als hätte sie noch immer das Recht dazu.

»Wenn du ungebunden wärst, hätte ich dich vielleicht gefragt …«

»Was? Was hättest du mich gefragt?«

Flehend blickte sie zu ihm hoch. »Zwing mich nicht dazu, es auszusprechen«, bat sie.

Ein Muskel an seinem Kiefer pochte angespannt, während er auf das Wasser starrte. »Wo warst du vor sechs Monaten? Wo warst du, als ich beschlossen habe, es mit einer anderen zu versuchen?«

»Es tut mir leid. Ich hätte nicht herkommen sollen. Ich hatte nie vor, es noch zu verschlimmern.«

»Verschlimmert hast du nichts. Aber sie ist gut zu mir. Sie tut mir gut.«

»Das verstehe ich. Bitte, kein Wort mehr. Ich verschwinde wieder.«

Er stützte die Hände auf die Hüften. »Ich bin froh, dass du gekommen bist.«

»Ich auch. Es ist echt schön hier. Ich verstehe, warum du das hier liebst.«

»Ist auf jeden Fall besser als das Gehetze in Nashville«, erwiderte er mit diesem trägen, sexy Lächeln, das so typisch für ihn war.

»Ich bin froh, dass du dich hier eingerichtet hast. Pass auf dich auf, Reid.«

»Du auch. Keine Macht den Drogen.«

Darüber musste sie lachen. »Ich bemühe mich.« Sie schaute zum Haus. Die Frau, mit der er sein Leben teilte, war nirgends zu sehen, aber sie hegte keinen Zweifel daran, dass sie sie beobachtete. »Gibt es einen Weg von hier weg, bei dem ich nicht durch dein Heim laufen muss?«

»Nimm den Pfad dort.«

»Ich hatte gedacht, dass ich vielleicht einen oder zwei Tage bleibe, da ich noch nie hier war und es so schön ist. Kannst du mir was empfehlen, wo ich übernachten kann?«

»Meinem Freund Desi gehört das Sunset Point Resort drüben in Frigate Bay. Ich ruf ihn an und bitte ihn darum, dir was zurechtzumachen.«

»Das wäre echt nett. Danke.«

»Kein Problem.«

»Ich lass dich mal weiterarbeiten. Bis dann.«

»Mach's gut, Kate.«

Während sie über den Pfad schritt, den er ihr gezeigt hatte, spürte sie, wie er ihr hinterhersah. Erst nachdem sie oben angekommen war und das auf sie wartende Taxi erblickt hatte, gestattete sie sich, wieder Atem zu holen. Es war nicht ganz so gelaufen, wie sie gehofft hatte, aber sie hatte den Abschluss erhalten, den sie brauchte. Sie musste sich mit dem Teilsieg zufriedengeben und herausfinden, wie sie ohne ihn weitermachen konnte.

KAPITEL 4

Reid schaute Kate nach, die den Pfad hinauflief und auf die Straße verschwand. Noch lange nachdem sie außer Sicht war, stand er da und starrte auf den Weg, denn ihm schwirrte der Kopf nach der Unterhaltung, der Überraschung, seiner Reaktion. Zu leugnen, dass er so heftig auf sie reagiert hatte wie damals, wäre unaufrichtig.

Es war wie ein Schlag in die Magengrube gewesen, ihr wieder zu begegnen. Auch mit dem Rücken zu ihr hatte er sie erkannt, kaum dass sie seinen Namen gesagt hatte. Niemand sprach seinen Namen so aus wie sie. Bei niemandem sprang der Funken über wie bei ihr, wenn sie ihn nur ansah. Bei niemandem entbrannte sein Verlangen wie bei ihr.

»Verdammt«, murmelte er, dann wandte er sich vom Pfad ab und legte die Hände auf den Rumpf des Bootes, das er nun schon seit Monaten restaurierte. Er war mit seinem Leben auf der Insel und mit Mari vollkommen zufrieden gewesen, aber jetzt … Jetzt wusste er, dass Kate noch immer an ihn dachte, dass sie ihn oder das, was zwischen ihnen gewesen war, nie vergessen hatte, dass sie bereute, wie es zwischen ihnen geendet hatte. Wie sollte er mit seinem wunschlos glücklichen Leben weitermachen, nachdem er all das erfahren hatte?

Kurz war er sauer auf sie. Wie konnte sie es nur wagen, hier aufzutauchen, in seinem Zuhause, und sein wohlgeordnetes Leben durcheinanderzubringen, indem sie ihm all das anvertraute? Wie konnte sie es wagen, sich auf seine Kosten zu trösten? Aber dann dachte er daran, dass es wahrscheinlich jede Menge Rückgrat erfordert hatte, den Mut aufzubringen, ihn erst aufzuspüren und dann herzufliegen, um ihn zu treffen, ganz besonders angesichts dessen, wie es zwischen ihnen ausgegangen war.

Ihre Beziehung war von Anfang an zum Scheitern verurteilt gewesen. Niemand hatte den Altersunterschied von achtundzwanzig Jahren gutgeheißen. Himmel, er selbst hatte ihn nicht gutgeheißen, aber er war in seiner Machtlosigkeit ihrem Liebreiz, ihrer Unschuld, ihrer engelsgleichen Stimme und ihrem wunderschönen Gesicht verfallen.

Mit beinahe dreißig war sie fast noch schöner als mit achtzehn. Sie war in ihren schlaksigen Körper hineingewachsen, aber das lange, dichte blonde Haar und die umwerfend blauen Augen hatten sich nicht verändert. Nie hatte er Augen wie ihre erblickt, und er hatte auch nie vergessen, wie es sich anfühlte, wenn diese Augen ihn voller Liebe, Zuneigung und Verlangen betrachteten, was sich von allem unterschied, was er je mit einer anderen erlebt hatte.

»Reid?«

Maris Stimme riss ihn aus den Gedanken. Er drehte sich um und erkannte, dass sie ihn argwöhnisch musterte, als wartete sie darauf, dass er ihr bestätigen würde, dass mitten in ihr friedliches Leben eine Bombe geplatzt war. Was sollte er ihr erzählen, wenn er nicht mal sicher war, was er davon halten sollte?

»Hi.«

»Das war Kate.«

»Ja.« Er hatte ihr einmal in einem Augenblick von Kate erzählt, den er jetzt am liebsten zurücknehmen würde, denn sie würde verstehen, was es zu bedeuten hatte, dass Kate wieder aufgetaucht war. Als er ihr seine Geschichte anvertraut hatte, hatte er nicht damit gerechnet, Kate noch einmal wiederzusehen. Es wäre ihm nie in den Sinn gekommen, dass sie ihn aufsuchen würde.

»Also?«

»Nichts. Sie wollte mir etwas mitteilen. Das hat sie getan.« Er zuckte die Achseln, in der Hoffnung, ihr damit zu verstehen zu geben, dass alles in Ordnung war, war sich aber nicht sicher, ob es ihm gelang. »Nichts weiter.«

Mari neigte den Kopf und betrachtete ihn aus klugen, wissenden Augen. »Stimmt das?«

»Ja. Wollen wir zu Abend essen? Wohin möchtest du?«

»Wir werden also so tun, als wäre nichts geschehen? So möchtest du das handhaben?«

»Es ist nichts geschehen. Wie soll ich sonst damit umgehen?«

»Du kannst dich vielleicht selbst belügen, aber nicht mich. Ich kenne dich zu gut. Ihr wieder zu begegnen hat dich aufgewühlt.«

»Es hat mich überrascht. Das werde ich nicht leugnen, aber darüber müssen wir uns keine Gedanken machen.« Er räumte die Werkzeuge in einen Eimer unter dem Boot und klopfte sich den Sand von den Händen. »Ich bin am Verhungern. Du?«

»Ich könnte was vertragen, schätze ich.«

In der Hoffnung, sie zu beschwichtigen, legte er einen Arm um sie und zog sie an sich, während er sie zur Treppe führte, beruhigt von ihrem vertrauten Duft und dem ungezwungenen, stressfreien Band, das von Anfang an zwischen ihnen bestanden hatte.

Ihre Beziehung erinnerte ihn oft daran, wie es zwischen ihm und seiner verstorbenen Frau gewesen war. Mit beiden Frauen verbanden ihn Freundschaft, Kameradschaft, Vertrautheit und Zufriedenheit.

Bei Kate hatte er Feuer erlebt, Drama, heftige Emotionen – und weltbewegenden Sex. Und Magie. Diesen letzten Teil vermisste er am meisten, seit sie ihn verlassen hatte. Er redete sich ein, dass er ohne das Feuer und das Drama besser dran war und dass er ohne die Magie leben konnte. Das friedvolle Dasein, das er nun führte, war der Kompromiss. Niemand konnte alles haben. Daran glaubte er ganz fest. Sein neues Leben mit Mari stellte ihn zufrieden, und er würde nichts unternehmen, wodurch er das riskieren würde.

Magie war etwas Wundervolles, bis sie es nicht mehr war. Dann war sie schmerzhaft. Das hatte er am eigenen Leib erfahren, und er hatte kein Bedürfnis, das erneut durchzumachen. Einmal war mehr als genug gewesen.

* * *

Offenbar hatte Reid einen guten Kontakt zum Besitzer des Sunset Bay Resort, denn Kate fand sich in einem Bungalow am Strand wieder, von dem aus sie einen herrlichen Blick auf den Mond hatte, der über dem stillen Wasser aufging.

»Gefällt es Ihnen so, Ma'am?«, fragte die junge Frau, die Kate von der Rezeption aus begleitet hatte.

»Das würde jedem gefallen.« Kate lächelte und gab der Frau zwanzig Dollar Trinkgeld. »Vielen Dank.«

»Gern geschehen. Wenn Sie möchten, kann ich Ihnen etwas zum Abendessen schicken lassen. Entweder warte ich, bis Sie sich etwas ausgesucht haben, oder Sie drücken die Neun auf einem der Telefone, um etwas zu bestellen.«

»Ich denke, ich warte noch etwas.« Sie konnte sich nicht vorstellen, jetzt etwas zu essen, nicht solange ihre Nerven noch immer so angespannt waren, nachdem sie Reid getroffen hatte.

»Wie Sie wünschen, Ma'am. Genießen Sie Ihren Aufenthalt bei uns, und lassen Sie es uns wissen, wenn wir Ihnen helfen können.«

»Ganz bestimmt, danke.«

Wenige Minuten später brachte der Page ihren Koffer und stellte ihn im Schlafzimmer ab. Dann war sie endlich für sich. Sie wusste nicht, wann sie jemals so gerne hatte allein gelassen werden wollen wie in diesem Augenblick.

Das letzte Mal hatte sie es vermutlich in der Woche gewollt, nachdem sie mit Reid Schluss gemacht hatte. Sie hatte sich in ihrer Wohnung in Green Hills eingeigelt, um sich die Wunden zu lecken, bis Buddy sie dazu gezwungen hatte, wieder an die Arbeit zurückzukehren, indem er ihr mit einem Gerichtsverfahren gedroht hatte.

Er hatte ihr einen Gefallen getan, weil er mit harten Bandagen gekämpft hatte, und mit der Zeit hatte sie den Schmerz und Schock verwunden, Reid verloren zu haben, und hatte ihr Leben weiterführen können. Auch wenn sie im romantischen Bereich nie darüber hinweggekommen war. Die ganze Zeit hing ihr Herz noch immer an ihm. Nachdem sie ihn heute gesehen hatte, war ihr das klarer geworden als nach all den fehlgeschlagenen Beziehungen der vergangenen Jahre.

Jetzt, da sie ihre Antwort hatte, war es an der Zeit, herauszufinden, wie sie sich von ihm lösen könnte. Sie hatten ihren Moment gehabt. Ihre Zeit war gekommen und gegangen. Er hatte eine andere und war glücklich. Für Kate gab es in seinem neuen Leben keinen Platz, und jetzt musste sie das akzeptieren und sich von ihm abwenden.

Sie trat auf den Balkon, der auf den Strand hinausführte, und lehnte sich ans Geländer, um den Mondaufgang zu betrachten. Es war ein wundervoller Ort. Sie verstand, warum es ihm hier gefiel.

In den folgenden Tagen würde auch sie das hier lieben. Sie würde sich ein wenig Zeit nehmen, um sich damit abzufinden, was geschehen war, bevor sie nach Hause zurückkehrte und herausfand, wie sie das nächste Kapitel in ihrem Leben gestalten wollte. Wenn alles lief wie geplant, würde ihre Familie sie über Weihnachten in Nashville besuchen, und nach dem ersten Januar würde sie wieder auf Tournee gehen. Das gab ihr genug Zeit dafür, mit der Vergangenheit abzuschließen und sich eine Zukunft einzurichten, zu der der einzige Mann, den sie jemals geliebt hatte, nicht gehörte.

Den Gedanken daran schüttelte sie ab. Wenn sie sich damit weiter beschäftigte, würde sie das letzte bisschen Fassung verlieren, an das sie sich klammerte, während ihr bewusst wurde, dass sie nichts mehr mit ihm erleben würde. Ihr blieben nur wunderschöne Erinnerungen, und das war mehr, als manche Menschen in ihrem ganzen Leben hatten.

Da sie beschlossen hatte, ein paar Tage zu bleiben, schrieb sie Levi eine Nachricht, damit er Bescheid wusste.

Lassen Sie sich Zeit, Miss Kate. Hier ist es fantastisch.

Sie lächelte, froh, dass er sich hier amüsierte. Sie alle arbeiteten viel zu schwer und hatten sich eine Auszeit verdient, die nicht darin bestand, zu einem weiteren Veranstaltungsort, Soundcheck, einer Probe, dem Aufnahmestudio oder einer kreischenden Menge zu düsen.

Sie überflog das Menü für den Zimmerservice und bestellte sich eine Flasche Wein, was mit Lachs und Salat. »Moment«, rief sie, bevor der Mann am anderen Ende auflegen konnte. »Ich nehme noch die Mousse au Chocolat.«

»Wir bringen Ihnen alles in dreißig Minuten, Miss Harrington.«

»Vielen Dank.«

Während sie auf ihr Abendessen wartete, duschte sie und zog sich das blaue Seidennachthemd und den Morgenmantel an, den Jill ihr zum Geburtstag geschenkt hatte. Danach kämmte sie sich die Haare, bis ihr Handy ihr mitteilte, dass sie eine Nachricht von Jill erhalten hatte.

Wie lief's?

Nicht so toll, aber mir geht's gut.

Sicher?

Ja. Ich erzähl dir davon, wenn ich wieder zu Hause bin. Was hast du so vor?

Das glaubst du mir nicht, wenn ich es dir verrate.

Entspannst du dich?

Ich gebe mir Mühe ...

Gib dir mehr Mühe. Wir sehen uns in ein paar Tagen.

Ruf mich an, wenn du reden musst. Ich bin immer für dich da.

Ich weiß. Das ist einer der vielen Gründe, warum ich dich liebe.

:)

Sie legte das Handy weg und schaute zum Wasser raus, bis ein Klopfen an der Tür ankündigte, dass ihr Essen da war.

* * *

Jill war ärgerlich auf sich selbst, weil sie wusste, dass Ashton einen silbernen Jaguar mit seinen Initialen AJM als Nummernschild fuhr. Sie ärgerte sich, weil sie sehnsüchtig darauf wartete, dass der silbergraue Wagen auf der langen Straße zu Kates Anwesen erschien. Sie ärgerte sich über sich selbst, weil sie sich so darauf freute, ihn zu treffen, weil sie wissen wollte, wohin er sie ausführen würde, und weil die ganze Sache ihr wichtiger war, als sie sein sollte.

Zum tausendsten Mal in der vergangenen Stunde wischte sie sich die schweißnassen Handflächen an der Jeans ab und wünschte sich, sie hätte sich nie auf das Date eingelassen, oder was auch immer das hier war. »Das ist doch lächerlich.«

Um sich die Wartezeit zu verkürzen, hatte sie Kate gefragt, wie es in St. Kitts gelaufen war, aber jetzt machte sie sich Sorgen, dass ihre Schwester nur so tat, als ob es ihr gut ginge, damit Jill sich nicht sorgte.

»Du hast frei«, rief sie sich ins Gedächtnis, allerdings konnte sie zwar aufhören, Anwalt oder Manager zu sein, aber sie blieb doch stets Schwester. »Sie hat mir versichert, dass alles in Ordnung ist, außerdem ist sie erwachsen. Wenn etwas nicht stimmen würde, dann hätte sie mir das mitgeteilt.«

Trotz Kates Aussage hegte Jill keinen Zweifel daran, dass ihre Schwester am Boden zerstört war, weshalb sie ihre eigenen Pläne absagen und nach St. Kitts fliegen wollte, um für sie da zu sein. Sie griff gerade nach ihrem Handy, um Ashton anzurufen, als eine schwarze Stretchlimousine auf der Einfahrt erschien.

Jill fiel die Kinnlade runter. »Was zum Henker?«

Der Wagen blieb vor ihrem Haus stehen, und der Fahrer stieg aus. Das wusste sie, weil sie aus dem Fenster starrte. Dennoch zuckte sie zusammen, als der Mann an die Tür klopfte.

Nachdem sie ihm aufgemacht hatte, erklärte sie: »Ich glaube, Sie haben sich in der Adresse vertan.«

»Sind Sie Jill Harrington?«

Nickend blickte sie zum Auto.

»Mr Matthews hat mich hergeschickt, um Sie abzuholen.«

»Wohin bringen Sie mich?«

»Ich fürchte, diese Information ist vertraulich. Mir wurde mitgeteilt, dass es sich um eine Überraschung handelt.«

Sie ließ sich das durch den Kopf gehen, unsicher, was sie davon halten sollte, von ihm gemanagt zu werden. Sie war daran gewöhnt, sich um andere zu kümmern.

»Er hat erwähnt, dass Sie sich weigern könnten, aber er verspricht Ihnen, dass Sie seine Pläne für heute Abend genießen werden. Ach, und er empfiehlt Ihnen, eine Jacke mitzunehmen. Nur für alle Fälle.«

Argwöhnisch beäugte sie den Fahrer, und sie wollte ihn fragen, für welche Fälle genau. »Noch etwas?«

»Nein, das war alles.«

Sie dachte daran, dass Kate ganz alleine auf St. Kitts saß. Sie dachte an die endlosen Monate auf Tour, Tag für Tag ohne auch nur eine Stunde für sich. Kate hatte ihr geraten, sich zu entspannen, sich eine Auszeit zu gönnen, und sosehr sie sich womöglich auch dafür verabscheute, war sie doch äußerst gespannt darauf, zu erfahren, was Ashton vorhatte.

»Miss Harrington? Kommen Sie?«

»Ja.« Auf dem Weg zur Tür raus schnappte sie sich eine Jeansjacke und ihre Handtasche. »Kann losgehen.«

* * *

Reids Abendessen mit Mari verlief ungewöhnlich still und ungemütlich. Er bemühte sich, sich mit ihr zu unterhalten, aber er konnte nur daran denken, wie surreal es gewesen war, Kate wiederzusehen. Immer wieder ging er ihre kurze Begegnung am Strand durch, bis er jedes Wort und jeden Ausdruck auf der Suche nach einer tiefer gehenden Bedeutung analysiert hatte.

Hatte sie ihm mitteilen wollen, dass sie ihn zurückwollte? Warum setzte sein Herz einen Schlag aus, wenn er daran dachte, dass sie das vermutlich gemeint hatte? Was hatte das zu bedeuten?

»Reid.«

Er riss sich aus den Gedanken und erkannte, dass Mari ihn über den Tisch hinweg studierte, sichtlich genervt von seiner Abgelenktheit. »Entschuldige. Was hast du gesagt?«

»Vergiss es.« Sie gab dem Kellner zu verstehen, dass sie zahlen wollte.

»Möchtest du kein Dessert?« Sie aß immer eine Nachspeise.

»Heute nicht.« Stattdessen wollte sie, wie es schien, zügig von hier verschwinden.

Er bestand stets darauf, zu bezahlen, wenn sie zum Essen ausgingen, aber heute Abend war sie schneller und unterzeichnete den Beleg der Kreditkarte, bevor ihm überhaupt klar geworden war, dass die Rechnung da war.

Dann legte sie den Stift weg, nahm ihre Karte und lief zum Ausgang, ehe er auch nur die Serviette vom Schoß genommen hatte.

Reid eilte ihr nach. »Mari, wohin willst du denn?«

»Nach Hause.«

Wenn er sich nicht irrte, hörte er Tränen in ihrer Stimme, aber er hatte Angst davor, sie auf der kurzen Fahrt zu dem Haus anzuschauen, in das sie gerade erst mit ihm eingezogen war. Sobald sie da waren, sprang sie aus dem Wagen und rannte ins Schlafzimmer. Dort warf sie ihre Kleidung in eine Tasche, ihre Bewegungen abgehackt und fahrig – was ihn an jenen Tag erinnerte, an dem Kate ihn verlassen hatte. Nach all den Jahren war es noch immer eine schmerzhafte Erinnerung.

»Was tust du da?«

»Ich gehe.«

»Warte mal. Wohin?«

»Weg von hier.«

»Das verstehe ich nicht. Heute ist etwas geschehen, was mich überrascht hat. Gönnst du mir nicht mal eine Nacht, um das zu verarbeiten?«

Sie drehte sich zu ihm um, und ihr tränenüberströmtes Gesicht zerrte an seinem Herzen. »Wenn ich dir einen Monat oder ein Jahr geben würde, um das zu ›verarbeiten‹, was heute vorgefallen ist, würde das die Tatsache ändern, dass du sie noch immer liebst?«

»*Was?*« Er starrte sie ungläubig an. »Woher kommt das denn? Ich habe sie seit *zehn* Jahren nicht gesehen.«

»Diese zehn Jahre sind in dem Augenblick verschwunden, in dem sie aufgetaucht ist, nicht wahr?«

Als sie ins angrenzende Bad lief, folgte er ihr. »Mari, hör mir doch zu. Bitte.«

Während sie sich ihm zuwandte, schien sie eine engelsgleiche Gelassenheit heraufzubeschwören, die in scharfem Kontrast zu der emotionalen Feuersbrunst stand. »Wir hatten uns stets versprochen, dass wir nur so lange zusammenbleiben, wie es zwischen uns funktioniert, stimmt's?«

»Stimmt.«

»Ich habe keine Chance gegen die Frau, die du noch immer liebst, und ich werde es auch gar nicht erst versuchen.«

»Woher weißt du, dass ich sie noch immer liebe? Selbst ich weiß das nicht.«

»In all den Monaten, die wir zusammen sind, hast du nicht ein einziges Mal ausgesprochen, dass du mich liebst. Ich hatte immer vermutet, dass es da eine andere gibt, eine, der dein Herz gehört. Heute habe ich dich beobachtet, als du sie zum ersten Mal nach der ganzen Zeit erblickt hast, und endlich habe ich darauf eine Antwort erhalten. Ich habe alles gesehen, was du mir nie gezeigt hast.«

»Das ist nicht fair. Ich war überrascht. Ich hatte keine Ahnung, dass sie kommt. Wie sollte ich denn deiner Meinung nach reagieren, wenn jemand, für den ich vor einem Jahrzehnt sehr viel empfunden habe, aus dem Nichts aufkreuzt?«

»Schau mir in die Augen, hier und jetzt, und versichere mir, dass du sie nicht mehr liebst.«

Er hatte vor, genau das zu tun, denn er wollte Mari nicht verlieren. Ihm gefiel, was zwischen ihnen lief. Es war unkompliziert, angenehm und friedlich. Es war alles, was seine Beziehung zu Kate nicht gewesen war, aber er konnte dieser schönen, gutherzigen Frau, die so wundervoll zu ihm gewesen war, nicht in die Augen sehen und sie belügen.

»Ich weiß nicht, was ich empfinde. Ich wünschte, ich könnte dir sagen, was du hören willst, aber ich bin verwirrt. Sie wieder zu treffen hat mich aus der Bahn geworfen. Das werde ich nicht leugnen. Ich brauche Zeit, um herauszufinden, was das bedeutet.«

»Nimm dir so viel Zeit, wie du willst.« Sie schnappte sich die Tasche und ging zur Tür. »Den Rest meiner Sachen lasse ich abholen.«

»Mari, ich bitte dich. Du musst nicht gehen. Es muss doch nicht so enden.«

»Doch, das muss es, denn ich liebe dich, aber ich werde nicht dasitzen und dabei zuschauen, wie du mich verlässt.«

»*Dich verlassen?* Du bist doch diejenige, die geht.«

»In dem Moment, in dem du sie gesehen hast, warst du schon nicht mehr bei mir.« Das äußerte sie so leise, dass er sie beinahe nicht verstanden hätte.

»Mari ...«

»Bitte, hör auf. Wir beide wissen, dass es stimmt, leugne es nicht. Wir hatten eine schöne Zeit zusammen, und ich möchte nicht erleben, wie unsere Beziehung einen qualvollen Tod stirbt, während du dich nach der einen sehnst, die nicht mehr da ist. Tu uns, und auch mir, das nicht an.«

Bevor ihm eine zusammenhängende Erwiderung einfiel, war sie schon zur Tür raus und in ihr Auto gestiegen. Er knallte die Tür zu und schlug mit der Faust gegen das Holz. Wie hatte dieser Tag so außer Kontrolle geraten können? Jetzt stand er hier und konnte nur zuschauen, wie sie zur Tür rausstürmte, nachdem ihre Beziehung ein jähes, stürmisches Ende gefunden hatte.

»Ich verrate dir, wie das passiert ist«, brummte er, während er wütend seine Autoschlüssel nahm. »Kate Harrington ist passiert. Wieder einmal hat sie mein Leben über den Haufen geworfen, aber diesmal kommt sie damit nicht durch.«

* * *

Nach dem Abendessen trug Kate die Flasche mit dem restlichen Wein auf die Terrasse zum Strand raus und streckte sich auf einem der breiten Liegesessel aus. Ihr entging nicht, dass auf die Stühle zwei Personen passten und dass sie wie so oft allein war. Normalerweise störte es sie nicht, für sich zu sein. Aber hier im Paradies fühlte sie sich einsamer als je zuvor.

Natürlich lag es daran, dass heute nichts so gelaufen war, wie sie es sich erhofft hatte. Jetzt, da sie Reid wiedergesehen hatte, konnte sie sich eingestehen, wie sehr sie erwartet hatte, dass er alleinstehend war und sich genauso wie sie nach dem zurücksehnte, was einst zwischen ihnen gewesen war. Aber er schien glücklich zu sein mit der dunkelhaarigen Schönheit, mit der er zusammenlebte.

Sobald sie an die zierliche Frau mit den dunklen Augen und dem kurvigen Körper dachte, empfand sie ein Gefühl, das ihr vollkommen neu war: Eifersucht. Lag er jetzt bei ihr im Bett und liebte sie? Oder betrachteten sie auf ihrer Veranda denselben Mond wie sie und unterhielten sich über seine alte Flamme, die heute aufgetaucht war, und lachten darüber, wie fehlgeleitet sie gewesen war, einfach so aufzukreuzen und zu erwarten, dass sie dort weitermachen würden, wo sie und Reid vor so langer Zeit aufgehört hatten?

»Puh«, sagte sie zum Mond und rieb sich mit der Hand über das Gesicht, als könnte sie so die Erinnerung an die andere Frau auslöschen, die Reid jetzt liebte. Es half ihr nicht, an die beiden zu denken oder sich auszumalen, was sie gerade so trieben.

Das Telefon im Haus klingelte und riss sie aus den Gedanken. Sie stand auf, um ranzugehen.

»Miss Harrington«, meldete sich der Mann von der Rezeption. »Entschuldigen Sie die Störung, aber Sie haben Besuch. Einen Mr Matthews. Er besteht darauf, Sie sofort zu sprechen.«

Erstarrt vor Schreck drückte sie sich den Hörer ans Ohr und schaute blicklos auf die Wand, während sie versuchte, einen klaren Gedanken zu fassen. Reid war hier. Er wollte sie sprechen.

»Miss Harrington?«

»Schicken Sie ihn bitte zu mir.«

»Wie Sie wünschen.«

Da sie keine Zeit hatte, sich umzuziehen, bevor er da war, band sie sich den Morgenmantel fester um und fuhr sich mit den Fingern durchs Haar. Was wollte er hier? Als er schließlich wenig später an die Tür klopfte – oder eher hämmerte –, war sie kaum noch in der Lage, einen klaren Gedanken zu fassen.

Bevor sie ihm aufmachen konnte, klopfte er erneut heftig an. »Mach auf, Kate.« Was zum Henker war in ihn gefahren?

Sie öffnete ihm und wollte ihn gerade fragen, was los war, da drängte er sich auch schon an ihr vorbei in den Wohnbereich.

»Ich hoffe, du bist glücklich.«

»Was ... Ich ... Wovon redest du?«

Wie ein eingesperrter Tiger lief er in dem kleinen Raum auf und ab, was sie an jenen längst vergangenen Abend erinnerte, an dem er zu ihr gekommen war, um ihre Beziehung zu beenden. Stattdessen waren sie am nächsten Tag nach Memphis geflogen und miteinander ins Bett gegangen.

»Mari hat mich verlassen. Glücklich?«

»Sie ... Warum?«

»Wegen dir. Weil du aufgetaucht bist und alles zerstört hast, genau wie damals.« Die braunen Augen mit dem Schlafzimmerblick, die sie von Anfang an so geliebt hatte, schleuderten bei diesen Worten Blitze. Er trug ein weißes Hemd, das sich von seiner gebräunten Haut abhob, und seine Haare waren zerzaust, als hätte er sie sich gerauft. Er war jetzt fünfundfünfzig, wirkte aber nicht älter als vierzig, und sie liebte ihn noch immer ganz genauso wie früher.

Die Erkenntnis brachte sie aus dem Gleichgewicht und ließ ihr Herz wie wild pochen, während ihr der Mund ganz trocken wurde. »Das ... das tut mir leid. Ich hatte nicht vor, etwas zu zerstören. Ich wollte dich nur sehen und dir mitteilen ... Es tut mir leid.«

Er ließ den Blick langsam und eindringlich über sie wandern, was ihre angespannten Nerven nur noch mehr unter Druck setzte. »Tut es das?«, fragte er mit diesem trägen Akzent, der so typisch für Tennessee war und sie jedes Mal überwältigte.

»Tut es ... was?« Es gefiel ihr nicht, dass er eine stammelnde Närrin aus ihr machte, aber dass sie ihm so nahe war, während er offenkundig wütend auf sie war, ließ ihre Gehirnzellen durchschmoren.

»Tut es dir leid, dass sie mich verlassen hat?« Er trat näher, was sie dazu zwang, zurückzuweichen – bis sie gegen die Wand stieß.

»Ich, äh ...« Was sollte sie darauf erwidern?

Sein Gesicht war nur noch wenige Zentimeter von ihrem entfernt, als er seine Frage wiederholte, diesmal langsamer. »Tut es dir leid, dass sie mich verlassen hat?«

Da sie es nicht wagte, etwas zu äußern, schüttelte sie nur den Kopf.

»Warum?« Sein Blick fiel auf ihren Mund, der nur noch trockener wurde.

Sie leckte sich über die Lippen und erkannte, wie seine Augen dunkler wurden. Das taten sie stets, wenn er erregt war.

Seine Hände landeten auf ihren Hüften, die Fingerspitzen gruben sich in die Seide, waren sengend heiß. »Warum?«

»Weil ich dich will.« Jetzt, da er direkt bei ihr war und sie zum ersten Mal seit einem langen Jahrzehnt berührte, war es plötzlich ganz leicht, ihm die Wahrheit zu sagen. »Ich habe dich immer gewollt. Selbst wenn ich es nicht sollte.«

Dann fiel er über sie her. Es gab schlicht kein anderes Wort für die Art, wie er sie küsste, als hätte er diesen Augenblick so lange herbeigesehnt, wie sie getrennt gewesen waren. Er verzehrte sie mit den Lippen, der Zunge, den Zähnen.

Sie legte ihm die Arme um den Hals und klammerte sich, so fest sie konnte, an ihn, während sie seinen Kuss mit aller Macht erwiderte. Sie wusste nicht, wie lange sie so an die Wand gedrückt dastanden und einander mit jahrelang aufgestauter Leidenschaft und Verlangen küssten. So etwas hatte sie noch nie erlebt, nicht mal mit ihm. Noch immer rührten sich seine Hände nicht von ihren Hüften. Er hielt sie so fest, als fürchtete er, dass sie verschwinden könnte, wenn er sie losließ.

Sie wollte mehr von ihm und schmiegte sich in seine Umarmung, wobei sie den Druck seiner Erektion an ihrem Bauch spürte. Sobald sie scharf Luft holte, unterbrach er den Kuss und widmete sich ihrem Hals.

»Das ist doch verrückt«, flüsterte er zwischen Küssen, bei denen sie in seinen Armen dahinschmolz. »Was willst du überhaupt hier?«

»Ich bin deinetwegen gekommen.« Sie griff in seine Haare und erinnerte sich wieder daran, wie sich das beim ersten Mal zwischen ihren Fingern angefühlt hatte. An das Gefühl auf ihrer Haut hatte sie noch lange, nachdem sie sich getrennt hatten, gedacht. »Ich konnte nicht damit aufhören, mich nach dir zu sehnen. Ich habe es versucht, aber nicht geschafft. Ich habe nie aufgehört.«

Sein Stöhnen klang gequält. »Ich auch nicht. Jeden Tag habe ich an dich gedacht. Immer, wenn ich allein im Auto saß, habe ich deine Musik gespielt. Dann habe ich mich dir näher gefühlt.«

»Es tut mir leid«, entschuldigte sie sich, und ein Schluchzen kam ihr unfreiwillig über die Lippen. »Ich habe mich dir gegenüber schrecklich verhalten, dabei hast du mir so geholfen.«

Er brachte sie mit einem weiteren intensiven, drängenden Kuss zum Schweigen, bei dem sie sich nach mehr sehnte. »Es war falsch von mir, hinter deinem Rücken zu handeln. Du hattest vollkommen recht, als du gesagt hast, ich hätte dich nicht respektiert.«

Sie schüttelte den Kopf. »Alles, was ich erreicht habe, habe ich nur dir zu verdanken. Es war naiv von mir, anzunehmen, ich hätte so eine Karriere ohne Hilfe hinbekommen können.«

»Ich hege keinen Zweifel daran, dass es mit mir oder ohne mich geschehen wäre.« Nachdem er diese Worte ausgesprochen hatte, lösten sich seine Hände endlich von ihren Hüften und wanderten nach oben, legten sich um ihre Brüste. »Du bist noch schöner als damals, falls das überhaupt möglich ist. Als ich dich heute an meinem Strand gesehen habe …« Er schüttelte den Kopf. »Ich dachte, ich würde es mir nur einbilden.«

»Ich bin nicht hier, um dein Leben durcheinanderzubringen. Ich wusste nicht, dass du mit einer anderen zusammen bist. Das schwöre ich. Ich wäre hier nie aufgekreuzt, wenn ich das geahnt hätte.«

»Mari ist eine wundervolle Frau, und sie war sehr gut zu mir, aber sie ist nicht du. Es gab nie eine andere, die so war wie du.«

Sie fuhr mit den Fingern über seine markanten Wangenknochen, die sie schon immer fasziniert hatten. »Das geht mir genauso.«

»Nicht mal Clint Wie-hieß-er-noch-gleich?«, wollte er mit hochgezogener Augenbraue wissen.

Sie lachte über den Ausdruck auf seinem Gesicht. »Mehr ein Gerücht als die Wahrheit.«

»Die Eifersucht hat mich fertiggemacht. Jedes Mal, wenn ich gelesen habe, dass du mit einem anderen zusammen warst, wollte ich ihn aufspüren, nach Strich und Faden vermöbeln und ihn ganz klar wissen lassen, dass du mir gehörst. Mir.« Er küsste sie. »Immer mir.«

»Ja«, flüsterte sie. »Ich habe immer dir gehört. Von Anfang an. Nie habe ich einen anderen gewollt.«

»Aber es gab andere …«

»Keinen, der wichtig gewesen wäre.«

»Kate …« Er legte die Arme fest um sie. »Ich fasse nicht, dass du hier bist und ich dich halte und dir all diese Dinge anvertraue, die ich so lange vor allen verborgen habe.«

»Ich fasse es auch nicht. So viele Nächte habe ich in meinem Nightliner verbracht und zugeschaut, wie die Welt an meinem Fenster vorbeizog, und wollte wissen, wo du bist und ob du glücklich bist, ob du überhaupt an mich denkst. So viele Nächte. Fast jede Nacht.«

»Wir haben so viel Zeit verschwendet.«

Sie sah zu ihm hoch. »Was ist mit … Was ist mit Mari?«

»Sie ist mir wichtig«, erklärte er, und ein gequälter Ausdruck legte sich auf sein Gesicht. »Sie ist eine wundervolle Person, aber ich habe ihr nie etwas versprochen.«

»Wart ihr lange zusammen?«

»Sechs Monate.«

»Liebst du sie?«

»Ich habe sie gern, aber ich liebe sie nicht.«

»Ach, nicht?«

»Das könnte ich gar nicht.«

»Wie meinst du das?«

»Wie könnte ich das, wenn ich nie aufgehört habe, *dich* zu lieben?«

Sie blickte zu ihm hoch und fragte sich, ob er das wirklich gesagt hatte oder ob sie es sich so sehr gewünscht hatte, dass sie es sich eingebildet hatte.

Er nahm ihr Gesicht und bog ihren Kopf nach hinten, damit er sie küssen konnte, diesmal ganz sanft und zärtlich, im Gegensatz zur vorausgegangenen Wildheit. »Weine nicht«, bat er. »Bitte, weine nicht. Jetzt wird alles wieder gut.«

Ihr war nicht mal klar gewesen, dass ihr die Tränen übers Gesicht liefen, bis er sie mit den Daumen wegwischte. »Ich möchte daran glauben, dass es so laufen wird, wie wir uns das vorstellen, aber ich kann nur an all die Gründe denken, warum es das letzte Mal nicht geklappt hat.«

»Das ist schon lange her. Seitdem hat sich viel geändert.«

»Aber nicht alles. Dein Sohn spricht noch immer nicht mit mir, um nur eine Sache zu nennen.«

»Das ist sein Problem, nicht unseres.«

»So einfach ist das nicht. Es gibt so vieles, woran wir denken müssen.«

»Nichts davon müssen wir heute lösen«, bemerkte er, bevor er sie wieder küsste. »Oder morgen.« Noch ein Kuss. »Oder übermorgen.« Während er das sagte, zog er sie von der Wand weg und führte sie zum Schlafzimmer. »Soll ich gehen?«

Kopfschüttelnd antwortete sie: »Ich möchte, dass du für immer bleibst.«

Ein breites Lächeln erhellte sein Gesicht, ehe er sich auf dem Bett über sie beugte.

Sie fuhr immer wieder mit den Fingern durch sein Haar und lernte sein attraktives Gesicht aufs Neue kennen. »Was ist denn hier passiert?« Sie berührte eine frische Narbe, die seine rechte Augenbraue durchzog.

»Ein Tropensturm hat hier vor ein paar Jahren gewütet. Ich habe einem Freund bei Reparaturen geholfen, als mich ein Stück von einem kaputten Fenster erwischt hat.«

»Autsch. Musste es genäht werden?«

»Drei Stiche.«

Sie zog ihn zu sich runter und hauchte drei Küsse auf die Narbe, was ihm ein Lächeln entlockte.

»Du warst krank«, bemerkte er, während er über die dunklen Schatten unter ihren Augen strich.

»Lungenentzündung. Hat mich ganz schön erwischt.«

»Ich habe gelesen, was in Oklahoma City passiert ist.«

»Das war ziemlich unheimlich.«

»Du übernimmst dich.«

»Ich habe nichts anderes. Meine Arbeit ist mein Leben.«

»Ach, Kate … Ich habe am eigenen Leib erfahren, dass zum Leben so viel mehr gehört als Arbeit.« Er rollte sich von ihr herunter und stützte sich auf den Ellbogen.

Voller Fragen, die sie ihm unbedingt stellen wollte, drehte sie sich zu ihm. Die Fragen, beschloss sie, waren wichtiger als die Leidenschaft. »Fehlt dir dein Job?«

»Ganz und gar nicht. Jeden Tag beschäftige ich mich nur noch mit dem, worauf ich Lust habe. Bei vielen Dingen, die hier so vor sich gehen, werde ich um Rat gebeten. Wenn mir danach ist, helfe ich. Wenn nicht, dann lehne ich es ab. Ich habe beim Bau der bezahlbaren Wohnungen hier Aufsicht geführt, was mich sehr bereichert hat. Das macht auf jeden Fall mehr Spaß, als zwanzig Stunden am Tag zu ackern, so viel ist mal sicher.«

»Wird dir denn nie langweilig?«

»Nein. Es gibt so viel zu tun. Ich segle, tauche und angle. Angeln ist so entspannend. Ich hatte ja keine Ahnung.«

»Ich war nicht mehr angeln, seit ich von zu Hause weggezogen bin.«

»Hat es dir damals gefallen?«

»Ja. Ich war auch ganz gut darin.«

»Dann solltest du das mal wieder tun. Ich bastle auch gerne an alten Booten rum, wie dem, an dem ich heute gearbeitet habe.«

»Was wird aus ihnen, wenn du sie repariert hast?«

»Ich gebe sie den ansässigen Kindern, die sie zum Fischen nutzen.« Er wickelte sich eine Strähne ihres Haars um einen Finger. »Ich habe früher von diesem Leben geträumt, das ich hier führe, wusstest du das? Wenn ich nach Chattanooga, Memphis oder Knoxville geflogen bin, um mir die Bauprojekte anzuschauen, habe ich davon geträumt, auf einer Insel in einer kleinen Hütte am Strand zu leben, auf der ich nichts anderes tun müsste als das, worauf ich Lust hätte.«

»Du hast lange genug schwer geschuftet, um dir das leisten zu können.«

»Allerdings.«

»Mein Leben ist in Nashville«, rief sie ihm ins Gedächtnis.

»Wenn du daheim bist.«

»Wenn ich daheim bin.«

»Wie geht es Thunder?«

Die Erwähnung ihres geliebten Pferdes, das er ihr nach ihrer Trennung überlassen hatte, brachte sie zum Lächeln. »Wundervoll – und menschlich – wie immer. Ich schwöre, dass er mich besser versteht als die meisten Menschen in meinem Leben.«

»Das war schon immer so, von Anfang an, weißt du noch?«

»Ich erinnere mich an alles. Ich habe keine einzige Minute vergessen, die wir gemeinsam verbracht haben, denn ich habe jede von ihnen eine Million Mal erlebt. Die Nacht, in der wir im Schnee ausgeritten sind … Das war das Beeindruckendste überhaupt.«

»Ich muss auch oft an jene Nacht denken. Sie war perfekt.« Immer wieder zwirbelte er die Strähne. »An jenem Abend hast du mir das Lied geschenkt, das du für mich geschrieben hast.«

»›Ich dachte, ich weiß‹, noch immer mein größter Hit. Damit schließe ich jeden Auftritt ab.«

»Weiß ich.«

»Woher?«

Sein Gesicht erhellte sich unter einem kleinen Lächeln, das seine Augen zum Funkeln brachte.

»O Gott, warst du bei meinen Konzerten?«

»Vielleicht. Ein- oder zweimal. Viermal, genau genommen«, erwiderte er mit verlegenem Lächeln.

»Ach, Reid. Warum hast du nicht darum gebeten, mich zu treffen?«

»Ich dachte nicht, dass du mich sehen willst, so wie die Dinge zwischen uns lagen.«

Sie schloss die Augen und ließ die Anspannung mit einem tiefen, qualvollen Seufzer entweichen. »Das ist alles meine Schuld.«

»Nein, ist es nicht. Wir haben es gemeinsam vermasselt, wir können uns die Schuld teilen. Etwas, was du an jenem letzten Tag zu mir gesagt hast, habe ich nie vergessen.«

Sie schlug die Augen auf und begegnete seinem Blick. »Was?«

»Du hast behauptet, dass alle dachten, ich wäre zu alt für dich, und wie lustig es doch wäre, dass du in unserer Beziehung die Erwachsene gewesen wärst.«

Sie verzog bei der Erinnerung an diesen verletzenden Kommentar das Gesicht. »Ich habe mich an dem Tag auch total wie eine Erwachsene verhalten.«

»Du hattest allerdings recht. Du hast mich darum gebeten, für dich keinen Gefallen einzufordern, und ich habe nicht auf dich gehört. So sehr habe ich dich geliebt. Ich wollte, dass du alles bekommst, wovon du immer geträumt hast.«

»Das weiß ich jetzt, und ich hätte damals wissen müssen, dass du das nur gemacht hast, weil du mich liebst und wolltest, dass ich Erfolg habe.«

»Ich habe es aber ganz falsch angegangen. Das bereue ich. Das habe ich immer bereut. Ich hätte dir verraten sollen, dass ich Buddy und Taylor kenne, und hätte dich ihnen vorstellen sollen, damit du hättest entscheiden können, ob du ihre Hilfe wolltest oder nicht. Ich wünschte, du wüsstest, wie oft ich mich danach gesehnt habe, die Zeit zurückdrehen zu können und dieses Kapitel meines Lebens umzuschreiben. Auch meinen Sohn hatte ich zuvor noch nie angelogen. Das war ebenfalls ein großer Fehler, für den ich teuer bezahlt habe.«

Sie griff nach seiner Hand und verschränkte ihre Finger. »Aber jetzt läuft es gut zwischen euch, oder?«

»Es läuft ziemlich gut, aber das hat gedauert. Sehr lange.«

»Ich hasse es, dass ich für euren Zwist verantwortlich war. Das und die Rolle, die ich dabei gespielt habe, habe ich stets sehr bedauert.«

»Dafür trägst du keine Verantwortung, Darling. Ich war derjenige, der ihn angelogen hat. Nicht du.«

»Trotzdem …«

»Wie läuft es zwischen dir und deinem Vater? Habt ihr euch wieder versöhnt?«

»Schon vor langer Zeit. Nachdem Maggie sich verletzt hatte, haben wir all das hinter uns gelassen. Es ist nicht schön, dass so etwas Schreckliches geschehen musste, damit wir uns wieder vertragen, aber ich war froh, dass wir reinen Tisch machen konnten. Ich muss auch ständig an den Tag im Krankenhaus denken, und daran, wie Onkel Jamie sich dir gegenüber verhalten hat, nachdem du so gut gewesen warst, mich nach Hause zu fliegen und zur Klinik zu bringen. Das fand ich furchtbar. Und ich wollte es dir schon immer sagen. Deswegen hab ich mich mit ihm gestritten, nachdem es Maggie besser ging. Er hatte nicht das Recht, dich so zu behandeln.«

»Das hatte er. Ich hatte eine Affäre mit seiner achtzehnjährigen Nichte. Er hatte jedes Recht der Welt, wütend zu sein.«

»Trotzdem war das unser Problem, nicht seins.«

»Mag sein, aber ich habe es ihm nie übel genommen, dass er an jenem Tag so auf mich reagiert hatte.«

»Ich war ihm für uns beide böse genug.«

Reid lachte.

»Was ist mit Miss Martha? Hast du sie mal getroffen?«

»Sie kommt jeden Februar eine Woche lang zu Besuch. Sie liebt es, angeln zu gehen, und sie ist darin unglaublich gut.«

»Warum kann ich mir das nur so gut vorstellen?«

»Sie ist ein Knaller.«

»So viele wurden verletzt«, meinte Kate. »Es wäre vielleicht besser, wenn wir das ruhen lassen.«

»Möchtest du das, Darling?« Er betrachtete sie mit Sorge im Gesicht. »Wenn das so ist, dann verstehe ich das. Ich bin noch immer viel zu alt für dich, ganz gleich, wie man es dreht und wendet.«

»Mir warst du nie zu alt. Viele Menschen suchen ihr ganzes Leben lang nach dem, was wir hatten. Der Altersunterschied hat uns nie gestört. Alle anderen waren deswegen aufgebracht, aber wir nicht.«

»Nein, wir nicht, aber ich werde immer achtundzwanzig Jahre älter sein als du, und du hast das Recht auf einen jungen Ehemann, eine Familie und ein langes Leben mit dem Mann, den du liebst.«

»Du bist der Mann, den ich liebe. Du bist der Mann, den ich immer geliebt habe. Das ist eine schlichte Tatsache in meinem sonst so komplizierten Leben.«

Er legte eine Hand an ihre Wange und beugte sich vor, um ihr einen langen Kuss zu geben. »Ich werde jetzt gehen.«

Überrascht rief sie: »Warum?«

»Heute Morgen bin ich neben einer anderen Frau aufgewacht. Ich hätte nie gedacht, dass ich dich wiedersehe. Ich glaube, dass wir beide darüber schlafen sollten, um sicherzugehen, dass wir unsere Entscheidungen bei klarem Verstand treffen, und nicht im Eifer des Gefechts.«

Auch wenn sie wollte, dass er blieb, und es auch erwartet hatte, ergab das, was er ihr da riet, Sinn. »Wann treffen wir uns wieder?«

»Wie wäre es, wenn ich zum Frühstück vorbeischaue? Wäre das früh genug?«

»Auf keinen Fall«, hauchte sie, ehe sie ihn zu einem leidenschaftlichen Kuss an sich zog.

»Mach so weiter, dann vergesse ich meinen tollen Plan, darüber zu schlafen.«

»Du könntest hier darüber schlafen.«

»Wenn ich hierbleibe, dann schlafen wir nicht, dabei warst du krank. Du musst dich ausruhen.«

»Versprichst du, dass du wiederkommst?«

»Ich verspreche es«, erwiderte er mit einem weiteren Kuss. Er legte die Stirn an ihre und blickte ihr in die Augen. »Na los, mach es dir bequem.« Damit zog er die Decke zurück und steckte sie ins Bett. »Schließ die Augen, und träume süß vom Morgen.«

Ihre Lider senkten sich. »Und dem Tag danach.«

»Und dem Tag danach.« Ein weiteres Mal küsste er sie. »Wir sehen uns schon bald wieder.«

Sie hörte, wie die Tür hinter ihm ins Schloss fiel. Die Augen hielt sie geschlossen, aus Angst, festzustellen, dass all das nur ein wunderschöner Traum gewesen war. Er liebte sie noch immer. Er hatte nie aufgehört, sie zu lieben. Er hatte an sie gedacht, war auf ihren Konzerten gewesen und erinnerte sich an jeden Augenblick, der aus den kurzen gemeinsamen Monaten etwas Besonderes gemacht hatte.

Fast war sie eingeschlafen, als ihr einfiel, dass sie noch immer seine Nummer im Handy gespeichert hatte, falls er sie nicht geändert hatte. Das hatte er wahrscheinlich schon vor Jahren getan, nachdem er auf die Insel gezogen war. Bei dem Gedanken an ihre abendlichen Telefonate nach ihrer ersten Begegnung griff sie nach dem Handy. Dann ging sie die Kontaktliste durch, bis sie seine Telefonnummer dort fand, wo sie immer gestanden hatte, und wählte.

Sie erwartete, dass man ihr mitteilen würde, es gäbe keinen Anschluss mehr unter dieser Nummer.

Stattdessen hörte sie ein leises Lachen. »Du hast noch immer meine Nummer, Darling?«

Offensichtlich hatte er ihre auch noch. »Ich habe es nicht über mich gebracht, sie zu löschen.«

»Ich auch nicht.«

»Gott, wir sind ein ziemlich hoffnungsloser Fall, was?«

»Ich weiß nicht, wie es dir geht, aber heute fühle ich mich weniger hoffnungslos. Genau genommen fühle ich mich äußerst hoffnungs*voll*.«

»Ich auch.«

»Warum höre ich da ein ›aber‹ raus?«

»Ich muss ständig an meine Eltern, Ashton, Miss Martha und all die anderen Leute denken, die es damals nicht verstanden haben. Warum sollten sie ihre Meinung jetzt ändern?«

»Zum einen bist du nicht mehr achtzehn, und zum anderen war das, was zwischen uns war, von Dauer, wenn wir noch immer dasselbe empfinden wie damals.«

»Das stimmt.«

»Mach dir deswegen heute Abend keine Gedanken, Darling. Es wird sich alles fügen, wie es vorherbestimmt ist.« Nach einer kurzen Pause fügte er hinzu: »Weißt du, was ich vermisst habe?«

»Was?«

»Dir zu lauschen, wenn du mir auf dem Heimweg etwas vorsingst. Singst du mein Lied für mich?«

»Liebend gern.«

KAPITEL 5

Jill spähte durch die Heckscheibe, während die Limousine die lange, von einem Lattenzaun umsäumte Einfahrt entlangfuhr. Hügelige Auen erstreckten sich, so weit das Auge reichte. Sie kamen an einem kleinen Haus im Tudorstil vorbei, sowie an Gebäuden, bei denen es sich um Ställe handeln konnte, bis sie auf der Hügelkuppe ein kolossales Steinhaus erreichten.

Sie erwartete, dass der Wagen vor dem Haus halten würde, aber er rollte daran vorbei auf eine Schotterpiste, die zu einem anderen Gebäude in der Ferne führte. Durch das Rückfenster versuchte sie, einen besseren Blick auf das Haus zu erhaschen, aber Bäume versperrten ihr den Weg.

Was war das für ein Ort?

Das Auto hielt an, und durch das Fenster erkannte Jill Ashton, der an einem roten Pick-up lehnte. In der ausgeblichenen Jeans, dem gelben T-Shirt mit dem Aufdruck der Vanderbilt-Universität und den Cowboystiefeln erinnerte er sie nicht mehr an den erfolgreichen Anwalt, sondern sah wie ein Bursche vom Land aus – ein verdammt attraktiver Bursche vom Land.

Er öffnete ihr die Tür und streckte ihr eine Hand entgegen.

Sie wischte sich noch einmal die Finger an der Jeans ab, bevor sie sich von ihm aus dem Auto helfen ließ.

Dann schloss er die Wagentür hinter ihr, und die Limousine fuhr davon.

Sie sah ihr hinterher und fragte sich, wo sie war und was er vorhatte. »Was ist das für ein Ort?«

»Mein Zuhause aus Kindheitstagen. Das befindet sich schon ewig im Besitz meiner Familie.«

»Du wohnst hier nicht mehr?«

Er schüttelte den Kopf. »Ich lebe in der Stadt, aber wir halten und züchten hier noch immer Pferde, also komme ich, sooft es geht, zum Reiten her.«

Sie gönnte sich einen zweiten, genaueren Blick und stellte fest, dass kein weiteres Haus in Sicht war. »Ist das eine Landebahn?«

»Ja.«

»Stimmt ja. Ich erinnere mich daran, wie Kate mal erzählt hat, dass dein Dad Pilot ist. Er hat sie nach Hause geflogen, nachdem sich unsere Schwester verletzt hatte.« *Sei still*, dachte sie, während sie die Finger verschränkte, weil sie nicht wusste, was sie mit ihren Händen anstellen sollte. Einen schrecklichen Moment lang befürchtete sie, dass sie ihn verärgert hatte, weil sie seinen Dad und Kate im selben Satz erwähnt hatte.

»Wir können beide fliegen.«

»Ach. Du auch?«

»Ja. Mein Dad hat mir das Fliegen noch vor dem Autofahren beigebracht.«

Allmählich machte es sie nervös, wohin das hier führen könnte.

Er lehnte sich wieder gegen den Pick-up, betrachtete sie und lächelte sie auf jene teuflisch sexy Art an, die er so gut beherrscht. »Lust auf einen Ausflug?«

»Im Pick-up?«

Strahlend schüttelte er den Kopf. »Da drin.« Er zeigte auf das offene Tor des Hangars, hinter dem die Nase eines Flugzeugs hervorlugte. Wie war ihr das nur entgangen?

»Wohin denn?«

»Buddy besitzt ein Haus in Malibu, das er einem seiner Freunde abgekauft hat, der kurz vor dem finanziellen Ruin stand. Im Moment benutzt es keiner, also hat er es mir überlassen, solange ich will.«

Sie starrte ihn an und versuchte, sich von seinem umwerfend gut aussehenden Gesicht nicht um den Finger wickeln zu lassen. »Du willst, dass ich mit dir in ein Flugzeug steige und nach *Malibu* fliege? Ich dachte, wir wollten zu Abend essen.«

»Tun wir auch.« Er zeigte auf ein paar Tüten auf der Rückbank seines Pick-ups. »Wir nehmen es mit.«

Sie schüttelte den Kopf. »Ich kann doch nicht nach Malibu. Ich habe noch viel … zu tun.«

Die hochgezogene Augenbraue wirkte nicht höhnisch, aber spöttisch. »Ich dachte, du hättest Urlaub.«

»Habe ich auch, aber …«

»Viel zu tun. Schon klar, aber ich habe einen Vorschlag: Wie wäre es, wenn du das alles erledigst, nachdem du wieder hier bist?«

»Wann wäre das?«

Er zuckte die Achseln. »Wann immer uns danach ist.«

»Musst du nicht arbeiten?«

»Ich habe mir freigenommen.«

»Das ist doch verrückt. Ich kann doch nicht einfach mit dir in ein Flugzeug steigen und nach … nach *Kalifornien* fliegen, nur weil du … du …«

»Weil ich dich darum bitte?«

»Genau. Ich habe gar nichts mit. Du hast nicht erwähnt, dass wir verreisen würden.«

»Hätte ich das getan, wärst du dann hier?« Bevor sie etwas erwidern konnte, sagte er: »Hab ich mir gedacht. Soll ich dich daran erinnern, dass wir an einen Ort fliegen, an dem es Läden gibt, in denen wir die Sachen holen können, ohne die wir nicht mal ein paar Tage lang leben wollen? Was hältst du von ein wenig Strand und Sonne? Klingt das nicht gut?«

Das tat es. Es klang fantastisch, um ehrlich zu sein. Aber die pragmatische Anwältin in ihr hatte Fragen, und sie würde sie, verdammt noch mal, auch stellen. »Ist es Ziel dieses Ausflugs, mich ins Bett zu kriegen?«

»Auf jeden Fall«, bestätigte er mit dem attraktiven Akzent, der ihr Blut in Wallung brachte. »Das ist definitiv eines von mehreren Zielen.«

Da sie eine so direkte Ehrlichkeit von Männern nicht gewohnt war, leckte sie sich über die Lippen, die plötzlich ganz trocken geworden waren.

Sein Blick wanderte zu ihrem Mund.

»Was sind die anderen?«

»Welche anderen?«, erkundigte er sich, noch immer auf ihren Mund konzentriert.

»Ziele.«

Er riss den Blick von ihren Lippen los und schaute ihr in die Augen. »Zum einen möchte ich dich entspannt erleben. Zum anderen möchte ich dich näher kennenlernen – nicht nur im Bett.« Er löste sich vom Pick-up, machte einen langsamen Schritt auf sie zu und öffnete den zweiten Knopf ihrer Bluse. Als sie versuchte, seine Hand wegzuschieben, nahm er ihre Finger und hielt sie fest. »Ich möchte auch sehen, wie du dich gehen lässt und dich amüsierst.« Mit diesen Worten öffnete er mit der freien Hand die Spange, mit der sie sich das Haar hochgebunden hatte.

Sie quietschte protestierend, sobald sich ihre Frisur löste.

»Ich wusste es«, bemerkte er, während er mit den Fingern durch die langen Strähnen fuhr. »Dicht und weich und so wunderbar.«

»Ashton, ich glaube nicht …«

Ihr war nicht mal klar, wie sie den Satz beenden wollte, als er sie bereits küsste. Er schlang die Arme um sie, eine seiner Hände grub sich in ihr Haar, und sein harter Körper presste sich an ihren. Wäre sie noch bei Verstand gewesen, hätte sie ihn weggestoßen, aber ihr Verstand schien sie verlassen zu haben. Während ihre Zungen sich aneinander rieben, griff er ihr fester ins Haar.

Einige lange, verzweifelte, leidenschaftliche Minuten später brach er den Kuss ab und drückte die Lippen auf ihre Wange, ihren Kiefer und ihr Ohr. »Komm mit«, flüsterte er, und ein Kribbeln schoss durch ihren Körper. »Nimm dir mal Zeit ganz für dich. Ich will mich ein paar Tage lang um dich kümmern.« Mit den Händen rieb er ihr über den Rücken hinab bis zu ihrem Hintern und zog sie gegen den festen Beweis seiner Erregung.

Wenn sich seine Muskeln so an ihre weichen Kurven pressten, konnte sie an nichts anderes denken als daran, wie es sich anfühlte, in seinen Armen zu sein, von seinem verlockenden Duft eingehüllt zu werden, zu wissen, dass er sie wollte und dass er keine Mühen gescheut hatte, um diesen Ausflug für sie auf die Beine zu stellen.

»Jill?«

Sie schloss die Augen und zählte bis zehn. »Okay.«

Mit den Händen strich er ihr über die Arme, hielt sie fest und lächelte sie an. »Ich verspreche dir, dass du dich amüsieren wirst.«

»Ich bin noch immer nicht davon überzeugt, dass das kein riesiger Interessenkonflikt wird.«

»Du bist nicht wegen Kate hier. Ich bin nicht wegen Buddy hier. Es ist kein Konflikt.« Er ließ ihre Hände los. »Warte kurz, bis das Flugzeug startklar ist.«

Während er davonstiefelte, konzentrierte sie sich darauf, wie die ausgeblichene Jeans sich an seinen fabelhaften Hintern schmiegte. Bei dem Gedanken daran, dass sie ihn dort berühren könnte, oder an anderen Stellen – schon bald –, wurde ihr ein wenig schwindelig. War es das, was sie wollte? Wollte sie ihn berühren und küssen und mit ihm schlafen? Ja. Gott, und wie sie all das wollte. Sie wollte *ihn*. Schon seit Langem hatte sie ihn gewollt, wenn sie ganz ehrlich war.

Ihr Handy meldete eine Nachricht von Kate. *Reid war hier in meinem Hotel, und wir haben geredet, und wie es aussieht, sind wir wieder zusammen ... Du wirst nicht glauben, was heute passiert ist. Ruf mich an, wenn du Zeit hast.*

Jills Magen verkrampfte sich, während sie beobachtete, wie Ashton das Flugzeug rausrollte. Würde die neu entfachte Affäre ihrer Schwester das gefährden, was sich gerade zwischen ihr und ihm entwickelte? Er wäre ganz sicher nicht glücklich darüber, dass sein Dad wieder mit Kate zusammen war. Wahrscheinlich wäre er ebenso unglücklich darüber, dass sie davon gewusst, es ihm aber nicht mitgeteilt hatte.

War es selbstsüchtig von ihr, herausfinden zu wollen, wohin das mit Ashton führen würde, bevor sie ihm offenbarte, dass sein Dad sich vermutlich wieder mit ihrer Schwester eingelassen hatte? Bevor sie sich mit dieser Zwickmühle weiter beschäftigen konnte, lächelte er und winkte sie zum Flieger.

Sie beschloss, ein Mal ganz egoistisch zu handeln. Die Probleme waren sicherlich noch hier, wenn sie zurückkamen. Sie würde sich dann darum kümmern.

* * *

Nach einer ruhelosen Nacht stand Kate auf, lange bevor die Sonne über dem kristallklaren Wasser aufstieg. Sie dachte daran, duschen zu gehen, entschied dann aber, abzuwarten, was Reid für den Tag geplant hatte. Wenn sie an den Strand wollten, hatte es nicht viel Sinn, vorher zu duschen.

In der winzigen Küche setzte sie eine Kanne Kaffee auf und stellte begeistert fest, dass sich im Kühlschrank Kaffeesahne befand. Das musste man den Fünf-Sterne-Ferienresorts schon lassen, dachte sie. Sie wussten, wie man seine Gäste verwöhnte.

Mit dem Kaffee in der Hand trat sie auf die Terrasse raus, um dabei zuzuschauen, wie die Sonne über den Horizont kroch, während sie sich fragte, was dieser Tag ihr bringen würde. Sie fühlte sich aufgewühlt, aufgeregt und … glücklich. Zum ersten Mal seit Jahren war sie wirklich glücklich, weil sie wusste, dass sie ihn heute treffen, Zeit mit ihm verbringen, ihn halten, ihn küssen würde – und vielleicht auch mehr.

Dass ihm jetzt bekannt war, was sie die ganze Zeit schon empfand, war eine riesige Erleichterung, wie ein Stein, der ihr vom Herzen gefallen war. So lange hatte sie sich schon gewünscht, ihm mitzuteilen, dass es ihr unerträglich war, wie es zwischen ihnen ausgegangen war, und wie sehr sie es seither jeden Tag bereut hatte. Ganz gleich, was jetzt geschah, er kannte die Wahrheit, und das hatte sie irgendwie von der Vergangenheit befreit.

Allmählich fragte sie sich, wie lange sie wohl warten müsste, um ihn zu sehen, als es an der Tür klopfte, woraufhin sie nach drinnen eilte. Sie zog die Tür auf und fand ihn am Rahmen lehnend vor, ganz entspannt, wohlausgeruht und frisch rasiert. Er sah *umwerfend* aus. Unfassbar umwerfend. Nachdem sie so lange an ihn gedacht hatte, fühlte es sich unglaublich überwältigend an, dass er ihr nah genug war, um ihn anzufassen.

In diesem Moment voller Energie und Verlangen blickten sie einander an.

»Komm rein«, unterbrach sie das lange Schweigen.

»Ich bin froh, dass du dich noch nicht angezogen hast.«

Sie drehte sich um und erkannte, wie er mit trägem, gemächlichem Blick das Set aus Nachthemd und Morgenmantel musterte. »Ich wollte gerade duschen«, erwiderte sie, ganz aufgelöst von seiner eindringlichen Aufmerksamkeit.

»Noch nicht.«

Sobald er entschlossen auf sie zutrat, schlug ihr Herz wild. Sie wollte weinen, weil sie so erleichtert war, endlich wieder bei ihm zu sein, aber es war nicht die Zeit für Tränen. Es war die Zeit der Freude und Glückseligkeit.

Er legte die Arme um sie und hob sie zu einem Kuss hoch.

Während er sie ins Schlafzimmer trug, klammerte sie sich an ihn.

In einem Wirrwarr aus Armen, Beinen, Lippen und Zungen landeten sie auf dem Bett.

»Hast du schon darüber nachgedacht, was du willst?«, fragte er zwischen den Küssen.

Sie nickte und strich mit den Fingerspitzen über sein glatt rasiertes Kinn. »Ich will dich. Ich habe dich immer gewollt. Hast du darüber nachgedacht, was du möchtest?«

»Ich will das, was ich schon immer gewollt habe, seit jenem Tag, an dem du in meinem Speisezimmer ›Crazy‹ gesungen hast und mich dazu gebracht hast, mich in dich zu verlieben.«

Amüsiert hob sie eine Augenbraue. »Ich habe dich dazu *gebracht*?«

Nickend beugte er sich zu einem weiteren Kuss runter. »Ich hatte keine Wahl. Damals war ich ebenso machtlos, mich dir zu entziehen, wie heute.«

»Liebe mich, Reid.«

»Bist du sicher, Schatz? Ich bin ein alter Mann. Du könntest jeden haben, den du willst …«

»Jetzt bin ich bei dem, den ich will, und ich bin es leid, mich nach dem zu verzehren, was mal war. Das wird mit der Zeit anstrengend.«

»Stimmt.« Während er über ihr war, schob er ihr das Haar aus dem Gesicht und küsste sie so sanft, dass sie es fast nicht merkte. »Ich kann kaum glauben, dass wir wieder zusammen sind. Diesmal möchte ich es richtig machen.«

»Das möchte ich auch.« Sie strich ihm mit den Händen über den Rücken und tastete nach dem Saum seines Hemds. Sobald ihre Finger unter den Stoff fuhren, atmete er in Reaktion auf ihre Berührung scharf ein. »Ein paar Dinge haben wir schon immer richtig gemacht«, fügte sie mit einem koketten Lächeln hinzu, bei dem er lachen musste.

»Das stimmt wohl. Wenn ich mich recht entsinne«, sagte er, während er ihren Kopf nach hinten neigte und mit der Zunge über ihren Hals leckte, »waren wir hierin ziemlich gut.« Er unterstrich die Aussage, indem er ihr Ohrläppchen zwischen die Zähne nahm.

Sie erschauerte. »Sehr gut. So gut war es mit keinem anderen.«

»Ich denke nicht gerne daran, dass du das mit einem anderen getan hast.«

Sie zog das Hemd seine Brust rauf. »Besonders genossen habe ich es nicht, wenn es dir davon besser geht.«

Er beugte den Kopf, damit sie ihm das Hemd ausziehen konnte, und erwiderte: »Nur ein kleines bisschen.«

Ihr Blick blieb an seiner muskulösen Brust hängen, während sie mit eifrigen Händen jeden Zentimeter neu erforschte. Das Grau in seinem dunklen Brusthaar ausgenommen sah er genauso aus wie in ihrer Erinnerung. »Zumindest bist du keinem von ihnen *begegnet*.«

Er verzog den Mund, und sie bereute es, ihn an die Trennung von Mari erinnert zu haben.

»Es missfällt mir, dass ich ihr wehgetan habe.«

»Mir auch. Ich weiß, wie es sich anfühlt, etwas zu wollen, was man nicht haben kann.«

»An dem, was ich für dich empfinde, kann ich nichts ändern.«

»Sie weiß, dass du ihr nicht absichtlich wehgetan hast. Ich bin diejenige, die unangekündigt aufgetaucht ist, und ich bin mir sicher, dass sich ihr ganzer Zorn auf mich richtet.«

»Was auch nicht fair ist.«

Sie zuckte die Achseln. »Ich bin ein großes Mädchen. Damit kann ich umgehen.« Sie nahm die Hände von seiner Brust und legte sie an sein Gesicht, um mit den Fingern das Stirnrunzeln wegzustreicheln.

Er zog am Gürtel ihres Morgenmantels, öffnete ihn und drückte den Mund auf das Tal zwischen ihren Brüsten. »Ich hätte es nie für möglich gehalten, aber du bist sogar noch schöner als damals.«

Verführt von seinen Worten und dem sanften Druck seiner Lippen auf ihrer Haut, schlang sie die Arme um ihn und presste ihn an ihre Brust, während ihr die Tränen aus den Augenwinkeln rannen.

Als er aufblickte und die Tränen entdeckte, küsste er sie weg. »Was ist los?«

»Ich bin einfach so glücklich, wieder bei dir zu sein. Ich fühle mich, als würde ich gleich explodieren.«

»Mhm, das klingt doch vielversprechend, Darling.«

Ihre Tränen wandelten sich in Gelächter, das zu einem Stöhnen abebbte, als seine Hand auf ihrem Bein landete und ihr Nachthemd raufschob, wobei er mit den Fingern von ihrem Knie bis zu ihrer Mitte wanderte.

Es schien ihn zu überraschen, dass dort nichts war, was ihn davon abhalten konnte, sie zwischen den Beinen zu berühren.

Sie wölbte den Rücken, weil sie ihm näher sein musste. Dann grub sie die Hand in sein Haar und ließ sich von ihm in den Wahnsinn treiben, indem er mit dem Mund durch das Seidenhemd an ihrer Brustspitze saugte, während er sie mit den Fingern massierte.

Sie stand kurz vorm Orgasmus, dabei hatte er sie kaum berührt. Bei keinem anderen hatte sie das so empfunden, und jetzt war sie klug genug, um zu wissen, dass das immer so sein würde. Er war der eine für sie. *Der eine.* Der Einzige, den sie brauchte. »Reid, bitte ... Lass mich nicht warten. Es ist schon zu lange her.«

Ihr Flehen schien ihn endgültig die Beherrschung zu kosten. Ohne die Gewandtheit, die sie von ihm aus der kurzen Zeit, die sie zusammen gewesen waren, gewohnt war, befreite er sich von seiner Kleidung und stieß in sie.

Das reine Vergnügen, das sie bei dem unglaublichen Gefühl empfand, ihn nach so langer Zeit der Einsamkeit in sich zu spüren, ließ sie aufschreien.

»Mist«, fluchte er mit zusammengebissenen Zähnen. »Habe ich dir wehgetan?«

»Nein. Hör bitte nicht auf.«

»Warum fühlt sich das bei dir so viel besser an als bei allen anderen?«, fragte er und hielt ganz still.

Sie nahm die Hände von seinen Schultern und legte sie ihm auf den Hintern, damit er in ihr blieb. »Keine Ahnung.« Sie hob die Hüften, erfüllt davon, wie richtig sich ihre unbestreitbare Verbindung anfühlte.

Er begegnete ihrem Blick. In seinen Augen konnte sie die Liebe erkennen, die er für sie empfand. »Ich muss mich bewegen.«

Sie löste ihren festen Griff.

Der Sex war hart und wild, alles, was sie wollte und brauchte. Genauso wie in ihrer Erinnerung, und sie schien ihm nicht nah genug zu sein. Sie wollte ihn ganz und gar, wollte alles, was er ihr geben konnte, und noch mehr. Die Arme um seinen Hals geschlungen, klammerte sie sich während ihres ersten Höhepunktes fest an ihn, und schließlich auch während eines zweiten, der ihn mitriss. Er warf den Kopf in den Nacken und schrie, als er in sie drang, bevor er auf ihr zusammenbrach.

Sie drückte ihn an sich und genoss das Gefühl seines Herzens, das wild im gleichen Rhythmus wie ihres schlug. Seit dem letzten Mal mit ihm war sie endlich wieder genau da, wo sie hingehörte. Mit dieser Erkenntnis konnte sie auch wieder frei atmen, und der Schmerz, den sie seit jenem schrecklichen Tag in der Brust getragen hatte, löste sich.

»Ich liebe dich«, flüsterte er. »Ich werde dich immer lieben.«

»Ich liebe dich auch.«

Er hob den Kopf, um ihr in die Augen zu sehen, bevor er sie auf den Mund küsste. »Wie wäre es, wenn wir das noch mal versuchen, aber mit etwas mehr Finesse?«

»Gleich«, erwiderte sie. Im Moment war sie damit zufrieden, ihn zu halten, während er noch immer in ihr pulsierte. Sie schlang ein Bein um seine Hüfte.

In dem Moment dämmerte ihr, dass sie ungeschützten Sex gehabt hatten. »Ach, Mist.«

»Was ist los, Schatz?«

»Wir hätten vorher wohl darüber reden sollen …«

Er blickte mit vor Schock geweiteten Augen zu ihr hoch. »Gott steh uns bei. Daran habe ich gar nicht gedacht.«

»Damit wären wir schon zu zweit.«

»Du nimmst nicht …«

»Die Pille? Nicht mehr. Ich war schon lange nicht mehr in einer Beziehung.«

»Wir sollten also, du weißt schon …«

»Uns keine Sorgen deswegen machen?«, fragte sie lächelnd.

»Du hast leicht reden. Du bist noch jung und rüstig.«

Sie drückte die Hüften fester an ihn und wurde von einem Pochen tief im Innern belohnt. »Du wirkst im Moment auch ziemlich rüstig.«

»Mag sein«, lachte er leise. »Aber ein Kind …« Er schüttelte den Kopf, als wäre der Gedanke zu groß, um ihn vollständig zu erfassen. »Du solltest mit jemandem in deinem Alter zusammen sein, Darling, jemandem, mit dem du Babys haben kannst, der dabei ist, wenn sie erwachsen werden.«

Sie wusste, dass es ihm ernst war, aber sie freute sich so sehr darüber, wieder in seinen Armen zu liegen, dass ihr nicht der Sinn nach einer ernsten Unterhaltung stand. »Wohin willst du denn?«

Er pikte sie in die Seite, bis sie lachte. »Du weißt, was ich meine.«

»Ich weiß nur, dass ich den größten Teil meines erwachsenen Lebens damit verbracht habe, mich danach zu sehnen, wieder das zu empfinden, was ich in jenen drei wunderschönen, viel zu kurzen Monaten erlebt habe, als ich achtzehn war. Es gibt nichts, was du sagen oder tun kannst, das mich verjagen würde oder mich glauben ließe, ich würde nicht mehr mit dir zusammen sein wollen. Wenn wir gerade ein Kind gezeugt haben, dann bekommen wir eben eins. Das Baby wird geliebt, gehegt und gepflegt werden. Es wäre *unser* Kind. Deins und meins, so lange, wie wir beide leben.«

Er entzog sich ihr, rollte auf den Rücken und zog sie an sich. »Du nimmst das ja ziemlich gelassen.«

Sie zuckte die Achseln. »Es wäre wohl kaum das Ende der Welt, für keinen von uns. Es ist ja nicht so, als hätten wir nicht die Mittel und Möglichkeiten, uns um ein Kind zu kümmern.«

»Das stimmt.«

Nachdem er eine Weile geschwiegen hatte, blickte sie zu ihm auf. »Woran denkst du?«

»Ashton ist jetzt fünfunddreißig. Er wäre ziemlich entsetzt, wenn ich ihm mitteilen würde, dass er in seinem Alter ein großer Bruder werden könnte.«

»Er wird so oder so entsetzt reagieren, wenn du ihm erzählst, dass wir wieder zusammen sind. Was ist da ein weiterer Schock obendrauf?«

»Du bist mir überlegen«, gab er sich lächelnd geschlagen. »Auf alles hast du eine Antwort.«

»Ich war schon immer die Erwachsene in dieser Beziehung«, rief sie ihm ins Gedächtnis.

Das nahm er mit gespieltem Stirnrunzeln zur Kenntnis. »In dem Fall kannst du dir darüber Gedanken machen, wo wir Kondome herbekommen. Davon werden wir ein paar brauchen.«

»Warum? Fühlst du dich rüstig?«

Er legte eine Hand an ihre Brust und nahm eine Spitze zwischen die Finger. »Ziemlich rüstig.«

»Da haben wir Glück. Wenn man in einem Fünf-Sterne-Resort nächtigt, dann wird an alles gedacht. Kaffeesahne im Kühlschrank, Kondome im Bad.«

»Im Ernst? Erinnere mich daran, meinem Freund Desi eine Dankeskarte zu schicken.«

Sie beugte sich vor, um ihn zu küssen. »Steh nicht auf.«

Die Arme hinterm Kopf verschränkt, entgegnete er: »Käme mir gar nicht in den Sinn.«

Sie war sich bewusst, dass er jede ihrer Bewegungen beobachtete, als sie ins Bad lief, um die Schachtel Kondome zu holen, die ihr neben einer breiten Auswahl Toilettenartikel im Schrank aufgefallen war – alles, was ein Gast sich wünschen oder brauchen könnte. Sie kehrte ins Schlafzimmer zurück und setzte sich ihm auf den Schoß, wobei sie beeindruckt zuschaute, wie er vor ihren Augen steif wurde.

»Das ist vielleicht ein Anblick, Darling«, meinte er, während er einen trägen Blick über ihre Schultern zur Mitte zwischen ihren Schenkeln und wieder rauf zu ihren Brüsten wandern ließ.

Ermutigt von seiner offenkundigen Anerkennung, beugte sie sich über ihn, um seinen steifen Penis in den Mund zu nehmen.

Sein scharfes Einatmen erfüllte sie mit Befriedigung, woraufhin sie dazu ansetzte, ihn mit den Lippen, der Zunge und dem sanften Druck ihrer Zähne in den Wahnsinn zu treiben. Im selben Moment legte sie die Hand um ihn und liebkoste ihn so, wie er es ihr einst beigebracht hatte. Er schloss die Augen, und seine Lippen teilten sich. Sie machte weiter, bis er keuchte und die Hüften hob. Nachdem er drei Mal kurz vorm Orgasmus gestanden hatte, erlöste sie ihn und setzte sich auf.

Er riss die Augen auf und versuchte, einzuschätzen, was sie vorhatte.

Mit den Zähnen riss sie die Verpackung auf, holte das Kondom aus der Folie und ließ sich Zeit dabei, es aufzurollen.

»Versuchst du, mich umzubringen, Süße?«, fragte er, bevor er die Hände auf ihre Brüste legte.

»Wer? Ich?« Sie positionierte ihn zwischen ihren Beinen und glitt auf ihn hinab, einen Zentimeter nach dem anderen, zögerte ihr Absinken hinaus, um die größte Wirkung zu erzielen.

»Gott, fühlt sich das gut an«, flüsterte er rau, während seine Hände auf ihren Oberschenkeln ruhten.

Es fühlte sich *verdammt* gut an. Nichts hatte sich jemals besser oder richtiger angefühlt. Er war ihre andere Hälfte, ihr Seelengefährte, die Liebe ihres Lebens. Das zu wissen, was sie sich wünschte, damals schon gewusst zu haben, heizte ihre Leidenschaft an, während sie ihn zu einem explosiven Höhepunkt ritt.

Als sie auf ihm zusammensank, schlang er die Arme um sie und berührte mit den Lippen ihre Stirn. Umgeben von seiner Liebe schloss sie die Augen und entspannte sich in seiner Umarmung. Wenigstens jetzt war in ihrem Leben alles gut.

Dann fiel ihr ein, dass Jill sich nicht gemeldet hatte.

* * *

Die Sonne schien durch das offene Fenster, als Jill aus dem erholsamsten Schlaf seit Langem erwachte. Sie hatte keine Ahnung, wo sie war, sie wusste nur, dass der Raum groß und weiß gestrichen war und einen Blick auf die endlose Weite des blauen Meeres bot. Das Rauschen der Brandung, die über den Strand rollte, erinnerte sie an ihr altes Zuhause in Neuengland.

Sie setzte sich auf, schob sich das Haar aus dem Gesicht und schaute sich um. Dann fiel es ihr wieder ein: Ashton und *der Kuss*, der Flug, das Picknick, das er mitgebracht hatte. Stundenlang hatten sie sich unterhalten. Er hatte noch nie von dem Unfall gehört, der ihr Leben – und das Leben ihrer Familie – verändert hatte, als sie fünfzehn gewesen war. Ihre Mutter war von einem Auto angefahren worden und ins Koma gefallen, aus dem sie erst drei Jahre später erwacht war.

Das Dilemma ihrer Eltern, dem sie sich gegenübergesehen hatten, nachdem ihre Mutter nach Jahren wieder aufgewacht war und hatte feststellen müssen, dass ihr Vater sich in eine andere verliebt hatte, erschütterte ihn. Auch wenn ihre Eltern noch immer gut befreundet und schon lange glücklich mit ihren neuen Partnern Andi und Aidan verheiratet waren, war es keine Geschichte, die Jill oft oder jedem erzählte. Sie ihm anzuvertrauen erschien ihr allerdings ganz normal.

Er hatte ihr davon berichtet, wie er seine Mutter bei einem Autounfall verloren hatte, als er nicht mal zwei Jahre alt gewesen war. Sein Kummer, weil ihm keine Erinnerung an die Frau blieb, die ihn zur Welt gebracht hatte, traf sie ebenso sehr wie die Erkenntnis, dass sie diese schrecklichen Autounfälle gemeinsam hatten, die ihr Leben verändert hatten.

Ganz allein mit ihm in dem kleinen Flugzeug zu sein, fernab von anderen Menschen, hatte ihrer Unterhaltung eine Vertrautheit verliehen, die sonst nirgendwo so entstanden wäre.

Nachdem sie das alles noch mal im Geiste durchgegangen war, versuchte sie, sich daran zu erinnern, wie sie vom Flugzeug aus hierhergelangt war.

»Oh, du bist endlich wach«, grüßte Ashton sie von der Tür aus, ehe er mit zwei Tassen Kaffee reinkam. Sein Haar war feucht vom Duschen und sein Gesicht frisch rasiert.

Sie bemerkte, dass er ein T-Shirt und eine kurze Hose trug, und in dem Moment erkannte sie, dass sie nur in eines seiner T-Shirts und in eine Unterhose gekleidet war.

»Du bist einfach eingeschlafen«, erklärte er.

»Echt?«, fragte sie und nahm ihm die Tasse ab.

»Absolut. Ich wusste nicht, wie du deinen Kaffee trinkst, also habe ich auf gut Glück Milch und Zucker reingetan.«

»Perfekt.« Sie blickte zu ihm, verlegen, weil sie wusste, dass er sie ausgezogen und ins Bett gebracht hatte. »Möchtest du mir erklären, wie ich meine Kleidung verloren habe?«

Sein leicht betretenes Lächeln war viel zu hinreißend. »Ich wollte, dass du es bequem hast. Du warst so erschöpft.« Er strich ihr über die Wange und schob ihr eine Strähne hinter das Ohr.

»Du hast dir nichts gegönnt?«

»Ich war der perfekte Gentleman. Wenn ich deinen Anblick genießen kann, dann möchte ich, dass du wach bist und alles bewusst wahrnimmst.«

Sie verschluckte sich beinahe an ihrem Kaffee. »Danke für die Warnung.«

»Kein Problem.«

Dieses Lächeln, diese grünen Augen, diese Wangenknochen, das dichte blonde Haar … Er war umwerfend, und seine ganze Aufmerksamkeit galt ihr. Ihr Magen zog sich nervös zusammen. Was hatte sie hier bloß verloren? Was hatte sie sich dabei gedacht, mit ihm herzukommen, obwohl sie noch nicht mal miteinander ausgegangen waren?

»Lass das«, bat er sie ernst.

»Was?«

»Alles in Zweifel zu ziehen.«

Leicht verunsichert, dass er sie so leicht durchschaut hatte, erwiderte sie: »Das tu ich nicht.«

»Nicht?«

»Vielleicht ein bisschen«, gestand sie, jetzt amüsiert.

»Lass es. Wir sind zwei Freunde, die Zeit miteinander verbringen. Nicht mehr und nicht weniger.«

Sie schaute ihn über den Rand ihrer Tasse an. »Nicht mehr?«

Seine Augen blitzten vor Verlangen auf. »Nur, wenn es das ist, was du willst.«

»Was ist mit dem, was *du* willst?«

»Ich möchte dich entspannt und ausgeruht erleben. Alles Weitere ist extra.«

»Du bist also nicht auf einen Urlaubsflirt aus?« Sie fasste nicht, wie direkt sie bei ihm war.

Offenkundig konnte er es auch nicht glauben, denn ihm fiel vor Überraschung fast die Kinnlade runter. »Nicht unbedingt.«

»Was soll das heißen?« Die Anwältin in ihr musste die Bedingungen kennen, bevor sie dem Vertrag zustimmte.

»Das heißt«, setzte er an, wobei er sich mit den Fingern durch das zerzauste Haar fuhr, »dass ich mehr als nur einen Urlaubsflirt will.«

Dass er das sagen würde, hatte sie nicht erwartet. »Mit mir?«, fragte sie, und es störte sie, wie piepsig ihre Stimme dabei klang.

»Ja, mit dir, Dummerchen«, bestätigte er lachend.

»Ich, äh … also … ach.«

»Was genau soll das heißen?«

»Ich bin mir nicht sicher. Für diese Unterhaltung habe ich noch nicht genug Kaffee getrunken.« Sie blickte zum anderen Kissen, das glatt und unberührt dalag, und zwang sich schließlich, ihn wieder anzusehen. »Wo hast du geschlafen?«

»Nebenan.«

Sie biss sich auf die Lippe und versuchte, das alles zu verdauen. Er hatte ihr ganz unverblümt mitgeteilt, dass er sie begehrte, und dennoch hatte er woanders geschlafen. Wie ein Gentleman hatte er die günstige Gelegenheit nicht ausgenutzt.

Er griff nach ihrer freien Hand und überraschte sie mit einem Kuss auf die Handfläche. Die Geste sandte ein Kribbeln ihren Arm rauf bis zu ihren Brustspitzen, die sich plötzlich aufrichteten.

»Erinnerst du dich noch daran, wie wir uns zum ersten Mal begegnet sind?«

Verwirrt von dem plötzlichen Themenwechsel, dachte sie einen Augenblick lang darüber nach. »Das war, kurz nachdem ich meinen Jura-Abschluss gemacht und angefangen hatte, für Kate zu arbeiten. Wir haben ihren neuen Vertrag bei Long Road Records verhandelt.«

»Richtig. Du hast ein marineblaues Kostüm getragen, mit einer hellrosa Bluse und diesen heißen, viel zu großen Perlen.« Mit den Fingerspitzen zeigte er, wo genau die Kette an ihrem Hals gelegen hatte. »Und Schuhe mit hohen Absätzen, die deine Beine unglaublich lang erscheinen ließen. Das Haar hattest du zu einem professionellen Dutt hochgesteckt.«

Während sie ihn betrachtete, erstaunt, dass er sich bis ins Detail daran erinnerte, was sie an jenem Tag getragen hatte, nahm er ihr Haar und drehte es in ihrem Nacken zusammen. »Genau so«, meinte er, sein Werk begutachtend. »Sobald du das Büro betreten hast, habe ich kein Wort mehr gehört, das von jemand anderem als dir gesprochen wurde. Du warst so umwerfend und ernst und unerfahren – sehr, *sehr* unerfahren –, aber im Namen deiner Schwester hast du dich wie eine Löwin verhalten. Ich wollte über den Tisch greifen und die Haarnadeln rausziehen, die dein Haar hochhielten, damit ich sehen konnte, wie es offen ausschaute.«

Er ließ ihr Haar los und betrachtete, wie es ihr um die Schultern fiel. »Ich hatte große Mühe, sitzen zu bleiben, weil ich mich so stark zu dir hingezogen fühlte.« Dann schob er ihre Mähne beiseite und berührte mit den Lippen ihren Hals. »Seitdem habe ich mich jeden Tag wie verrückt nach dir verzehrt. Also, nein, ich habe kein großes Interesse an einem Urlaubsflirt. Was ich von dir will, Jill Harrington, führt weit über unseren Ausflug hinaus.«

Sie war sprachlos, was nicht oft geschah.

»Hast du nichts dazu zu sagen?«, fragte er, aber Belustigung spiegelte sich auf seinen attraktiven Zügen.

»Ich … Ich wusste nicht, dass du so empfunden hast.«

»Lange Zeit habe ich alles getan, um meine Vernarrtheit vor dir zu verbergen. Unsere Familien haben eine schwierige Vergangenheit, und ich habe angenommen, dass das für uns zu einem Problem werden könnte. Jedes Mal, wenn ich dich gesehen habe, wollte ich dich jedoch noch mehr als beim letzten Mal. Nach einer Weile war mir die Geschichte zwischen unseren Familien oder dass deine Schwester mit meinem Vater geschlafen hat und der ganze Mist, der daraus entstanden ist, egal. Mich hat nur noch interessiert, dich näher kennenzulernen.«

Verblüfft und verwundert starrte sie ihn an.

»Willst du gar nichts sagen? Bitte? Du bringst mich noch um.«

»Ich … Ich dachte, das geht nur mir so.«

Sie hätte schwören können, dass ihm kurz der Atem stockte, ehe er sich wieder erholte, ihr die Tasse abnahm und sie auf den Nachttisch stellte. Das Gesicht nur wenige Zentimeter von ihrem entfernt, sprach er: »Was, dachtest du, geht nur dir so?«

»Die irre Nervosität, die ich jedes Mal empfunden habe, wenn ich wusste, dass ich dich treffen würde, der Ärger darüber, wie leicht du mich aus dem Konzept bringst – ständig.«

»Jill …«

»Ich konnte dich nicht mit dem Mann in Einklang bringen, mit dem meine Schwester eine solche Feindschaft verband. Ich habe nicht verstanden, wie es möglich war, dass ich mich so zu dir hingezogen fühlte, wenn sie dich so verabscheute.«

Er zuckte zusammen, aber dann seufzte er. »Sie hat gute Gründe, mich zu verabscheuen.«

Auch das hatte sie von ihm nicht erwartet. »Was meinst du damit?«

Er wandte den Blick ab und konzentrierte sich aufs Meer. »Nachdem ich das mit ihr und meinem Dad erfahren hatte, habe ich euren Vater angerufen. Das war keiner meiner besseren Momente.«

»Es muss ein großer Schrecken gewesen sein, als du das mit deinem Dad und Kate herausgefunden hast.«

»Das war es … Es war ein schlimmer Tag, ganz besonders, weil er mir kurz davor noch in die Augen geschaut und versichert hatte, er hätte keine Ahnung, mit wem sie zusammen wäre. Diese Lüge hat mich mehr als alles andere verletzt, aber ich bin nicht stolz darauf, wie ich mich danach verhalten habe.«

Sie griff nach seiner Hand, was ihn zu überraschen schien.

»Lange nachdem das zwischen ihnen vorbei war, habe ich mich noch gefragt, ob er jemals wieder ganz der Alte werden würde. Er war so traurig. Es gefiel mir nicht, dass ich zum Teil dafür verantwortlich war.«

»Du hast ihre Trennung nicht verursacht.«

»Ich weiß, aber geholfen habe ich auch nicht. Ich war ziemlich nachtragend und intolerant.«

»Allerdings wurdest du von der wichtigsten Person in deinem Leben angelogen.«

»Stimmt. Trotzdem …«

»Das ist schon lange her. Wir alle haben Dinge getan, die wir bereuen.«

»Ich kann mir nicht vorstellen, dass du je etwas Dummes getan hast«, äußerte er mit breitem Lächeln, offensichtlich in dem Versuch, die Stimmung zu lockern.

»Ich habe genügend dumme Sachen angestellt.«

»Zum Beispiel? Nenn mir nur eine dumme Sache, die du zu verantworten hast – und vergiss nicht, dass ich dir reinen Wein eingeschenkt habe.«

Nachdem sie kurz überlegt hatte, welche ihrer Torheiten sie ihm anvertrauen sollte, entschied sie sich für die größte aller Dummheiten: »Nach dem Unfall meiner Mutter ging es meinem Dad lange nicht gut. Es war wirklich nicht leicht, das mit anzusehen.«

Sie erinnerte sich noch immer an den Schmerz dieser ersten Tage, als wäre es erst gestern geschehen und läge nicht schon dreizehn Jahre hinter ihnen. »Es hat lange gedauert, bis er akzeptieren konnte, dass sich an ihrem Zustand wahrscheinlich nichts ändern würde. Ein Jahr lang hat er nicht gearbeitet, und nachdem er wieder angefangen hat, hat er während eines Auftrags, den sein Büro von einer Hotelkette aus Chicago angenommen hatte, eine andere kennengelernt. Ein paar Monate haben sie eine Fernbeziehung geführt, aber dann beschlossen sie, dass Andi und ihr Sohn Eric zu uns nach Rhode Island ziehen sollten. Ich … Ich habe sie nicht gerade mit offenen Armen willkommen geheißen.«

»Ich wette, dass sie verstanden haben, wie schwer es für dich war, dass jemand deine Mutter ersetzen würde.«

»Aber so war es gar nicht. Andi hat nie versucht, unsere Mom zu ersetzen. Sie hat Rücksicht genommen auf meine Schwestern und mich und das, was wir durchgemacht hatten. Ich habe mich hingegen wie ein Monster verhalten.«

»Du warst ein Kind, und du warst verletzt.«

»Wir alle haben etwas, was wir bereuen, Ashton.«

»Ich schätze schon.«

»Ich muss dir etwas verraten, was dich aufregen könnte, aber nachdem ich weiß, wie sehr es dich gekränkt hat, als dein Vater dich angelogen hat, möchte ich dir nicht das Gleiche antun.«

Beunruhigt äußerte er: »Okay …«

»Kate ist auf St. Kitts.«

»Oh. Ach.« Er rieb sich mit der Hand über die Stoppeln in seinem Gesicht. »Ihr hat also jemand verraten, wo er ist.«

»Buddy.«

Er stand auf und trat ans Fenster. »Er ist jetzt mit einer anderen zusammen. Mari. Sie sind seit über sechs Monaten ein Paar.«

»Deshalb hat sie wohl gemeint, es wäre zunächst nicht so gelaufen, wie sie es sich erhofft hatte, aber später hat sie erzählt, dass er vorbeigekommen wäre und sie sich unterhalten hätten. Ihr schien es, als gäbe es noch Hoffnung für sie.« Jill zögerte, aber nur kurz, bevor sie zu ihm trat und ihm einen Arm um die Taille legte. »Du bist aufgebracht. Das tut mir leid.«

»Nein.« Er drehte sich um und schlang die Arme um sie, um sie an sich zu drücken.

Ihre Hände ruhten auf seiner Brust, schmiegten sich an seine festen Brustmuskeln. »Rede mit mir. Woran denkst du?«

»Ich denke daran, dass ich mir viel Mühe gegeben habe, um dich hierherzubekommen, und über meinen Dad und deine Schwester und das zu sprechen, was vielleicht wieder zwischen ihnen geschieht oder nicht geschieht, ist das Letzte, was ich will.«

»Du bist nicht sauer, weil sie bei ihm ist?«

»Nein.« Er schaute zu ihr runter. »Er war am Boden zerstört, nachdem es zwischen ihnen aus war. Im Grunde war er nie wieder der Alte. Wenn sie diejenige ist, die er will, dann werde ich mich diesmal nicht zwischen sie stellen. Es ist sein Leben.«

»Und ihres.«

»Ja, ihres auch.«

»Wenn sie und dein Vater zusammen sind, dann wirst du vermutlich anfangen müssen, dich ihr gegenüber anständig zu verhalten.«

Sein Gesicht verzog sich zu einem Ausdruck absoluten Entsetzens. »Muss ich? Echt?«

Sie schlug ihm im Spaß gegen den Bauch. »Pass auf. Du redest da von meiner Schwester.«

»Was der wichtigste Grund ist, warum ich dir verspreche, dass ich von jetzt an höflich zu ihr sein werde.«

»Für mich würdest du das tun?«

»Ja«, flüsterte er, die Lippen ganz nah an ihren. »Für dich würde ich das tun, und nur für dich.«

»Nicht für deinen Vater?«, fragte sie neckend.

»Ich habe den Verdacht, dass es ihn diesmal nicht kümmern würde, ob ich was dagegen habe.«

»Da hast du vermutlich recht.«

»Küsst du mich nun, oder reizt du mich nur?«

»Ich dachte, du würdest mich küssen.«

»Wir müssen an unserer nonverbalen Kommunikation arbeiten.« Er überbrückte die kurze Distanz zwischen ihnen und presste seinen Mund auf ihren, bis alle entscheidenden Stellen an ihrem Körper kribbelten. Gerade als es interessant zwischen ihnen wurde, zog er sich zurück. »Möchtest du an den Strand?«

»Das eben hat mir gerade irgendwie gefallen.«

Sein Gesicht erhellte sich unter einem sinnlichen, sexy Lächeln. »Da, wo das herkommt, gibt es noch mehr – nachdem wir uns amüsiert haben.«

KAPITEL 6

»Was jetzt?«, fragte Kate beim Abendessen auf der Terrasse. Sie hatten den gesamten Tag im Bett verbracht und waren erst aufgestanden, als der Hunger sie rausgetrieben hatte.

»Das weiß ich nicht genau.«

»Du lebst hier. Ich wohne in Nashville – wenn ich nicht auf Tournee bin. Mir fällt es schwer, mir vorzustellen, wie das funktionieren soll.«

»Wie wäre es, wenn ich dich dahin begleite, wo auch immer du gerade auftrittst? Wenn du nicht arbeitest, können wir ja hierherkommen.«

Sie betrachtete ihn ungläubig. »Das würdest du tun? Dir gefällt es hier doch so sehr.«

»Das tut es.« Er griff nach ihrer Hand und berührte mit den Lippen die Innenseite ihres Handgelenks. »Aber *hier* gefällt es mir noch mehr.«

Seine Stimme vibrierte auf ihrer Haut, woraufhin sie erschauerte. »Bist du sicher, dass es das ist, was du willst? Dein Leben ist auf dieser Insel, deine Freunde und …«

»Ich bin mir ziemlich sicher, dass ich das will.«

»Ich hatte daran gedacht, nicht mehr so oft auf Tournee zu gehen.«

»Du hast einen extrem vollen Terminplan. Keine Ahnung, wie du das durchhältst.«

»So lange schon hat es sich angefühlt, als wäre es nötig, immer weiterzumachen und mich blicken zu lassen, damit ich nicht in Vergessenheit gerate oder übersehen werde oder etwas anderes Schreckliches geschieht, was meine Karriere ruinieren würde.«

»Man kann wohl mittlerweile davon ausgehen, dass man dich nicht übersehen oder vergessen würde, Darling. Deine Fans lieben dich.«

»Ich habe großes Glück, so treue Fans zu haben, und ich fühle mich verpflichtet, ihnen zur Verfügung zu stehen.«

»An deine Gesundheit solltest du auch denken. Diese dunklen Ringe unter deinen Augen gefallen mir nicht.«

»Die sind echt schlimm. Ich hasse sie.« Sie hob die Hände ans Gesicht, weil sie sich der violetten Halbmonde nur allzu bewusst war.

»Du musst dich ausruhen und brauchst eine Pause, um dich zu erholen. Was hältst du davon, eine Weile hierzubleiben? Nicht nur eine oder zwei Wochen.«

»Hierbleiben?«

»Genau.«

»Ich muss nach Thunder schauen. Ich habe ihm versprochen, dass ich schnell zurückkomme, und er wird sich fragen, wo ich bin.«

»Ich kann dich jederzeit nach Hause fliegen.«

»Du hast noch immer dein Flugzeug?«

»Seit ich dich das letzte Mal gesehen habe, habe ich ein neues – eine hübsche, zweimotorige Cessna. Mit der sind wir in ein paar Stunden in Nashville.«

»Es könnte also wirklich so einfach sein? Ich bleibe hier bei dir und fliege hin und wieder nach Hause?«

»Es könnte in der Tat so einfach sein. Du könntest dich ausruhen, entspannen, neue Musik schreiben, shoppen, schlafen. Was auch immer du willst.«

Sie lehnte sich auf dem Stuhl zurück und nahm einen Schluck von ihrem Wein. »Gott, das klingt himmlisch.«

»Eine Kur auf St. Kitts könnte genau das sein, was der Arzt verschrieben hat.«

»Ich weiß nicht …«

»Was weißt du nicht, Darling?«

»Es klingt bestimmt dumm.«

»Sprich es trotzdem aus.«

Ihr Gesicht lief vor Verlegenheit rot an. »Ich weiß nicht, ob ich mich dabei wohlfühlen würde, in dem Haus zu wohnen, das du dir mit Mari geteilt hast.«

»Dann besorgen wir uns ein anderes. Ich hab es nur gemietet. Schon seit Jahren.«

»Ach so. Ich dachte, es gehört dir.«

Er schüttelte den Kopf. »Ich wollte mich nicht an diesen Ort binden, falls ich beschließen würde, weiterzuziehen. Ich habe so viel Zeit meines Lebens damit verschwendet, an dieses riesige Anwesen in Nashville gekettet zu sein. Diese Verpflichtung wollte ich nicht mehr.«

Seine Worte lösten Angst in Kate aus. Was, wenn sie ein Kind gezeugt hatten? Würde er diese Art der Verpflichtung wollen, nachdem er schon einen Sohn großgezogen hatte?

»Kate? Was ist los?«

»Du willst keine Bindungen, dennoch gehst du dieses ganze Leben mit mir ein.«

»Ich möchte keine *Immobilien*. Das ist eine andere Art der Bindung.« Er nahm erneut ihre Hand und küsste ihre Handfläche, das Handgelenk und die Innenseite ihres Ellbogens. »Es gibt Verpflichtungen, und dann gibt es Freude, Genuss und Frieden. Endlich etwas Frieden.«

»Hier hast du ihn gefunden?« Sie zeigte auf ihren Ausblick auf das Paradies.

»Es hat immer etwas – oder sollte ich sagen: jemand? – gefehlt. Unsere Beziehung war noch nicht vorbei, und deshalb hab ich keine Ruhe gefunden. Ich war zufrieden, aber nicht glücklich. Jetzt habe ich eine Chance darauf, beides zu sein, du kannst also darauf wetten, dass ich mich an dich binden möchte.«

Ohne seine Hand loszulassen, stand Kate auf und trat zu ihm.

Er zog sie auf seinen Schoß und schlang die Arme um sie.

»Das ist vermutlich das Netteste, was du jemals zu mir gesagt hast«, bemerkte sie, »und wenn ich mich recht entsinne, hast du mir damals auch ein paar reizende Dinge anvertraut.«

Sein Lachen vibrierte in ihr, während seine Liebe sie umhüllte – beständig und sicher, wie immer.

Sie lehnte den Kopf an seine Schulter und fuhr mit dem Finger über seine bloße Brust. »Mein Leben ist ganz anders als damals.«

»Inwiefern, vom Offensichtlichen mal abgesehen?«

»Zum einen kann ich mich ohne Sicherheitsleute nirgends in der Öffentlichkeit blicken lassen.«

»Das ist hier kein Problem. Hier kümmert sich niemand um Prominente.«

»Das wäre nett. Es fehlt mir, einfach ins Bluebird oder ins Mabel's zu gehen, dort abzuhängen, mich mit Freunden zu treffen und der Musik zu lauschen, wann immer mir danach ist. Es fehlt mir, mit meinen Schwestern durchs Einkaufszentrum zu bummeln oder mir wie alle anderen im Kino einen Film anzuschauen, statt mich zehn Minuten später reinzuschleichen und zehn Minuten eher wieder zu verschwinden.«

»Klingt ein wenig nach einem goldenen Käfig.«

»Irgendwie ist es das auch.«

»Wenn du all das noch mal machen könntest, hättest du dir die große Karriere genauso sehr gewünscht?«

Sie dachte darüber nach. »Ich schätze schon, da ich nie besonders gut in etwas anderem war. Ich war dazu bestimmt, das hier zu tun. Das habe ich nie infrage gestellt. Manchmal wünschte ich mir nur, es würde mich nicht so einengen, weißt du?«

»Ich verstehe, was du meinst. Definitiv.«

»Ich klinge wie eine Zicke, wenn ich mich über meine Karriere beschwere, die mir jährlich Millionen einbringt und mir erlaubt, das zu tun, was ich liebe.«

»Du klingst nicht zickig.«

»Das musst du behaupten. Du liebst mich.«

»Das tue ich, aber behaupten muss ich gar nichts.« Er küsste sie auf die Nase und den Mund.

»Buddy hat versucht, mich vorzuwarnen. Ganz am Anfang hat er mir prophezeit, dass es verrückt werden wird – und nicht immer auf die gute Art. Aber bis man mittendrin steckt …«

»Kann man es unmöglich wissen.«

»Richtig.« Sie wagte es, ihn anzusehen. »Bist du sicher, dass du zu mir in den goldenen Käfig willst?«

»Vollkommen sicher. Das, was mir während unserer gemeinsamen Zeit unter anderem am meisten gefallen hat, war, dass oft genug nur wir beide zu Hause mit deiner Gitarre und deiner engelsgleichen Stimme vor dem Feuer gesessen haben. Haben wir jemals mehr gebraucht?«

Lächelnd erinnerte sie sich an die idyllischen Tage und leidenschaftlichen Nächte zurück, die sie zusammen verbracht hatten, damals, als sie noch zu jung gewesen war, um zu verstehen, dass man so etwas nicht jeden Tag erlebte und es wertschätzen sollte. »Nicht viel mehr.«

»Ich werde mich mit Mari treffen müssen, um ihr das Haus anzubieten, falls sie es haben möchte. Viele der Dinge darin gehören ihr.«

Der Gedanke daran, dass er seine Exgeliebte treffen würde, nährte die Angst in ihr. Was, wenn er nach einem Blick auf die exotische dunkelhaarige Schönheit seine Entscheidung bereute, sie verlassen zu haben?

»Lass das.«

Überrascht von dem strengen Tonfall, fragte sie: »Was?«

Mit dem Zeigefinger zog er ihren Mund nach. »Denk nicht daran, dass ich meine Meinung ändern könnte, nur weil ich mich mit ihr treffe.«

»Daran hatte ich gar nicht gedacht«, stritt sie es ab, auch wenn ihr Hitze ins Gesicht schoss und ihre Worte Lügen strafte.

Er lachte und drückte sie fest an sich. »Natürlich nicht, Darling.«

»Ich kann nichts dafür, dass der Gedanke, du könntest mit einer anderen zusammen sein, mich ein wenig verrückt macht.«

»Was glaubst du, wie es mir ging, wenn ich von dir und Bobby oder Russ oder Clint gelesen habe? Jeden von ihnen wollte ich auftreiben und auf die schmerzhafteste, blutigste Weise umbringen, weil sie *meine* Frau angefasst hatten.«

Ihr blieb vor Staunen der Mund offen stehen, weil ihr sanftmütiger Liebhaber seine eifersüchtige Seite offenbarte.

Seine Lippen bebten amüsiert. »Du wusstest nicht, dass ich einen Hang zu Gewalt habe, was?«

Sie schüttelte nur den Kopf. »Ich hatte keine Ahnung, und ich bin ehrlich schockiert. Du warst stets der freundliche Gentleman aus den Südstaaten.«

»Den anderen Männern in deinem Leben gegenüber hegte ich keine freundlichen Gefühle.«

»Es tut mir leid, dass ich dich verletzt habe. Das habe ich nicht gewollt.«

»Rückblickend nehme ich an, dass deine Beziehungen zu anderen Leuten – genau wie meine – uns nur gezeigt haben, wo wir wirklich hingehören, es war also alles Teil eines größeren Plans.«

»Das ist sehr philosophisch von dir.«

»Das habe ich mir eingeredet, damit ich sie nicht wirklich aufsuche und umbringe.«

Kate warf den Kopf in den Nacken und lachte. Ihr Gelächter wandelte sich zu einem Stöhnen, als er die Gelegenheit bekam und sie auf den Hals küsste, bis sie vor Verlangen erschauerte. »Lass uns wieder ins Bett gehen«, flüsterte sie.

»Ich habe eine bessere Idee.« Mit diesen Worten drückte er sie enger an sich und stand auf. Dann überraschte er sie, indem er das Tor öffnete, das zum Strand führte.

»Wohin willst du?«

»Das wirst du noch sehen.«

Das Mondlicht schimmerte wie ein Spiegel auf dem stillen Wasser. Der Duft von Sand, dem Meer und Reids endlos verlockendem Rasierwasser erfüllte ihre Sinne. Sie drückte die Nase an seinen Hals und atmete ihn ein. Sie musste sich zusammenreißen, um nicht vor Freude zu kreischen, während er sie zum Strand trug. Sie konnte es nicht fassen, dass sie endlich wieder bei ihm war und ihn offensichtlich dieses Mal auch behalten durfte. Es war zu schön, um wahr zu sein.

Unter den Palmen setzte er sie ab und strich ihr mit den Händen über die Schultern und den Rücken bis zu ihrem Hintern, wo sie kurz verweilten, bevor sie weiter nach unten wanderten. Er fand den Saum ihres Baumwollkleides und schob ihn hoch, um es ihr über den Kopf zu ziehen.

Sie konnte ihn gerade gut genug erkennen, um zu sehen, wie seine Augen funkelten, sobald er ihre Brüste berührte und ihre Brustwarzen massierte, bis sie fest wurden und kribbelten. »Was hast du bloß vor, Mr Matthews?«

»Das«, flüsterte er, ehe er den Kopf neigte, eine der geschwollenen Brustspitzen in den Mund nahm und fest daran saugte, während er sie in die andere zwickte.

Sie keuchte auf und wollte ihn von Neuem, wollte ihn für immer. Die warme Luft auf ihrer erhitzten Haut, die Angst davor, nackt am Strand erwischt zu werden, die Hitze des Sands unter ihren Füßen und sein seidiges Haar an ihrer Brust überwältigten ihre Sinne. Sie stand kurz davor, ihn anzuflehen, sie an Ort und Stelle zu nehmen, als er losließ und seine Shorts öffnete.

Nachdem er sie in den Sand fallen gelassen hatte, nahm er ihre Hand. »Lass uns schwimmen gehen.«

Sie zögerte. Das Leben im Käfig hatte sie gelehrt, vorsichtig zu sein. »Was, wenn uns jemand sieht?«

»Das wird niemand. Diesen Teil des Strandes haben wir ganz für uns. Das hat Desi mir versichert.« Er zog an ihrer Hand. »Komm schon.«

Sie trat ins Mondlicht und ließ sich von ihm ins Meer führen, das so warm wie Badewasser war.

»Fühlt sich das nicht gut an?«, fragte er, als er sie an sich zog.

»So gut.« Sie schlang die Beine um ihn und legte ihm die Arme um den Hals.

Schließlich neigte er sie nach hinten, bis ihre Haare nass wurden, und küsste ihren Hals und ihren Busen und das Tal zwischen ihren Brüsten. »Du strahlst wie eine Göttin, wenn das Mondlicht deine blasse Haut berührt.« Seine Stimme klang rau, und seine Erektion presste sich gegen sie. »So schön wie jetzt hast du noch nie ausgesehen.«

Und sie hatte sich auch noch nie so schön gefühlt – oder erregter. Sie rieb sich anzüglich an ihm, was ihm ein tiefes Stöhnen entlockte.

»Kein Kondom«, rief er ihr gequält ins Gedächtnis.

»Ist mir egal.« Das war es auch. Sie wollte nur diesen Augenblick mit ihm bis zur Gänze erfahren, und dafür wollte sie ihn in sich spüren – sofort.

»Kate …«

»Bitte.« Sie griff zwischen sie und legte die Hand um sein Glied, massierte ihn und lachte, als er noch steifer wurde.

»Hexe«, murmelte er.

Begeistert von sich – und von ihm – führte sie ihn in sich. Sie hatte sich noch nie mit jemandem im Meer geliebt und war auf die überwältigende Sinnlichkeit der Erfahrung nicht vorbereitet. Sie ließ ihn los und legte sich ins Wasser zurück, die Arme über dem Kopf ausgestreckt.

Er nahm ihre Einladung an und beugte sich vor, hauchte Küsse auf ihren Oberkörper.

Während sie in den sternenübersäten Himmel blickte und er sie erfüllte und reizte, erkannte sie, dass dies zweifelsohne der glücklichste – und erotischste – Moment ihres Lebens war. Bei dem Gedanken schossen ihr Tränen in die Augen, dann brachte er sie langsam zum Höhepunkt, der einfach kein Ende zu nehmen schien.

Er griff nach ihren Hüften und stieß in sie. »Kate, Gott, ich liebe dich. Du hast mir so sehr gefehlt. Jeden Tag habe ich dich vermisst.«

Die Tränen liefen ihr über die Wangen, als er sie erneut kommen ließ, bevor er sich ihr entzog und sie in die Arme nahm, während er hart an ihrem Bauch pulsierte.

»Ich liebe dich auch.« Sie klammerte sich an ihn, verzückt, glücklich und zufrieden – und ein wenig nervös, weil sie sich fragte, ob sie sich diese Magie erhalten könnten, wenn sie dieses Inselparadies verließen und in die reale Welt zurückkehrten.

* * *

Am nächsten Morgen ließ Reid Kate widerwillig im Bett weiterschlafen und fuhr nach Basseterre, wo er Mari im Haus ihrer Schwester Angelique anzutreffen hoffte. Erleichtert stellte er fest, dass ihr Auto in der Einfahrt stand, als er vor dem kleinen weißen Gebäude parkte, das er in den vergangenen Monaten regelmäßig besucht hatte.

Sie hatten gemeinsam eine Menge Spaß gehabt. Das würde er nie leugnen, aber er konnte auch nicht leugnen, dass sein Herz Kate gehörte, seit er sie zum ersten Mal erblickt hatte. Der Altersunterschied von achtundzwanzig Jahren lastete noch genauso schwer auf ihm wie damals, aber nachdem er sich so lange nach ihr gesehnt hatte, brachte er es nicht über sich, zuzulassen, dass die Schuldgefühle sie trennten.

Sie war jetzt eine erwachsene Frau in der Blüte ihrer Jahre, und sie hatte ihm offenbart, dass sie ihn wollte, dass sie ihn stets gewollt hatte. Da es ihm nicht anders erging, würde er es ihr nicht ausreden. Nein, jetzt wollte er nur noch herausfinden, wie er sich ein Leben mit ihr aufbauen konnte.

Mit diesem Ziel im Sinn klopfte er an die Tür des Hauses, in dem Maris Schwester wohnte.

Angelique öffnete die Tür und runzelte die Stirn, sobald sie ihn erkannte. Das exotische Aussehen mit dem dunklen Haar hatte sie mit ihrer Schwester gemeinsam. »Was willst du?«

»Ich möchte mit ihr reden. Bitte.«

»Sie will dich nicht sehen.«

»Ich weiß, aber es gibt da ein paar Dinge, die wir klären müssen. Bitte, Angi, lass mich rein.«

»Du hast ihr das Herz gebrochen, weißt du?«

»Das tut mir leid. Ich hatte nie vor, ihr wehzutun, aber ich habe ihr auch nie etwas versprochen.«

»Das hast du nicht. Du hast sie nur in dem Glauben gelassen, dass das zwischen euch für immer halten würde, obwohl du wusstest, dass dem nicht so war.«

Er schüttelte den Kopf. »Das wusste ich nicht, Angi …«

»Ich schau mal, ob sie mit dir reden will.«

Sie ließ ihn auf der Veranda stehen.

Einige Minuten später kam Mari an die Tür, müde und traurig, was auch ihn traurig stimmte, denn er wusste, dass er ihr das angetan hatte. »Was willst du hier?«

»Wir müssen uns unterhalten.«

»Worüber? Wir haben alles gesagt, was es zu sagen gab.«

»Das haben wir nicht.«

Sie schien kurz darüber nachzudenken, bevor sie nach draußen trat und die Innentür hinter sich schloss. »Lass uns spazieren gehen.«

Dankbar, dass sie ihm nicht die Tür vor der Nase zugeschlagen hatte, lief er mit ihr die Stufen runter. Auf der Straße verschränkte sie mit gesenktem Kopf die Arme und wartete offenbar darauf, dass er anfing.

»Wir müssen uns über das Haus unterhalten.«

»Es gehört dir. Ich hole meine Sachen ab.«

»Du kannst es auch behalten, wenn du möchtest. Ich habe andere Pläne, wenn du das Haus aber nicht willst, dann lasse ich den Vertrag auslaufen.«

»Was für Pläne hast du?«

»Möchtest du das wirklich wissen?«

»Sicher, warum nicht?«, entgegnete sie mit bitterem Lachen.

»Ich kehre nach Nashville zurück.«

Sie schnaubte ungläubig. »Ich dachte, du wolltest da nie wieder hin. Du hast es dort gehasst.«

Er konnte nicht abstreiten, dass er das behauptet hatte, also ließ er es. »Die Dinge haben sich geändert.«

Verwundert schüttelte sie den Kopf. »Sie musste nur mit den Fingern unter deiner Nase schnipsen, und schon bist du wieder zu ihr zurückgekrochen, nachdem sie dir das Herz gebrochen hat.«

Er schluckte die bissige Erwiderung runter, die ihm auf der Zunge lag. »So ist es nicht gewesen.«

»Sie hat dir nicht das Herz gebrochen?«

»Wir beide haben Fehler gemacht, die wir bereuen, aber das liegt jetzt hinter uns.«

»Ich weiß, wer sie ist.«

»Das überrascht mich nicht. Sie ist ziemlich bekannt.«

»Ist es das, was dich zu ihr zieht? Ihr Ruhm und Reichtum? Ihr glamouröses Leben?«

»Ich habe sie geliebt, da war sie in der Branche noch ein unbeschriebenes Blatt, und ihr Geld brauche ich wohl kaum.«

»Ich schätze nicht.«

»Ich werde für dich sorgen, Mari. Dir wird es an nichts mangeln.«

Bei diesen Worten drehte sie sich zu ihm um, die sonst freundlich blickenden braunen Augen vor Wut ganz schmal. »Mir wird es an nichts mangeln? Wie kannst du das nur behaupten? Mir wird es an *dir* mangeln.«

Sofort bereute er seine Wortwahl. »Ich meinte finanziell.«

»Behalt dein Geld«, spie sie ihm entgegen und machte eine wegwerfende Geste. »Das hat mich noch nie interessiert, und das weißt du auch.«

Sie hatten sich nur dann gestritten, wenn es um sein Bedürfnis ging, für alles zu bezahlen.

»Ich muss schon sagen: Ich hatte keine Ahnung, dass du sie so jung magst. Wie ein altes Weib muss ich dir ja vorgekommen sein, nachdem du mit ihr zusammen warst.«

»Das ist nicht wahr. Du bist eine wunderschöne Frau, und ich habe mich stets glücklich geschätzt, dass ich mit dir Zeit verbringen durfte.«

»Aber du hast dich nie in mich verliebt.«

Er schüttelte den Kopf. »Es tut mir leid. Ich hasse es, dass ich dich so verletzt habe. Das habe ich nie gewollt.«

»Wenn du mich nie verletzen wolltest, dann hättest du vielleicht mal daran denken sollen, wie ich mich fühle, wenn sie bei uns auftaucht und ihre Ansprüche auf dich anmeldet.«

»So ist das nicht gewesen, und das weißt du auch. Ich hatte keine Ahnung, dass sie kommen würde, und außerdem bist du diejenige, die gegangen ist.«

»Hätte ich bleiben und dabei zusehen sollen, wie du dich nach ihr verzehrst?«

Er wusste nicht, was er darauf erwidern sollte, also schwieg er.

»Ich weiß nur, dass ich vor zwei Tagen noch ein wunderschönes Leben geführt habe, mit einem Mann, den ich liebte und der mich vielleicht auch liebte, obwohl er das nie ausgesprochen hat. Das alles wurde auf den Kopf gestellt, und ich soll das einfach hinnehmen und so tun, als wäre nichts geschehen?«

»Ich habe dich geliebt, Mari. Ich *liebe* dich.«

»Aber nicht so, wie du sie liebst.«

Er stemmte die Hände in die Hüften und schüttelte den Kopf. »Nein. Es tut mir leid.«

»Spar dir deine Entschuldigungen. Ich bin froh, dass wir dieses Gespräch geführt haben. Jetzt weiß ich zumindest, was ich tun muss.«

»Und das wäre?«, hakte er nach, denn die Boshaftigkeit in ihrer Stimme bestürzte ihn. So hatte er sie noch nie erlebt, aber er hatte sie auch noch nie so schwer enttäuscht.

»Das geht dich nichts an. Das Recht, das zu erfahren, hast du verschenkt, als du dich für sie entschieden hast. Verschwinde, und lebe dein Leben mit deiner kleinen Geliebten. Ich hoffe, ihr werdet glücklich miteinander.«

Da er erkannte, dass ihre Unterhaltung vorbei war, erkundigte er sich: »Willst du das Haus haben?«

»Nein.«

»Wann möchtest du deine Sachen holen?«

»Diese Woche.«

»Gut.«

»Gut.«

»Mari …«

»Wenn du dich noch einmal entschuldigst, schlage ich dich.«

Er nickte, traurig, dass es so hässlich zwischen ihnen endete, aber er schätzte, dass er ihr keinen Vorwurf machen konnte. An ihrer Stelle würde er vermutlich genauso fühlen. »Pass auf dich auf.«

»Keine Sorge, das werde ich.«

Unbehagen beschlich ihn auf dem Weg zu seinem Auto, und er fragte sich, wie sie das gemeint hatte.

* * *

Jill trat aus der Dusche und trocknete sich mit einem Handtuch die Haare, dann ging sie noch einmal den Tag durch, den sie mit Ashton verbracht hatte. Aus einer Garage hatte er eine Harley Davidson geholt, die Jill beklommen beäugt hatte.

»Ich bin noch nie auf einem Motorrad gefahren«, erklärte sie.

»Noch nie?«

Sie schüttelte den Kopf.

»Du weißt gar nicht, was du verpasst hast.«

Die glänzende Maschine war riesig und beängstigend. »Macht mir nichts aus, was ich verpasst habe.«

Das brachte ihn zum Lachen. »Vertrau mir. Ich fahre schon seit meiner Kindheit auf Motorrädern, und ich verspreche dir, dass es dir gefallen wird.«

»Dein Vater hat dir echt verrückte Dinge erlaubt, als du noch ein Kind warst.«

»Ich hatte keine Mutter, die ihm davon abgeraten hätte.«

Das hatte er nur zum Spaß geäußert, aber Jill spürte den Schmerz hinter den Worten. Er hätte gerne eine Mutter gehabt, die sich um ihn gesorgt hätte. Welcher kleine Junge hätte das nicht?

Er hielt ihr einen Helm hin. »Was sagst du? Lust auf ein kleines Abenteuer?«

»Wenn du sicher bist, dass uns nichts passiert.«

Er steckte ihr eine Strähne hinters Ohr und liebkoste ihr Gesicht. »Ich würde dich nie in Gefahr bringen. Nicht, wenn ich noch so viel mit dir vorhabe.«

Die leise gesprochenen Worte ließen ihr Inneres vibrieren. Ihr ganzes Leben lang hatte sie noch nie vibriert. Vielleicht war es an der Zeit. »Okay.«

Sie konnte sich nicht daran erinnern, jemals so viel Spaß gehabt zu haben wie auf ihrem Weg durch Malibu über den Pacific Coast Highway, wobei sie an einem abgelegenen Aussichtspunkt eine Mittagspause einlegten, den er bereits kannte und in den sie sich verliebte. Er fuhr die Maschine sicher wie ein Profi, und nicht ein einziges Mal hatte sie Angst. Stattdessen war sie aufgeregt und fühlte sich so frei wie kaum je zuvor.

Nachdem sie Stunden damit verbracht hatte, sich auf dem Motorrad an seinen Rücken zu schmiegen, wollte sie unbedingt zu ihm zurück, also kämmte sie sich die Haare und band sie sich zu einem Pferdeschwanz hoch, bevor sie sich eine Jeans und ein Trägerhemd anzog, die sie sich während ihres Ausflugs gekauft hatte. Dann lief sie runter zu ihm auf die Terrasse, die zum Pazifik rausging, wo er am Grill stand. Nachdem sie an der Küste aufgewachsen war, war sie an einen bemerkenswerten Ausblick gewöhnt, aber dieser hier war besser als die meisten.

Ashton stand mit dem Rücken zu ihr, und da er kein Hemd trug, bot er ihr einen freien Blick auf die breiten Schultern und den muskulösen Rücken.

Das Gefühl der Aufregung und Freiheit des Tages ging ihr erneut durch den Kopf, als sie nach draußen trat und ihn sichtlich überraschte, indem sie die Hände auf seine Schultern legte. Wer war diese schamlose Frau, die sich einem Mann näherte und ihn berührte, ohne dazu aufgefordert worden zu sein? Sie war ein ganz neuer Mensch, und das gefiel ihr.

Ihm offensichtlich auch, denn seine Muskeln bebten unter ihren Händen. Sie ließ ihn wieder los.

»Nicht«, sagte er leise, aber mit Nachdruck. »Hör nicht auf. Berühre mich.«

Ermutigt durch seine Reaktion massierte sie seine Schultern.

Er neigte den Kopf und erschauderte. »Das fühlt sich gut an.«

»Was gibt's zum Abendessen?«, fragte sie, die Lippen nahe an seinem Rücken, so nah.

»Garnelen und Salat.« Seine Stimme klang angestrengt, was ihr ein Lächeln entlockte, während sie seine Muskeln knetete, die sich unter ihren Händen angespannt hatten.

»Klingt gut.«

Ein lautes Klicken erregte ihre Aufmerksamkeit, als er den Grill ausschaltete.

»Ist es fertig?«

»Ja.«

Er ließ die Spieße mit den Garnelen auf dem Grill liegen, schloss den Deckel und drehte sich mit funkelnden Augen zu ihr um. Unter dem beinahe wilden Blick, den er ihr zuwarf, wich sie einen Schritt zurück. Er legte ihr einen Arm um die Taille, damit sie ihm nicht entkommen konnte.

»Ashton …«

Was auch immer sie gerade sagen wollte – sie hatte keine Ahnung, welche Worte sie im Sinne hatte –, ging verloren, als er seinen Mund fest und fordernd auf ihren drückte.

Sie schlang ihm die Arme um den Hals, während er sie von den Füßen hob und nach drinnen trug. Seine Zunge drang suchend in ihren Mund, bis ihr schwindlig wurde und ihr Herz raste. So war sie noch nie geküsst worden, und nichts hätte sie auf das überwältigende Verlangen vorbereiten können, mit dem sie sich immer drängender an ihn presste.

Nachdem er sie auf das Sofa gelegt hatte, umklammerte sie ihn fester.

Kaum lag er auf ihr, beugte er den Kopf vor und küsste sie noch leidenschaftlicher. Er stützte sich auf einen Ellbogen, und seine andere Hand fuhr unter ihr Oberteil und schob den BH aus dem Weg. Die Hitze seiner Hand auf ihrer bloßen Brust verbrannte sie.

Er löste seine Lippen von ihren und betrachtete sie, verschlang sie mit den Augen. »Melde dich, wenn ich aufhören soll.«

Sie schüttelte den Kopf.

»Bist du sicher?«

»Ja.« Sie griff nach ihm. »Ich bin mir sicher.«

Also schob er ihr das Top hoch und konzentrierte sich auf ihre Brüste, leckte und saugte und biss sanft zu, während er es irgendwie schaffte, ihr das Hemd und den BH auszuziehen.

Noch nie hatte sie etwas erlebt, das auch nur ansatzweise so war wie die alles verzehrende Leidenschaft, mit der er sie liebkoste und ihre Haut mit Küssen übersäte. Sobald er ihr die Jeans öffnete und daran zog, hob sie die Hüften, um ihm zu helfen.

Dann hielt er inne und lehnte die Stirn an ihren Bauch. »So hatte ich mir das nicht vorgestellt.«

Sie fuhr mit den Fingern durch sein volles Haar. »Wie?«

»Schnell und wild auf dem Sofa. Ich wollte mir Zeit lassen und dich so oft kommen lassen, dass du deinen eigenen Namen vergisst. *Dann* wollte ich dich lieben.«

Ihr Herz schlug schneller, weil sie erkannte, wie viele Gedanken er sich darüber gemacht hatte. »Wie wäre es, wenn wir das auf nächstes Mal verschieben?«

Er schaute zu ihr hoch. »Ja?«

Sie nickte und streckte die Arme nach ihm aus. »Komm her.«

Er rutschte zu ihr rauf und stützte sich auf den Armen ab. »Ich bin da.«

»Näher.«

Lächelnd senkte er sich auf sie, bis seine Brust ihre berührte. Das raue Haar rieb an ihren aufgerichteten Brustwarzen und machte sie ganz verrückt. Sie strich mit den Händen über seinen Rücken und fuhr unter seine kurze Hose.

»Jill«, zischte er durch zusammengebissene Zähne.

Sie schlang die Beine um seine Hüften und bewegte eine ihrer Hände auf die Vorderseite seiner Shorts.

Er ließ den Kopf auf ihre Schulter sinken und schien zu erstarren, als wollte er darauf warten, was sie als Nächstes tun würde.

Da beschloss sie, den Genuss hinauszuzögern, indem sie mit den Fingern aufreizend über seinen Bauch strich, bis er stöhnte.

»Willst du, dass ich bettle?«

»Ich denke schon. Ja.«

Halb lachend, halb stöhnend stieß er mit den Hüften vor, in dem Versuch, das zu bekommen, was er wollte. »Ich bettle.«

Sie entschied, Erbarmen mit ihm zu haben, und legte die Hand um sein steifes Glied. Ihr Mund wurde trocken, sobald sie merkte, wie groß und dick er war, während sie ihn langsam massierte.

»Himmel«, flüsterte er. »Deinetwegen werde ich noch kommen wie ein notgeiler Teenager.«

Seine Stimme klang so gequält, dass sie lachen musste. »Wäre das so schlimm?«

»Ja, das wäre es. Dann wirst du dich immer daran erinnern, dass ich unser erstes Mal ruiniert habe.«

»Du ruinierst nichts.« Um es ihm zu beweisen, wurde ihr Griff fester, und sie massierte ihn heftiger, um ihm die Entscheidung abzunehmen.

Er stieß mit den Hüften vor, passte sich an den Rhythmus ihrer Hand an. »Jill …«

Da drehte sie den Kopf und küsste ihn, liebkoste ihn sanft mit der Zunge, was im scharfen Gegensatz zu dem stand, was sie ihm mit der Hand antat. So schamlos und dreist war sie noch nie bei einem Mann gewesen, und sie erkannte, dass ihr die Reaktionen gefielen, die sie ihm entlockte.

Der Arm, auf den er sich stützte, zitterte unter der Anstrengung, während sie ihn zu einem explosiven Höhepunkt trieb. Er schrie auf, als er in ihrer Hand kam. Als er sich davon erholt hatte, hatte sie ihm die Hose ausgezogen.

»Kondom«, sagte er. »Ich brauche eins.«

»Wo sind sie?«

»Im Bad. Oben.«

»Lass mich aufstehen.«

»Ich hol sie. Gib mir nur eine Minute.«

»Lass dir Zeit, ich kümmere mich darum.«

»In Ordnung.« Er löste sich von ihr.

Sie stand auf und lief zur Treppe, wobei sie versuchte, nicht daran zu denken, dass er vermutlich gerade ihren bloßen Hintern betrachtete. Sie fand eine ungeöffnete Kondompackung im Schrank im größten Badezimmer. Die Tatsache, dass sie ungeöffnet war, stimmte sie aus irgendeinem Grund glücklich. Der Gedanke daran, dass er hier Zeit mit einer anderen Frau verbracht haben könnte, gefiel ihr ganz und gar nicht.

»Du verhältst dich schon wie eine eifersüchtige Närrin«, flüsterte sie, während sie es vermied, in den Spiegel zu schauen, solange sie im Bad war.

Ashton lag auf dem Bauch, als sie zurückkehrte, und sie fragte sich, ob er schlief. Sie gönnte sich einen Moment, um seinen herrlichen Körper zu bewundern, die muskulösen Arme und Schultern, die schmale Taille und den perfekten, knackigen Hintern. Er war ein unglaublich sexy Mann, und seine ganze Aufmerksamkeit galt ihr – für den Augenblick zumindest.

Bei diesem Gedanken setzte sie sich auf ihn und drückte sich an seinen Hintern, während sie mit den Händen über seinen Rücken fuhr.

Sein gemurmeltes »Hmm« verriet ihr, dass er wach war und genoss, was sie mit ihm machte. »Ich will mich umdrehen.«

»Gleich.« Sie strich ihm mit den Lippen über den Rücken, und schließlich hob sie sich von seinem Hintern und biss ihn hinein.

»Das reicht. Lass mich hoch.«

Seine Reaktion überraschte sie, während sie sich erhob, damit er sich umdrehen konnte. »Kondom.« Er streckte die Hand aus.

Seine Hand ignorierend riss sie die Verpackung auf, nahm eins raus und entfernte die Folie.

»Jill …«

»Sei nicht so herrisch, Herr Anwalt.« Der gequälte Ausdruck auf seinem Gesicht brachte sie zum Lächeln, und sie ließ sich Zeit dabei, ihm das Kondom überzuziehen. »Da«, bemerkte sie, sobald es saß.

Sogleich schoss er hoch, packte sie an den Hüften und rannte zur Treppe.

Sie schrie überrascht auf. Dann klammerte sie sich an seinen Hals, während er die Stufen hinaufeilte, als wäre es keine große Sache, sie zu tragen. Seine Kraft machte sie an, erregte sie nur noch mehr. »Wohin willst du denn?«

»Hierfür will ich ein Bett.«

Sie fragte sich beunruhigt, ob sie es zu weit getrieben hatte und für ihre Sünde bezahlen würde, sobald er sie auf einer horizontalen Oberfläche hatte.

Im Schlafzimmer blieb er stehen, legte sie auf das Bett und zog sie an den Hüften bis zur Kante. »Hat es dir gefallen, mich verrückt zu machen?«, fragte er.

Nickend legte sie die Hände an sein Gesicht und streichelte ihn. »Und wie.«

»Ist mir nicht entgangen.« Er drückte sich gegen sie, zog sich aber zurück, bevor sie ihn da hatte, wo sie ihn haben wollte. »Rache ist süß.«

»Davon habe ich schon gehört, aber du bist doch nicht gemein zu mir, oder?«

Sein Lächeln nahm seinem teuflischen Gesichtsausdruck die Schärfe. »Versuch nicht, dich da mit deinem Charme rauszuwinden.« Er drang quälend langsam in sie.

Sie hob die Hüften, wollte ihn dazu bringen, sich zu beeilen, aber er ließ sich nicht beirren.

Dann zog er sich wieder aus ihr zurück und brachte sie zum Stöhnen. »Geduld, meine Liebe«, raunte er, bevor er sie auf den Bauch küsste.

Bei seinen Worten begann ihr Herz zu rasen. Meinte er das ernst? War sie seine Liebe? Wollte sie das sein? Seine Zunge zwischen ihren Beinen erforderte ihre volle Aufmerksamkeit und verdrängte die interne Debatte aus ihrem Verstand. Er trieb sie fast bis zum Orgasmus, bevor er sich zurückzog und wieder von vorne anfing.

»Ashton …« Sie wand sich, versuchte, sich von ihm zu lösen, aber er hatte das vorhergesehen und legte einen schweren Arm um ihre Mitte, um sie auf dem Bett festzuhalten.

»Sag mir, was du willst«, bat er, bevor er mit zwei Fingern der anderen Hand in sie drang.

»Ich will kommen.«

»Wie sehr?«

»So sehr.«

»Ach ja?«

Sie stöhnte, unerträglich frustriert und erregt. »Bitte ...«

»Da du so nett Bitte sagst ...« Er presste den Mund auf sie und saugte, fuhr mit der Zunge über das erhitzte Fleisch und trieb sie zu einem Höhepunkt, der jede Faser ihres Körpers erfasste.

Als sie nach dem unglaublichen Orgasmus wieder zu sich kam, erblickte sie ihn über sich, wie er sie andächtig betrachtete.

»Du bist so schön.« Er schob ihr das Haar aus der Stirn und küsste sie auf die Nase und die Lippen. »So unglaublich schön. Deine Augen sind nicht blau, aber auch nicht grau. Jedes Mal, wenn ich sie anschaue, haben sie eine andere Farbe.« Mit einer Hand auf ihrem Oberschenkel legte er sich eines ihrer Beine um die Hüfte.

Gerührt von seinen Worten wartete sie auf das, was er tun würde.

Sein nächster Schritt bestand darin, bis zur Hälfte in sie zu stoßen und sich dann wieder aus ihr zurückzuziehen.

Stöhnend gestand sie: »Ich glaube, ich bin ausreichend bestraft worden.«

»Ich habe noch gar nicht richtig angefangen, dich zu bestrafen.« Mit dem nächsten Stoß drang er ganz in sie, entzog sich ihr aber wieder, bis sie sich nach mehr sehnte.

Er beugte den Kopf vor und nahm eine Brustspitze in den Mund, saugte fest genug daran, dass es ihr schmerzhaften Genuss bereitete. Unter ihr legten sich seine großen Hände auf ihren Hintern, drückten und kneteten sie dort, während er erneut in sie drang.

Dieses Mal war sie darauf gefasst und hielt ihn mit dem Bein um die Hüfte fest, damit er ihr nicht mehr entkommen konnte. Sie spürte, wie er in ihr noch größer wurde, und war glücklich, dass sie der Anlass dafür war.

»Lass mich los«, brummte er mit vor Anstrengung angespannter Stimme.

»Versprichst du mir, dass du mich nicht mehr necken wirst?«

»Vorerst.«

Sie ließ das Bein aufs Bett sinken, was etwas Wildes in ihm auszulösen schien. Die Füße noch immer fest auf dem Boden, stieß er in sie, wobei er die Finger so fest in ihren Hintern grub, dass sie ohne Zweifel blaue Flecken davontragen würde. Sie kam zweimal direkt nacheinander, und noch immer entließ er sie nicht. Das, fiel ihr in einem einzigen Augenblick klaren Verstandes ein, hatte sie nun davon, dass sie ihm zuvor Erleichterung verschafft hatte.

Er überraschte sie, als er plötzlich das Tempo drosselte, sie an sich zog und sanft und ehrfürchtig küsste, während er sich in ihr regte. »So gut«, hauchte er zwischen zärtlichen Küssen. »Ich wusste, dass es so sein würde. Ich wusste es.«

»Du hast viel darüber nachgedacht.«

»Wenn du wüsstest, wie viel, dann würdest du glauben, dass etwas mit mir nicht stimmt.«

Der Gedanke, dass er sich schon so lange nach ihr verzehrt hatte, ließ ihr Herz glücklich höherschlagen, und das bereitete ihr Angst. Sie verliebte sich in ihn. Um ehrlich zu sein, verliebte sie sich schon seit langer Zeit in ihn, und das Wissen, dass er genauso empfand, war zugleich aufregend und ein wenig furchteinflößend.

»Warum bist du auf einmal so besorgt?«, fragte er, während er sich noch immer langsam bewegte.

»Bin ich nicht.«

»Bist du.« Er küsste sie auf die gerunzelte Stirn, wodurch sie erst erkannte, dass sie die Augenbrauen zusammengezogen hatte. »Rede mit mir. Woran hast du gerade gedacht?«

Sie schlang ihm die Beine um die Hüften. »Du willst *jetzt* reden?«

»Ich bin ein hervorragender Multitasker.« Er bewegte die Hüften und sorgte dafür, dass sein Brusthaar über ihren Busen rieb, beides entlockte ihr ein Keuchen. »Siehst du?«

Sein glückliches Lächeln zauberte auch ihr eines aufs Gesicht. »Deine Fähigkeiten habe ich keine Sekunde lang bezweifelt.«

»Etwas hat dich unglücklich gemacht. Da ich gerade in dir bin, hilft das meinem Selbstbewusstsein nicht unbedingt.«

»Du hast in deinem ganzen Leben nicht eine Sekunde lang an mangelndem Selbstbewusstsein gelitten.«

»Jetzt gerade schon. Was ist los, Schatz? Verrat es mir.«

Wie er diese Worte in diesem Augenblick mit seinem Akzent äußerte, ließ sie dahinschmelzen. »Ich … ich bin wegen dem hier ein wenig beunruhigt.«

»Wegen mir?«

Sie schüttelte den Kopf. »Nicht wegen dir. Wegen *uns*. Es geht so schnell.«

»Das war nicht schnell. Soweit ich das sehe, hat es ewig gedauert. So lange ist es schon her, dass ich dich zum ersten Mal wollte. Jeden Tag, jede Minute und jede Sekunde, seit ich dich kennengelernt habe.« Während er das aussprach, erhöhte er wieder das Tempo, hielt sie fest und liebte sie voller Leidenschaft.

Es bedurfte nicht viel, um sie wieder zum Höhepunkt zu bringen, einem unglaublich viel intensiveren diesmal, weil er sie begleitete und mit einem Aufschrei in sie stieß, der aus tiefster Seele zu kommen schien.

Sie klammerte sich so fest an ihn, wie sie konnte.

»So verdammt gut«, flüsterte er etliche Minuten später.

»Ja.«

»Hab keine Angst. Ich habe so lange auf dich gewartet. Ich habe nicht vor, dich gehen zu lassen.«

Was Versicherungen betraf, dachte sie, bekam man selten eine bessere als diese.

KAPITEL 7

Reid und Kate verbrachten die nächsten zwei Tage im Resort. Sie überlegten, sich hinauszuwagen, damit er ihr die Insel zeigen und sie sich ein Haus als neues Domizil suchen konnten, solange sie auf St. Kitts blieben. Am Ende verbrachten sie jedoch die meiste Zeit damit, am Strand spazieren zu gehen und an den Nachmittagen müßig im Bett zu liegen und sich zu unterhalten.

Ohne Unterbrechung sprachen sie miteinander.

Irgendwann scherzte Kate, sie würden versuchen, jede Minute noch einmal zu erleben, die sie getrennt gewesen waren, indem sie sie miteinander teilten. Am Abend des dritten Tages, nachdem er sie dazu überredet hatte, in aller Öffentlichkeit nackt zu baden, ehe sie einander liebten, fühlte sie sich so entspannt wie noch nie zuvor, seit sie ihre Familie im zarten Alter von achtzehn Jahren verlassen hatte, um die Welt im Sturm zu erobern.

Von ein paar kryptischen Nachrichten von Jill abgesehen, hatte sie seit Tagen keinen Kontakt mehr zur Außenwelt gehabt, was ihr ganz recht war.

Sie trat aus der Dusche und erkannte, dass Reid bereits im Bett auf sie wartete.

Als er ihr eine Hand entgegenstreckte, ließ sie das Handtuch fallen und schlüpfte neben ihn. »Diese Woche war unfassbar«, seufzte sie, sobald er sie in die Arme geschlossen hatte.

»Fand ich auch.« Mit dem Finger berührte er sie unter einem Auge. »Die dunklen Ringe verblassen allmählich.«

»Trotz all deiner Versuche, meinen Schlaf zu stören, fühle ich mich so ausgeruht wie schon lange nicht mehr.«

»Gut«, erwiderte er leise lachend. »Dann kann ich dich ja bis in die Nacht wach halten.«

»Darf ich dich etwas fragen?«

»Gibt es wirklich noch was, das du nicht gefragt hast?«

»Ja.«

»Leg los, Darling.«

»Was ist passiert, als du dich letztens mit Mari getroffen hast?« Von dem Treffen mit seiner Exgeliebten hatte er nichts erzählt, aber sie konnte nicht umhin, neugierig darauf zu sein, was vorgefallen war.

Sein Seufzer beantwortete ihre Frage.

»Du musst es mir nicht verraten, wenn du nicht willst.«

»Es macht mir nichts aus.« Mit den Fingern strich er durch ihr feuchtes Haar und löste die Knoten, die sie nicht ausgekämmt hatte. »Sie war wütend.«

Es gab so vieles, was sie wissen wollte, aber sie zwang sich dazu, zu schweigen und zu warten.

»Ich kann nicht behaupten, dass ich ihr einen Vorwurf daraus mache«, fuhr er nach einer Weile fort. »Sie hat etwas Besseres verdient als das, was sie von mir bekommen hat. Im einen Moment waren wir zusammen, im nächsten war es … vorbei.«

»Ich hatte Buddy darum gebeten, dir nicht zu verraten, dass ich komme. Ich wollte wissen, wie du darauf reagierst, mich nach all der Zeit zu sehen.«

»Als ich dich am Strand erblickt habe, dachte ich, ich würde halluzinieren. Ein paar Minuten vorher hatte ich an dich gedacht, und plötzlich standst du vor mir.«

»Du hast an mich gedacht?«

»Liebling«, erklärte er lachend, »ich habe dauernd an dich gedacht. Damit habe ich nie aufgehört.«

»Ich auch nicht.«

»Deshalb hätte ich mich auch nicht auf Mari einlassen sollen. Es war nicht fair, mir ein Leben mit ihr aufzubauen, solange mein Herz einer anderen gehörte.«

»Wie habt ihr euch kennengelernt?«

»Durch gemeinsame Freunde. Nach neun Jahren allein wurde ich meine eigene Gesellschaft allmählich leid. Was für ein Grund, eine Beziehung anzufangen, was?«

»Bevor du mich getroffen hattest, warst du noch länger allein gewesen.«

»Aber einsam war ich damals nie, denn ich musste mich um Ashton kümmern und hatte eine Firma zu führen. Nach dir war ich einsam.«

Bei dem Schmerz, den sie aus seiner Stimme heraushörte, zog sich ihr Herz zusammen, denn sie wusste, dass sie ihn zum Teil verursacht hatte. »Und ging es dir besser, nachdem du etwas mit Mari angefangen hattest?«

»Das war es ja: eigentlich nicht. Versteh mich nicht falsch, ich habe die Zeit mit ihr genossen, aber irgendwie fühlte ich mich noch immer einsam.«

Sie neigte den Kopf nach hinten, damit sie sein Gesicht betrachten konnte. »Warum?«

»Weil sie nicht du war.«

»Reid ...«

Er legte ihr einen Finger an die Lippen, damit sie nicht weitersprach. »Es klingt vielleicht abgedroschen, und ich würde auch nichts sagen, wenn du mir vorwirfst, dir nach dem Mund zu reden, dir zu erzählen, was du hören willst, aber die Wahrheit ist: Seit wir wieder zusammen sind ... fühle ich mich zum ersten Mal, seit du gegangen bist, nicht mehr einsam.«

Reue erfüllte sie wegen dem, was sie beide vor so langer Zeit verloren hatten, und sie musste Tränen wegblinzeln.

»Weine nicht, Darling. Die Dinge geschehen so, wie es vorherbestimmt ist. Wer weiß, ob wir es damals geschafft hätten, zusammenzubleiben? Vielleicht brauchtest du die letzten zehn Jahre, um deine Karriere zu starten. Da wäre ich vermutlich nur im Weg gewesen, denkst du nicht?«

»Möglich.«

»Der Altersunterschied wog damals auch schwerer.«

»Für andere, nicht für uns.«

»Du weißt, dass es mir nie behagt hat. Und auch heute noch bereitet es mir Sorgen, was dir entgehen könnte, weil du mit mir zusammen bist.«

»Ich hatte genug Zeit, um herauszufinden, wie es ist, nicht bei dir zu sein, und es hat mir nicht gefallen.«

»Hast du darüber nachgedacht, was dein Vater davon halten wird, dass wir wieder zusammen sind?«

»Ja, sicher, aber er weiß, dass ich jetzt eine erwachsene Frau bin. Ich treffe meine eigenen Entscheidungen. Ich hoffe, dass er es respektieren wird, dass ich mich für dich entschieden habe.«

»Bist du auf die Möglichkeit vorbereitet, dass er das nicht kann?«

Nervös zog sich ihr Magen zusammen, als sie daran dachte, ihren Dad wissen zu lassen, dass sie wieder bei Reid war.

Er hob eine Augenbraue. »Darling?«

»Ich will nicht leugnen, dass ich Angst davor habe, es ihm zu sagen, aber ganz gleich, wie er reagiert, es wird nichts daran ändern, was ich für dich empfinde.«

»Das wäre?«, hakte er mit verspieltem Lächeln nach.

»Warum sollte ich es dir erzählen, wenn ich es dir zeigen kann?« Sie erhob sich, küsste erst seine Brust und arbeitete sich dann immer weiter nach unten vor, was ihn ebenso in den Wahnsinn treiben sollte, wie er sie verrückt machte.

* * *

»Wann musst du wieder zu Hause sein?«, fragte Jill Ashton mitten in der Nacht, fast eine Woche nachdem sie in Malibu angekommen waren. Die Zeit mit ihm war unglaublich gewesen, und bei dem Gedanken daran, zu ihrem regulären Leben zurückzukehren, hätte sie weinen mögen.

»Warum? Willst du mich loswerden?«

»Ganz im Gegenteil.«

»Ach, dann funktioniert mein diabolischer Plan also?«

»Welcher diabolische Plan?«

»Mich unentbehrlich zu machen. Ich hatte dem Ganzen zehn Tage gegeben, aber wenn wir das schon nach sieben Tagen geschafft haben, will ich mich nicht beschweren.«

Jill setzte sich auf ihn und lächelte, als er die Arme um sie schlang, wie sie es vorausgeahnt hatte. »Es hat nur zwei Tage gedauert, aber bilde dir nichts darauf ein.«

»Zu spät.« Er küsste sie auf die Stirn und drückte sie fester an sich. »Wir kehren am Sonntag nach Nashville zurück, wenn das für dich in Ordnung ist.«

»Passt mir gut.«

»Ab wann seid ihr wieder unterwegs?«

»Frühestens nach dem ersten Januar.«

»Echt? Dann haben wir also *Monate*, die wir gemeinsam in der Stadt verbringen können?«

»Wenn es das ist, was du willst«, erwiderte sie bewusst gelassen, in der Hoffnung, ihm eine Reaktion zu entlocken.

»Und wie es das ist. Habe ich dir nicht zur Genüge gezeigt, was ich will?« Um die Worte zu unterstreichen, drückte er ihren Hintern.

»Hättest du dich noch mehr bemüht, könnte ich vielleicht nie wieder laufen«, entgegnete sie trocken, woraufhin er in schallendes Gelächter ausbrach.

»Was ist mit dem, was *du* willst, Süße? Das hier? Bin ich es?«

»Ja. Natürlich will ich das hier.« Sie hob den Kopf und küsste ihn. »Ich will dich.«

»Das ist gut, denn ich verliebe mich gerade Hals über Kopf in dich. Ich hoffe, dass du das weißt.«

Verblüfft starrte sie ihn an.

»Zu früh?«, fragte er unsicher.

»Nein. Nicht zu früh.«

»Was dann?«

»Ich … kann einfach nicht glauben, was diese Woche alles passiert ist.«

»Heißt das, dass du dich, du weißt schon, ebenfalls Hals über Kopf in mich verliebst?«

»Ich ...«

Ihre Antwort wurde vom Klingeln seines Handys unterbrochen, das die Melodie von »Kein Weg zurück« spielte, einem von Buddys größten Hits. »Verdammt noch mal. Das ist Buddy. Da muss ich ran. Er würde mich diese Woche nicht stören, wenn es nicht wichtig wäre.«

Amüsiert von seiner Bestürzung rutschte sie von ihm runter, damit er ans Telefon konnte.

»Wehe, es ist nicht dringend«, brummte er in den Hörer, bevor er sie in all seiner Pracht mitten im Raum stehend anlächelte und besser aussah, als es irgendeinem Mann zustand.

Sie stützte sich auf einen Arm, um den Anblick ganz und gar zu genießen, weshalb sie auch bemerkte, wie sein Lächeln verblasste.

»Du machst Witze. Was zum Henker haben sie sich dabei gedacht?«

Beunruhigt von dem, was er gehört haben könnte, setzte sie sich auf und zog sich die Decke unter die bloßen Brüste.

Während er Buddy zuhörte, lief er auf und ab.

Sie verspürte Angst, und sie wollte wieder in dem Zeitpunkt sein, bevor das Telefon geklingelt hatte.

»Ja, ich schau, was ich tun kann, aber bei so was ist es schwer, es einzudämmen, wenn es einmal draußen ist.« Er hielt inne, bevor er hinzufügte: »Ich gebe Jill Bescheid.« Eine weitere Pause ließ ihre Sorge nur noch weiter anwachsen. »In Ordnung. Ich rufe dich nachher zurück. Nein, ich bin morgen zu Hause. Bis dann.«

Sie zuckte zusammen, als er das Handy auf den Tisch knallte. »Verdammte Scheiße.«

»Was ist los?«

»Mein Dad und deine Schwester tollen nackt auf St. Kitts herum. Jemand hat sie dabei gefilmt. Angeblich ist es schon überall im Internet.«

* * *

Kate studierte den Text, der das Haus an der Cockleshell Bay beschrieb, das auf die Insel Nevis in dem schmalen Kanal hinausblickte, der die beiden Eilande trennte. »Wozu brauchen wir vier Schlafzimmer?«

»Es geht nicht um die Schlafräume«, erklärte Reid. »Es geht um die Lage.« Er griff nach ihrer Hand und zog sie über den Fußweg zum Anwesen.

Ihr Handy klingelte, aber sie ignorierte es, da sie unbedingt das Gebäude besichtigen wollte. Sie griff in ihre Tasche, um das Telefon stumm zu schalten.

Die Immobilienmaklerin führte sie durch die offenen, luftigen, geräumigen Zimmer, die Kate sofort zusagten. »Das gefällt mir bisher am besten.«

»Dem stimme ich zu«, bestätigte Reid und drückte ihre Hand.

»Sie sind Kate Harrington, die Sängerin, nicht wahr?«, fragte die Maklerin.

»Ja, das bin ich.«

Die Agentin lächelte. »Ich habe Sie im Internet gesehen.«

Normalerweise erzählten die Leute ihr, sie hätten sie im Radio gehört. »Oh, aha. Also …«

»Dieses Haus«, schaltete Reid sich ein. »Ab wann steht es uns zur Verfügung?«

»Ende des Monats. Möchten Sie sich den Rest ansehen?«

»Sicher.« Er legte einen Arm um Kate. »Wir schauen uns mal um.« Sie nahmen die drei Schlafzimmer und das Bad im Erdgeschoss in Augenschein, bevor sie die Treppe raufstiegen, wo der Wohnbereich, die Küche und das Esszimmer einen einzigen Raum bildeten, der aufs Wasser hinausging.

Er führte sie auf den großen Balkon. »Was meinst du? Wäre das ein schönes Zweitdomizil?«

»Ich dachte gerade«, gestand sie, während sie sich an das Geländer lehnte, um ein Segelboot zu beobachten, das auf dem Weg nach Nevis war, »was, wenn Nashville unser Heim weg von zu Hause wäre und das hier unser Hauptwohnsitz werden würde?«

»Du möchtest öfter hier sein als dort?«

»Ich denke schon. Könnten wir Thunder herbringen?«

»Vermutlich könnten wir das, aber er wird nicht jünger. Er ist vielleicht glücklicher in seinem eigenen Zuhause.«

»Das stimmt.«

»Wir könnten so oft herfliegen, wie es dir möglich ist, und wenn du nicht mehr auf Tournee gehen möchtest, wird es hier auf uns warten.«

»Ich kann noch immer kaum glauben, dass wir das hier durchziehen. Dass ich nur hierherkommen musste, um dich zu finden.«

»Offensichtlich habe ich auf dich gewartet und es nicht mal gewusst.«

»Sollten wir die anderen beiden Häuser besichtigen?«

»Das überlasse ich dir. Wenn du glücklich bist, dann bin ich es auch.«

»Wir sollten uns vermutlich noch das Hauptschlafzimmer ansehen«, schlug sie vor.

»Nach dir.«

Das Schlafgemach teilte sich den Balkon mit dem Wohnbereich. Sie trat durch die Schiebetür in einen großen Raum mit einer reetgedeckten Zimmerdecke. »Ach, schau mal«, rief sie mit Blick nach oben. »Das ist ja cool.«

»Da fühlt man sich, als würde man in einer Strandhütte schlafen.«

»Ich liebe es.« Dann lief sie ins Bad, das noch schöner war als das im Resort. Es hatte Glasfliesen und Waschbecken, die in eine Teakholzplatte eingelassen waren. An den Duschwänden befanden sich die gleichen grünen, blauen und weißen Glasfliesen. »Herrlich.«

»Finde ich auch, und wir hätten genug Platz für Gäste, falls deine Schwestern oder die Familie uns besuchen wollen.«

»Glaubst du, Ashton käme zu Besuch, wenn ich da bin?«

»Das hoffe ich.«

Sie drehte sich zu ihm. »Würde es dir wehtun, wenn nicht?«

»Mach dir um ihn keine Sorgen. Ich werde mich mit ihm treffen, auch wenn ich es alleine tun muss. Einen weiteren Bruch zwischen uns lasse ich nicht zu.«

»Ich möchte nicht der Grund dafür sein.«

»Lass uns vorerst nicht an ihn denken. Wir konzentrieren uns auf das, was wir wollen, und danach werde ich mein Bestes geben, um es ihm beizubringen. In Ordnung?«

»Okay.« Sie kehrte auf den Balkon zurück, um den Ausblick noch einmal zu genießen.

Er folgte ihr und legte ihr eine Hand um die Taille.

Ein paar Minuten später trat die Maklerin dazu. »Was halten Sie davon?«

»Wir finden es toll«, erklärte Kate. »Mich würde aber interessieren, ob die Besitzer bereit wären, es zu verkaufen.«

»Ich kann auf jeden Fall nachfragen. Ich rufe sie mal an.«

Nachdem sie gegangen war, blickte Reid lächelnd zu Kate runter. »Du steckst voller Überraschungen, Darling.«

Sie zuckte die Achseln. »Wenn wir Wurzeln schlagen wollen, dann bin ich dafür, keine halben Sachen zu machen.«

»Nur, wenn wir es gemeinsam machen.«

»Du weißt, dass das meine liebste Art ist, alles anzugehen«, erwiderte sie leise lachend.

Er grinste ebenfalls. »Ich meinte finanziell, du verrücktes Huhn.«

»Du möchtest, dass wir es gemeinsam kaufen?«

»Ich würde es vorziehen, es für dich zu erstehen, aber ich schätze, dass du das nicht zulassen würdest.«

»Da liegst du richtig.«

»Ahnte ich es doch …«

Die Maklerin kehrte nach draußen zurück. »Sie haben Glück. Die Besitzer sind bereit, sich ein Angebot anzuhören.«

Kate sah zu Reid. »Was denken Sie, Mr Matthews? Wollen wir ein Angebot machen?«

»Unbedingt, Miss Harrington.«

Eine Stunde später war ihr Angebot angenommen worden, und sie waren die stolzen künftigen Besitzer eines Strandhauses auf St. Kitts.

»Das war ein wenig zu einfach«, überlegte Kate, als sie im Cabrio davonfuhren. Da das Dach unten war, wehte ihr der Wind durchs Haar. Sie hob die Hände über den Kopf und kreischte laut.

Lachend legte Reid eine Hand auf ihren Oberschenkel und drückte zärtlich zu. »Glücklich, Darling?«

»Äußerst glücklich.«

»So gefällst du mir am besten.«

Sein Handy klingelte, und er zog es aus der Hemdtasche, um es ihr zu geben. »Schau mal nach, wer es ist.«

Sie nahm das Telefon und sah auf die Anruferkennung. »Ashton. Willst du rangehen?«

»Nicht jetzt. Ich rufe ihn später zurück.«

Da fiel ihr der Anruf ein, den sie zuvor ignoriert hatte. Sie holte ihr Handy hervor und entdeckte sechs entgangene Anrufe von Jill, zwei von ihrem Vater und einen von Maggie. »O Gott. Was ist da los?« Erinnerungen an den Tag, an dem Maggie von der Leiter gestürzt war, schossen ihr in den Sinn und riefen ihr ins Gedächtnis, wie sich alles in nur einer Sekunde ändern konnte. Mit zitternden Händen rief sie Jill an.

»Gott sei Dank meldest du dich«, begrüßte die sie.

»Was ist passiert? Du hast sechs Mal angerufen, und Dad und Maggie …«

»Großartig. Sie wissen es also auch.«

»*Was* wissen sie?«

»Sitzt du, Kate?«

Reid nahm ihre Hand, und sie hielt ihn fest, während sie sich für das wappnete, was sie gleich hören würde. »Erzähl es mir einfach, Jill.«

»Es gibt ein Video im Internet. Von dir und Reid, nackt …«

Sie spürte, wie ihr das Blut aus dem Kopf wich und jeden Gedanken mit sich riss. Ganz bestimmt hatte sie sich verhört. Auf keinen Fall …

»Kate? Bist du noch dran?«

»Hast … Hast du es gesehen?«

»Ja.«

»Du hast mich erkannt?«

»Ja.«

»O mein Gott.«

»Was, Kate?«, fragte Reid. »Was ist los?«

Sie blendete ihn aus, um sich auf das Gespräch mit Jill zu konzentrieren. »Ich … Was soll ich tun?«

»Ich kehre nachher nach Hause zurück. Wenn ich wieder im Büro bin, werde ich mich wegen einer Unterlassungsaufforderung informieren, aber ich muss dich warnen: Der Schaden ist längst angerichtet. Auf den Social-Media-Seiten der Unterhaltungsbranche ist die Hölle los, und dein Sex-Video verbreitet sich rasend schnell. Es ist eine Riesen-Story.«

Plötzlich wurde ihr schlecht, und sie forderte Reid auf: »Bitte, halt an.«

Er lenkte den Wagen an den Straßenrand.

Sofort sprang sie raus und krümmte sich, während sie nach Atem rang, doch die schwüle Luft half nicht dabei, das Würgegefühl zu unterdrücken. Sie spürte Reids Hand auf dem Rücken und hörte, wie Jill durch das Telefon ihren Namen rief.

»Ja«, meldete sie sich nach einem Moment wieder bei ihrer Schwester. »Ich bin noch dran.«

»Alles in Ordnung?«

»Klar, mir geht's großartig. Die ganze Welt beobachtet mich beim Sex. Davon abgesehen ist alles prima.«

Als sie hörte, wie Reid scharf einatmete, hatte sie ein schlechtes Gewissen, weil er es auf diese Art erfuhr, aber konnte man eine solche Nachricht überhaupt schönreden?

»Ich tu hier, was ich kann.«

»O mein Gott. Dad hat angerufen. Und Maggie. Mir wird schlecht.«

»Ist Reid bei dir?«, wollte Jill wissen.

»Ja«, flüsterte Kate.

»Ihr zwei müsst euch bedeckt halten und abwarten, bis der Geschichte die Luft ausgegangen ist. In ein paar Tagen wird etwas anderes geschehen, und die Leute vergessen die Sache.«

»Nein, werden sie nicht. Sie werden es nie vergessen.«

»Halt durch. Ich rufe dich an, sobald ich was Neues erfahre.«

»Okay.« Kate legte auf und drückte das Kreuz durch, noch immer nicht sicher, ob sie sich übergeben musste oder nicht. »Jemand hat uns gefilmt. Im Wasser.«

»Gott, Kate. Das tut mir so leid. Der Strand ist völlig abgeschieden. Es weiß doch niemand, dass du hier bist.«

»Das stimmt nicht ganz.«

»Was meinst du?«

»Die Leute im Hotel wissen es. Deine Freundin Mari weiß es. Mein Pilot weiß es, nicht, dass er es jemandem verraten würde. Es *gibt* Leute, denen es bekannt ist.«

»Mari würde es niemandem erzählen.«

»Bist du dir da sicher? Sie ist im Moment ziemlich sauer auf dich und hegt mir gegenüber sicherlich Rachegefühle. Warum sollte sie nicht allen enthüllen, dass eine berühmte Sängerin ihr den Mann ausgespannt hat? Das ist wie aus einem schlechten Country-Song. Vielleicht sollte ich ein Lied darüber schreiben.« Sie spürte, wie sie immer hysterischer wurde, schien sich aber nicht beruhigen zu können. »Mich würde interessieren, wie viel sie mit ihrem kleinen Film verdient haben. Wahrscheinlich Millionen.«

Reid versuchte, einen Arm um sie zu legen, aber sie wandte sich von ihm ab. »Kate, Liebling …«

»Nicht. Bitte, nicht. Ich ertrag das jetzt nicht.« Erst als sie sicher war, dass sie sich nicht übergeben würde, stieg sie wieder ins Auto.

»Wohin willst du?«, fragte er.

»Hast du einen Computer bei dir zu Hause?«

»Kate …«

»Ich möchte es mir ansehen. Ich möchte mir anschauen, was die ganze Welt schon betrachtet hat. Was meine Eltern und Schwestern zu Gesicht bekommen haben.«

»Bist du dir sicher, dass das eine gute Idee ist?«

»Ja, absolut.«

Er seufzte schwer, ließ aber den Motor an und fuhr auf die Straße. Etwa zwanzig Minuten später parkte er vor seinem Haus und stieg ohne ein weiteres Wort aus dem Wagen.

Sie folgte ihm nach drinnen.

»Der Computer ist dort«, erklärte er und zeigte zu einem Zimmer hinter dem Wohnraum.

»Willst du es nicht sehen?«

»Ich war da. Ich weiß, was passiert ist.«

Sie wünschte sich, sie könnte das Ganze so abgeklärt betrachten, aber natürlich war er nicht die Person des öffentlichen Lebens, der in den kommenden Tagen und Wochen ein wahrer Albtraum bevorstand.

Auf leicht wackligen Beinen, die unter ihr nachzugeben drohten, suchte sie nach dem Computer und ließ sich auf den Stuhl fallen. Mit zitternden Händen öffnete sie den Browser und gab ihren Namen in die Suchleiste ein. »O mein Gott«, hauchte sie, sobald sie die erste Seite der Suchergebnisse mit dem Wort »Sex-Video« durchging.

Schließlich klickte sie einen der Links an und konnte verfolgen, wie sie sich anschickte, in aller Öffentlichkeit nackt baden zu gehen. Ihr Gesicht war gut zu erkennen, wie sie sich unsicher an dem verlassenen Strand umsah, als Reid ihr das Kleid über den Kopf zog, und sie an der Hand zum Wasser führte.

Zumindest gab es einen Silberstreif: Sie hatte die Bikinihose angelassen, sodass die Welt nicht ihren bloßen Hintern sah, während sie ins Meer lief. Auch er war noch bekleidet, auch wenn das nicht lange so blieb, kaum dass sie im Wasser waren und einander umschlangen.

Es gab überhaupt keinen Zweifel daran, was sie dann taten. Wenn nicht die ganze Welt dabei zuschauen würde, fände sie das Ganze ungemein erotisch. So war es bloß ungemein peinlich.

Die Kamera hatte jede Kleinigkeit ihres privaten Intermezzos eingefangen, bis hin zum explosiven Höhepunkt, und sie hatte sich noch nie so gedemütigt gefühlt. All die Unterstellungen eines Drogenmissbrauchs waren nichts im Vergleich zu dem hier, dachte sie, als sie den Browser schloss, im Stuhl zusammensackte und aus dem Fenster starrte.

Sie konnte nur daran denken, was ihre Eltern empfunden haben mussten, als sie das mitbekommen hatten. Dieser Gedanke brach schließlich den Damm, und sie schluchzte auf.

Reid trat zu ihr und zog sie aus dem Stuhl. »Komm her, Schatz.« Er legte die Arme um sie und drückte sie fest an sich. »Weine nicht. Es tut mir so leid, dass ich dich in diese Lage gebracht habe. Entschuldige.«

Sie wollte ihm sagen, dass sie ihm keinen Vorwurf machte. Nein, sie gab sich selbst die Schuld. Sie war die Berühmtheit, die einen Ruf riskiert hatte, der bereits angeschlagen war. Sie brachte jedoch nicht die Kraft auf, diese Worte auszusprechen. Stattdessen schloss sie die Augen und ließ sich in die Umarmung fallen, weil sie sich nach seinem Trost in diesem Sturm sehnte.

***

Den Heimflug verbrachte Jill mit Telefonieren, um jeden Gefallen einzufordern, den sie angesammelt hatte, seit sie Kates Anwältin und Managerin geworden war. Eine Stunde später wurde ihr allerdings klar, dass kein Gefallen der Welt die Katze wieder in den Sack befördern konnte.

Furcht machte sich in ihr breit, und sie fragte sich, ob sie am Ende in achttausend Metern Höhe einen Herzinfarkt erleiden würde.

Ashton streckte die Hand nach ihr aus und umfasste ihre. »Leg eine Pause ein, Baby. Du hast getan, was du konntest.«

»Nichts habe ich geschafft. Das Video ist immer noch da draußen, wo die ganze Welt es sehen kann.«

»Das ist nicht deine Schuld. Es ist ihre. *Beide* sind daran schuld. Sie haben das zu verantworten, nicht du.«

»Es ist meine Aufgabe, sie zu beschützen, aber dagegen bin ich machtlos.«

»Das setzt dir zu. Ich weiß. Aber sie ist ein dummes Risiko eingegangen, indem sie sich in aller Öffentlichkeit verlustiert hat, mittlerweile sollte sie es besser wissen.«

Sie löste ihre Hand von seiner. »Wenn du sie runtermachst, obwohl sie schon am Boden liegt, dann will ich nichts davon hören.«

»Ich werde sie nicht runtermachen. Das schwöre ich dir. Ich spreche nur aus, was uns allen klar ist. Sie hätten es besser wissen müssen, alle beide.«

»Da hast du recht«, räumte sie ein. »Entschuldige.«

»Du musst dich nicht dafür entschuldigen, dass du dich ärgerst, Darling. Wenn ich meinen Vater in die Hände bekomme, werde ich ihn eventuell dafür schlagen müssen.«

»Wie du schon gesagt hast: Der Schaden ist längst angerichtet. Es hat keinen Sinn, sich deshalb zu prügeln.«

»Er hätte sie besser beschützen müssen.«

»Ich bin mir sicher, dass er sich selbst deshalb mehr Vorwürfe macht, als es einer von uns jemals könnte.«

»Wahrscheinlich«, pflichtete er ihr bei. »Ganz gleich, was ich von der Sache zwischen ihnen halte, er war völlig am Ende nach dem, was mit ihr geschehen ist.«

»Sie auch, falls es dich interessiert.«

»Dann schätze ich, dass sie nach all den Jahren, die sie sich nacheinander gesehnt haben, nicht unbedingt ihren Verstand benutzt haben.«

Das entlockte ihr zum ersten Mal, seit Buddy angerufen hatte, ein kleines Lächeln.

»Das können wir nachvollziehen, nicht wahr?«, fragte er mit diesem charmanten Grinsen, das sie am ganzen Körper spüren konnte. Wieder griff er nach ihrer Hand, doch diesmal führte er sie an seine Lippen.

»Ja.«

Er wackelte mit den Augenbrauen. »Möchtest du Mitglied im Mile-High-Club werden?«

Entgeistert starrte sie ihn an. »Hast du den Verstand verloren?«

»Nein.« Er drehte ihre Hand und widmete sich der Innenseite ihres Handgelenks, wo ihr rasender Puls ihre wahren Gefühle in dieser Angelegenheit verriet.

»Wer fliegt denn dann?«

»Der Autopilot«, erklärte er mit Blick auf das Instrumentenbrett. »Damit fliegen wir jetzt schon.«

»Nein. Auf gar keinen Fall. N-E-I-N.«

»Spielverderber.«

»Ich glaube, ich habe in den vergangenen Tagen genügend Gegenbeweise geliefert.«

»Ich liebe es, wenn du die Anwältin raushängen lässt. Das turnt mich an.«

»Alles turnt dich an.«

»Nicht alles. Nur du.« Er zog sanft an ihrer Hand, um sie zu küssen.

Es erstaunte sie, wie rasch er ihre Sorgen zerstreut und sie von den Schwierigkeiten abgelenkt hatte, in denen ihre Schwester steckte. Sie schloss die Augen und ließ sich auf den Kuss ein.

»Oh, wow«, keuchte er einige Minuten später, nachdem er sich schließlich von ihr gelöst hatte. »Für eine Frau, die vor Kurzem noch Nein gesagt hat, war das irgendwie gemein.«

»Wie meinst du das?«

Er legte ihre Hand auf die Wölbung zwischen seinen Beinen. »So meine ich das.«

»Das fühlt sich an, als wäre es unangenehm«, bemerkte sie, während sie sanft zudrückte und über ihn strich.

Er atmete scharf ein.

»Oh, tut mir leid.« Sie wollte die Hand wegnehmen, aber er legte seine sogleich über ihre.

»Hör nicht auf.«

»Ashton …«

»Schon gut. Ich verspreche dir, dass wir nicht abstürzen werden.«

Der Himmel erstreckte sich vor ihnen, blau und voller bauschiger weißer Wolken. Sie waren ganz allein, während das Flugzeug sie durch die endlose Weite trug. Sie zog am Knopf seiner Jeans und öffnete den Reißverschluss, was ihm ein Zischen entlockte, als er über seine Erektion glitt.

Schließlich schnallte sie sich ab und drehte sich auf dem Sitz um.

Er riss die Augen auf, sobald er erkannte, was sie plante.

»Hmm?«

»Was hast du vor?«

In den letzten Tagen hatte er sie mehr als einmal in den Wahnsinn getrieben, hatte sie zu wilden Orgasmen gebracht, die sie völlig ausgelaugt zurückließen. Es ihm heimzuzahlen würde ihr Spaß bereiten.

»Das«, erwiderte sie, bevor sie sich vorbeugte, um ihn mit der Zungenspitze zu reizen.

»Scheiße«, murmelte er keuchend. Er griff um den Sitz und schob ihn ein paar Zentimeter zurück, damit sie genügend Platz hatte.

Die Armstütze bohrte sich in ihre Rippen, aber sie ignorierte es, um sich ihm zu widmen. »Konzentrier dich aufs Fliegen«, verlangte sie, wobei sie dafür sorgte, dass ihre Lippen an seiner empfindlichen Haut vibrierten.

»Ja, klar. Ich denke an nichts anderes.«

Lächelnd nahm sie ihn in den Mund, wollte die größtmögliche Wirkung erzielen.

Seine Finger gruben sich in ihr Haar, fest genug, dass es wehtat, aber das kümmerte sie nicht. Der Gedanke, dass er sie so heftig wollte, machte sie an.

Das Flugzeug sackte kurz ab, drängte ihn tiefer in ihren Mund und ließ ihn stöhnen. »Gott, ist das heiß«, flüsterte er.

»Mmm«, stimmte sie ihm zu, während sie ihn mit Hand und Lippen liebkoste.

»Vielleicht solltest du aufhören.«

Die Warnung in seiner Stimme entging ihr nicht, aber sie reizte ihn weiterhin mit der Zunge, saugte ein wenig an ihm.

»Jill, Baby ... hör auf. *Hör auf.*«

Sie war nicht in der Stimmung, zu tun, was man ihr sagte, und fuhr fort, bis er in ihrer Kehle kam, während er mit beiden Händen ihr Haar festhielt.

»Meine Güte«, keuchte er, seine Brust hob und senkte sich heftig. »Du steckst ja voller Überraschungen.«

»Vorhersehbar ist langweilig.« Er hatte ihr eine fröhlichere, verspieltere Seite gezeigt, von der sie zuvor nicht mal gewusst hatte, dass sie sie besaß.

»Komm her.«

Sie rückte näher an ihn und seinen verlockenden Duft heran, bis er sie in die Arme nahm.

»Ich bin ganz wild nach dir«, flüsterte er ihr ins Ohr, und das Versprechen in diesen Worten ließ sie vor Verlangen und Erregung erschauern.

»Ich scheine dasselbe Problem zu haben.«

»Das passt dann ja gut«, lachte er.

Sie zog sich von ihm zurück, damit sie sein attraktives Gesicht betrachten konnte. »Ich habe das Gefühl, dass es ganz und gar nicht gut passen wird.«

»Mag sein, aber es wird eine Menge Spaß machen.«

»Das tut es schon.«

Er legte die Hände an ihr Gesicht und strich mit den Daumen über die zarte Haut unter ihren Augen. »Du wirkst ausgeruht und entspannt. Ich weiß, dass die Sache mit Kate dich aufregt, aber ich möchte nicht, dass du dich bei dem Versuch, das Ganze wieder zu richten, kaputtmachst. Verstanden?«

Sie lächelte ihn an, denn sie wusste die Sorge hinter seinen Worten zu schätzen. »Ja, ja.« Dann blickte sie zu seinem Schoß runter. »Brauchst du Hilfe dabei, das wieder wegzupacken?«

»Nein, passt schon. Du hast genug angerichtet.«

Lachend kehrte sie auf ihren Sitz zurück, wobei sie ganz zufrieden mit sich war. Sie hatte es ihm gezeigt.

KAPITEL 8

Immer, wenn in seinem Leben etwas schieflief, ging Jack Harrington joggen. Normalerweise beruhigte ihn das, was zu einer Lösung für das führte, was auch immer ihm zu schaffen machte. Manche Dinge konnte er jedoch nicht auf dem Gehweg von Newports berühmtem Ten Mile Ocean Drive zurechthämmern. Quälende Fragen schossen ihm immer wieder durch den Kopf. Vorwiegend: Was zum Henker dachte Kate sich dabei, wieder etwas mit Reid Matthews anzufangen? Wie konnten sie nur so dumm sein, sich beim Sex im Freien erwischen zu lassen?

Es war schon lange her, dass er dieses unangenehme Gefühl im Magen verspürt hatte, das ihn wieder überkam, sobald er zum ersten Mal von dem Video gehört hatte. In den zehn Jahren, nachdem seine Exfrau Clare sich von ihrem Koma erholt hatte und sie beide das Trauma ihrer Scheidung überstanden und mit ihren anderen Partnern ein neues Leben angefangen hatten, war sein Leben relativ ruhig und ereignislos verlaufen – so ruhig, wie es für einen Vater von sechs Kindern zwischen zehn und neunundzwanzig Jahren eben möglich war. Ruhig und ereignislos war ihm lieber als stürmisch.

Wie er jedoch in der Vergangenheit erfahren hatte, konnte sich im Leben im Handumdrehen alles ändern und ihn vor eine neue Herausforderung stellen, wenn er sie am wenigsten erwartete. In den zehn Jahren, die seine mittlere Tochter nun schon ein Star im Musikgeschäft war, hatte er gelernt, mit den Gerüchten und Anspielungen zu leben, die ihr auf Schritt und Tritt zu folgen schienen.

Sie hatte ihm oft versichert, dass die Gerüchte dazugehörten, wenn man eine Berühmtheit im Vierundzwanzig-Stunden-Rhythmus der Nachrichten war, die stets nach dem nächsten großen Skandal gierten. Immer wieder hatte sie beteuert, dass er sich um sie keine Sorgen machen müsse. Sie scherzte gerne, dass die Klatschmäuler äußerst enttäuscht wären, wenn sie wüssten, wie langweilig ihr Leben tatsächlich war.

Nun, dachte er, während er durch die Dunkelheit lief, dieses Mal hatte sie ihnen etwas gegeben, worüber sie sich die Mäuler zerreißen konnten. Da man die Tatsache nicht leugnen konnte, dass es wirklich sie im Video war, war die Gerüchteküche sicherlich nicht enttäuscht. Nicht, dass er es sich angesehen hätte. Das brachte er nicht über sich. Seine jüngste Tochter Maggie hatte ihm jedoch bestätigt, dass es sich um Kate handelte, außerdem hatte sie bei Jill nachgefragt, ob Kate tatsächlich bei Reid war – einem ehemaligen Freund von ihm, der sich um Kate gekümmert hatte, nachdem sie nach Nashville gezogen war.

Er hatte versucht, Jill anzurufen, um ihre Meinung zu der Situation zu erfahren, aber er war sofort zur Mailbox weitergeleitet worden. Ohne Zweifel war sie damit ausgelastet, das Chaos wieder in Ordnung zu bringen, das Kate angerichtet hatte.

Während er am Strand in der Nähe seines Hauses entlanglief, rief er sich ins Gedächtnis, dass Kate achtundzwanzig Jahre alt war. Sie war kein Kind mehr, sie fiel nicht mehr in seine Verantwortung. Doch sooft er sich das auch einredete, ganz gleich, wie weit sie reiste oder wie berühmt sie sein mochte, sie würde doch immer sein kleines Mädchen bleiben. Der Gedanke daran, dass ihr wehgetan wurde, auch wenn sie es selbst verursacht hatte, schmerzte ihn.

Wenig später kehrte er nach Hause zurück, wobei er sich bemühte, sich für Andi und ihre drei Söhne nichts anmerken zu lassen. Entschlossen, seine Qualen für sich zu behalten, ging er durch die Diele und stellte überrascht fest, dass in der Küche nur über dem Herd ein Licht brannte und Andi ihn mit einer Flasche Wein am Küchentisch erwartete.

»Hi«, grüßte sie ihn mit dem wunderbaren Lächeln, das seine Knie selbst nach zwölf gemeinsamen Jahren noch immer weich werden ließ. »Du warst lange weg. Das ist normalerweise ein Zeichen dafür, dass etwas passiert ist.«

Er konnte ein Lächeln nicht unterdrücken. Sie kannte ihn so gut. Besser als jemals jemand zuvor. Manchmal hatte er das Gefühl, dass sie ihn besser kannte als er sich selbst, was ihm Angst machen sollte, es aber nicht tat. Mit ihr an seiner Seite konnte ihm nichts passieren.

»Tut mir leid, wenn du dir meinetwegen Sorgen gemacht hast.«

»Ich wusste, dass diese Nachricht dich aus mehr als nur einem Grund schwer treffen würde.«

Er zuckte die Achseln und fuhr sich mit den Fingern durch das feuchte Haar, das morgen früh vermutlich noch grauer sein würde, als es ohnehin schon war, wofür er übrigens seine sechs Kinder verantwortlich machte.

»Setz dich zu mir«, forderte sie ihn auf. »Trink einen Schluck Wein. Rede darüber. Lass dir von mir helfen.«

Alles in ihm fühlte sich zu ihr und ihrem großzügigen Angebot hingezogen. »Wo sind die Jungs?«

»Wenn sie wissen, was gut für sie ist, dann duschen die Zwillinge, und Eric erledigt seine Hausaufgaben. Er hat sich vorhin ganz schön aufgeregt. Hat davon auf Twitter erfahren, schätze ich. Er wappnet sich jetzt für die Hänseleien in der Schule morgen.«

»Großartig.« Er zuckte bei dem Gedanken zusammen, dass ihr siebzehnjähriger Sohn seiner Schwester im Internet beim Sex zugesehen hatte. »Erzähl mir nicht, dass er das Video abgespielt hat.«

»Er hat mir versichert, dass er es gar nicht wissen will.«

»Ich schätze, das ist zumindest eine gute Nachricht.«

»Clare hat vorhin auch angerufen. Sie will unbedingt mit dir sprechen.«

»Ich rufe sie morgen früh zurück«, erklärte er, dann ließ er sich auf einen Stuhl am Tisch fallen.

Sie griff nach seiner Hand. »Rede mit mir, Jack. Das hilft vielleicht, einen klaren Kopf zu bekommen.«

»Was gibt es denn da noch zu reden? Sie ist wieder mit ihm zusammen und schmeißt sich in aller Öffentlichkeit an ihn ran, wo jeder dabei zuschauen kann.«

»Ich hatte das Gefühl, für dich wäre es am schlimmsten, dass sie wieder bei ihm ist.«

»Was denkt sie sich nur dabei? Sie könnte *jeden* haben, den sie will. Warum ihn?«

»Denk mal darüber nach, was du da gerade gesagt hast.«

»Welchen Teil?«

»Dass sie jeden haben könnte.«

Er konzentrierte sich darauf, wie besänftigend sich ihre Hand auf seiner anfühlte. Es beruhigte ihn jedes Mal, ihr nahe zu sein. »Ich begreife es einfach nicht. Habe ich nie.« Er hatte sie seinem Freund aus Collegetagen vorgestellt, nachdem sie nach Nashville gezogen war, in der Hoffnung, dass Reid ein Auge auf seine achtzehnjährige Tochter haben würde, während sie versuchte, im Musikgeschäft Fuß zu fassen.

Reid hatte viel mehr als das getan, und es hatte gedauert, bis Jack und Kate den Bruch zwischen ihnen wieder gekittet hatten. Wenn er ganz ehrlich war, war es seit dem Tag, an dem er sie mit Reid erwischt und jede Verbindung zu seiner Tochter abgebrochen hatte, zwischen ihnen nie wieder so gewesen wie früher. Sie hatten sich vor Jahren wieder versöhnt, aber dennoch … war es anders.

»Es ist schon lange her, Jack. Was auch immer zwischen ihnen war, ist noch immer da. Mir scheint es, als wäre sie mit dem Mann zusammen, den sie haben will.«

»Wie kann sie mit einem zusammen sein wollen, der so alt ist wie ich? Wie?«

»Ich weiß es nicht, Schatz, aber warum verliebt man sich überhaupt in jemanden? Warum liebst du mich?«

Er verdrehte die Augen. »Schau dich doch mal an.« Die schweren schwarzen Locken fielen ihr über die Schultern, und ihre sanften braunen Augen betrachteten ihn wie immer voller Zuneigung. »Du siehst umwerfend aus, bist freundlich und lustig und … Du bist du, und ich liebe dich. Ohne dich könnte ich nicht leben.«

Sie lächelte wie immer, wenn er zu ihr über seine unsterbliche Liebe sprach. »Wäre es nicht möglich, dass Kate dasselbe für Reid empfindet?«

Auch wenn das, was sie sagte, Sinn ergab, schüttelte er den Kopf. »Das ist doch schon lange vorbei.«

»Das denke ich nicht.«

»Wie meinst du das? Weißt du etwas, was ich nicht weiß?«

»Natürlich nicht. In der Hinsicht habe ich meine Lektion schon vor langer Zeit gelernt. Ich halte nichts vor dir geheim. Versprochen. Aber wenn du an die anderen Typen denkst, mit denen sie in den letzten Jahren zusammen war, hat es dort doch nie gefunkt.«

Auch das konnte er nicht leugnen. »Also hat sie sich die ganze Zeit nach ihm gesehnt?«

»Das ist gut möglich, und ich fürchte, du wirst akzeptieren müssen, dass sie sich für ihn entschieden hat, auch wenn er nicht derjenige ist, den du für sie ausgewählt hättest.«

Er trommelte mit den Fingern seiner freien Hand auf der Tischplatte, während er über ihre Worte nachdachte. »Soll ich ihn in der Familie willkommen heißen und so tun, als würde ich mich nicht verraten fühlen, weil er erst meine Tochter verführt und es jetzt nicht geschafft hat, sie vor dieser neuen Tragödie zu bewahren?«

»Sie trägt an diesem Debakel mit dem Video ebenso viel Schuld wie er, Jack. Wenn nicht sogar mehr.«

»Inwiefern?«

»Nachdem sie ein Jahrzehnt im Scheinwerferlicht verbracht hat, sollte sie es ganz sicher besser wissen, als etwas zu tun, was die Gerüchteküche anheizt. Sie hat viel eher als er eine Vorstellung davon, wie angreifbar sie als Berühmtheit ist. Da hat ihr Urteilsvermögen komplett versagt, und jetzt bezahlt sie teuer für diesen Fehler.«

»Wenn du es so ausdrückst, dann fällt es mir schwer, ihn so sehr zu hassen, wie ich möchte.«

Ihr sanftes Lachen vertrieb die Kälte, die von ihm Besitz ergriffen hatte, sobald er von dem Video erfahren hatte. Sie stand auf und zog an seiner Hand. »Komm mit.«

»Wohin gehen wir?«

»Nach oben.« Sie reichte ihm die Weinflasche und griff nach den Gläsern, bevor sie die Treppe raufstieg. »Hast du hinter dir abgeschlossen?«

»Ja.«

In ihrem Zimmer nahm sie ihm die Flasche ab und schob ihn zum Bad. »Gönn dir eine lange, heiße Dusche. Danach fühlst du dich besser.«

»Wartest du auf mich, bis ich fertig bin?«

»Darauf kannst du wetten. Ich schau nach den Jungs, aber ich bin gleich zurück.«

Als er eine Viertelstunde später aus der Dusche trat, hatte sie im Kamin in ihrem Raum das Feuer entfacht und ihnen beiden Chardonnay eingegossen. Er schlang sich ein Handtuch um die Hüften und gesellte sich in der Sitzecke vor der Feuerstelle zu ihr.

»Sind alle im Bett?«

»Fast. Johnny ist wie immer sofort eingeschlafen, kaum dass sein Kopf auf dem Kissen lag, und Robby wehrt sich genauso wie immer dagegen.«

»Du passt besser auf, dass sie nicht hören, wie du sie bei ihren ›Babynamen‹ nennst.«

»Ich weiß. Aber ich kann mich nicht daran gewöhnen, sie *John* und *Rob* zu nennen. Das klingt so falsch.«

»Ich weiß«, antwortete er mit einem kleinen Lachen. Auch ihm war es schwergefallen, aber ihre kleinen Jungs waren jetzt zehn und keine Babys mehr. »Was ist mit Eric?«

»Er müht sich mit Geometrie ab, aber wie es aussieht, gewinnt er die Oberhand. Ich habe ihm geraten, zu einer vernünftigen Uhrzeit ins Bett zu gehen.«

»Was er auch tun wird. Er ist ein guter Junge.«

»Das ist er«, stimmte sie ihm lächelnd zu. »In dem Punkt ist er ganz wie sein Vater.«

Er liebte es, wenn sie ihn als Erics Vater bezeichnete. Den Jungen hatte er kurz nach ihrer Hochzeit adoptiert, und er liebte ihn genauso sehr wie seine anderen fünf Kinder – manchmal mehr, weil er so elegant die Herausforderungen überwand, die es mit sich brachte, von Geburt an taub zu sein. »Das ist wundervoll«, meinte er, wobei er mit dem Weinglas zum Kaminfeuer zeigte. »Danke.«

»Ich weiß, wie sauer du bist, Jack. Ich hoffe, du glaubst nicht, ich hätte versucht, das Ganze auf die leichte Schulter zu nehmen. Himmel, ich bin deswegen auch verärgert, dabei bin ich nur die Stiefmutter.«

»Du bist für sie mehr als das, und das weißt du auch.« Sie war etwa ein Jahr nach dem Unfall, nach dem Clare drei Jahre lang im Koma gelegen hatte, in ihr Leben getreten und hatte eine gute Beziehung zu seinen Töchtern.

»Erzähl mir, was dir durch den Kopf geht«, bat sie ihn.

»In Momenten wie diesem wünsche ich mir, ich hätte mich stärker dagegen ausgesprochen, dass sie ins Musikgeschäft einsteigt.«

»Du hättest dich dagegen wehren können, so viel du wolltest, sie hätte trotzdem getan, worauf sie Lust hatte. Du weißt doch noch, wie sie damals war. Mehr als nur entschlossen und so voller Talent, dass es förmlich aus ihr rausplatzte. Sie aufhalten zu wollen wäre so sinnvoll gewesen wie der Versuch, die Wellen davon abzuhalten, über deinen kostbaren Strand zu rauschen.«

Sie war stets so weise, seine wunderbare Frau, und für gewöhnlich hatte sie recht, etwas, was er schon seit Langem nicht mehr in Zweifel zog.

Sie stellte ihr Glas auf einen Tisch, beugte sich auf ihrem Sessel vor und legte ihm beide Hände auf die Knie. »Mir ist klar, wie schwer es dir fallen muss, zuzusehen, wie deine Tochter leidet, ohne etwas dagegen tun zu können. Weißt du noch, als Eric in der Mittelstufe geärgert wurde, weil er taub ist?«

»Das werde ich nie vergessen.« Er erinnerte sich noch immer an die Wut, die er empfunden hatte, sobald er erfahren hatte, was an der Schule seines Sohns vor sich ging.

»Ich auch nicht. Ein paar Tage lang hatte ich befürchtet, du würdest tatsächlich den Jungen aufsuchen und es ihm mit gleicher Münze heimzahlen.«

»Darüber hatte ich nachgedacht«, gestand er.

Sie lachte. »Das glaube ich dir. Das, was ich an dir so sehr liebe, ist, wie sehr du uns alle liebst.«

»Komm her.« Er streckte die Arme nach ihr aus. »Da drüben bist du mir zu weit weg.«

Sie kuschelte sich auf seinem Schoß an ihn.

Er schlang die Arme um sie und wurde vom aromatischen Duft ihres Haars umgeben. Einmal hatte sie ein anderes Shampoo gekauft, und er hatte so lautstark protestiert, dass sie wieder ihre alte Marke geholt hatte, um ihn zu beschwichtigen. »Schon besser.«

»Stimmt.«

»Mir geht es auch schon viel besser als vorhin. Danke, dass du mich dazu gebracht hast, darüber zu reden.«

»Ich habe gar nichts getan.«

»Doch, das hast du.« Er drückte die Nase in ihre Locken und gab ihr einen Kuss auf den Kopf.

»Eine Neuigkeit habe ich noch, die du erfahren solltest.«

»O Gott«, ächzte er. »Was jetzt?«

»Laut Maggie möchte Kate uns alle über Weihnachten nach Nashville einladen. Sie will, dass die ganze Familie kommt – deine Eltern, meine Mom und Tante, Clare, Aidan und ihre Jungs, sogar Aidans Familie, wenn sie Lust haben.«

»Ich werde *auf keinen Fall* Weihnachten mit Reid Matthews verbringen. Nie und nimmer.«

»Jack …«

»Was?«

»Würdest du wirklich seinetwegen auf Weihnachten mit deiner Familie verzichten? Würdest du die Jungs zwingen, Weihnachten ohne ihre Schwestern zu feiern?«

»Ja.«

»Dann werden wir wohl abwarten und schauen, was geschieht.«

»Es gefällt mir nicht, dass ihr das widerfährt, und ich bin ganz sicher auch nicht froh, zu erfahren – erst recht auf diese Art –, dass sie wieder mit ihm zusammen ist. Aber damit komme ich zurecht. Ich ertrage alles, solange ich nicht in seiner Nähe sein muss und solange ich dich habe.«

»Du hast mich, Liebster. In guten wie in schlechten Zeiten, ich gehöre ganz dir.«

»Es waren wesentlich mehr gute als schlechte Zeiten.« Vor Kurzem hatten sie zehn Jahre einer Ehe gefeiert, die ihnen unvergleichliches Glück gebracht hatte.

»Viel mehr.« Sie legte ihm die Arme um den Hals und küsste ihn. »Auch das hier werden wir irgendwie überstehen. Versprochen.«

Er hielt sie fest und nahm sich ihre Worte zu Herzen. Da seine Frau stets recht hatte, vertraute er darauf, dass sie auch diesmal nicht falschlag.

»Aber Weihnachten verbringe ich nicht mit ihnen.«

Lachend drückte sie ihn ein letztes Mal, bevor sie aufstand und ihm eine Hand hinhielt. »Lass uns zu Bett gehen.«

* * *

Am anderen Ende der Stadt lief Clare O'Malley in dem Schlafzimmer, das sie sich mit ihrem Ehemann Aidan teilte, auf und ab, während sie darauf wartete, dass ihre Tochter Kate ans Telefon ging. Nachdem sie erneut nur die Mailbox erreicht hatte, musste sie sich zusammenreißen, damit sie das teure Handy nicht an die Wand warf.

»Warum tut sie das? Jedes Mal, wenn etwas passiert, verkriecht sie sich und geht nicht ans Telefon, selbst wenn ihre Mutter anruft.«

»Betrachte das mal aus ihrer Perspektive«, gab Aidan zu bedenken, stets die Stimme der Vernunft, was in Zeiten wie diesen unglaublich ärgerlich war. »Sie fühlt sich bestimmt gedemütigt. Du bist vermutlich die letzte Person, mit der sie reden will.«

»Ich werde ihr keine Vorwürfe machen. Deshalb rufe ich auch gar nicht an. Ich will nur wissen, ob bei ihr alles in Ordnung ist.«

Er stand auf, trat zu ihr und legte ihr die Hände auf die Schultern, damit sie nicht mehr herumlief, ehe er sie dazu brachte, zu ihm hochzuschauen. Liebe und Mitgefühl schimmerten in seinen grünen Augen. »Es geht ihr nicht gut, und es gibt nichts, was du heute Abend für sie tun könntest. Du hast ihr Nachrichten hinterlassen. Du hast sie wissen lassen, dass du sie liebst und an sie denkst. Wenn sie so weit ist, wird sie sich bei dir melden.«

»Ich hasse es, wenn sie nicht mit mir spricht.«

»Sie redet vermutlich mit niemandem.«

»Ich wette, dass sie mit Jill gesprochen hat. Ich sollte sie anrufen.«

Er nahm ihr sanft das Telefon aus der Hand und legte es auf den Nachttisch. »Jill ist wahrscheinlich voll und ganz im Krisenmodus und damit beschäftigt, die Brandherde zu löschen. Lass uns schlafen.«

»Ich werde kein Auge schließen, wenn ich weiß, was sie gerade durchmacht.«

»Versuch es.«

Sosehr sie es auch verabscheute, das Zepter aus der Hand zu geben, ließ sie sich doch von ihm ins Bett helfen und schmiegte sich in seine Umarmung, wie sie es jede Nacht tat.

»Ich weiß, dass dich das aufregt, aber es gibt nichts, was du tun kannst. Sie weiß, dass du sie liebst, ganz gleich, was geschieht.« Während er auf sie einredete, strich er ihr beruhigend über den Rücken.

Sie versuchte, sich zu entspannen, aber ihre Gedanken rasten. »Ich fasse nicht, dass das passiert ist. Sie hat mir nicht mal mitgeteilt, dass sie nach St. Kitts fliegt oder sich mit ihm treffen will.«

»Ich weiß, dass du gerne glaubst, sie würden dir alles anvertrauen, aber es gibt Dinge, die man seiner Mutter nicht erzählt.«

»Meine Mädchen sind da anders. Wir reden über solche Sachen.«

»Was, wenn sie zu ihm gereist wäre, er sie aber nicht hätte sehen wollen? Was, wenn sie es mit einer Versöhnung versucht hätten, die nicht gut gegangen wäre?

Sie wollte vielleicht erst mit dir sprechen, nachdem sie ihn getroffen und etwas zu berichten hatte.«

Clare gestand nur ungern, dass er recht haben könnte. »Möglich.« Der vertraute hölzerne Duft nach Sägespänen, der ihrem Ehemann wegen seiner Arbeit mit Holz anhaftete, war tröstlich. »Warum ausgerechnet *er*?«

»Wer weiß? Aber es muss noch etwas zwischen ihnen geben, wenn sie nach all der Zeit zu ihm gereist ist.«

»Er ist viel älter als sie.«

»Du bist viel älter als ich«, erwiderte er und fing ihre Faust ab, bevor sie ihn schlagen konnte.

Demnächst würde er fünfzig werden, aber der Stinkstiefel sah keinen Tag älter aus als vierzig, wohingegen sie sich mit jedem Tag älter und klappriger fühlte, ganz gleich, was er behauptete. Die sieben Jahre zwischen ihnen waren nie ein Problem gewesen, allerdings war es ein großer Unterschied, ob es sieben oder achtundzwanzig Jahre waren.

»Das ist nicht lustig«, murmelte sie.

»Doch, ist es.«

Das Lächeln, das er auf ihr Gesicht zauberte, indem er ganz er selbst war, konnte sie nicht unterdrücken. Er wusste stets, mit welchen Worten er sie trösten und zum Lachen bringen konnte, selbst wenn ihr nichts mehr komisch vorkommen wollte. »Danke«, meinte sie.

»Wofür?«

»Dass du mich zum Lachen bringst, auch wenn mir nicht danach ist. Dafür, dass du hier bist, um mich wieder runterzuholen.«

»Wo sollte ich sonst sein? Du bist meine Frau, und Kate ist meine Tochter, und wenn eine von euch leidet, dann leide ich mit. Es gefällt mir nicht, dass sie das durchmachen muss. Es missfällt mir auch, dass sie dieses Risiko eingegangen ist, zu dem Mann zu reisen, den sie vor langer Zeit geliebt hat, und ihr dafür jetzt all das widerfährt. Ich hasse es, dass sie von ihrem Status als Berühmtheit so eingeengt wird und ihr Leben nicht in Frieden führen kann, wie normale Leute auch.«

Erstaunt von der Leidenschaft hinter seinen Worten lauschte Clare ihm. Wieso hatte sie nur das Glück, von so einem Mann geliebt zu werden?

»Aber ich weiß auch, dass der ganze Mist zu dem Leben gehört, das sie sich ausgesucht hat, nachdem sie von zu Hause nach Nashville gezogen war, um den großen Durchbruch zu schaffen. Das macht zwar keinen Spaß, aber vieles von dem, was sie tut, tut sie gerne, und sie genießt es.«

»Das stimmt. Da hast du recht. Es gefällt mir nur nicht, dass ich nicht einfach mit dem Mommy-Zauberstab wedeln und alles wieder in Ordnung bringen kann.«

»Mir gefällt es nicht, dass ich nicht mit dem Stiefvater-Zauberstab wedeln und alles wieder in Ordnung bringen kann.«

»Ich liebe dich dafür, dass du es willst.«

»Ich liebe dich auch.« Er küsste sie zärtlich, und wie immer schmolz sie dahin.

»Versuch bloß nicht, mich abzulenken.«

»Warum nicht? Es funktioniert doch.« Die Hand in ihrem Haar, neigte er ihren Kopf und küsste sie erneut, aber eindringlicher.

»Aidan«, hauchte sie an seinem Mund.

»Hmm?«

»Ich bin noch nicht damit fertig, mich aufzuregen.«

»Doch, bist du.«

Mit der Hand fuhr er ihr unter das T-Shirt, und als er ihre Brust umfasste, beschloss sie, dass sie damit warten konnte, sich aufzuregen. Sie hatte etwas Besseres vor. Ihr Ehemann war ein endlos kreativer Liebhaber, und an diesem Abend machte er keine Ausnahme. Er nahm sich Zeit, sie abzulenken, was, wie sie vermutete, sein Ziel war, bevor er endlich in sie drang und sie zum Orgasmus brachte, kaum dass er vollständig in ihr war.

»Oh, ja«, sagte er, als er sie zum Höhepunkt ritt.

Einer der Vorteile davon, mit einem jüngeren Mann verheiratet zu sein, bestand darin, dass ihm gar nicht klar war, dass er eigentlich alt werden sollte, und dass sein Durchhaltevermögen noch genauso gut war wie an dem Tag, an dem sie ihn kennengelernt hatte. Als er sie zum zweiten Mal kommen ließ, stand sie kurz davor, um Gnade zu flehen. Zum Glück verlor er während ihres Höhepunkts die Beherrschung und kam ebenfalls.

Er blieb auf ihr liegen, während sie mit den Händen über seinen muskulösen Rücken strich. Sie spürte seinen Herzschlag, war von seinem vertrauten Duft und seiner überwältigenden Liebe umgeben und fühlte sich zum ersten Mal wieder innerlich gefestigt, seit Maggie sie vorhin angerufen hatte, um ihr das mit dem Video mitzuteilen. Sie hatte den Rat ihrer jüngsten Tochter beherzigt und es sich nicht angesehen, aber bei dem Gedanken daran, dass Fremde Kate beim Sex beobachteten, wurde ihr schlecht.

»Was ist passiert?«, wollte Aidan wissen, der den Kopf hob, um ihrem Blick zu begegnen. Sein dunkelbraunes Haar musste mal wieder geschnitten werden, und es zeigte mehr graue Strähnen als früher, wodurch er allerdings noch besser aussah, falls das überhaupt möglich war. »Eben warst du noch ganz entspannt, aber jetzt nicht mehr.«

»Ich habe mich gefragt, wie viele Perverse meiner Tochter gerade beim Sex zuschauen.«

»Clare, Liebling, tu das nicht. Denk nicht daran.«

»Das fällt mir schwer.«

»Ich weiß.« Er küsste sie und zog sich aus ihr zurück, blieb aber über ihr. »Ich wünschte, es gäbe etwas, was ich für dich tun könnte.«

Sie liebkoste sein attraktives Gesicht. »Das war schon ziemlich gut.«

Wie sie es geahnt hatte, hob er die Augenbrauen. »Nur *ziemlich* gut?«

Ihr Achselzucken wirkte wie ein rotes Tuch auf einen Stier.

»*Ziemlich* gut? Ich zeige dir, was ziemlich gut ist.«

Obwohl sie müde und niedergeschlagen war, ging es ihr gleich besser, weil sie von ihm gehalten, geküsst und geliebt wurde.

Viel später, während sie wach neben ihm lag und an Kate dachte, hoffte sie, dass sich der Mann, den sie liebte, um sie kümmerte, wo auch immer sie gerade war.

KAPITEL 9

Reid hatte keine Ahnung, was er für sie tun konnte. Schuldgefühle wegen der ganzen Sache nagten an ihm, und er wünschte sich, er könnte diese halbe Stunde am Strand zurücknehmen. Nicht in einer Million Jahre hätte er sie dem ausgesetzt. Er war sich ganz sicher gewesen, dass sie allein am Meer waren, sonst hätte er sie nicht aus dem Kleid und ins Wasser gelockt, um sie zu lieben.

Er wollte etwas treten, etwas zerschlagen, schreien und brüllen, aber all das würde auch nicht helfen, und es war nicht das, was Kate jetzt brauchte. Er wünschte sich, er wüsste, was sie brauchte. Nachdem sie das Video in all seinen qualvollen Einzelheiten angeschaut hatte, hatte sie sich auf dem Sofa auf der Sonnenterrasse zusammengerollt und sich in sich selbst zurückgezogen, wobei sie ihn komplett ausschloss. Er konnte ihr keinen Vorwurf daraus machen. Im Moment war er mit sich selbst auch nicht besonders glücklich.

Die Stimmung zwischen ihnen erinnerte ihn an jenen schrecklichen Tag in Nashville, an dem ihr Vater sie zusammen erwischt hatte. Jack hatte seine Tochter verstoßen, weil sie beschlossen hatte, bei Reid in Nashville zu bleiben. Nach dem Krach mit ihrem Vater hatte sie sich wie jetzt in sich zurückgezogen, und es hatte lange gedauert, bis sie ihre Beziehung wieder aufgenommen hatte.

Reid hoffte, dass das nicht noch einmal geschehen würde, jetzt, da sie erst seit Kurzem wieder zusammen und so glücklich miteinander waren. Heute Morgen waren sie voller Hoffnung gewesen und hatten sich auf ihre gemeinsame Zukunft gefreut, als sie das Haus am Strand gekauft hatten. Jetzt wusste er nicht, wie es um sie stand, und diese Unsicherheit brachte ihn noch um.

Würde sie beschließen, ohne ihn nach Hause zu fliegen? Wäre das leichter für sie? Er durfte sie nicht noch einmal verlieren, nicht nach allem, was sie geteilt hatten, seit sie nach St. Kitts gekommen war. Er war sich nicht sicher, ob er das ein zweites Mal ertragen würde.

Sein Telefon klingelte und riss ihn aus den verstörenden Gedanken. Widerwillig nahm er Ashtons Anruf entgegen. »Hallo, Sohn.«

»Das ist ja eine hübsche Situation, in die du dich da geritten hast.«

Erleichtert stellte er fest, dass Ashton eher amüsiert als verärgert klang, was er verstanden hätte. Wie peinlich war es, dass sein über fünfzig Jahre alter Vater in flagranti erwischt und es der ganzen Welt präsentiert wurde? »Ich weiß. Glaub mir.«

»Was hast du dir dabei gedacht?«

»Nichts. Das ist ja das Problem. Für mich ist St. Kitts vom Rest der Welt abgeschnitten. Ich schätze, mir wurde das Gegenteil bewiesen.«

»Das ist ein ganz großes Problem, Dad. Buddy ist sauer.«

Ashton musste ihn nicht daran erinnern, dass Buddy der Geschäftsführer von Kates Plattenfirma war. »Er redet doch nicht davon, sie fallen zu lassen, oder?«

»Zum Glück ist er nicht so dumm, aber glücklich ist er auch nicht.«

»Wir genauso wenig. Glaub mir.«

»Also … seid ihr wieder zusammen.«

Eine Feststellung, keine Frage, wie Reid bemerkte. Er blickte zu der zusammengekauerten Gestalt auf der Couch. »Ja.«

»Was ist mit Mari?«

»Was soll mit ihr sein?«

»Zwischen euch lief es doch gut.«

»Das stimmt, aber es war nicht dasselbe wie das hier. Nichts ist wie das hier.« Nach einer Pause fügte er hinzu: »Ich weiß, dass du es nicht gutheißt …«

»Dad … Ich habe nicht vor, das Ganze noch einmal durchzumachen.«

»Das wäre?«

»Dass wir monatelang nicht miteinander reden, weil du dir ein Mädchen geangelt hast, das jünger ist als ich.«

»Sie ist kein Mädchen mehr.«

»Ich bilde mir ein, dass wir alle seitdem reifer geworden sind.«

»Du hasst mich also nicht, weil ich wieder mit ihr zusammen bin?«

»Ich schätze nicht.«

»Na, vielen Dank«, erwiderte Reid lachend. Er liebte den Jungen, den er ganz allein großgezogen hatte und der als Erwachsener sein bester Freund geworden war.

»Ich habe wahrscheinlich demnächst selbst Neuigkeiten.«

»Was für welche?«

»Das erzähle ich dir lieber persönlich. Wann sehen wir uns?«

»Bevor das alles passiert ist, hatten wir überlegt, über Weihnachten nach Nashville zu reisen. Jetzt bin ich mir nicht sicher.«

»Es ist vermutlich keine schlechte Idee, eine Weile dortzubleiben. Haltet euch ein paar Monate lang bedeckt, bis die Sache vergessen ist. Kate muss sowieso erst nächsten Sommer wieder auf Tournee.«

»Ab Januar soll sie wieder im Studio stehen.«

»Bis dahin ist noch genug Zeit.«

»Darf ich dich etwas fragen?«

»Klar.«

»Wirst du dich ihr gegenüber benehmen?«

»Ich gebe mir Mühe, aber ich bezweifle, dass wir jemals beste Freunde werden.«

Da Reid wusste, dass er nicht mehr erwarten konnte, meinte er nur: »Ich liebe dich. Das sage ich nicht oft genug, aber ich hoffe, du weißt, wie stolz ich auf dich bin.«

»Ich weiß, Dad. Das habe ich nie infrage gestellt.«

»Es tut mir leid, dass ich dir mit dem Video Ärger gemacht habe.«

»Wenn du nur wüsstest, was für Ärger du mir damit machst«, erwiderte sein Sohn mit gut gelauntem Lachen. »Aber darüber reden wir, wenn wir uns wiedersehen.«

»Daran werde ich dich erinnern. Ruf mich an, wenn es was gibt, was wir wissen sollten.«

»Geht klar.«

»Hör mal, Ashton, wo ich dich grad an der Strippe habe: Mich würde interessieren, von wem das Video stammt. Kannst du rausfinden, wer es hochgeladen hat?«

»Daran arbeite ich schon für Buddy. Hast du eine Ahnung, wer es gewesen sein könnte?«

»Ich möchte nicht glauben, dass Mari dahinterstecken könnte, aber sie war ziemlich sauer, weil ich beschlossen habe, zu Kate zurückzukehren.«

»Ich kann mir nicht vorstellen, dass Mari so etwas tun würde.«

»Ich weiß nicht, ob sie das Ganze aufgenommen hat, aber ich würde ihr zutrauen, Kate die Paparazzi auf den Hals zu hetzen. Sie war auf uns beide wirklich wütend.«

»Ich prüfe das und lass dich wissen, was ich rausfinde.«

»Danke.«

»Versuch, dich da unten zu benehmen, okay? Behalte in der Öffentlichkeit die Hose an.«

»Sehr lustig. Wir hören uns.« Nachdem Reid aufgelegt hatte, überlegte er sich, was er für Kate tun könnte. Bevor ihm etwas einfiel, klingelte das Telefon erneut. Diesmal war es sein Freund Desi.

»Es tut mir so leid, Reid«, entschuldigte er sich ohne Einleitung. »Ich schwöre, dass ich die ganze Sache genau untersuchen lasse und den Mistkerl feuere, der dafür verantwortlich ist.«

»Danke, Des.« Nicht, dass es noch eine Rolle spielte, nachdem der Schaden angerichtet war, aber er wusste die Geste zu schätzen.

»Ich möchte dir und deiner Dame mein Anwesen am Lovers Beach auf Nevis zur Verfügung stellen. Das Personal wohnt vor Ort und arbeitet schon seit Jahren für mich, sie werden eure Privatsphäre wie die Piranhas verteidigen. Ich lasse eure Sachen sofort dort hinbringen und leihe euch mein Boot, mit dem ihr jederzeit rüberfahren könnt. Selbstverständlich komme ich für Miss Harringtons Aufenthalt im Resort auf.«

Reid dachte kurz darüber nach. Hier konnten sie nicht bleiben, da Kate nicht am selben Ort wohnen wollte, den er sich mit Mari geteilt hatte, was er nachvollziehen konnte. Zum Resort konnten sie auch nicht zurückkehren, wo das Video aufgenommen worden war. Ohne Zweifel würde das Hotel bis zum Morgen von Reportern überrannt werden. »Das ist nett von dir, Desi, ich nehme dein Angebot an. Danke.«

»Ich hoffe, dass du meine Entschuldigung akzeptierst, als Freund. Ich bin entsetzt, dass so etwas auf meinem Besitz geschehen ist.«

»Natürlich nehme ich deine Entschuldigung an. Es war nicht deine Schuld. Hoffentlich löst sich das Ganze schon bald in Wohlgefallen auf, damit Kate wieder arbeiten kann.«

»Das hoffe ich auch. Ruf mich an, wenn ihr so weit seid, dann holen wir euch ab, wo auch immer ihr wollt, und bringen euch nach Nevis.«

»Geht klar. Noch mal danke.«

»Das ist das Mindeste, was ich tun kann.«

»Ich melde mich.« Reid legte auf und betrachtete Kate auf dem Sofa, während er darüber nachdachte, was er tun konnte, damit es ihr besser ging. »Tee«, sagte er zu sich. »Ich setze ihr einen Tee auf. Den hat sie immer geliebt. Hoffentlich hat sich das nicht geändert.«

Mit dem Friedensangebot in der Hand trat er zehn Minuten später auf die Sonnenterrasse. »Bist du wach, Darling?«

»Ja.«

»Ich habe dir Tee aufgebrüht.«

Sie setzte sich auf und drehte sich zu ihm um, die Augen und die Nase ganz rot, ein Anblick, bei dem sich sein Herz zusammenzog. »Das ist lieb von dir. Danke.«

Er reichte ihr die Tasse. »Milch und zwei Stück Zucker, richtig?«

»Du hast es nicht vergessen«, staunte sie lächelnd.

»Ich erinnere mich an alles.« Er erwiderte das Lächeln und setzte sich neben sie. »Desi aus dem Resort hat angerufen. Er ist ganz außer sich wegen dem, was geschehen ist.«

Bei der Erinnerung verzog sie das Gesicht, und er hätte sich am liebsten selbst erschossen, weil er es erwähnt hatte.

»Es war nicht seine Schuld.«

»Das habe ich ihm auch versichert. Er hat trotzdem ein schlechtes Gewissen und hat uns angeboten, bei ihm auf Nevis zu wohnen, solange wir wollen.«

Wie sie ihn mit diesen umwerfend blauen Augen betrachtete, erinnerte sie ihn an die Achtzehnjährige, in die er sich Hals über Kopf verliebt hatte. Ihre Verletzlichkeit zerrte an ihm, bis er für sie in die Welt ziehen und Drachen erschlagen wollte. Wenn er das doch nur könnte.

»Meinst du, wir sollten sein Angebot annehmen?«, fragte sie.

»Ja. Damit kämen wir von St. Kitts runter und wären nicht in der Nähe der Pressemeute, die auf der Suche nach einer Story herkommen wird. Desi hat erwähnt, dass seine Hausangestellten schon seit Jahren für ihn arbeiten und unsere Privatsphäre schützen würden.«

Mit gerunzelter Stirn betrachtete sie ihren Tee.

»Woran denkst du?«

»In meiner Welt gibt es keine Privatsphäre. Genau in diesem Moment könnte uns jemand beobachten und Fotos schießen.«

Er sah durch die großen Fenster mit dem Panoramablick auf das Wasser. Die Aussicht hatte er stets genossen, aber jetzt fühlte er sich entblößt, und er konnte sich kaum vorstellen, wie Kate das empfinden musste. »Wie wäre es, wenn wir Desis Haus begutachten und schauen, was wir davon halten? Wir müssen nichts entscheiden, bis wir es gesehen haben.«

Sie zuckte die Achseln, als wäre die Mühe, alle Optionen zu betrachten, mehr, als sie ertragen konnte. »Was auch immer du willst. Hier können wir nicht bleiben. Die Leute wissen, dass du hier wohnst. Sie werden uns hier im Nullkommanichts finden.«

»Ich rufe Desi an und vereinbare mit ihm, dich von hier wegzubringen.« Er gab ihr einen Kuss auf die Stirn. »Sorg dich deswegen nicht, Darling. Ich kümmere mich darum.«

»Danke.«

Eineinhalb Stunden später fuhr Desi höchstpersönlich die beiden über die Insel Nevis zu seinem eingezäunten Zufluchtsort. Klein und rundlich, mit leicht gebräunter Haut und dunklem Haar, war Reids Freund ein echtes Energiebündel. Die beiden Männer verband ihre gemeinsame Leidenschaft fürs Fliegen und Angeln.

Desi brachte den Wagen zum Stehen und gab einen Code ein, um das Tor zu öffnen und sie hindurchzulassen. »Niemand kommt auf das Grundstück«, versicherte er ihnen. »Die Alarmanlage läuft rund um die Uhr. Wenn jemand durch das Tor will, wissen wir sofort Bescheid.«

»Warum hast du dich so abgesichert?«, wollte Reid wissen. Nevis war nicht gerade bekannt für seine Kriminalität.

»Meine Frau war mal Opfer von Hausfriedensbruch. Es beruhigt sie, zu wissen, dass niemand an sie rankommt. Wenn sie beruhigt ist, bin ich es auch.«

Desis Worte entspannten Reid allmählich. Hier könnte er Kate vorübergehend beschützen, bis etwas Gras über die Sache gewachsen war und sie nach Nashville zurückkehren konnten. Schuldgefühle überkamen ihn wegen des Schadens, den er ihrem Ruf zugefügt hatte, ganz zu schweigen davon, was ihre Familie von ihm halten musste. Den Gedanken wollte er nicht weiter verfolgen.

Das moderne Haus war groß und wunderschön und lag abgeschieden. Desi lief umher, gab Anordnungen ans Personal, das sie in Empfang nahm, und brachte Reid und Kate ins Gebäude, wo er sie herumführte und ihnen zeigte, welche Schlafräume sie sich aussuchen konnten. »Wenn ihr etwas braucht, müsst ihr nur meine Angestellten danach fragen.«

»Vielen Dank, Desi.« Reid gab ihm die Hand.

»Schön, euch hierzuhaben.« An Kate gewandt sagte er: »Ich hoffe, Sie nehmen meine aufrichtige Entschuldigung an für das, was in meinem Resort geschehen ist. Lassen Sie sich versichern, dass ich das Ganze vollständig untersuchen lassen werde.«

»Hört sich gut an.«

Bei ihrer dumpfen, tonlosen Stimme, die in krassem Gegensatz zu ihrer sonstigen Fröhlichkeit stand, spannten sich Reids Nerven noch stärker an.

»Jedenfalls bin ich ein großer Fan Ihrer Musik«, fügte Desi mit verlegenem Lächeln hinzu.

»Vielen Dank. Das höre ich gerne.«

Eine ältere Frau, die Desis Mutter hätte sein können, eilte ins Zimmer. »Da sind Sie ja. Ich bin Desis Tante Bertha, und ich kümmere mich für ihn um das Anwesen.«

Desi lächelte Reid zu. »Siehst du, was ich damit meine, wenn ich behaupte, mein Personal sei schon ewig hier?«

»Freut mich, Sie kennenzulernen«, grüßte Reid Bertha und gab ihr die Hand. »Ich bin Reid, das ist Kate.«

»Die Kate Harrington mit der himmlischen Stimme?«, fragte Bertha, ehe sie Kates Hand zwischen ihre beiden nahm. »Ich werde mich gut um Sie kümmern, Liebes. Nur keine Sorge.«

Als Kates Augen feucht wurden, erkannte Reid, wie tief sie Berthas Wärme berührte.

»Kate ist ziemlich erschöpft«, erklärte er.

»Natürlich ist sie das«, erwiderte Bertha. »Kommen Sie, bringen wir sie ins Bett.«

»Ich schau morgen nach euch«, verabschiedete Desi sich, bevor er ging.

Bertha führte sie in ein großes Schlafzimmer und schloss die Fensterläden, um das blasse Licht des frühen Abends auszusperren. »Soll ich Ihnen das Abendbrot bringen?«

»Später«, bat Reid. »Sie soll sich erst mal ausruhen.«

»Wenn Sie auf dem Telefon auf den Knopf der Gegensprechanlage drücken, dann erreichen Sie einen Bediensteten – Tag und Nacht. Lassen Sie es uns einfach wissen, wenn Sie zu Abend essen wollen.«

»Vielen Dank.«

Damit verließ Bertha den Raum und schloss die Tür hinter sich.

»Möchtest du dich umziehen?«, erkundigte er sich bei Kate.

Sie schüttelte den Kopf und kroch ins Bett, wo sie sich eines der Kissen nahm.

Reid zog eine Decke über sie. »Soll ich dich allein lassen?«

»Nein.« Sie griff nach seiner Hand, und er verschränkte ihre Finger, dankbar für die Berührung nach so vielen Stunden der Unsicherheit. »Ich weiß, dass du dich wegen der ganzen Sache fertigmachst, aber auch du trägst keine Schuld daran.«

Er drehte sich auf die Seite, um sie zu betrachten. »Es war meine Idee.«

»Wir waren beide dabei, als gleichberechtigte Partner, und ich hatte viel mehr zu verlieren als du.«

»Dennoch … Ich hätte daran denken sollen, was passieren könnte.«

»Das hätten wir beide tun sollen.« Ihr fielen die Augen zu.

Er lehnte sich vor und gab ihr einen Kuss auf die Stirn. »Ruh dich etwas aus. Ich bleibe hier bei dir.«

Seine Hand drückend schlief sie ein.

* * *

Ashton steuerte die Landebahn an, glücklich, unter sich die hügeligen Wiesen seiner Heimat zu erkennen. Tennessee zeigte sich mit den golden, rot und orange gefärbten Bäumen von seiner besonders herrlichen Seite. Der Herbst war seine liebste Jahreszeit, jetzt noch mehr als sonst, nachdem er den ersten wichtigen Schritt in seiner Beziehung mit Jill gewagt hatte, den zu machen er sich schon so lange gewünscht hatte. Sosehr es ihm auch missfallen hatte, Malibu – und die Zeit, die sie nur für sich gehabt hatten – früher zu verlassen, als er vorgehabt hatte, so war es doch immer wieder schön, nach Hause zurückzukehren, und er hielt es kaum aus, herauszufinden, was sie als Nächstes erwartete.

Er blickte zu ihr, um sicherzugehen, dass sie noch immer angeschnallt war, ehe er zu einer sanften Landung ansetzte. Auf dem Weg über die Landebahn zum Hangar, der auf dem Grundstück seiner Familie stand, rief Jill die letzten Leute an, die ihr einfielen, um den Schaden einzugrenzen, den der Ruf ihrer Schwester davongetragen hatte. Die Metapher ›die Titanic vorm Sinken bewahren‹ erschien ihm passend, aber er nahm nicht an, dass sie das jetzt hören wollte.

Also schwieg er, kümmerte sich um das Flugzeug und trug ihre Sachen zum Pick-up, den er lieber fuhr, wenn er nicht arbeitete. Sobald er nichts mehr zu tun hatte, trat er an die Beifahrerseite des Flugzeugs, öffnete die Tür und sah, wie sie zur Windschutzscheibe hinausstarrte.

»Jill?«

»Ach, tut mir leid. Ich war nur … ich war …« Was auch immer sie gerade sagen wollte, ging in den Tränen unter, die sie selbst zu überraschen schienen.

»Komm her, Schatz.« Er half ihr aus der Maschine, nahm sie in die Arme und hielt sie fest, während sie sich den Frust von der Seele weinte.

»Ich kann nichts tun.«

»Ich weiß, aber du hast es versucht. Kate wird das zu schätzen wissen. Da bin ich mir sicher.«

»Was auch immer das nützt.« Sie wischte sich über die feuchten Wangen. »Es ist meine Aufgabe, sie vor dem ganzen Mist zu beschützen, aber ich kann es nicht.«

»Mir ist klar, dass du das nicht hören möchtest, aber sie hat sich das selbst zuzuschreiben. Das weiß sie. Mein Dad weiß es. Niemand macht dir einen Vorwurf.«

»Es muss doch etwas geben, was ich tun kann. Wir haben Gesetze …«

»Deine Schwester ist eine Person des öffentlichen Lebens, und sie hat etwas Dummes getan. Da schützt sie auch das Gesetz nicht.« Er nahm ihr Gesicht zwischen seine Hände und brachte sie dazu, zu ihm hochzublicken. Ihre graublauen Augen wirkten heute vorwiegend grau, stumpf und freudlos statt wie sonst lebhaft und strahlend. »Meine Mitarbeiter versuchen herauszufinden, wer das Video hochgeladen hat. Wenn wir Erfolg haben, dann kannst du eine Zivilklage einleiten.«

»Damit verschwindet das Video auch nicht aus dem Netz.«

»Nein.«

»Das wird ihr also ewig nachhängen.«

»Höchstwahrscheinlich, aber es gibt auch etwas Positives.«

»Zum Beispiel?«

»Zunächst mal ist an dem Video nichts besonders Schmutziges. Dem kurzen Stück, das ich gesehen habe, nach zu urteilen, wirkt es eher erotisch als pornografisch. Sie schreit ihn nicht an, dass er sie fester nehmen soll, oder so was in der Richtung.«

»Das ist ein wahrer Segen.«

»Lass mich ausreden. Ihre Fans sind glücklich, wenn sie wissen, dass *sie* glücklich ist. Man wird jede Menge Interesse an ihr und den beiden als Paar haben. Wenn du es richtig drehst, dann könnte das Ganze sogar gut für ihre Karriere sein.«

Sie schüttelte den Kopf. »Ich weiß, dass du versuchst, mich aufzumuntern …«

»Im Moment rede ich zu dir als Kollege im Unterhaltungsgeschäft, nicht als dein Liebhaber.«

Bei dem Wort »Liebhaber« lief sie rot an, was ihn zutiefst erfreute. »Ich bin schon lange in diesem Geschäft, Baby – viel länger als du. Ich bin mit Buddy Longstreet als Pate aufgewachsen. Als er Taylor Jones geheiratet hat, war ich auf der Hochzeitsfeier dabei. Man hat mich gewissermaßen zu Countrymusik gestillt. Ich verspreche dir, dass sie, wenn sich der Staub einmal legt, noch beliebter sein wird als vorher, ganz besonders wenn sie selbstkritisch mit dem Video umgeht. Ein paar Interviews mit den richtigen Journalisten, und sie steht wieder ganz oben. Sie sollte es als ein großes Versehen darstellen. Ups, Urlaubsverstand. So was in der Art. Ihre Fans werden sich darüber aufregen, dass ihre Privatsphäre gestört wurde, statt vom Video angewidert zu sein.«

Sie kaute auf ihrer Unterlippe, während sie über seine Worte nachdachte. »Meinst du?«

»Da bin ich mir sicher, aber ihr müsst schnell handeln. Ihr müsst die Geschichte in den Griff bekommen, bevor sie noch mehr außer Kontrolle gerät.«

»Warum gibst du mir diesen Rat, wenn du sie so sehr hasst?«

»Ach, Jill. Ich habe sie nie gehasst. Wegen des Altersunterschieds gefiel es mir nicht, dass sie und mein Dad ein Paar waren. Aber auch, weil ich ganz kurz dachte, dass ich selbst Interesse an ihr hätte, auch wenn ich jetzt verstehe, dass das zwischen uns nie was geworden wäre.«

Zorn blitzte in ihren Augen auf. Zumindest wirkten sie nicht mehr stumpf oder teilnahmslos. »Das ist ja gut zu wissen. Du hast was für meine Schwester übriggehabt. Was bin ich denn? Die zweite Wahl?« Sie wollte sich von ihm abwenden, aber er griff nach ihrem Arm und hielt sie zurück.

»Lass das. Ich habe vor zehn Jahren ein bisschen für sie geschwärmt. In dich bin ich bis über beide Ohren vernarrt. Kein Vergleich.« Er legte die Arme um sie und zog sie fester an sich. »Diesen Rat erteile ich dir, weil ich *dir* helfen will. Nicht ihr. *Dir.*«

»Wenn du mir hilfst, hilfst du ihr.«

Er zuckte die Achseln, amüsiert von ihrer Logik, auch wenn er sich das nicht anmerken ließ. »Nebenprodukt.«

Sie überraschte ihn, indem sie ihm eine Hand in den Nacken legte und ihn zu einem Kuss an sich zog, der ihm die Sinne verwirrte. »Es ist ein guter Rat«, bemerkte sie einige Minuten später. »Nein, es ist ein *großartiger* Rat. Danke.«

»Wenn du mich jedes Mal so küsst, werde ich dir jederzeit einen Rat geben, solltest du einen brauchen – ganz umsonst.«

Ihr Lächeln erhellte ihr Gesicht und seine Welt. Dann fiel ihm wieder ein, wie er ihr enthüllt hatte, dass er sie liebte, kurz bevor Buddy angerufen hatte, aber sie hatte das Gefühl nicht erwidert. »Jill …«

Sie zog an seinem Arm. »Lass uns gehen. Ich habe noch eine ganze Menge zu tun.«

Das war nicht der richtige Zeitpunkt, um sie zu bedrängen. Sie hatte zu viele andere Dinge um die Ohren. Aber bald, beschloss er. Bald würde er sie dazu bringen, zuzugeben, dass sie das Gleiche für ihn empfand, und dann würden sie ihre gemeinsame Zukunft planen.

* * *

Kate wachte in einem dunklen Raum auf und hatte keine Ahnung, wo sie sich befand. Aber dann fiel ihr alles wieder ein. Das Video. Der Skandal. Der Umzug in Desis Haus. Reids Schuldgefühle. Das üble Gefühl im Magen, wenn sie daran dachte, dass Fremde ihr beim Sex zusahen.

Nach all den Jahren der Gerüchte und Andeutungen hatte sie ihnen endlich etwas gegeben, worüber sie sich die Mäuler zerreißen konnten. Sie konnte sich nur zu gut vorstellen, was man sich in den sozialen Medien, auf den Websites der Unterhaltungsindustrie, in den Zeitschriften und den Fernsehsendungen über sie erzählte. Bei dem Gedanken erschauderte sie angewidert.

Tränen schossen ihr in die Augen und rannen ihr über die Wangen. Sie war so glücklich gewesen, endlich wieder bei Reid zu sein, hatte sich so sehr in der Magie, dem Augenblick und der Abgeschiedenheit der Insel verloren, dass sie unachtsam geworden war. Jetzt kam sie das teuer zu stehen. Als ihr klar wurde, dass Buddys Plattenfirma sie fallen lassen könnte, zog sich ihr der Magen zusammen.

Aber so rasch ihr der Gedanke auch gekommen war, so schnell erkannte sie, dass es sie nicht mehr kümmerte. Sollten sie sie doch fallen lassen. Sollten sie sie doch aus dem Geschäft kicken. Sollten sie doch von ihr behaupten, was immer sie wollten. Jahrelang hatte sie sich geschunden. Für diese großartige Karriere hatte sie alles geopfert. Sie hatte fünf Brüder, die sie kaum kannten, und bis vor Kurzem war sie jeden Abend allein ins Bett gegangen.

Wozu? Für noch eine Goldene Schallplatte? Noch eine Million auf dem Konto? Sie hatte eine ganze Wand voller Goldener und Platinschallplatten, mehr Geld auf der Bank, als sie in ihrem Leben ausgeben konnte, und nur wenig, was sie für all die harte Arbeit vorweisen konnte.

Es reichte.

Mit dem neuen Ziel vor Augen setzte sie sich aufrecht hin und wischte sich die Tränen ab. Verflucht sollte sie sein, wenn sie ihrer Karriere noch eine weitere Träne nachweinte. Zum Teufel damit. Nach einem kurzen Ausflug ins Bad, um sich frisch zu machen, suchte sie nach Reid.

Er stand auf der Terrasse und blickte in die Dunkelheit. Aus der Ferne vernahm sie das Rauschen der Wellen an der Küste. Sie trat auf die Veranda, und der vertraute Klang – die Melodie von zu Hause – brachte ihr Trost und Entschlossenheit.

Er zuckte zusammen, als sie von hinten die Arme um ihn schlang. »Ach, du bist wach.«

»Entschuldige, dass ich einfach umgekippt bin.«

Er bedeckte ihre Hände mit seinen. »Du musstest dich ausruhen.«

»Nicht nur das.« Damit sie sein Gesicht betrachten konnte, ließ sie ihn los und drehte ihn zu sich um.

Er schob ihr das Haar aus dem Gesicht und fragte: »Was brauchst du noch, Schatz? Ich gebe dir alles.«

»Ich will nach Hause.«

Es entging ihr nicht, wie sehr ihn das überraschte. »Nach Nashville?«

»Ja.«

Ein ernster Ausdruck trat auf sein Gesicht. »Ich kann dir das nicht verdenken. Das war nicht gerade der Urlaub, den du dir vorgestellt hattest. St. Kitts ist für gewöhnlich erholsamer, als es für dich war.«

Sie legte die Hände auf seine Brust und stellte sich auf die Zehenspitzen, um ihn zu küssen. »In den wichtigsten Punkten war es genau der Urlaub, auf den ich gehofft hatte.«

»Ich muss ehrlich sein, Darling: Du verwirrst mich.«

»Das tut mir leid«, lachte sie.

»Ich hätte nicht gedacht, dass ich dich heute Abend noch lachen hören würde.«

»Ich hätte nicht gedacht, dass mir danach wäre, zu lachen, aber ich habe eine Entscheidung getroffen, und jetzt möchte ich nach Hause, um sie zu verwirklichen.«

»Wofür hast du dich entschieden?«

»Ich gebe meine Karriere auf.«

Er starrte sie mit offenem Mund an. »Warte mal. Was?«

»Mir reicht's. Ich möchte wieder eine Privatsphäre haben. Ich möchte ein Leben führen, ein echtes, aufrichtiges Leben, bei dem ich nicht zweihundert Nächte im Jahr unterwegs bin. Ich möchte meine Brüder kennenlernen und … und …« Sie verstummte, ehe sie ihm die ganze Liste enthüllte und ihn damit vielleicht verschreckte. »Also, es gibt da eine ganze Menge Sachen, die ich machen möchte, aber solange ich mich der Musik widme, kann ich nichts davon erleben. Ich habe alles geschafft, was ich mir in dem Geschäft vorgenommen hatte. Ich habe fast alles, was ich brauche. Jetzt möchte ich mir Zeit für mich nehmen.«

»Ich, äh … Ich weiß nicht, was ich dazu sagen soll. Hängt das mit dem Video zusammen?«

»Zum Teil.« Ihr ganzer Körper summte vor Energie. Jetzt, da sie die Entscheidung gefällt hatte, konnte sie es kaum erwarten, sie umzusetzen. »Das hat sich schon lange angekündigt. Seit dem vergangenen Jahr ist meine Gesundheit im Eimer. Ich bin ständig erschöpft. Musik schreibe ich auch nicht mehr so wie früher, was zu den Dingen gehört, die ich eigentlich am meisten genieße. Von den Sachen, die ich am liebsten unternehme, habe ich nichts mehr geschafft. Von Jill abgesehen verbringe ich kaum noch Zeit mit meiner Familie, und meine Brüder wachsen viel zu schnell auf. Die Zwillinge sind jetzt zehn. *Zehn.* Wusstest du das?«

Reid schüttelte den Kopf.

Angetrieben von ihrer Begeisterung lief sie auf der Veranda auf und ab. »Meine Mutter und ihr Mann haben zwei kleine Söhne, Max und Nick. Sie sind jetzt dreizehn und zehn, und sie kennen mich kaum. Ich gebe meinen Fans mehr, als meine eigene Familie von mir bekommt. Das ist doch nicht richtig.«

»Stehst du nicht unter Vertrag?«

»Da komme ich raus.« Sie warf die Hände in die Luft und wirbelte herum. »Zum ersten Mal seit Langem fühle ich mich frei. Ich bin frei. Ich kann tun, was immer ich will, und das, was ich tun will, hat nichts mit Singen oder Bühnenauftritten zu tun. Es hängt nur mit den Leuten zusammen, die ich liebe.«

Er verschränkte die Arme und lehnte sich gegen das Geländer, das die Terrasse umgab.

Sie blieb abrupt stehen und konzentrierte sich auf ihn. »Was?«

»Nichts. Ich höre dir zu.«

»Aber es gibt etwas, was du mir unbedingt mitteilen willst.«

Er zögerte und versuchte offenbar, seine Worte weise zu wählen. »Es freut mich, dich so glücklich zu sehen. Ehrlich. Ich fürchte nur, dass der Vorfall mit dem Video dich stärker aufgeregt hat, als du dir eingestehen willst, und dass du deshalb jetzt schwerwiegende und weitreichende Entscheidungen fällst, ohne in Ruhe nachzudenken.«

»Ich weiß, dass es dir schwerfallen wird, das zu glauben, aber das Video hat mich nicht dazu veranlasst.«

»Davor hast du nicht davon geredet, dem Musikgeschäft den Rücken zu kehren.«

»Nein, aber ich habe darüber nachgedacht. Schon seit einer Weile habe ich mit dem Gedanken gespielt, wenn ich ganz ehrlich sein soll. Das Einzige, was mich noch angetrieben hat, war meine Schwester.«

»Wie meinst du das?«

»Sie arbeitet für mich. Wenn ich aufhöre, was geschieht dann mit ihr?«

»Es ist ja nicht so, als würdest du weggehen und nie wieder was mit der Branche zu tun haben.«

»Vielleicht habe ich … nichts mehr damit am Hut …«

»Kate, im Ernst, ich habe den Eindruck, dass du etwas voreilig handelst. Du bist wegen dem, was geschehen ist, aufgebracht, und zu Recht, aber deswegen jetzt eine solche Entscheidung zu treffen …«

»Ich habe sie nicht heute getroffen. Das scheinst du zu überhören. Ich habe das in einem Krankenhauszimmer in Oklahoma City beschlossen, als ich nur noch nach Hause wollte. Da wusste ich schon, dass ich nicht zurückkehren möchte. Es war mir zu viel. Das ist mir erst bewusst geworden, nachdem ich hier war, aber jetzt ist es mir klar. Es reicht. Ich habe die Nase voll davon, dass man mir vorwirft, ich würde Drogen nehmen, obwohl ich noch nie in meinem Leben eine angerührt habe. Ich bin es leid, jeden Tag in einer anderen Stadt zu sein und mich dabei zu fühlen, als wäre ich nie wirklich dort gewesen. Nie habe ich Zeit, mir etwas anzuschauen. Wusstest du, dass ich sechs oder acht Mal in London war, aber noch nicht einmal den Buckingham Palace zu Gesicht bekommen habe? Was ist denn das für ein Leben?«

Nachdem sie einmal angefangen hatte, sprudelten die Worte in einem Schwall hervor, der sie seit einigen Monaten plagte. Sie zum ersten Mal laut auszusprechen war befreiend. »Das habe ich noch niemandem anvertraut«, gestand sie mit nervösem Lachen. »Du bist der Erste, der es erfährt.«

»Komm her, Darling.« Er streckte die Arme nach ihr aus.

Um sein Angebot anzunehmen, überquerte sie die Veranda. Ihre Hände in seinen blickte sie zu ihm hoch und erkannte, dass er sie vorsichtig ansah. »Ich bin da.«

»Ich fühle mich geehrt, der Erste zu sein, dem du das mitteilst. Es wäre aber nachlässig von mir, dir nicht zu raten, darüber zu schlafen, bevor du mit anderen darüber sprichst. Ich möchte nicht, dass du eine voreilige Entscheidung triffst, die du in einem oder zwei Monaten bereuen könntest.«

»Ich werde sie nicht bereuen. Es täte mir leid, wenn ich es *nicht* täte. So viel weiß ich mit Sicherheit.« Sie versuchte, ihr rasendes Herz zu beruhigen. »Ich verstehe, dass du glaubst, es wäre voreilig, und ich verstehe, warum, aber du weißt nicht, wie es bisher war.«

»Dann erzähl mir davon. Verrate mir, wie es war.«

In die Dunkelheit hinausstarrend suchte sie nach den richtigen Worten. »Nachdem das zwischen uns zerbrochen war, hat sich etwas in mir verschlossen. Ich denke, das war der Teil von mir, der Risiken eingegangen ist, der Teil, der Chancen wahrgenommen hat und dem egal war, was andere davon hielten.« Sie lächelte. »Wie sonst erklärst du es dir, dass ich bereit war, alles für eine Affäre mit einem Mann aufs Spiel zu setzen, der achtundzwanzig Jahre älter ist als ich?«

»Ich dachte, ich wäre einfach unwiderstehlich.«

Sie lachte. »Natürlich warst du das. Aber danach, nach uns, war ich nicht mehr so. Es war mir wichtig, was andere Leute dachten. Es hat mir wehgetan, wenn sie mir vorwarfen, Drogen zu nehmen und ständig den Partner zu wechseln. Bei den anderen Männern war ich vorsichtig. Ich habe mir diejenigen ausgesucht, bei denen ich wusste, dass sie niemals die Mauer überwinden würden, hinter die ich mich zurückgezogen hatte. Sie konnten mir das Herz nicht brechen, weil sie es nicht erreichen konnten.« Sie schüttelte den Kopf. »Ich drücke mich nicht verständlich aus.«

»Doch, das tust du. Ich verstehe, was du damit sagen willst.«

»Ich will ein *echtes* Leben, Reid. Ein authentisches. Kein glamouröses Dasein als Berühmtheit, bei dem jedes meiner Worte und jede meiner Handlungen von Menschen hinterfragt wird, die mich gar nicht kennen. Ich bin es leid, dass meine ganze Welt sich um den nächsten Auftritt, die nächste Stadt, die nächste Bühne voller namenloser, gesichtsloser Leute dreht.«

»Du solltest das bekommen, was du willst. Du bist direkt aus dem Haus deines Vaters gestolpert und zum Superstar geworden, ohne dass irgendetwas dazwischenlag.«

»Das hier«, widersprach sie, während sie mit den Händen über seine Schultern strich, »war *nicht* nichts.« Sie drückte ihren Mund auf seinen und ließ sich von seinem vertrauten Geschmack und Duft trösten. »*Das* hier war alles.«

»Kate, Gott, du hast ja keine Ahnung, was du mir antust, wenn du solche Dinge sagst.«

»Ein wenig weiß ich es schon«, erwiderte sie lachend, während sie sich an ihm rieb.

»Nicht nur dort, sondern auch hier.« Er nahm ihre Hand und legte sie über sein wild schlagendes Herz. »Du berührst mich überall.«

»Begleitest du mich nach Nashville und hilfst mir, dieses wahre Leben zu finden? Ein echtes Leben, zu dem du dazugehörst, wenn es wirklich authentisch sein soll.«

»Du möchtest, dass ich dich begleite?«

Ungläubig starrte sie ihn an. »Was dachtest du denn, wovon ich rede?«

»Davon, dass du aus dem Geschäft aussteigst und nach dem Sinn deines Lebens suchst.«

Sie warf den Kopf in den Nacken und lachte laut auf, was ihn zu verärgern schien. »Du alberner, alberner Mann. *Du* bist der Sinn meines Lebens. Wie ist dir das denn entgangen?«

»Ähm, also, ich weiß es nicht, aber es tut gut, das zu hören. Ich dachte …« Er schüttelte den Kopf. »Spielt keine Rolle, was ich gedacht habe.«

»Verrat es mir. Was wolltest du sagen?«

»Ich dachte, du willst mir mitteilen, dass du verschwindest. Ohne mich.«

»Gott, ich bin so eine Idiotin. Entschuldige. Das sollte das nicht heißen. Ganz im Gegenteil.«

Er nahm sie in die Arme und drückte sie fest an sich.

»Kommst du also mit mir nach Hause?«

»Unter einer Bedingung.«

Sie lehnte sich zurück, damit sie ihn anschauen konnte. »Die wäre?«

»Wenn du ein echtes, authentisches Leben willst, dann wirst du mich heiraten müssen. Anders kann ich es mir nicht vorstellen …«

Ein überraschtes Quietschen entrang sich ihr, dann küsste sie ihn.

Er neigte den Kopf und grub die Hand in ihr Haar, während er sie mit einer Intensität küsste, die er nicht oft an den Tag legte.

Sie klammerte sich an ihn, erwiderte den Kuss mit allem, was sie hatte, allem, was sie jemals sein würde. Es gehörte alles ihm. Das hatte es schon immer, und jetzt, da sie wusste, wo ihr Platz war, würde sie ihn nie wieder loslassen.

»Ist das ein Ja?«, fragte er, die Stimme rau vor Emotionen.

»Ja. Das ist definitiv ein Ja.«

»Ich habe keinen Ring, aber ich werde dir einen besorgen. Sobald ich kann. Ich kaufe dir den besten Ring, den du jemals zu Gesicht bekommen hast.«

»Das brauche ich nicht. Glanz und Glamour hatte ich schon. Jetzt brauche ich etwas Schlichtes und Reales.«

»Kein Problem.«

Sie lächelte, glücklicher, als sie jemals gewesen war, seit das zwischen ihnen in die Brüche gegangen war. »Heißt das, dass wir verlobt sind?«

»Aber so was von.«

»Wie sollen wir das nur feiern?«, fragte sie kokett.

»Wie auch immer du möchtest, Liebste.«

Sie strich mit den Fingern durch sein Haar und zog ihn zu einem weiteren leidenschaftlichen Kuss zu sich runter. »Da wir es schlicht und real halten …« Damit knöpfte sie sein Hemd auf, während sie mit den Händen seine Brust streichelte. Nachdem sie den letzten Knopf geöffnet hatte, beugte sie sich vor und küsste ihn auf den Hals und seine Brust und genoss das Beben, das ihn durchlief, liebte es, dass sie ihm das entlockte.

»Nicht hier.« Er griff nach ihrer Hand und zog sie auf dem Weg nach drinnen hinter sich her.

Sie legte sich auf das Bett und betrachtete amüsiert, wie gründlich er die Tür und die Fensterläden schloss, bevor er sich auszog. »Hast du Angst, dass uns jemand beobachtet?«

Nickend half er ihr aus dem Kleid. »Ich hoffe, du magst Betten, denn wir werden nie wieder draußen miteinander schlafen«, erklärte er, bevor er sich über sie beugte.

Sie schlang ihm die Arme um den Hals und zog ihn zu sich runter. »Doch, das werden wir. Wenn die Leute sich keinen Deut mehr um mich scheren, müssen wir nicht mehr darauf achten, ob man uns zusieht.«

»Ich werde das nie vergessen. Mir wird ganz schlecht bei dem Gedanken, dass ich dich in eine solche Lage gebracht habe.«

»Du hast dich mitreißen lassen. Das haben wir beide. Ich wünschte, du würdest dir nicht die Schuld daran geben.«

»Ich kann es nicht ändern. Ich liebe dich so sehr, und wenn ich daran denke …«

»Lass es«, bat sie ihn, ehe sie ihn zu einem Kuss an sich drückte. »Denk nicht daran.«

»Na klar.« Er stieß ein Lachen aus, das ansteckend war. »Nicht dran denken. Wer ist jetzt albern?«

»Sie können uns nur wehtun, wenn wir es zulassen. Also lassen wir es doch einfach nicht zu.«

Er unterbrach sich dabei, Küsse auf strategisch wohlplatzierte Stellen an ihrem Hals zu verteilen, und betrachtete sie. »Wir können nicht echt oder authentisch sein, wenn wir nicht die Menschen daran teilhaben lassen, die wir lieben, Schatz. Damit du Bescheid weißt: Dein Vater kann mich vielleicht auf den Tod nicht ausstehen, aber ich werde ihn trotzdem um deine Hand bitten.«

»Dem wird er nie zustimmen.«

»Ich werde trotzdem fragen. Da bin ich altmodisch.«

Sie lächelte zu ihm rauf. »Benutz in meiner Gegenwart nicht das Wort ›alt‹. Du bist zeitlos.«

»Du, meine Liebe, machst dir was vor.«

Sie lachte voller Liebe, Freude und Hoffnung auf die Zukunft. »Ich bin so aufgeregt. Du auch?«

Er drückte sich an sie. »Ist das nicht offensichtlich?«

»Nicht deswegen, obwohl das natürlich stets aufregend ist. So aufregend, dass du mich im zarten Alter von achtzehn Jahren für alle anderen Männer ruiniert hast.«

»Ich würde mich deswegen gerne entschuldigen, aber es tut mir eigentlich nicht leid.«

Lächelnd fuhr sie ihm mit den Fingern durchs Haar und strich ihm über die Wange, auf der die ersten Stoppeln wuchsen. »Ich wollte wissen, ob du wegen unserer Pläne aufgeregt bist.«

»Natürlich. Wie könnte ich es nicht sein?«

Sie dachte an die eine Sache, die sie ihm noch nicht anvertraut hatte.

»Was? Wehe, du behauptest, es wäre nichts, denn mir ist nicht entgangen, wie dein Lächeln verschwunden ist.«

Er verstand sie so gut, dass es ihr schwerfiel, etwas vor ihm zu verbergen. Das war sowohl ein Segen als auch ein Fluch.

»Es gibt da noch etwas, das ich will, aber ich bin mir nicht sicher, ob du es auch möchtest. Ich würde es dir nicht vorwerfen, wenn es nicht so wäre …«

Er küsste sie eindringlich und zog sich schließlich zurück, um ihren Blick zu erwidern. »Erzähl es mir.«

Sie schluckte die Angst und die Gefühle runter, die sich in ihrer Kehle angestaut hatten, dann blickte sie ihm ins Gesicht, das schon so lange ihre Träume heimsuchte. »Ich möchte ein Baby. Vielleicht sogar mehr als eins.«

»Oh, ach so … Dafür bin ich ein wenig zu alt, Darling.«

»Ich wusste, dass du das sagen würdest, und es ist in Ordnung, wenn wir keine Kinder haben …«

»Nein, das ist nicht in Ordnung.« Er rollte sich von ihr runter und legte sich neben sie, schaute zum Deckenventilator hoch, der träge über ihnen rotierte. »Du solltest alles bekommen, was du willst.«

»Wenn ich mich zwischen sechs Kindern und dir entscheiden müsste, würde ich dich wählen. Ich habe erlebt, wie es ohne dich ist, und an dem Leben habe ich kein Interesse.«

»Es wäre den Kindern gegenüber nicht fair, wenn sie ihren Vater so früh verlieren. Es wäre schon ein Glück, wenn ich dreißig Jahre mit ihnen erleben würde.«

»Was für ein Segen wäre es für sie, diese Zeit mit dir verbringen zu können?«

»Ich frage mich auch, was Ashton davon halten würde.«

»Ihm wird die ganze Angelegenheit nicht behagen, ein Baby macht da keinen großen Unterschied.«

»Ich bin mir nicht sicher, ob das stimmt. Ich habe vorhin mit ihm gesprochen.«

»Und?«

»Es schien ihn nicht besonders zu überraschen oder zu verärgern, als er erfuhr, dass wir wieder zusammen sind. Von dem Video war er natürlich nicht begeistert, aber wer ist das schon?«

»Wir sind alle reifer geworden. Er auch, nehme ich an. Auch wenn es nicht dasselbe wäre, so wäre er doch sicherlich für seine Geschwister da, nachdem …« Sie schüttelte den Kopf. »Vergiss, was ich gesagt habe. Ich weigere mich, an eine Zeit zu denken, in der du nicht mehr bei mir bist.«

Er drehte den Kopf zu ihr und nahm ihre Hand. »Das musst du, Kate. Du hast zugestimmt, einen Mann zu heiraten, der beinahe dreißig Jahre älter ist als du. Tu bitte nicht so, als würdest du nicht einen Großteil deines Lebens ohne mich verbringen müssen.«

Der Gedanke war mehr als deprimierend, weshalb sie sich ihm nicht widmen wollte, solange sie überglücklich war. »Das verstehe ich. Ehrlich. Aber ich möchte nicht darüber reden, ganz besonders nicht heute.«

Lächelnd führte er ihre Hand an seinen Mund und küsste sanft ihre Handfläche. »In Ordnung.«

»Wirst du über die Möglichkeit nachdenken, Kinder zu bekommen?«

»Ich denke drüber nach, aber versprechen kann ich dir nichts.«

Sie ließ ein freches Lächeln aufblitzen. »Es könnte schon zu spät sein, um darüber nachzudenken«, rief sie ihm ins Gedächtnis.

»Möglich.« Er drehte sich auf die Seite und legte einen Arm um sie. »Komm her. Du bist da drüben viel zu weit weg, und ich dachte, wir wollten feiern.«

»Das werden wir«, erwiderte sie und seufzte restlos zufrieden. »Jeden Tag werden wir als den Segen feiern, der er ist, und wir werden uns keine Sekunde lang um die Zukunft sorgen. Die erledigt sich von selbst.«

»Wenn du das sagst, Darling.«

»Das tue ich. Ich sage es. Also, was das Feiern betrifft …«

Sein Gesicht verzog sich zu einem sexy Lächeln. Er musste sie nur so ansehen, und sie gehörte ganz ihm. Jetzt bekam sie endlich ihr Happy End mit ihm. Was für ein Glück sie doch hatte.

Entschlossen, ihm zu zeigen, wie glücklich sie sich fühlte, drängte sie ihn auf den Rücken und beugte sich über ihn, streichelte seine Brust und widmete sich seinen Brustwarzen, bis er aufkeuchte. Erfüllt von ihrer Macht bahnte sie sich ihren Weg nach unten, küsste, leckte, knabberte.

»Himmel, Kate«, murmelte er durch zusammengebissene Zähne.

»Was ist los?«

»Spiel nicht die Unschuld. Als wüsstest du nicht, was du mir antust.«

»Was tue ich dir denn an?«, fragte sie und ließ das Haar über seine Erektion gleiten.

»Das weißt du ganz genau.« Er klang geradezu gequält, was ihr Freude machte.

»Ich kann aufhören, wenn es dir nicht gefällt.«

Er griff in ihr Haar und hielt sie dort, wo sie war, über ihm.

»Ist es das, was du willst?«

»Ja.«

»Wie wäre es damit?« Sie fuhr mit der Zunge über ihn.

»Das ist auch gut.«

»Und damit?« Sie hielt seine Hoden und nahm ihn in den Mund.

Seine Hüften hoben sich vom Bett, und er griff fester in ihr Haar, bis es beinahe wehtat, aber das kümmerte sie nicht. Sie erinnerte sich daran, wie sie ihn das erste Mal auf diese Art geliebt hatte, wie er ihr erklärt hatte, was ihm gefiel, und er ihr gezeigt hatte, was sie tun musste. Bei einem anderen hatte sie das nicht über sich gebracht. Das, wie so viele andere Dinge auch, gehörte nur ihm allein.

»Kate … hör auf. Stopp.«

Überrascht vom strengen Klang seiner Stimme blickte sie zu ihm hoch. »Habe ich was falsch gemacht?«

»Gott, nein. Du hast alles richtig gemacht. Komm her.«

Sie kroch in seine ausgestreckten Arme. »Was ist los?«

»Nichts.« Er liebkoste ihren Hals und ihre Schultern, was sich himmlisch anfühlte. Hart drängte er sich gegen ihren Bauch und verlangte nach ihrer Aufmerksamkeit. »Ich brauche ein Kondom.«

Sie rollte von ihm runter, damit er aufstehen konnte.

Als er aus dem Bad zurückkehrte, wurde ihr Mund ganz trocken. »Siehst du was, was dir gefällt, Darling?«, fragte er amüsiert.

»Ich habe noch nie etwas gesehen, das mir besser gefallen hat.«

»Auch wenn ich das nur schwer glauben kann, bin ich äußerst froh darüber.«

»Können wir da weitermachen, wo wir aufgehört haben?«, wollte sie wissen.

»Mit mir oben?«

»Du kannst tun, was immer du willst.«

Er legte sich auf den Rücken, dann spreizte sie die Beine über ihn und beugte sich vor, um ihn zu küssen, während er ihre Brüste nahm und die Spitzen mit den Fingern rieb. »Ein wenig höher«, verlangte er, und er klang so angespannt und angestrengt, dass sie erkannte, wie schwer es ihm fiel, sich zu beherrschen.

Erfreut darüber, wie er auf sie reagierte, tat sie, worum er sie bat. Sobald sie seine Erektion zwischen den Beinen spürte, senkte sie sich auf ihn, warf den Kopf in den Nacken und gab sich ihm hin, während sie ihn in sich aufnahm.

»Ja«, keuchte er. »Das ist *so* gut.«

»So gut. Besser als alles andere.« Er schwoll in ihr an, und Befriedigung und Vorfreude auf all das, was noch vor ihnen lag, überwältigten sie.

Er setzte sich auf und bewegte ihre Beine, bis sie sich um ihn schlangen. Sein Brusthaar rieb über ihre Brustwarzen, die sich kribbelnd aufrichteten. Ihre Blicke begegneten sich. In einem Moment perfekter Harmonie neigte er den Kopf und hielt ihren Blick, während er sie sanft und beinahe ehrfürchtig küsste.

Ihr Herz klopfte so wild und schnell, dass ihr schwindlig wurde. Vielleicht wurde ihr auch seinetwegen schwindlig. Er war es. Definitiv.

Seine Hände glitten langsam über ihren Rücken und zu ihrem Hintern und brachten sie dazu, sich zu bewegen. Dann war eine seiner Hände zwischen ihren Beinen und massierte sie. Als er den Mund um ihre Brustwarze schloss, überwältigte sie der Orgasmus, raubte ihr den letzten Rest Verstand. Sie atmete scharf ein, als sich seine Finger in ihren Hintern gruben und er in sie drang und mit einem Schrei kam.

Danach drückte er sie fest an sich.

»Wie habe ich nur so lange ohne dich leben können – ohne das hier?«, fragte er.

»Ich weiß auch nicht, wie ich es geschafft habe.«

»Ich hätte dir nachlaufen sollen.«

»Ich hätte dich nicht verlassen dürfen.«

»Diese Fehler werden wir nicht wiederholen.«

»Nein, werden wir nicht.« Sie schloss die Augen und schwebte auf einem Meer der Seligkeit. Die Zukunft erstreckte sich vor ihnen, strahlend und verheißungsvoll. »Bringst du mich nach Hause, Reid?«

»Morgen«, versprach er. »Morgen fliegen wir nach Hause.«

»Danke.«

KAPITEL 10

Da sie in ihr Büro wollte, wo ihre Sachen lagen, folgte Ashton Jills Anweisungen und fuhr zu Kates Anwesen in Hendersonville. Er war seit Jahren nicht mehr hier gewesen und kam nicht umhin, von dem Haus, das Kate sich hier gebaut hatte, genau wie von dem, in dem Jill wohnte, beeindruckt zu sein.

Jills war viel kleiner als das ihrer Schwester, aber es passte perfekt zu ihr, dachte Ashton, als er ihr nach drinnen folgte. Er hatte vorgehabt, sie nur abzusetzen und gleich wieder heimzufahren, aber jetzt, da sie hier waren, war es ihm unmöglich, sie alleine zurückzulassen, solange sie so aufgebracht war.

Innen drehte sie sich zu ihm um und schenkte ihm ein vorsichtiges Lächeln, als wäre sie sich nicht sicher, was als Nächstes geschehen würde, da sie wieder zu Hause und in der Realität waren.

Es tröstete ihn, zu wissen, dass es ihr da nicht anders ging als ihm. Nach der Intimität der vergangenen Tage weigerte er sich jedoch, zuzulassen, dass sie sich von ihm zurückzog.

Er schaute sich im gemütlichen Wohnzimmer um, betrachtete den Kamin, die gepolsterten Sofas und die Bücherregale. Ihre Schwester bezahlte ihr wahrscheinlich viel Geld dafür, dass sie sich um ihre Karriere kümmerte, aber in ihrem Zuhause fand er nichts Protziges oder Pompöses. »Mir gefällt dein Haus.«

»Danke. Mir gefällt es auch. Nicht, dass ich oft hier wäre.«

Er bemerkte, wie sie einen Blick auf die Uhr am TV-Receiver warf, bevor sie sich wieder zu ihm wandte.

»Ich weiß, dass du an die Arbeit möchtest. Macht es dir was aus, wenn ich mich mal draußen umsehe?«

»Ach, du möchtest bleiben?«

»Wenn dir das recht ist.«

»Klar, ich habe nichts dagegen. Ich bin davon ausgegangen, dass du vielleicht Besseres zu tun hättest, als hier die Zeit totzuschlagen, während ich arbeite.«

Er ertrug es nicht, auch nur eine Minute zu verbringen, ohne sie zu berühren, also legte er die Arme um sie und küsste sie auf den Scheitel. »Es gibt nichts, was ich lieber täte, als darauf zu warten, dass du mit der Arbeit fertig bist, damit wir uns wieder amüsieren können.«

»Ich dachte …«

»Was dachtest du?«

»Ich hatte nicht erwartet, dass du mit mir Zeit verbringen möchtest, schon gar nicht hier. Wo Kate wohnt.«

»Ich möchte da sein, wo du bist.« Er neigte den Kopf und hauchte ihr sanft einen Kuss auf den Mund, wobei er sie kaum berührte. Nachdem er sich zurückgezogen hatte, lehnte sie sich vor, weil sie mehr wollte. »Später.« Er lächelte über ihr frustriertes Knurren und gab ihr einen leichten Schubs. »Geh und arbeite. Ich warte hier auf dich, bis du fertig bist.«

»Stell keinen Unsinn an. Kate würde mir das nie verzeihen.«

»Du schläfst doch schon mit dem Feind. Was für einen Unsinn könnte ich noch anstellen, der das übertreffen würde?«

»Ich habe den Eindruck, dass du endlos einfallsreich bist, wenn es darum geht, Dummheiten zu machen.«

»Das verletzt meine Gefühle.«

»Wenn du meinst.« Sie verdrehte die Augen und ließ ihn auf dem Weg in die Küche lachend im Wohnzimmer zurück.

Er schaute ihr hinterher und gönnte sich einen Moment, um den Anblick ihres Hinterns in der engen Jeans zu genießen. Er hatte sie in etwas anderem sehen wollen als in den steifen Kostümen, die sie bevorzugte. Er hatte ihren Hintern in einer Jeans bewundern wollen. Er hatte erleben wollen, wie sie sich entspannte und ganz ungezwungen gab. All das hatte er bekommen, aber nichts hätte ihn auf die vielen Gesichter der Jill Harrington vorbereiten können: entspannt, glücklich, sexy, erregt, befriedigt, amüsiert, genervt, aufgelöst.

Das Letzte war ihm schwergefallen. Mitzuerleben, wie aufgebracht sie wegen des Ärgers war, den sich ihre Schwester und sein Vater eingebrockt hatten, war nicht leicht gewesen. Er verließ das Haus und betrat den Pfad, der zu Kates Anwesen führte. Da er wusste, dass die Diva nicht zu Hause war, nahm er sich die Freiheit, sich ein wenig umzuschauen.

Ihr Heim wirkte prächtig und ausladend, mit Fenstern in jeder Form und Größe. Das Blockhaus bot vermutlich gut dreihundertfünfzig Quadratmeter Wohnfläche. Was eine einzelne Person mit so viel Platz anfangen sollte, war ihm unklar, bis ihm wieder einfiel, wie Buddy ihm mal erzählt hatte, dass Kate sich ein Aufnahmestudio gebaut hatte, damit sie mehr Zeit zu Hause verbringen konnte.

Hinter dem Gebäude gab es eine Garage mit vier Stellplätzen, und dahinter fand er die Ställe. Gespannt darauf, Thunder wiederzusehen, trat er ein und wartete, bis sich seine Augen an das gedämpfte Licht gewöhnt hatten.

»Kann ich Ihnen helfen?«

Erschrocken über die Stimme hinter ihm drehte Ashton sich um. »Hi. Ich bin Ashton Matthews, ein Freund von Jill.«

»Gordon, der Pferdepfleger.«

Er nahm die ausgestreckte Hand des älteren Mannes. »Macht es Ihnen was aus, wenn ich Thunder begrüße? Er ist ein alter Freund von mir.«

»Natürlich nicht. Fühlen Sie sich ganz wie zu Hause, mein Junge.«

»Danke.«

»Er ist in der dritten Box links.«

Das hübsche dunkle Vollblut, das einst seinem Vater gehört hatte, hatte er längst entdeckt. Er ging an einem weißen Pferd und einem Fuchsschimmel vorbei, bevor er Thunders Box erreichte.

»Hallo, alter Junge.« Er hielt dem Pferd die Hand hin, damit es daran schnuppern konnte. »Erinnerst du dich noch an mich?«

Über Thunders Wiehern musste er lachen. »Ja, es ist schon eine Weile her. Hat Kate sich gut um dich gekümmert?«

Die Frage war rhetorisch, denn es entging ihm nicht, dass Thunder die größte Box mit den frischesten Spänen hatte, ihm ausreichend Wasser und Hafer gegeben wurden und dass sein Fell vom regelmäßigen Striegeln glänzte.

Während Thunder an seiner Hand und dann an seinem Gesicht schnüffelte, überwältigten Ashton unerwartete Gefühle. Das Tier wiederzusehen rief ihm jene düsteren Tage ins Gedächtnis, in denen sein Vater und Kate ihre Beziehung angefangen hatten, in denen sein Dad ihn deswegen angelogen hatte, weil er wusste, dass sein Sohn es nicht gutheißen würde, schließlich war der älter als das Mädchen, mit dem er zusammen war.

Er erinnerte sich noch lebhaft an jenen Tag, an dem er die Puzzleteile zusammengefügt hatte, ins Schlafzimmer seines Vaters gestürmt war und ihn mit Kate erwischt hatte. Die Wut und die verletzten Gefühle hatten ihn geblendet. Er hatte Dinge gesagt, die ihm sein Vater nie hätte vergeben dürfen. Dann war er nach Hause gefahren und hatte Kates Dad angerufen, um ihm mitzuteilen, was in Nashville vor sich ging. Mit seinem unbesonnenen Tun hatte er vielen Menschen wehgetan.

Ein paar Tage später hatte Kate ihn auf dem Parkplatz des Wohnkomplexes zur Rede gestellt, in dem sie beide lebten. Sie hatte ihn mit ihren markanten blauen Augen angeschaut, die ihn groß und verletzt betrachteten.

Warum musstest du meinen Dad anrufen?, hatte sie ihn gefragt.

Warum musstest du mit meinem ins Bett steigen?

Er zuckte zusammen, nach all der Zeit noch immer beschämt, weil er ihr das an den Kopf geworfen hatte. Sie war erst achtzehn gewesen, und er fünfundzwanzig. Sein Vater hatte ihn besser erzogen, und die Reue hatte ihn noch lange begleitet.

Er war so wütend auf die beiden gewesen – und so verletzt. Der Bruch mit seinem Vater war das schmerzhafteste Erlebnis seines Lebens gewesen. Als seine Mutter gestorben war, war er viel zu jung gewesen, um sich an die verheerende Auswirkung ihres Verlusts zu erinnern. Aber seinen Dad zu verlieren, wenn auch nur für kurze Zeit, hatte ihn völlig aus der Bahn geworfen. Nichts, nicht mal das Wissen, dass sein Vater wieder bei Kate war, konnte ihn dazu bringen, das noch einmal zu riskieren.

Die Kettenreaktion nach der Trennung von Kate hatte dazu geführt, dass sein Dad seine Sachen gepackt und Nashville verlassen hatte, um nach St. Kitts zu ziehen, wo er seither weit weg von seinem einzigen Kind gelebt hatte. Ashton fragte sich, ob er noch lange das einzige bleiben würde, jetzt, da sein Vater und Kate wieder zusammen waren. Sie war eine junge Frau, die vermutlich Kinder haben wollte. Würde sein Dad trotz seines Alters dem Wunsch nachgeben?

»Was meinst du, Thunder? Sollten Dad und Kate Kinder bekommen?«

Thunder drückte die Nüstern an ihn, und er hätte schwören können, dass das Pferd von der Idee ganz begeistert war.

»War ja klar, dass du auf ihrer Seite bist. Du hast sie stets am meisten geliebt.«

»Entschuldigen Sie«, meldete sich Gordon. »Ich dachte, Sie hätten vielleicht ganz gerne ein paar Karotten.«

Verlegen, weil man ihn dabei ertappt hatte, wie er sich mit einem Pferd unterhielt, erwiderte Ashton: »Liebend gerne.« Er nahm die dargebotenen Möhren und hielt sie Thunder unter die Nase. »Hunger?«

Das Pferd riss ihm eine Rübe aus der Hand, bevor Ashton überhaupt reagieren konnte. »Das war clever«, lachte er. »Ich hatte gehört, dass du alt wirst. Nicht zu alt für einen Schabernack, wie ich sehe.«

Gordon wandte sich lachend ab. »An dem Knaben ist nichts alt.«

Das Gleiche könnte man von seinem Dad behaupten, dachte Ashton. Obwohl er jetzt Mitte fünfzig war, wirkte und handelte er, als wäre er viel jünger. Auch wenn es Ashton nicht freute, dass er und Kate wieder zusammen waren, wollte er doch, dass sein Dad glücklich war. Während er vor dem Pferd stand, das sie alle liebten, schwor Ashton sich, mehr Verständnis für diese Beziehung zu zeigen, die ihm beim ersten Mal so viele Schmerzen verursacht hatte. Er würde sich bemühen, sich Kate gegenüber freundlich zu verhalten und sie in ihrem Leben willkommen zu heißen.

Da er hoffte, dass sein Dad das Gleiche für Jill machte, wie könnte er da weniger für ihn tun? Er verfütterte die restlichen Karotten an das Pferd und fuhr mit der Hand über die seidigen Nüstern. »Ich schaue bald mal wieder vorbei.«

Er verließ den Stall, gönnte sich einen langen Spaziergang durch den Wald und kehrte über eine Stunde später zu Jills Haus zurück. Weil er sie nicht bei der Arbeit stören wollte, ließ er sich selbst ein, zog den Mantel aus und lief gerade zum Sofa, als sie in der Küchentür erschien.

»Oh, hi, da bist du ja. Ich dachte, du wärst vielleicht gegangen.« Sie wirkte blass und müde, was ihn wütend machte. In Kalifornien war sie so entspannt gewesen.

Er trat auf sie zu, legte ihr die Hände auf die Schultern und massierte einen Teil der Anspannung weg. »Ich habe dir doch versprochen, dass ich auf dich warte.«

»Trotzdem … Es gibt doch bestimmt etwas, was du lieber tätest.«

Er schüttelte den Kopf.

»Ach so.«

»Du bist süß, wenn du überrascht bist.«

»Dann muss ich ja ziemlich süß sein, denn du überraschst mich ständig.«

»Du bist sehr, *sehr* süß, und ich halte dich gerne auf Trab.« Seine Hände wanderten von ihren Schultern zu ihrem Gesicht, und eine Weile betrachtete er sie nur, nahm sie auf wie der hungrige, gierige Narr, zu dem er in ihrer Nähe wurde.

Sie leckte sich über den Mund und zog seine Aufmerksamkeit auf ihre volle Unterlippe.

»Warum schaust du mich so an?«

Noch immer ganz auf ihren verlockenden Mund konzentriert antwortete er: »Weil ich es kann.«

»Wie meinst du das?«

Er lächelte und küsste sie auf Stirn, Nase und schließlich die Lippen. »Damit meine ich, dass ich zu lange von Meeting zu Meeting deiner geharrt habe, in der Hoffnung, hier und da einen Blick auf dich zu erhaschen. Jetzt kann ich dich nach Herzenslust betrachten.«

Ihr Gesicht lief zartrot an, was ihn endlos zufriedenstellte. Das Wissen, dass er eine Wirkung auf sie hatte, dass sie auf ihn reagierte wie er auf sie … Sein Gedankengang wurde unterbrochen, als er spürte, wie sie mit sanften Händen unter sein Hemd fuhr und seinen Rücken berührte. Hunger und Gier wichen der Verzweiflung, kaum dass ihre Haut auf seiner lag.

»Hast du alles geschafft?«, zwang er sich zu fragen.

»Nicht alles, aber ich bin gut vorangekommen. Ich habe für Kate ein paar Interviews gebucht, die ihr helfen sollten, ihre Geschichte mit ihren eigenen Worten zu erzählen. Wenn sie nur meine Anrufe erwidern würde.«

Ein Hauch Verärgerung schwang in ihrer Stimme mit.

»Das wird sie. Wenn sie so weit ist.«

»Ich hoffe, dass das bald ist. Sie muss ihren Hintern hierherbewegen und sich um die Sache kümmern.«

Er roch an ihrem seidigen Haar, fasziniert von ihrem Duft und der Art, wie sie perfekt in seine Arme passte.

»Ashton?«

»Hmm?«

»Was tust du da?«

»Ich halte dich.« Bildete er sich das nur ein, oder schmiegte sie sich enger an ihn? »Willst du zum Essen ausgehen?«

Er spürte, wie sie an seiner Brust den Kopf schüttelte.

»Was möchtest du tun?«, erkundigte er sich, wobei er sich mit jeder Faser wünschte, dass sie dasselbe wollte wie er.

Sie strich mit der Hand über seinen Arm und legte die Finger um seine. »Das hier«, erklärte sie, ehe sie ihn zu einem Flur zog, der, wie er inständig hoffte, zu ihrem Schlafzimmer führte.

Danke, Gott.

Der Raum war pragmatisch, aber feminin eingerichtet, mit Rüschengardinen und einer Patchworkdecke auf dem Bett. Er verschwendete nicht viel Zeit damit, sich die Dekorationen anzuschauen, ganz besonders nicht, nachdem sie sich die Bluse über den Kopf gezogen hatte. Dann stand sie in einem pfirsichfarbenen Seiden-BH vor ihm, während ihr das dunkle Haar locker um die Schultern fiel. Sie sah aus wie eine Göttin. Er ballte an den Seiten die Hände zu Fäusten, hielt sich aber davon ab, sich auf sie zu stürzen, wie er es eigentlich wollte. Sie zog am Knopf ihrer Jeans, und er stand wie erstarrt da, völlig unfähig, sich zu bewegen, während er sie beobachtete.

Ein kleines, verführerisches Lächeln umspielte ihren Mund. Sie wusste ganz genau, was sie da tat, während sie sich langsam vor ihm entblößte. Sie zog die Jeans aus und enthüllte einen pfirsichfarbenen Seidentanga, der zu ihrem BH passte. Er war dabei gewesen, als sie die Unterwäsche in Kalifornien gekauft hatte, aber er hatte da noch nicht geahnt, wie herrlich sie an ihr aussehen würde. Jetzt genoss er den Anblick.

Als sie hinter sich griff, um den BH zu öffnen, fand er endlich seine Stimme wieder: »Stopp.« Das einzelne Wort klang strenger, als er vorgehabt hatte.

Sie ließ die Hände an die Seiten sinken, und ein Hauch Unsicherheit huschte über ihr Gesicht.

»Lass mich.«

Er setzte an ihren Hüften an, fuhr mit den Händen über ihre Rippen und rauf zu ihren Brüsten, die er durch den BH hindurch umfasste. Dann beobachtete er fasziniert, wie sich die Spitzen aufrichteten, und nahm eine davon zwischen die Zähne, was sie mit einem scharfen Einatmen quittierte. Ihre Finger strichen durch sein Haar und drückten ihn fester an sie.

Sie musste ihn nicht zweimal bitten. Er zog sie an sich und öffnete den BH. Schließlich schob er ihn von ihren Schultern und küsste, leckte und saugte an ihrer glatten Haut. Er war süchtig nach ihrem Duft, ihrem Geschmack, ihrer Makellosigkeit.

Er hatte vor, sie langsam zu nehmen, die Spannung für sie beide hinauszuzögern, aber kaum waren ihre Brüste frei und schmiegten sich an ihn, verließ ihn jede Finesse, und das Verlangen übermannte ihn. Es war Stunden und Stunden her, dass er sie zum letzten Mal gehalten und geküsst hatte. Das Bild, wie sie sich im Flugzeug über ihn gebeugt und ihn in den Mund genommen hatte, war unfassbar erregend, und er verschlang sie mit Küssen.

Seit sie das erste Mal sein Büro betreten hatte, wusste er, dass sie sein Leben verändern würde. Jetzt, da er sie in den Armen hielt und sie ihm mit ihrem Körper verriet, was sie wollte, konnte er sich dazu bekennen. Bevor er die Gelegenheit erhalten hatte, so wie jetzt bei ihr zu sein, hatte er Angst davor gehabt, sich die Wirkung einzugestehen, die sie an jenem ersten Tag auf ihn ausgeübt hatte.

Damals hatte er sich gefragt, wie er es überleben sollte, wenn er nie die Chance bekam, ihr zu zeigen, was sie mit ihm anstellte, wenn sie nur den Konferenzsaal betrat, ganz zielgerichtet und entschlossen und so unendlich effizient. Die ganze Zeit hatte er schon vermutet, dass unter der kühlen Fassade eine heiße, attraktive Frau steckte. Jetzt hatte er den lebenden Beweis dafür, wie heiß und attraktiv sie in seinen Händen wirklich war, und Erleichterung und Begeisterung erfüllten ihn – zusammen mit einem überwältigenden Verlangen.

»Was denkst du gerade?«, wollte sie wissen, nachdem er sie aufs Bett gelegt hatte und über ihr verharrte. »Jetzt, in diesem Augenblick, woran denkst du?«

»Dass ich es nicht fassen kann, dich endlich halten, küssen, berühren und lieben zu dürfen, nachdem ich schon so lange von alldem – und noch mehr – geträumt hatte.«

Sie schlang ihm die Arme um den Hals und bedachte ihn mit einem vor Zuneigung warmen Blick. »Du hättest schon viel früher etwas sagen können.«

Er schüttelte den Kopf. »Ich hatte Angst.«

»Wovor?«

»Ich bin nicht gerade der beste Freund deiner Schwester. Ich nahm an, dass sie dich gegen mich aufgestachelt hat und dass ich keine Chance bei dir hätte.«

»Ich weiß, dass du glaubst, sie würde dich hassen, aber das tut sie nicht. Es ist eher so, dass sie glaubt, du würdest sie hassen.«

»Das tue ich nicht.«

»Manchmal verhältst du dich aber so.«

Er konnte nicht leugnen, dass das vermutlich stimmte. »Ich will nicht über sie reden.« Sein Mund fand ihren Hals und wanderte zu ihrem Ohrläppchen, in das er sanft biss. »Ich möchte über dich und das winzige Muttermal hier reden.« Mit der Zunge fuhr er über die Wölbung ihrer Brüste, bis Jill sich unter ihm wand. »Ich möchte über diese Brustspitze reden. Und diese. Und deine Haut. Gott, sie ist wie Seide. So weich und sexy.« Wieder griff sie in sein Haar und ließ ihn wissen, dass ihr gefiel, was er mit ihr anstellte. »Ich kann nicht genug bekommen.«

»Ich auch nicht.« Ihre Stimme klang belegt und sexy. »Ashton …«

»Was, Schatz?« Er rutschte tiefer und drückte die Lippen an die feuchte Seide zwischen ihren Beinen, atmete ihren aufreizenden Duft ein.

Ihre Hüften drängten sich an ihn.

Er nutzte die Gelegenheit, fuhr mit den Händen unter sie und umfasste ihren Po.

»Ich … Ich weiß nicht mehr, was ich sagen wollte.«

Lachend verwendete er die Seide ihrer Unterwäsche, um sie weiter zu erregen. Einige Minuten später genügte ihm das nicht mehr – oder ihr. Er zog sich nur lange genug zurück, um den Stoff zu entfernen, bevor er zu ihr zurückkehrte und mit den Schultern ihre Beine weiter öffnete. Seit er in der Highschool Football gespielt hatte, war er nicht mehr so froh über seine breiten Schultern gewesen.

»So schön«, flüsterte er, ehe er sich vorbeugte, um sie mit Zunge, Zähnen und Lippen zum Höhepunkt zu bringen. Er war wie ein Besessener. Ihr Befriedigung zu verschaffen gefiel ihm mehr als bei jeder anderen Frau. Seine ganze Welt war nur noch auf das reduziert, was vor ihm lag, und es war einzig wichtig, sich um sie zu kümmern.

Mit ihrem Geschmack auf Lippen und Zunge küsste er ihren Bauch, das Tal zwischen ihren Brüsten und ihre Lippen. Da entdeckte er die Tränen auf ihren

Wangen. »Was ist los?«, flüsterte er, bevor er mit der Zunge über die Spuren fuhr, die sie hinterlassen hatten.

»Ich ... Ich weiß nicht. Ich weiß nicht, warum ich weine.«

»War es zu viel?«

Sie schüttelte den Kopf, ehe sie ihn in die Arme schloss. »Es war unglaublich.«

Kurz bevor er in sie eindrang, kam er wieder zu Sinnen. »Kondom.«

Stöhnend entließ sie ihn.

Rasch suchte er nach seiner Brieftasche und holte die Kondome raus, die er eingepackt hatte, ehe sie Malibu verlassen hatten. Sobald er wieder bei ihr war, zog er eines über und war wenige Sekunden später in ihr.

Sie umklammerte seinen Hintern und schloss sich pochend um ihn.

Aus Angst, ihr wehzutun, indem er ihr zu schnell zu viel gab, zwang er sich dazu, zu verharren, das Verlangen zurückzudrängen, das ihn erfasste und drohte, das hier viel zu früh zu beenden. »Jill«, flehte er durch zusammengebissene Zähne. »Ich muss mich bewegen.«

»Warte.« Sie presste sich fester an ihn und hielt ganz still, was einen weiteren Höhepunkt in ihr hervorrief.

Er hatte noch nie etwas so Erotisches empfunden.

Sobald sie sich wieder entspannte, riss ihm der Geduldsfaden, und er stieß in sie, jede Hoffnung auf Raffinesse in der Leidenschaft vergessend, anders als alles, was er jemals erlebt hatte. Er drang ein letztes Mal in sie ein und kam mit einem tiefen, kehligen Stöhnen, das sich seiner Brust entrang. Erst da merkte er, dass er einen Arm um ihr Bein geschlungen hatte und es hochdrückte, um tiefer in sie zu kommen.

»Himmel«, murmelte er, als er es losließ. »Das tut mir leid.« Beschämt von seinem Kontrollverlust hatte er beinahe Angst davor, sie anzusehen.

»Was denn?«

Schließlich wagte er es, ihrem Blick zu begegnen. »Ich habe mich wie ein Gefangener auf dich gestürzt, der nach zwanzig Jahren Knast entlassen worden ist.«

Das brachte sie zum Lachen, und ihre Muskeln zuckten um ihn. Sein Penis regte sich interessiert, als hätte er nicht gerade den explosivsten Höhepunkt seines Lebens erlebt.

»Falls dir die vier Orgasmen entgangen sind: Ich habe es genossen.«

»Es hat dir nicht wehgetan?«

Sie strich ihm das Haar aus der schweißnassen Stirn. »Nein.«

Er blickte zu ihr runter. »Du machst mich ganz verrückt. So etwas habe ich noch nie empfunden.«

»Ich auch nicht.«

»Was ich dir vorhin anvertraut habe …«

Mit dem Finger an seinen Lippen brachte sie ihn zum Schweigen. »Das Telefon hat geklingelt, ehe ich etwas erwidern konnte.«

»Das ist mir aufgefallen.«

Ihr Lächeln war warm, süß und liebevoll. »Hast du dich die ganze Zeit gefühlt, als hätte ich dich im Regen stehen lassen, weil du dachtest, du wärst der Einzige, der so empfindet?«

»Irgendwie schon.«

Sie legte das Bein um seine Mitte, und ihre Arme schlangen sich fester um seinen Hals. »Du bist nicht der Einzige.«

Bis sie diese Worte ausgesprochen hatte, war ihm nicht klar gewesen, dass er in gewisser Weise seit heute früh den Atem angehalten hatte. Erleichterung durchströmte ihn und ließ seine Haut kribbeln. »Ich glaube nicht, dass ich mich noch verliebe.«

Er spürte, wie sie sich unter ihm versteifte. »Du hast deine Meinung geändert?«

Langsam hob er den Kopf und begegnete ihrem Blick. »Nein.« Mit den Lippen berührte er ihre und genoss ihre Süße. Tausend Emotionen malten sich auf ihrem Gesicht, während sie ihn beobachtete und versuchte, die Bedeutung seiner Worte zu verstehen. »Ich bin längst verloren.«

* * *

Am Morgen weckte Reid Kate mit der Nachricht, dass ein bevorstehender Sturm sie wohl noch einen weiteren Tag auf der Insel festhalten würde. Da sie dadurch noch etwas Zeit erhielten, beschloss er, nach St. Kitts zu fahren, um sich um seine Habseligkeiten im Haus zu kümmern und mit dem Vermieter zu sprechen. Er beugte sich über das Bett und küsste sie, bevor er verschwand. »Ruh dich aus, entspann dich, ich bin zurück, bevor du mich vermisst.«

»Das geht gar nicht.« Sie schlang ihm den Arm um den Hals, um ihn zu einem längeren Kuss zu sich runterzuziehen. »Bist du wieder da, bevor der Sturm hier ist?«

»Lange vorher.«

Sie sah ihm beim Anziehen zu und erinnerte sich daran, dass sie ihn einst dabei beobachtet hatte, wie er sich an einem Wochenende für ein Geschäftstreffen angekleidet hatte, das er lieber abgesagt hätte, um mehr Zeit mit ihr verbringen zu können. »Weißt du noch, wie du zu einem Meeting in der Stadt wolltest und ich dich um eine Mitfahrgelegenheit gebeten habe?«

Seine Augen funkelten heiter. »Wenn ich mich recht entsinne, war ich deinetwegen schrecklich spät dran.«

Sie genoss die Erinnerung an jenen längst vergangenen Morgen, bis ihr wieder einfiel, was danach passiert war. »An dem Tag hat mein Dad uns erwischt.«

Er kehrte zum Bett zurück, setzte sich neben sie und nahm ihre Hand. »Denk nicht mehr daran. Das ist vorbei. Denk lieber an die Zukunft. Überleg dir, was für eine Hochzeit du wo feiern möchtest. Keine negativen Gedanken. Verstanden?«

»Verstanden«, erwiderte sie, und bei dem Gedanken an ihre Hochzeit überlief sie ein Kribbeln. »Beeil dich.«

»Ich werde keine Minute länger wegbleiben als nötig.« Er gab ihr noch einen Kuss. »Ich liebe dich, Darling.«

»Ich liebe dich auch.« Widerwillig ließ sie ihn los und sah ihm nach, bis er das Zimmer verlassen hatte. »Vergiss nicht, zurückzukommen.«

Er drehte sich im Türrahmen um und lächelte. »Auf keinen Fall.«

Kaum hörte sie, wie sich unten die Eingangstür schloss, fehlte er ihr schon. »Das ist doch albern. Er ist nur ein paar Stunden weg, außerdem hast du genug zu tun, bis er wieder da ist.« Von ihren aufmunternden Worten aufgebaut stieg sie unter die Dusche und begab sich anschließend nach unten, um sich einen Kaffee zu holen.

Bertha befand sich in der Küche und behielt etwas auf dem Herd im Auge. »Ach, Sie sind wach. Ich wollte Ihnen gerade Ihr Frühstück bringen. Mr Matthews hat mir erzählt, dass Sie Eiweißomelett und Weizentoast mit frischem Obst bevorzugen.«

»Das klingt himmlisch.«

»Kaffee?«

»Ja, bitte.«

Bertha reichte ihr eine dampfende Tasse und stellte eine Karaffe mit Kaffeesahne und eine Schüssel mit Zucker auf den Tresen. »Sie können sich auf die Veranda setzen, ich bringe Ihnen das Frühstück dann raus, sobald es fertig ist.«

»Danke.« Kate trug den Kaffee nach draußen, wo sich der Himmel unter Sturmwolken verdunkelte, die bisher aber nur Regen ankündigten.

Nach einem herrlichen Frühstück und einer ruhigen Auszeit auf der Terrasse beschloss sie, die zahlreichen Anrufe zu erwidern, die sie in den vergangenen zwei Tagen von ihrer Familie erhalten hatte. Ihr vor Kurzem gefüllter Magen verkrampfte sich bei dem Gedanken daran, mit ihren Eltern über das beschämende Video sprechen zu müssen, aber sie konnte es nicht ewig vor sich herschieben.

Zuerst rief sie Jill an, die klang, als hätte sie noch geschlafen, bevor sie ans Telefon ging.

»Schläfst du etwa aus?«, staunte Kate.

»Hast du mir nicht geraten, Urlaub zu machen?«

»Ich hatte nicht erwartet, dass du das tatsächlich durchziehst.«

»Dank deiner Eskapaden auf der Insel hatte ich auch nur einen halben Urlaub.«

»Ja, das tut mir leid.«

»Ich habe ein paar Anrufe getätigt und einen Plan erstellt.«

»Du bist zu gut zu mir, Schwester, aber ich habe mir schon selbst was überlegt.«

»Was denn?«

»Darüber reden wir, wenn ich zu Hause bin.«

»Wann wäre das?«

»Morgen. Wir wollten schon heute abfliegen, aber das Wetter spielt nicht mit.«

»Reid kommt also mit?«

»Ja.« Kate hielt kurz inne, bevor sie fragte: »Hast du mit Mom und Dad gesprochen?«

»Ich habe gestern kurz mit beiden telefoniert.«

Sie schloss die Augen und wappnete sich. »Was haben sie dazu gesagt?«

»Ach, du weißt schon, das Übliche: ›Wie hat deine Schwester es fertiggebracht, sich beim Sex filmen zu lassen?‹ So was halt.«

»Bin ich froh, dass du das lustig findest.«

»Es ist nicht lustig, Kate, aber was denkst du denn, was sie davon halten? Sie drehen durch, ganz besonders, da du es nicht schaffst, sie mal zurückzurufen.«

»Was soll ich ihnen denn erzählen?«

»Lass sie einfach wissen, dass es dir gut geht, dann sind sie schon zufrieden. Es geht dir doch gut, oder?«

»Viel besser als gut. Reid und ich sind verlobt.«

»O mein Gott, Kate. Wann ist das denn passiert?«

»Gestern Nacht.«

»Ich freue mich für dich. Ich weiß, wie sehr du gehofft hast, dass er noch immer dasselbe empfindet.«

»Das tut er. Wir beide. Es ist sogar besser als damals, falls das überhaupt möglich ist.«

»Das freut mich.«

»Ehrlich?«

»Ich möchte, dass du glücklich bist. Mehr habe ich mir für dich nie gewünscht.«

Jill war die Einzige in ihrem Leben, die sie wegen Reid oder des Altersunterschieds nie bedrängt hatte, als sie zum ersten Mal zusammen gewesen waren.

»Danke. Du hast ja keine Ahnung, wie viel mir das bedeutet.«

»Ich denke, ich kann es mir vorstellen.«

»Was hast du so getrieben?«

»Nicht viel.«

»Du entspannst dich hoffentlich.«

»Ja. Ich war schön entspannt, bis du mich dazu gezwungen hast, wieder zu arbeiten.«

»Entschuldige. Ich hatte nicht geplant, mich beim Sex erwischen zu lassen. Hast du schon was von Buddy gehört?«

»Nicht direkt, aber ich habe mit Ashton gesprochen. Er meint, Buddy wäre nicht glücklich, und Ashton hat ein paar Ideen, wie wir die Geschichte zu unseren Gunsten drehen können. Darüber möchte ich mit dir reden, wenn du wieder da bist. Ich habe ein paar Interviews für dich vereinbart …«

»Ich werde keine Interviews führen, Jill.«

»Lass mich ausreden …«

»Jill … Keine Interviews.«

Ihre Schwester antwortete auf diese Bitte mit eisigem Schweigen.

»Es tut mir leid. Ich weiß, dass es dich viel Mühe gekostet hat, sie zu vereinbaren, aber ich möchte das ganz anders angehen.«

»Also, tu dir keinen Zwang an, deiner Managerin und Anwältin umgehend mitzuteilen, was du dir vorstellst.«

»Ich möchte persönlich mit dir darüber sprechen.«

»Meinetwegen.«

»Du bist sauer.«

»Ich weiß nicht, was ich bin. Ich versuche, meine Arbeit zu erledigen, aber du machst es mir nicht einfach.«

»Ich weiß. Entschuldige.«

»Hör auf, dich zu entschuldigen. Wir reden, wenn du da bist.«

»Ich weiß das zu schätzen, was du für mich tust.«

»Das ist mir klar. Du musst es nicht aussprechen.«

»Doch, das muss ich. Wir sehen uns morgen.«

»Ich warte hier auf dich. Ruf unsere Eltern an.«

»Mach ich gleich. Bis bald.«

Jill legte ohne ein weiteres Wort auf.

»Das lief ja super«, murmelte Kate, dann suchte sie in der Anrufliste die Nummer ihrer Mutter, ehe sie der Mut verließ.

KAPITEL 11

Während Jill mit Kate telefonierte, hatte Ashton ihr eine warme Hand auf den Bauch gelegt.

Genervt, verärgert und beunruhigt nach dem Gespräch mit ihrer Schwester, versuchte sie sich aus der Umarmung zu winden, aber er zog sie fest an sich, schmiegte sich an ihren Rücken. »Bleib. Rede mit mir. Was hat sie gesagt?«

»Du hast doch genug gehört, um eins und eins zusammenzuzählen.«

»Sie sind also verlobt?«

»Ja.« In dem Moment dachte sie nicht mehr an sich selbst, sondern drehte sich um, um abzuschätzen, was er dabei empfand. Sein Gesicht wirkte völlig ausdruckslos. »Es tut mir leid, dass du so davon erfahren musstest.«

Er zuckte die Achseln. »Ich habe schon damit gerechnet, dass sie dieses Mal vermutlich so weit gehen würden.«

»Alles okay?«

»Mach dir um mich keine Sorgen.« Er führte ihre Hand an die Lippen und küsste die Innenseite ihres Handgelenks, bis ihr ein paar Sicherungen durchbrannten und sie kurz vergaß, wie bestürzt sie war, weil Kate sich weigerte, Interviews zu geben. »Was hat sie noch erzählt?«

»Sie wehrt sich gegen die Interviews«, erklärte Jill seufzend, ehe sie widerwillig die Hand zurückzog. Sie konnte nicht nachdenken, wenn er das tat.

»Das dachte ich mir schon.«

Überrascht schaute sie zu ihm. »Dennoch hast du mir geraten, sie zu vereinbaren?«

»Du hast deinen Job gemacht. Was sie als Nächstes unternimmt, liegt ganz bei ihr.« Er verstummte und blickte zu ihr hoch. »Mir ist aufgefallen, dass du ihr nichts von uns erzählt hast.«

»Ich hielt es nicht für den richtigen Zeitpunkt.«

»Es hat nichts damit zu tun, dass du befürchtest, sie würde an die Decke gehen, wenn sie davon erfährt?«

»Natürlich nicht«, erwiderte sie wenig überzeugend.

»Bist du dir da sicher?«

»Zum größten Teil.«

Er lächelte, aber ohne sein sonstiges Strahlen.

»Bist du verletzt, weil ich es ihr nicht anvertraut habe?«

»Eigentlich nicht. Ich habe ja auch weder meinem Dad noch sonst jemandem von uns berichtet, warum solltest du es also tun?«

»Ich sag's ihr. Wenn sie wieder da ist. Dann teile ich es ihr mit.«

»Wann wird das sein?«

Sie drehte sich wieder auf die Seite, und Ashton kuschelte sich an sie. Etwas daran, wie er die kräftigen Arme um sie legte, gab ihr ein Gefühl von Sicherheit, das sie bei anderen Männern nie empfunden hatte. »Sie wollten heute abreisen, aber das Wetter ist nicht so toll, also haben sie es auf morgen verschoben.«

Er schob ihr Haar aus dem Weg, damit er ihren Hals erreichen konnte. »Wie es aussieht, hast du noch einen Tag frei.«

»Scheint so.«

»Wie wirst du nur die Zeit verbringen?«

»Vielleicht geh ich shoppen«, meinte sie mit einem neckenden Lächeln, das ihm verborgen blieb. »Ich könnte ein paar neue Kostüme gebrauchen.«

Er brummte, als er mit der Hand über sie fuhr. »Das ist nicht das, was du brauchst.«

Sie drängte ihren Hintern gegen ihn, was ihm ein Stöhnen entlockte. »Nicht?«

»Nein.«

»Was brauche ich dann?«

»Das hier«, hauchte er an ihrem Ohr, bevor seine Finger zwischen ihre Beine glitten. »Mich. Du brauchst mich.«

»Tu ich das?«

»Mmmm.«

Sobald er dazu ansetzte, ihr zu zeigen, wie sehr sie ihn brauchte, rückten ihre Sorgen wegen der Karriere ihrer Schwester in den Hintergrund.

* * *

»Gott sei Dank rufst du mich endlich zurück«, entfuhr es Clare, kaum dass sie Kates Anruf entgegengenommen hatte.

Kate zuckte zusammen, weil sie die Sorge in der Stimme ihrer Mutter hörte. »Es waren ein paar schwierige Tage.«

»Das kann ich mir vorstellen.«

»Es tut mir leid, dass du dich meinetwegen schämst.«

»Vergiss das, Kate. Ich möchte wissen, wie es dir geht.«

»Von dem Sex-Video abgesehen, bin ich echt glücklich – glücklicher als in den letzten zehn Jahren. Ich weiß, dass du damit nicht einverstanden bist …«

»Schreib mir nicht vor, was ich zu denken habe, Katherine.«

Es überraschte sie, dass sie sie mit vollem Namen ansprach, da ihre Mutter nur noch selten die schweren Geschütze auffuhr. »Entschuldige«, murmelte sie. »Ich hätte dir mitteilen sollen, wohin ich verreise – und warum.«

»Ich hätte es gerne gewusst, aber du bist nicht dazu verpflichtet, mich über jeden deiner Schritte zu informieren.«

»Dennoch wünschte ich, du hättest die Neuigkeit von mir erfahren.«

»Dann … erzähl doch mal.«

»Wir sind wieder zusammen. Diesmal für immer. Unter anderem.«

»Was denn noch?«

»Ich … Wir … Wir werden heiraten.«

»Ach, Kate … Wow. Das ist … wow.«

Kates Augen wurden feucht, und ihre Kehle schnürte sich unter den Gefühlen zusammen. »Ich weiß, dass ich das nicht brauche, aber ich hätte gerne deinen Segen.«

»Ach, Liebling, den hast du. Natürlich hast du den. Du bist doch erwachsen und kannst deine eigenen Entscheidungen treffen, und wenn du dich für diesen Mann entschieden hast …«

»Das habe ich. Er war schon immer der Mann, den ich wollte. Ich bin nie über ihn hinweggekommen.«

»Das habe ich mir schon lange gedacht.«

»Hast du?«

»Keine andere deiner Beziehungen schien zu halten. Da fiel es mir nicht schwer, eins und eins zusammenzuzählen.«

»Dad wird das nicht verstehen.«

»Vielleicht nicht gleich, aber er kriegt sich wieder ein.«

»Er kann Reid nicht ausstehen.«

»Er kann nicht ausstehen, was Reid vor zehn Jahren getan hat. Die beiden waren befreundet.«

»Trotzdem …«

»Einer Freundin würde ich in dieser Lage raten, auf ihr Herz zu hören und bei allen anderen auf das Beste zu hoffen.«

»Das ist ein ziemlich großzügiger Ratschlag für eine Tochter, die gerade verkündet hat, dass sie einen Mann heiraten will, der dreißig Jahre älter ist als sie.«

»Ich bilde mir gerne ein, dass meine Tochter auch meine Freundin ist.«

»Das bin ich«, erwiderte Kate, die Tränen wegblinzelte. »Natürlich bin ich das.«

»Liebt er dich denn, Schatz? Liebt er dich von ganzem Herzen?«

»Ja. Er hat nie aufgehört, mich zu lieben.«

»Was könnte sich eine Mutter mehr für ihre Tochter wünschen?«

»Ich hatte nicht erwartet, dass du das so gut verstehen würdest.«

»Du weißt doch, wie unberechenbar ich sein kann.«

Sie musste über die zahlreichen Erinnerungen an ihre Mom lächeln, die ihr durch den Kopf schossen, bis sie schließlich bei jenem schicksalhaften Augenblick innehielten, in dem ein Auto sie auf dem Parkplatz erfasst und ihr Leben verändert hatte. Zum zehnmillionsten Mal, seit ihre Mom aus dem langen Koma wieder aufgewacht war, war sie dankbar, sie zurück in ihrem Leben zu haben. »Mom?«

»Ja?«

»Bringst du Aidan und die Jungs, Grandma Anna, Grandma O'Malley und jeden aus Aidans Familie, der kommen will, zu Weihnachten nach Nashville? Ich möchte die ganze Familie dahaben. Maggie hat schon zugesagt. Es ist auch genug Platz für alle da.« Eigentlich nicht, aber sie würden schon zurechtkommen. Irgendwie.

»Liebend gerne.«

»Ich werde auch Dad und Andi einladen.«

»Daran habe ich nicht gezweifelt.«

»Bist du sicher, dass dir das nichts ausmacht?«

»Erinnerst du dich noch an das erste Weihnachten, das ich jemals allein verbracht habe …«

»Als du nach Stowe gezogen bist?«

»Genau. Damals hatte ich darauf gehofft, dass wir eines Tages die Feiertage zusammen verbringen könnten, ohne dass es unangenehm wird.«

»Das habt du und Dad jahrelang geschafft, solange Maggie noch zu Hause gewohnt hat.«

»Richtig, aber du warst nie dabei, und es ist schon lange her, dass Jill über die Feiertage zu Hause war, es war also nie das perfekte Weihnachten, wie ich es mir vorgestellt hatte.«

In den letzten Jahren hatte Kate die Feiertage meistens damit verbracht, irgendwo in der Welt aufzutreten, während sie sich nach ihrer Familie und ihrem Zuhause sehnte. Seit fünf Jahren war ihre Schwester dabei an ihrer Seite gewesen.

»Mir wäre also nichts lieber, als Weihnachten mit dir, deinen Schwestern, deinem Vater und dem Rest unserer Familie in Nashville zu verbringen.«

»Glaubst du, dass Dad auch kommt?«

»Man wird ihm wohl ein wenig zureden müssen, aber er wird dich nicht enttäuschen.«

»Das hat er noch nie. Ich schätze, ich ruf ihn besser mal an.«

»Viel Glück damit.«

Kate lachte über den Kommentar ihrer Mutter. »Er ändert sich wohl nie.«

»Zum Glück.«

»Wie geht es denn Aidan und den Jungs?«

»Gut, Aidan hat wie verrückt zu tun. Das Übliche halt. Die Jungs spielen jetzt Eishockey und halten uns auf Trab. Ich kann mich nicht daran erinnern, so viel zu tun gehabt zu haben, als ihr Mädchen in dem Alter wart.«

»Es sind *Jungs*, und du bist viel älter als damals, als wir so jung waren.«

»Danke, dass du mich daran erinnerst«, erwiderte Clare trocken. »Wo wir gerade von den Jungs sprechen: Ich muss los und sie von einem ihrer Freunde abholen. Lass mich wissen, wie es mit Dad gelaufen ist.«

»Mach ich. Danke, Mom.«

»Wofür?«

»Dafür, dass du noch immer du bist, dafür, dass du es verstehst und mich liebst, ganz gleich, was passiert.«

»Das tu ich, Kate. Ich werde dich immer lieben, egal, was ist. Vergiss das nicht, okay?«

»Das könnte ich gar nicht. Wir hören uns.«

»Bis bald, Schatz.«

Emotional ausgelaugt von dem Gespräch mit ihrer Mutter wollte Kate den Anruf bei ihrem Vater aufschieben, aber das wäre nicht fair. Er war mittlerweile vermutlich außer sich vor Sorge. Sie wappnete sich gegen seinen Zorn und sein Missfallen und wählte seine Nummer.

»Kate.« Das einzelne Wort vermittelte eine Welle der Erleichterung. »Bin ich froh, dass du anrufst.«

Der vertraute Klang seiner Stimme ließ ihr die Augen feucht werden. »Es tut mir leid, dass ich dir solche Sorgen bereitet habe.«

»Sag mir, dass du nicht wirklich wieder mit ihm zusammen bist.«

Mit geschlossenen Augen versuchte sie, die Flut zurückzudrängen, aber es gelang ihr nicht. »Das kann ich nicht.«

Sein Schweigen sprach Bände.

»Ich weiß, dass du dir für mich etwas anderes wünschst – etwas anderes als ihn –, aber er ist das, was ich will.« Ihr fiel ein, wie ihre Mutter ihr versichert hatte, dass sie nur wissen wollte, ob sie geliebt wurde. »Er liebt mich, Dad. Liebt mich wirklich, und ich liebe ihn auch. Ich habe nie aufgehört, ihn zu lieben.«

»Es gibt doch bestimmt einen, der in deinem Alter ist …«

»Vielleicht, aber ich habe zehn Jahre lang jeden Tag nur an ihn gedacht. Das muss doch was bedeuten, oder nicht?«

Wieder schwieg er.

»Dad?«

»Ich schätze schon«, räumte er widerstrebend ein.

»Ich weiß, dass es dir schwerfällt, das zu verstehen.«

»Es ist mir unmöglich, es zu verstehen. Das war schon immer so. Ich weiß, dass das nicht das ist, was du hören möchtest.«

»Nein, das ist es nicht.«

»Wenn er dich so sehr liebt, wie konnte er dich dann in eine Lage bringen, in der ein Video von dir überall im Internet verbreitet wird?«

»Dad, ich bin achtundzwanzig Jahre alt. Er hat mich in keine Lage gebracht, in der ich nicht sein wollte, außerdem bin *ich* die Person des öffentlichen Lebens. Nicht er. Ich hätte es besser wissen sollen.«

»Er hätte es besser wissen müssen.«

»Warum? Weil er älter ist als ich?«

»Unter anderem.«

Sie legte sich eine Hand auf den Bauch, der sich gegen das Frühstück wehrte, das sie vor Kurzem zu sich genommen hatte. »Es gibt da noch etwas, was ich dir erzählen muss«, meinte sie zögernd. »Ich möchte nicht, dass du es aus den Nachrichten erfährst.«

»Was?«

»Er … Reid und ich … Wir werden heiraten.«

»Das ist doch ein Witz, Kate. Warum um alles in der Welt solltest du dich an einen Mann binden wollen, der so viel älter ist als du? Du wirst eine Witwe sein, kaum dass du verheiratet bist.«

Bei diesen Worten wurde sie wütend. »Wie kannst du nur so etwas Schreckliches sagen, Dad?«

»Gibst du deine Chance darauf auf, Mutter zu werden, nur um diesen älteren Mann zu ehelichen?«

»Wer hat davon geredet, dass ich keine Mutter sein könnte?«

»Er denkt daran, in *seinem* Alter noch Kinder zu bekommen?«

»Er zieht es in Erwägung, und du hast gut reden. Deine jüngsten Kinder sind erst zehn.«

»Mir ist auch schmerzhaft bewusst, wie viel schwieriger es ist, mit über fünfzig Jahren noch Vater zu sein, als damals in meinen Dreißigern und Vierzigern. Das ist doch verrückt, Kate. Erst sticht dich der Hafer, und du fliegst plötzlich nach St. Kitts, und ein paar Tage und ein Sex-Video später willst du ihn *heiraten*?«

Sie bemühte sich, die Fassung zu wahren. Das Letzte, was sie wollte, war ein weiterer Bruch mit ihrem Vater. »Ich war wohl kaum wie vom Hafer gestochen. Das hab ich schon sehr lange vorgehabt.«

»Du weißt, dass ich dich unterstütze – immer. Aber das hier kann ich nicht gutheißen. Ich kann's einfach nicht.«

»Mom versteht es. Ich wünschte, du könntest es auch.«

»Vielleicht ist Mom aufgeklärter als ich, aber der Gedanke daran, dass meine wundervolle junge Tochter mit einem Mann in meinem Alter schläft, will mir einfach nicht in den Kopf.«

»Wichtig ist doch aber, wie *ich* mich dabei fühle. Er liebt mich, Dad. Bedeutet das denn gar nichts? Ich hätte gedacht, du wärst dankbar, dass mich jemand so sehr liebt wie du.«

»Niemand liebt dich so sehr wie ich.«

»Doch, Daddy«, widersprach sie leise, während sie sich eine Träne wegwischte, die ihr über die Wange lief. »Das tut er. Er liebt mich vielleicht sogar mehr als du.«

»Ich werde mich ganz sicher nicht mit Reid Matthews messen, wenn es um die Liebe meiner Tochter geht«, entgegnete er knapp.

»Es ist kein Wettbewerb. Ich habe mehr als genug Liebe für euch beide, aber wieder einmal bringst du mich in diese schreckliche Lage, mich zwischen euch entscheiden zu müssen. Das werde ich nicht tun. Das *kann* ich nicht. Ich bitte dich – als Erwachsener –, meine Entscheidung zu respektieren und mich zu unterstützen.«

»Ich kann das nicht unterstützen, Kate. Ich bin in allen anderen Punkten für dich da, aber nicht in diesem.«

»Ich möchte, dass du und die Familie uns über Weihnachten in Nashville besucht.«

»Wird er da sein?«

»Natürlich wird er das, Dad. Er ist mein Verlobter.«

»Dann komme ich nicht. Die Feiertage werde ich nicht mit ihm verbringen. Auf keinen Fall.«

»Dad …«

»Ich muss auflegen, Schatz. Die Zwillinge müssen zum Fußballtraining und warten schon auf mich.«

Sie erinnerte ihn nicht daran, dass sie ihn auf dem Handy angerufen hatte. »Okay.«

»Ich hab dich lieb.«

»Ich dich auch.«

»Belassen wir es dabei, in Ordnung?«

»Sicher«, gab sie nach, wobei sie mit den Tränen zu kämpfen hatte. »Kein Problem.«

»Wir hören uns.«

Dann hatte er aufgelegt, und sie fühlte sich an jenen furchtbaren Tag zurückerinnert, an dem er sie in Nashville mit Reid erwischt und augenblicklich verlangt hatte, dass sie mit ihm nach Rhode Island zurückflog. Weil sie sich geweigert hatte, war er davongefahren, nachdem er ihr den Kontakt zu ihren jüngeren Geschwistern verboten hatte.

Ihre Beziehung, die sonst so gut gewesen war, hatte an jenem Tag einen schweren Schlag erlitten und sich nie wieder ganz erholt. Seither herrschte zwischen ihnen diese Distanz, auch wenn sie regelmäßig miteinander sprachen und einander so oft trafen, wie es ihre Karriere zuließ. Stets gingen sie höflich miteinander um, was sie hasste. Aber da es besser war als die Alternative, bei der sie nicht miteinander redeten, nahm sie es hin.

»Miss Kate?«, fragte Bertha leise, als hätte sie Angst, sie in einem privaten Moment zu stören. »Alles in Ordnung?«

Kate schüttelte den Kopf und wischte sich die Tränen vom Gesicht, beschämt, weil man sie beim Weinen erwischt hatte. »Eigentlich nicht. Die letzten Tage waren nicht leicht.«

»Gibt es etwas, was ich für Sie tun kann?«

»Nein, danke. Ich will kurz spazieren gehen.«

»Der Pfad dort drüben führt zum Strand.«

»Ein Strandspaziergang ist genau das, was ich jetzt brauche. Ich bin nicht lange weg.«

»Viel Spaß.« Damit sammelte Bertha Kates Geschirr ein und kehrte nach drinnen zurück.

Kate stieg die Stufen der Veranda zu dem Pfad hinunter, den Bertha ihr gezeigt hatte, und lief zum Strand. Das Rauschen der Wellen wurde lauter, als sie sich näherte, aber die Tränen verschleierten ihr den Blick.

Sie nahm an, dass sie sich selbst etwas vorgemacht hatte, als sie gehofft hatte, dass ihr Vater diesmal Verständnis für ihre Beziehung mit Reid hätte. Schließlich war sie keine unerfahrene Achtzehnjährige mehr, die gerade erst in Nashville angekommen war, um ihrem Traum nachzujagen. Sie hatte viel erlebt und war erwachsener geworden, seit sie von zu Hause weggezogen war. Sie hockte auf einem Imperium, das hundert Millionen Dollar wert war, und kannte ihr Herz ganz genau. Warum konnte er ihr das nicht zugutehalten?

Wenn er nicht mit Reid befreundet gewesen wäre, sich nicht darauf verlassen hätte, dass Reid sich in der großen Stadt um seine junge Tochter kümmern würde, und dann von ihrer Affäre erfahren hätte ... Vielleicht wäre ihr Vater nicht so wütend auf ihre Beziehung, wenn es sich bei Reid um einen anderen Fünfundfünfzigjährigen handeln würde.

»Wer weiß?«, fragte sie laut. »Vielleicht hasst er aber auch jeden Mann, den ich liebe, und jeden Mann, den Jill oder Maggie liebt?«

Auch wenn der Gedanke sie ein wenig tröstete, wusste sie doch tief im Innern, dass ihr Vater nur deshalb so unglücklich war, weil sie sich für Reid entschieden hatte. Er hatte offensichtlich nicht vergessen, wie er sie vor die Wahl zwischen ihm und ihrem Liebhaber gestellt und sie ihn deshalb ausgeschlossen hatte und er das Leben seiner Tochter von außen hatte betrachten müssen.

Sie, ihr Dad und ihre Schwestern hatten schon viel durchgemacht. Nach dem Unfall ihrer Mutter waren die Mädchen vor Trauer wie gelähmt gewesen, vor allem da sie den Schrecken des Unfalls, dessen Zeuge sie geworden waren, immer wieder aufs Neue durchleben mussten. Ihr ebenso gramerfüllter Vater hatte sich so gut um sie gekümmert, wie er konnte.

Noch Jahre später wachte sie schweißgebadet auf, weil sie von dem Auto geträumt hatte, das auf dem Parkplatz völlig außer Kontrolle geraten auf sie zuraste. Davon, wie ihre Mutter einfach dastand, als würde sie sich wünschen, das Auto würde sie erfassen. Viel später hatten sie von der Vergewaltigung erfahren, die ihre Mom traumatisiert hatte, und der Drohung, die der Mann gegen ihre Töchter ausgesprochen hatte.

Sie erschauerte, als wäre ihr kalt, obwohl es ein warmer Tag war. Sturmwolken hingen dunkel und unheilvoll über ihr. Sie hoffte, dass sie keine Vorboten dessen waren, was sie erwartete.

* * *

Desi schickte aus dem Resort ein Auto, das Reid an einem der öffentlichen Hafenbecken erwartete. Auf dem Weg zur Half Moon Bay ging Reid die letzten herrlichen Tage mit Kate durch, die in ihrer Verlobung letzte Nacht ihren Höhepunkt gefunden hatten. Erst nachdem er wieder bei ihr war und von der Magie erfüllt wurde, die sie erschufen, erkannte er, wie verloren er sich ohne sie gefühlt hatte.

Während er zum Fenster raussah und beobachtete, wie die idyllische Insel an ihm vorbeizog, dachte er daran, wie er sich bemüht hatte, nach ihrer Trennung weiterzuleben. Der Umzug nach St. Kitts hatte sich für ihn gelohnt. Er genoss sein Leben hier, ganz besonders die Arbeit in der Gemeinde, um bezahlbare Wohnungen für die Inselbewohner zu bauen. Er hatte Freundschaften geschlossen – hatte wahre Freunde gefunden, mit denen er gerne Zeit verbrachte.

Hier hatte er Mari kennengelernt und sich bemüht, ihr in ihrer Beziehung zu geben, was sie verdiente, auch wenn er den wichtigsten Teil seiner Seele zurückhielt. Jetzt erkannte er, dass er das getan hatte, weil dieser Teil Kate gehörte und immer gehören würde.

Nach nur zehn Sekunden in Kates Nähe war ihm klar geworden, dass er seit dem Tag, an dem sie sein Haus in einem gerechtfertigten Wutanfall verlassen hatte, trotz seiner Zufriedenheit und Heiterkeit nur ein halbes Leben geführt hatte.

Es gab keinen Weg zurück, und es hatte keinen Zweck, sich wegen Fehlern fertigzumachen, die längst vergangen waren. Die Zukunft erstreckte sich vor ihm, ein Meer aus endlosen Möglichkeiten und Abenteuern. Seine unglaublich schöne Verlobte könnte wahrhaftig jeden Mann haben, den sie wollte, und sie hatte sich für ihn entschieden.

Das war ein Geschenk, das er für den Rest seines Lebens jeden Tag feiern würde.

Sie hatte ihn völlig aus dem Konzept gebracht, als sie ihm anvertraut hatte, dass sie Kinder wollte. Er hatte angenommen, dass sie auf eine Familie verzichten würden, da er viel älter war als sie. Allerdings hätte er es besser wissen müssen, als davon auszugehen, dass ein Altersunterschied von achtundzwanzig Jahren Kate davon abhalten würde, sich das zu holen, was sie wollte.

Er lachte leise, denn er erkannte, dass es nichts gab, was er nicht tun würde, um sie glücklich zu machen, selbst wenn das einschloss, mit sechs- oder siebenundfünfzig Jahren – vielleicht sogar mit beidem – wieder Vater zu werden, wenn es das war, was sie sich wünschte. Seit dem Augenblick, in dem sie ihren herrlichen Mund geöffnet und für ihn gesungen hatte, gehörte er mit Haut und Haaren ganz ihr.

Etwas anderes vorzugeben wäre nicht aufrichtig, dabei hatte er ihr ein reales, aufrichtiges Leben versprochen. Bei dem Gedanken, dass sie sein Kind trug, setzte sein Herz einen Schlag aus. Das wollte er erleben. Er wollte die Hände auf ihren Bauch legen und spüren, wie sich ihr Kind darin regte. Er wollte ihr dabei helfen, das Kind zur Welt zu bringen, und zusehen, wie sie vor Freude strahlte, wenn sie es an die Brust drückte.

Das alles wünschte er sich so sehr, dass es wehtat. Vielleicht war er kaum mehr als ein alter Narr, aber er war ein alter Narr, der bis über beide Ohren verliebt war. Jetzt, da er sie wieder in seinen Armen, seinem Leben und seinem Bett hatte, gab es nichts, was er nicht tun würde, damit sie dort blieb und nie wieder unglücklich war.

Er beschloss, die nächsten Stunden so schnell wie möglich hinter sich zu bringen, damit er zu ihr zurückkehren und ihr mitteilen konnte, was er empfand. Er hatte sie in dem Glauben zurückgelassen, dass er keine Kinder mit ihr wollte, aber nichts hätte weiter von der Wahrheit entfernt sein können. Er wollte *alles* mit ihr – jede verdammte Sache, die das Leben ihnen beiden zu bieten hatte.

Das Auto rollte auf die Straße und blieb hinter einigen Einsatzfahrzeugen stehen.

»Was zum Henker?«, entfuhr es ihm. Um seine Nachbarn besorgt, die mittlerweile seine Familie auf St. Kitts waren, stieg er aus dem Wagen aus und lief los.

Es dauerte nicht lange, bis er erkannte, dass die Aktivitäten sich auf sein Haus konzentrierten. Vor dem Lattenzaun blieb er abrupt stehen, erschrocken, dass die Fenster eingeschlagen worden waren und seine Kleidung und andere Gegenstände aus seinem Besitz im Vorgarten verstreut lagen.

Kalte Wut und Bestürzung machten sich in seinem Bauch breit, während er auf die Polizisten zuhielt, die sich auf der Straße versammelten.

»Da ist er ja. Reid.« Jeff Herbert, sein Nachbar, der ebenfalls aus Amerika ausgewandert war, kam auf ihn zugelaufen.

»Was ist passiert?«, wollte Reid wissen, der die beschädigten Überreste des Gebäudes anstarrte, das er seit fast einem Jahrzehnt sein Zuhause nannte.

»Das wissen wir nicht«, erklärte Jeff. »Gestern Abend haben wir am Nachbarschaftsessen in der Stadt teilgenommen und sind erst spät zurückgekommen. Als wir heute Morgen aufgestanden sind, ist uns der Schaden aufgefallen. Wir haben gestern noch versucht, dich und Mari anzurufen, um rauszufinden, wo ihr seid, weil ihr nicht zum Abendessen erschienen wart.«

»Mari und ich sind nicht mehr zusammen.«

»Ach so«, erwiderte Jeff, den die Nachricht zu überraschen schien. »Das wusste ich nicht. Tut mir leid.«

»Danke.« Er konnte den Blick nicht von den zersplitterten Fenstern nehmen und fühlte sich eigenartig distanziert von dem surrealen Anblick. Geschah das hier wirklich?

»Du meinst doch nicht, dass sie …?« Jeff schüttelte den Kopf. »Was denke ich da bloß? Natürlich war sie das nicht.«

Reid wünschte sich, er könnte sich da so sicher sein.

Einer der Polizisten näherte sich ihm. »Ist das Ihr Haus?«

Reid nickte. »Ich habe es gemietet.«

»Irgendeine Ahnung, wer hier gewütet haben könnte?«

Eine gewisse Ahnung hatte er schon, aber er weigerte sich, dem Gedanken nachzugehen. Ein halbes Jahr lang hatte er neben ihr geschlafen, sie geliebt, sein Leben mit ihr geteilt. Ganz sicher würde sie ihm so etwas nicht antun. Oder?

»Nein, mir fällt niemand ein.«

Jeff stand schweigend neben ihm, wofür er dankbar war. Wenn das Maris Werk war, dann sollte die Polizei das rausfinden. Er würde sie ihnen nicht auf dem Silbertablett präsentieren.

»Kann ich rein?«

»Ich frag mal den Captain«, versprach der Beamte und wandte sich ab.

»Das geht mich eigentlich nichts an …«, setzte Jeff an.

»Aber?«

»Sie wusste, dass wir gestern Abend alle zum Essen verabredet waren. Das war seit Wochen geplant. Es war niemand hier, der es hätte melden können, wenn Glas zu Bruch ging.«

Das war ein gutes Argument. Ein sehr gutes Argument. Aber es war ihm einfach zu viel, darüber nachzudenken. Sie hatte ihm ihre Liebe gestanden. Wie schnell wandelte sich Liebe zu Hass?

»Mr Matthews«, meldete sich der junge Beamte. »Mein Captain meint, Sie können das Haus betreten, solange einer von uns Sie begleitet.«

»In Ordnung.« Drinnen gab es nicht viel, was er brauchte, abgesehen von seinem Computer und ein paar Fotos, die ihm wichtig waren – hauptsächlich von Ashton. Sein Magen verkrampfte sich bei dem Gedanken daran, was sie mit dem Computer angestellt haben könnte. Allerdings wusste sie nicht, dass er wegen Stromproblemen, die die Strandgemeinde vor ein paar Jahren geplagt hatten, alles auf einem externen Server abspeicherte.

Diese Gedanken wirbelten ihm durch den Kopf, während er dem Polizisten durch den Garten nach drinnen folgte, wo eines seiner Lieblingshemden zerrissen in ein Gebüsch geworfen worden war. Sie betraten die zertrümmerten Überreste seines Heims, wo nichts heil geblieben war. Das Glas der Fotorahmen, die an den Wänden hingen, war zerschlagen, und die Vorhänge waren heruntergerissen worden, die Fensterläden hingen schief in den Angeln, die Matratze auf dem Bett, das sie sich geteilt hatten, war aufgerissen, ebenso die Kissen, und sein Computer lag übel zugerichtet auf dem Boden. Ihm entging nicht, dass die Lampen, die sie gekauft hatte, verschwunden waren, genau wie die kristallenen Weingläser, die ihr so gut gefielen.

»Verdammt«, murmelte der Polizist. »Sind Sie sicher, dass Sie niemanden verärgert haben?«

Wie unter Schock taumelte Reid ins Zimmer, wo er Ashtons Babyfotos zerrissen und auf dem Boden verstreut fand, als wären sie weiterer Müll. Kaum hatte er das entdeckt, stand ihm nicht länger der Sinn danach, sie zu beschützen.

»Ich glaube, dass Mari Christenson das getan hat. Sie finden sie bei ihrer Schwester Angelique in Basseterre.« Wütend rasselte er die Adresse runter.

In der nächsten Stunde informierte er die Polizei über seine Beziehung mit Mari und deren Ende. Er sprach auch mit seinem Vermieter und bot an, für den Schaden aufzukommen. Mit dem Anruf ließ er den Vermieter ebenfalls wissen, dass er den Vertrag kündigte. Dann redete er mit seinen Nachbarn, versprach ihnen, den Kontakt aufrechtzuerhalten, nahm ihre Umarmungen und ihre Unterstützung dankbar entgegen, auch wenn er innerlich nichts empfand.

Nachdem es nichts mehr zu tun gab, er mit niemandem mehr reden musste und er jede Frage nach bestem Wissen und Gewissen beantwortet hatte, lief er die Straße runter, wo er feststellte, dass Desis Fahrer auf ihn gewartet hatte.

In der vergangenen Stunde waren die Sturmwolken näher gerückt, und der Wind wehte heftig. Ihn erwartete eine unruhige Fahrt über den Kanal nach Nevis.

Wegen des Anblicks, den Reids Haus bot, weiteten sich die Augen des Fahrers, der ihn beim Öffnen der Hintertür eingehend betrachtete. »Kann ich etwas für Sie tun, Mr Matthews?«

»Ich muss in der Stadt noch etwas erledigen, bevor wir zum Hafen zurückkehren.«

»Natürlich.«

»Danke, dass Sie gewartet haben.«

»Kein Problem.«

Der Fahrer lenkte das Auto wieder auf die Straße, und Reid dachte kurz daran, einen letzten Blick auf das Anwesen zu werfen, das viele Jahre lang sein Zuhause gewesen war. Aber dann überlegte er es sich anders. Hier gab es für ihn nichts mehr.

* * *

Am späten Nachmittag saß Jack in seinem Arbeitszimmer und betrachtete die Schaumkronen des Atlantiks, bis seine Frau ihn fand.

»Da bist du ja«, grüßte Andi ihn. »Ich habe schon überall nach dir gesucht. Ich hatte nicht erwartet, dich an einem Sonntag hier drin zu erwischen, ganz besonders, wenn du stattdessen mit deinen Jungs Football gucken könntest.«

Bei seinem zweiten Versuch als Vater bemühte er sich, an den Wochenenden die Arbeit nicht mit nach Hause zu nehmen und so viel Zeit wie möglich mit seiner Frau und seinen Söhnen zu verbringen. »Tut mir leid. Ich wollte noch ein paar Dinge erledigen und habe dabei die Zeit vergessen. Ist mit den Jungs alles in Ordnung?«

Sie beäugte ihn aufmerksam. »Alles bestens. Bei dir?«

»Sicher. Worauf hast du zum Abendessen Lust?«

»Jack …«

Er brachte es nicht über sich, die Worte zu äußern. Wenn er es laut aussprach, dann wäre es real. »Ich habe mit Kate telefoniert.«

»Oh, gut. Endlich. Wie geht's ihr?«

»Besser als erwartet.«

Sie lief um den Schreibtisch herum, schob einen Teil seiner Sachen beiseite und setzte sich auf die Tischplatte. »Wie meinst du das?«

»Offenbar will sie heiraten.«

Andi atmete überrascht ein, aber sie erholte sich rasch wieder. »Ach. Sie haben wohl keine Zeit verschwendet.«

»Nein.«

Er wandte den Blick zum Meer, wo alles noch einen Sinn ergab. An windigen Herbsttagen wie diesem wirkte das Wasser dunkelgrau und bildete Schaumkronen. An klaren, sonnigen Tagen erschien das Wasser so strahlend blau, dass es ihn in den Augen schmerzte, es anzuschauen. Nachdem er den größten Teil seines Lebens an der Küste verbracht hatte, konnte er die Launen und den Rhythmus des Ozeans mühelos vorhersagen. Er wünschte sich, dass ihm das bei seinen Kindern ebenfalls gelänge, die sich als völlig unvorhersehbar erwiesen hatten.

»Wie hast du reagiert, nachdem sie dir das mitgeteilt hat?«, wollte Andi wissen.

»Das möchte ich dir nicht erzählen, weil es dich vermutlich enttäuschen würde. Ich erwarte schon eine Standpauke von Clare, die offenbar ganz dafür ist.«

»Hmm, interessant. Du hast Kate also wissen lassen, dass du es nicht gutheißt.«

»Unter anderem.«

»Für das, was du empfindest, kannst du doch nichts, Jack, und ich werfe dir nicht vor, dass du deswegen sauer bist.«

»Aber?«

Amüsiert hob sie eine Augenbraue. »Woher weißt du, dass es ein Aber gibt?«

»Weil ich dich kenne.«

Sie biss sich auf die Lippe, als würde sie darüber nachdenken, ob sie ihre Meinung äußern sollte oder nicht. Da es ihr nicht ähnlich sah, ihre Gedanken vor ihm zu verbergen, stimmte es ihn nervös, ihre innere Debatte zu beobachten und sich zu fragen, was sie wohl zu sagen hatte.

»Wenn du mir vorwerfen willst, dass ich mich wie ein Esel verhalte und erwachsen werden und zulassen sollte, dass meine Töchter ihre eigenen Fehler machen, dann tu dir keinen Zwang an. Es wäre nichts, was ich mir nicht schon längst selbst an den Kopf geworfen hätte.«

»Das hatte ich gar nicht vor, aber jetzt, da du es erwähnst ...«

Er lachte. Trotz aller Widrigkeiten brachte sie ihn zum Lachen. Kopfschüttelnd meinte er: »Du bist unglaublich, Andrea Harrington. Gerade als ich dachte, ich würde nie wieder lachen, erscheinst du.«

Ihr Gesicht hellte sich auf. »Freut mich, dass ich helfen konnte.«

»Also, was wolltest du anmerken?«

»Das stimmt dich vielleicht wütend …«

»Ich verspreche dir, dass ich mich nicht aufregen werde. Die Situation regt mich auf. Ich bin auf Reid Matthews sauer, aber nicht auf dich. Niemals auf dich.«

»Heute, noch bevor ich es erfahren habe, hatte ich überlegt, wohin Kates Beziehung mit Reid führen könnte und wie du darauf reagieren würdest.«

»Du hast also damit gerechnet, dass ich mich wie ein Esel verhalten werde.«

»Das habe ich nicht behauptet … nicht direkt.«

Wie immer wärmte ihr Lächeln ihn und erinnerte ihn daran, dass sie, ganz gleich, was geschah, an seiner Seite stand, um ihm durch die Schwierigkeiten zu helfen.

»Erinnerst du dich noch daran, wie wir zusammengekommen sind?«, erkundigte sie sich.

Der plötzliche Themenwechsel überraschte ihn, aber das machte sie ständig: Sie überraschte ihn und rüttelte ihn wach. »Ich erinnere mich an jeden Augenblick.«

»Ich auch. Es war eine äußerst schwierige Zeit für dich. Clare lag seit über einem Jahr im Koma, du musstest plötzlich drei Mädchen fast ganz allein großziehen, und du warst erst vor Kurzem zur Arbeit zurückgekehrt, nachdem du viele Monate damit verbracht hast, Hilfe für Clare zu suchen.«

Er dachte nicht gerne an jene Zeit zurück, auch wenn er dadurch Andi gefunden hatte.

»Nachdem wir zusammen waren«, fuhr sie fort, »haben uns viele Menschen unterstützt, obwohl unsere Situation alles andere als konventionell war. Deine Frau war noch am Leben. Auf dem Papier warst du noch immer verheiratet, hast dich aber auf eine andere eingelassen.«

Er dachte über ihre Worte nach, deren Bedeutung ihm klar war, auch wenn er das nur ungern zugab. »Du meinst also, es wäre das Gleiche wie die Sache zwischen ihr und Reid?«

»Nicht das Gleiche, aber ähnlich. Es ist eine unkonventionelle Lage – etwas, was nicht alle Tage vorkommt, etwas, was ihnen alles, zumindest anfangs, schwerer macht, als es ihnen lieb ist, bis sich die Menschen in ihrem Leben daran gewöhnt haben, dass sie zusammen sind.« Sie verstummte und griff nach seiner Hand, um sie festzuhalten. »Weißt du noch, wie wichtig es für uns war, dass Jamie und Frannie, mein Freund David und unsere Kinder uns unterstützt haben?«

Er nickte zustimmend. Das hatte ihm alles bedeutet.

»Selbst Clares Mutter hatte sich für uns ausgesprochen. Stell dir nur vor, wie schwierig und schmerzhaft es gewesen sein muss, zuzuschauen, wie der Ehemann ihrer Tochter mit einer anderen Frau ein neues Leben anfing.«

»Anna war fantastisch zu mir. Das war sie schon immer.«

»Ja.«

Sie ließ das einzelne Wort zwischen ihnen stehen, während er über das nachdachte, was sie ihm anvertraut hatte – und das, was er Kate entgegnet hatte. Ihm gefiel, dass Andi instinktiv wusste, wann es nichts mehr zu sagen gab.

»Ich bin echt ein Esel.«

»Nein, Jack. Du bist ein liebevoller Vater, der sich zu Recht wegen der Entscheidungen sorgt, die sein Kind trifft.«

»Sie ist kein Kind mehr. Daran erinnert sie mich ganz gerne.«

»Sie wird immer dein Kind sein, deine kleine Tochter, die für deinen Geschmack viel zu schnell erwachsen geworden ist.«

Wenn das mal nicht die Wahrheit war. »Sie wird ihn heiraten.«

»Ja.«

»Ich werde sie weggeben müssen. An *ihn*.«

»Nicht, wenn du nicht möchtest. Das würde sie nie von dir verlangen, wenn du dazu nicht bereit bist.«

»Welcher Vater von Töchtern denkt nicht die ganze Zeit an diesen Augenblick, bis die Kinder erwachsen sind?«

Wieder hüllte sie sich in Schweigen und ließ die Stille für sich sprechen.

»Sie möchte, dass wir über Weihnachten zu ihr kommen.«

»Das hatte ich dir vor ein paar Tagen schon erzählt.«

Er blickte zu ihr hoch. »Was hältst du davon?«

»Ich richte mich da ganz nach dir. Die Jungs und ich tun, was immer du möchtest. Wenn du nach Nashville willst, begleiten wir dich. Wenn du lieber zu Hause bleibst, dann bleiben wir auch.«

»Du hältst mich nicht für einen Esel, wenn ich beschließe, nicht hinzufahren?«

»Niemals. Es war mein Ernst, als ich meinte, du hättest ein Recht auf deine Gefühle, auch wenn andere dir darin nicht zustimmen.«

»Was du darüber gesagt hast, wie wir zusammengekommen sind, ist nicht verkehrt. Ich weiß nicht, was ich getan hätte, wenn Menschen wie Jamie und Frannie oder meine Kinder mich behandelt hätten, als wäre ich ein Monster, weil ich bei dir sein wollte.«

»Kate würde sich vielleicht über dieselbe Zuvorkommenheit freuen.«

»Von allen drei Mädchen war sie diejenige, die am ehesten bereit war, dich bei uns einziehen zu lassen.«

»Ehrlich? Das hast du nie erwähnt, aber es überrascht mich nicht. Nachdem Eric und ich hier angekommen waren, hat sie uns am freundlichsten aufgenommen.«

»Verdammt«, stöhnte er. »Das habe ich total vermasselt. Alles, kein Wort von dem, was ich ihr an den Kopf geworfen habe, war richtig.«

»Du bist ein wundervoller Vater, Jack, und es ist dir gestattet, hin und wieder danebenzuliegen.«

»Dir passiert das nie. Du vermasselst nichts.«

»Das liegt daran, dass ich die Mom bin. Wir können es uns nicht leisten, danebenzuliegen, wenn ihr Dad dazu neigt, die Dinge zu vergeigen.«

»Sehr lustig.«

»Du kannst sie jederzeit zurückrufen und den Fehler wiedergutmachen.«

»Stimmt.«

»Möchtest du das denn?«

»Ich denke schon.«

Sie küsste ihm den Handrücken und richtete sich auf. »Dann lasse ich dich mal allein.«

Um sie davon abzuhalten, zu verschwinden, stand er auf und legte ihr die Hände auf die Schultern, betrachtete sie lange eindringlich.

»Was?«

»Ich liebe dich so sehr. Ich hoffe, das weißt du.«

Sie legte ihm die Hände auf die Brust. »Wie könnte ich es nicht wissen, wo du es mir doch jeden Tag zeigst?«

Er zog sie fest an sich, getröstet von ihrer unerschütterlichen Liebe. Ihre Verbundenheit war von Anfang an unverrückbar gewesen, und ohne sie hätte er nicht überlebt. Er zog sich von ihr zurück, gerade weit genug, dass er sie küssen konnte.

»Danke«, flüsterte er einige leidenschaftliche Minuten später.

»Mmm«, erwiderte sie, ehe sie noch einmal von ihm naschte. »War mir definitiv ein Vergnügen.«

»Darf ich mich zur Nachtruhe erneut dir und deinem Vergnügen widmen?«

»Abgemacht. Möchtest du, dass ich hierbleibe, während du mit ihr redest?«

»Das musst du nicht.«

»Ich muss allerdings nachschauen, ob Robby seine Mathehausaufgaben erledigt hat.«

»Sein Name ist *Rob*.«

»Ach ja. Erinnere mich noch ein paarmal daran.« Nach einem weiteren Kuss verließ sie ihn. »Viel Glück, Liebster.«

»Danke.«

KAPITEL 12

Am späten Nachmittag weckte der anrückende Sturm Kate aus einem Nickerchen, und sie fragte sich, wann Reid zurückkehren würde. Sie hatte nicht damit gerechnet, dass er so lange wegbleiben würde, und nahm an, dass er sich wegen des Sturms verspätete.

Sie versuchte, ihn anzurufen, aber sein Handy leitete sie sofort zur Mailbox weiter.

Der Wind wehte heftig durch die Bäume und rüttelte an den Fenstern, und sie musste an das Wasser zwischen den beiden Inseln denken. Was, wenn er es nicht zu ihr zurück schaffte? Was, wenn ihm etwas zugestoßen war?

Der Gedanke trieb sie aus dem Bett und die Treppe hinunter, wo sie Bertha in der Küche fand, die sich gerade einen Kaffee gönnte und eine Zeitschrift las. »Ach, Miss Kate«, rief sie und sprang auf die Füße, sobald Kate den Raum betrat. »Ich habe nur eine kurze Pause eingelegt.«

»Lassen Sie sich von mir nicht stören.«

»Brauchen Sie etwas?«

»Mich würde interessieren, ob Mr Matthews es in dem Sturm noch zurück schafft.«

»Man hat mir versichert, dass er auf dem Weg ist.«

»Ach so. Ich habe versucht, ihn anzurufen, aber er hat nicht abgehoben.«

»Vermutlich kann er das Telefon wegen des Winds nicht hören.«

»Stimmt.«

»Ich habe ein Auto losgeschickt, damit es ihn abholt. Sie sollten jeden Augenblick hier sein.«

»Danke«, meinte Kate, erleichtert, dass es ihm gut ging. Er verspätete sich nur. »Genießen Sie Ihre Pause. Ich bin mir sicher, dass Sie sie sich verdient haben.«

Ein Lächeln ließ Berthas Gesicht aufstrahlen. »Das denke ich doch.« Sie hielt inne, bevor sie weitersprach. »Darf ich fragen, wie es ist, vor all diesen Leuten aufzutreten?« Sie verstummte. »Entschuldigen Sie. Sie sind ja gerade im Urlaub. Das ist wahrscheinlich das Letzte, worüber Sie reden wollen.«

»Es stört mich nicht, davon zu erzählen.« Sie setzte sich auf einen Stuhl Bertha gegenüber und erklärte: »Es kann einem Angst einjagen, ganz besonders, wenn es neu ist. Aber nach einer Weile gewöhnt man sich dran, und es wird zur Routine.«

»Ich kann mir nicht vorstellen, dass so was jemals zur Routine wird.«

»Zweihundert Abende pro Jahr. So gewöhnt man sich dran.«

»So oft?«

»Wenn nicht viel los ist.«

Bertha lachte. »Himmel. Kein Wunder, dass Sie mal Ruhe und Entspannung brauchen. Wie lange hat es gedauert, bis Sie sich daran gewöhnt hatten?«

Sie ließ sich auf das Gespräch ein und dachte über die Frage nach. »Ein ganzes Jahr lang war ich schrecklich nervös, aber jetzt … ist es reiner Nervenkitzel. Das höchste der Gefühle. Ein Adrenalinrausch. All das.« Sie war bereit, das alles aufzugeben, um sich einem anderen Nervenkitzel zu widmen, einem, der schlichter war.

»Ihre Stimme ist einfach herrlich.«

»Das ist lieb von Ihnen.«

»›Ich dachte, ich weiß‹ ist mein Lieblingslied von Ihnen.«

Kate lächelte. Das hörte sie oft von den Fans. »Soll ich Ihnen was verraten?«

Bertha stützte das Kinn auf die Faust und beugte sich vor. »Lassen Sie hören.«

»Das Lied habe ich vor zehn Jahren für Reid geschrieben, als wir noch zusammen waren.«

Berthas Augen weiteten sich. »Derselbe Mr Matthews, der jetzt mit Ihnen hier ist?«

»Ein und derselbe. Vor zehn Jahren waren wir kurz ein Paar. Damals habe ich das Lied geschrieben. Es ist noch immer mein größter Hit.«

»Darf ich fragen …« Sie schien es sich anders zu überlegen und verstummte. »Tut mir leid. Das geht mich nichts an.«

Während draußen der Sturm tobte und Regen gegen die Fenster prasselte, versuchte Kate in der gemütlichen Küche, nicht daran zu denken, wo Reid sein könnte und ob er sicher war. Das Gespräch mit Bertha half. »Fragen Sie ruhig, was Sie wollen.«

»Ich hatte mich nur gefragt, was Ihre Mama von Ihrer Beziehung zu einem älteren Mann hält.« Sie lief rot an und lachte unsicher. »Sehen Sie, was ich meine? Geht mich nichts an.«

Kate lachte mit ihr mit. »Meine *Mama* ist wesentlich verständnisvoller als mein *Papa*.«

»Verstehe«, meinte Bertha, deren Augen lustig funkelten. »Ich schätze, das ist keine Überraschung.«

»Er und Reid waren auf dem College befreundet. Als ich nach Nashville gezogen bin, hat er Reid darum gebeten, ein Auge auf mich zu haben. Wir sind gute Freunde geworden, und eines führte zum anderen. Ich war bis über beide Ohren in ihn verliebt. Nachdem Dad von unserer Beziehung erfahren hat, hat er sich ganz schön aufgeregt.«

»Das kann ich mir vorstellen.«

»Wir haben zehn Jahre getrennt gelebt, uns aber jeden Tag gewünscht, wir wären zusammen. Erst vor Kurzem haben wir rausgefunden, dass es uns beiden so ging.« Sie legte die Hände ans Gesicht, das sich plötzlich ganz warm anfühlte.

»Das ist eine schöne Geschichte. Es ist so schwer, Liebe zu finden, noch dazu wahre Liebe … Also, davon träumen die meisten von uns nur. Ich habe sie ganz sicher nicht gefunden.« Bertha runzelte die Stirn, als sie die Worte ausspracht, erholte sich aber rasch wieder. »Aber ich habe reizende Kinder und Enkel, die

Ihre Musik ganz toll finden. Warten Sie nur, bis ich ihnen davon erzähle, dass ich Ihnen begegnet bin. Sie werden so neidisch sein.«

»Sind sie hier? Auf Nevis?«

»Meine ganze Familie lebt hier.«

»Wenn Sie die Kinder hierher einladen wollen, dann würde ich mich darauf freuen, sie zu treffen.«

Bertha riss die Augen auf. »Das müssen Sie nicht tun.«

»Es wäre mir ein Vergnügen, wenn es ihnen nichts ausmacht, sich in den Sturm zu wagen.«

»Ist das ein Witz? Diese Kinder würden ihre Eltern förmlich herzerren. Stört es Sie, wenn ich sie anrufe?«

»Tun Sie sich keinen Zwang an.«

Bertha huschte durch die Küche, und Kate lachte leise, sobald sie die aufgeregte Unterhaltung der älteren Frau vernahm. Mit einem breiten Lächeln kehrte sie zurück.

»Sie bestehen darauf, das Abendessen mitzubringen, und die Kinder sind ganz außer sich. Vielen Dank, Miss Kate.«

»Ach, nennen Sie mich doch einfach Kate.«

Bertha strahlte sie an. »In den Zeitungen stehen eine Menge gemeiner Dinge über Sie. Ich habe nichts davon geglaubt.«

»Das ist lieb von Ihnen.« Sie fragte sich, ob Bertha von dem Video erfahren hatte, oder schlimmer noch, ob sie es gesehen hatte. Daran mochte sie nicht denken. »Wir werden ein wenig jammen, und die Kinder können mit mir mitsingen.«

»Das ist echt nett von Ihnen. Ich kann Ihnen gar nicht genug danken.«

»Das wird ein Spaß.« Und das würde es, beschloss sie.

Das Zuschlagen einer Autotür ließ sie aufspringen und aus der Küche zur Haustür sprinten. Sobald sie erkannte, dass Reid durch den Regen zu ihr eilte, rannte sie ihm entgegen. Erst als sie ihn erblickte, wurde ihr klar, wie viel Angst sie gehabt hatte, dass ihm im Sturm etwas zugestoßen sein könnte.

Sie hastete die Stufen hinab und sprang ihm in die Arme.

Er fing sie auf und hob sie von den Füßen. »Du wirst noch ganz nass, Darling.«

»Ist mir egal«, erwiderte sie, bevor sie sein Gesicht und seinen Mund küsste. »Ich habe mir solche Sorgen um dich gemacht.«

»Mir geht's gut.« Er neigte den Kopf, um sie noch einmal zu küssen, intensiver diesmal.

Die Arme um seinen Hals geschlungen, drängte sie ihre Zunge in seinen Mund, während seine Hände ihren Hintern umfassten.

Obwohl der Regen auf sie niederprasselte, konnte sie nicht aufhören, ihn zu küssen. »Du hast mir gefehlt«, hauchte sie schließlich, als sie viele Minuten später nach Luft schnappten.

»Das ist mir aufgefallen«, lachte er. »Wollen wir rein?«

»Es gefällt mir irgendwie, wenn wir uns im Regen küssen.« Sie liebkoste seine Nase. »Ich glaube nicht, dass ich das jemals zuvor getan habe.«

»Mir gefällt es auch.«

Zehn weitere Minuten verbrachten sie draußen, bis Kate in der Kälte zu zittern anfing. Sie wimmerte, als er den Kuss unterbrach und mit ihr zur Veranda lief.

»Unter meiner Aufsicht wirst du keinen Rückfall erleiden«, bemerkte er streng, ehe er die Stufen raufstieg.

»Du verdirbst mir den Spaß.«

»Ach?«

Sie drückte die kalte Nase an seinen Hals. »Ja.«

Drinnen lief er sofort die Treppe zu ihrem Zimmer rauf und trat unter die Dusche. Rasch zog er ihnen die nasse Kleidung aus und dirigierte sie unter den heißen Wasserstrahl.

»Ach, das fühlt sich gut an«, seufzte Kate, während die Hitze ihr die Kälte aus den Knochen vertrieb.

Er hielt sie von hinten, und seine Hände wanderten von ihren Brüsten über ihren Bauch und tiefer.

»Das fühlt sich auch gut an«, flüsterte sie, schon ganz weich in den Knien.

»Stütz dich mit den Händen an der Wand ab.« Seine Stimme klang rau und sexy.

Sie tat es und wartete, was er als Nächstes vorhatte. Ihre Beine bebten, als sich Vorfreude mit Verlangen mischte.

Er massierte ihre Schultern und ihren Rücken, arbeitete sich zu ihrem Hintern vor, um ihm besondere Aufmerksamkeit zu schenken.

Sie drängte sich an ihn und entlockte ihm ein Stöhnen.

Als sich seine Arme um ihre Hüften legten und er sie hochhob, entrang sich ihr ein überraschter Aufschrei, der sich rasch in ein Stöhnen verwandelte, sobald er von hinten in sie drang. »O Gott«, murmelte sie.

»Gefällt dir das?«

Erwartete er von ihr, dass sie jetzt noch was sagte, wo sie doch kaum einen klaren Gedanken fassen konnte, geschweige denn Worte finden? »Ja.« Ihr Verstand raste, während ihr Körper auf die neue Erfahrung reagierte, von hinten genommen zu werden.

Er ließ ihre Füße auf den Boden gleiten und drängte sie dazu, sich vorzubeugen. Seine Finger gruben sich in ihre Hüften, während er in sie stieß und sie einmal kommen ließ, und dann noch mal, als er um sie herumfasste und sie zu einem weiteren erschütternden Höhepunkt trieb.

Ein letztes Mal stieß er fest in sie und kam mit einem Stöhnen, das durch die Dusche hallte.

Ihre Beine fühlten sich an wie aus Gummi, als er sich aus ihr zurückzog. Sie drehte sich in seine Umarmung, und ihr war von dem erschreckend erotischen Zwischenspiel ganz schwindlig.

»Alles in Ordnung, Darling?«

An seine Brust gedrückt nickte sie, während das warme Wasser auf sie prasselte. Er kümmerte sich fürsorglich um sie, wusch ihr Haar und ihren Körper, als wäre sie aus Porzellan. Sobald er fertig war, trocknete er sie ab und trug sie zum Bett.

Dann legte er sich neben sie und griff nach ihr.

Sie schmiegte sich in seine Umarmung und bettete das Gesicht an seine Brust.

»Habe ich dir wehgetan?«

»Nein, natürlich nicht.«

»Du bist so still.«

»Das habe ich noch nie gemacht.«

»Doch, mit mir.«

»Nein, haben wir nicht.«

»Bist du dir sicher?«

»Ja«, erwiderte sie lachend. »Ich bin mir sicher.«

»War es zu viel?«

»Ich fand es toll.«

Er drückte sie fest an sich. »Ich auch.«

»Gibt es noch mehr, was wir nicht gemacht haben?«

»Jede Menge.«

»Können wir uns das vornehmen?«

Lachend versprach er: »Wir können es definitiv versuchen.«

»Darauf freue ich mich«, flüsterte sie, bevor sie seine Brust küsste. »Wie lief es auf St. Kitts?«

»Gut.« Nach kurzem Schweigen korrigierte er sich: »Das stimmt nicht. Es lief nicht gut. Ich wollte es dir nicht erzählen, weil ich dich nicht aufregen wollte, aber ich bin schon mal in Schwierigkeiten geraten, weil ich nicht aufrichtig mit dir war, und diesen Fehler möchte ich nicht noch einmal begehen.«

Alarmiert stützte sie das Kinn auf seiner Brust ab, damit sie sein Gesicht betrachten konnte, auf dem ein beunruhigter Ausdruck lag. »Was ist passiert?«

»Mari hat unser Haus verwüstet. Alles war zerschlagen und zerstört.«

Sie atmete scharf ein. »O mein Gott. Bist du dir sicher, dass sie das war?«

Er nickte.

»Hast du die Polizei gerufen?«

»Sie waren schon da, als ich ankam. Ich schätze, die Nachbarn hatten sie alarmiert. Gestern Abend fand in der Stadt ein Nachbarschaftsessen statt,

Mari wusste also, dass keiner da war. Ich wollte ihnen ihren Namen gar nicht geben, bis …«

»Bis was?«

»Sie hat eines von Ashtons Babybildern zerrissen. Als ich das gesehen hatte, wollte ich sie nicht länger beschützen.«

»Kann ich dir nicht verdenken«, meinte Kate, wütend wie er. »Nach all der Zeit, die sie mit dir verbracht hat, muss sie doch wissen, wie viel er dir bedeutet.«

»Deshalb hat sie das ja getan. Sie wollte mir wehtun, so wie ich ihr wehgetan habe.« Er fuhr mit den Fingern durch Kates Haar. »So ungern ich das auch sage, ich habe das Gefühl, wir werden noch rausfinden, dass sie auch irgendwie hinter dem Video steckt. Sie wusste, dass ich dich zu Desi schicken würde, wenn du mich fragst, wo du unterkommen kannst. Es wäre nicht schwierig für sie gewesen, sich bestätigen zu lassen, dass du dort bist, ganz besonders, wenn sie mir an dem Abend nachgefahren ist.«

»Es tut mir so leid, dass ich dich in solche Schwierigkeiten gebracht habe.«

»Das ist nicht deine Schuld, Darling. Du hast mir einen großen Gefallen getan, als du aufgetaucht bist. Ich hatte keine Ahnung, dass sie zu solcher Boshaftigkeit fähig ist. Was sie mit meinem Haus angestellt hat … Es war … Es war schlimm.«

»Hat sie deine ganzen Sachen zerstört?«

»So ziemlich. Ich konnte noch ein paar Bilder retten, und die Dateien auf meinem Computer habe ich woanders gespeichert. Aber keine Sorge: Es sind nur Gegenstände. Die kann man ersetzen.«

»Das ist eine schlimme letzte Erinnerung an einen Ort, den du geliebt hast.«

»Das ist es.«

»Danke, dass du mir das anvertraut hast. Ich möchte nicht, dass du mich beschützt, indem du mir Dinge vorenthältst, die mich aufregen könnten. Ich möchte dir da durchhelfen.«

»Du hast mir geholfen«, versicherte er ihr, ehe er die Hand nach ihr ausstreckte. Sie drängte sich an ihn und lächelte, sobald seine Lippen ihre Stirn berührten.

»Hast du mit deinen Eltern gesprochen?«

»Ja.«

»Wie lief das?«

»Die halbe Miete hätten wir«, erklärte sie, aber es schmerzte sie, dass ihr einer der Lieblingssprüche ihres Vaters über die Lippen kam. »Mom war ziemlich cool, aber Dad … nicht so.«

»Ich schätze, das war zu erwarten.«

»Ja, vermutlich schon.«

»Es hat wehgetan, nicht wahr?«

»Irgendwie schon. Ich habe ihn und seine Familie über Weihnachten nach Nashville eingeladen, aber ich bin mir nicht sicher, ob er kommt. Mom und ihre Familie sind dabei, und meine Schwester Maggie hat auch zugesagt.« Sie blickte zu ihm hoch. »Meinst du, Ashton hätte Lust?«

»Ich kann ihn fragen, aber das ist schwer einzuschätzen. Nach allem, was ich weiß, könnte er schon was vorhaben.«

»Ich hoffe, er ist dabei.«

»Echt? Soweit ich das verstehe, seid ihr euch nicht ganz grün.«

»Ich möchte, dass wir das hinter uns lassen. Wir werden bald eine Familie sein, ob ihm das nun passt oder nicht. Ich wünsche mir, dass wir um deinetwillen zumindest ungezwungen miteinander umgehen.«

»Das wäre schön, Darling. Ich hatte bei ihm letztens den Eindruck, dass er das zwischen euch auch wieder in Ordnung bringen möchte. Er hat erwähnt, dass da noch etwas in seinem Leben vorginge, von dem er mir unbedingt erzählen will, wenn wir uns treffen. Ich frage mich, ob er jemanden kennengelernt hat.«

»Was würdest du dabei empfinden?«

»Ich würde mich freuen. Ich möchte, dass er erfährt, was wahre Liebe ist. Das ist einfach unvergleichlich.«

»Stimmt.« Sie unterstrich ihre Worte mit sanften Küssen auf seiner Brust.

»Ich habe dir in Basseterre ein Geschenk gekauft.«

»Was für ein Geschenk?«

»Ein sehr schönes.«

»Wo ist es?«

»In meiner Manteltasche, aber du wirst mich aufstehen lassen müssen, damit ich es holen kann.«

Sie küsste ihn lange, trotz der Vorfreude auf das Geschenk. Es gab nichts, was er ihr geben könnte, das besser wäre als seine Küsse, seine Liebe und sein Versprechen, für immer mit ihr zusammenzubleiben. »Ich habe den Anhänger noch, den du mir geschenkt hast«, verriet sie, als sie sich von ihm löste, damit er aufstehen konnte. »Ich trage ihn auch ständig. Dadurch fühlte ich mich dir näher.«

»Das ist echt lieb von dir.« Er kehrte ins Bett zurück.

»Wo ist es?«

»Wo ist was?«

»Mein Geschenk.«

»Du wirst es suchen müssen«, erklärte er grinsend.

Sie genoss es, ihn zu durchsuchen, ihn überall zu berühren, bis er ganz steif war.

»Wie konnte das nur nach hinten losgehen?«, fragte er, während sie ihn massierte.

»Ich finde es nicht.«

»Du suchst ja auch nicht an den richtigen Stellen. Schließ die Augen.«

Sie tat, worum er sie bat, liebkoste aber weiterhin seine Erektion, bis sie spürte, wie er ihr einen Ring ansteckte. Sie atmete scharf ein und riss die Augen auf. Dann hob sie die linke Hand, damit sie den schlichten, eleganten Reif aus Weißgold oder Platin betrachten konnte, in den ein einzelner, quadratisch geschnittener Diamant eingelassen war. Tränen liefen ihr über die Wangen, während sie ihn betrachtete.

»Gefällt er dir?«, erkundigte er sich unsicher.

Sie konnte den Blick nicht davon lösen. »Er ist … Er ist perfekt.« Er war genau so, wie sie es sich von ihm gewünscht hatte: schlicht und echt, aber einfach wundervoll.

»Gut. Einen Moment lang war ich mir nicht sicher.«

Sie schlang die Arme um ihn. »Vielen Dank. Ich liebe ihn.«

»Ich liebe dich.«

Die Hände an seinem Gesicht, schenkte sie ihm einen Kuss, in dem die gesamten überwältigenden Gefühle steckten, die sie empfand: Freude, Liebe, Begeisterung, Verlangen und vor allem Erleichterung. Jetzt, da sie hatte, was sie sich schon so lange gewünscht hatte, da sie wusste, dass er bei ihr war, ganz gleich, wohin sie ging, ganz gleich, was das Leben ihr zu bieten hatte …

Ohne den Kuss zu unterbrechen, umfasste er ihre Brüste und widmete sich ganz besonders den Spitzen.

Sie stemmte sich hoch und nahm ihn auf, hielt ganz still, um es zu genießen.

Seine Arme legten sich fester um sie, während ihr Kuss immer intensiver wurde.

Sie löste sich von seinem Mund. »Reid …«

»Was, Liebes?«

»Wir vergessen ständig das Kondom.«

»Ich habe es nicht vergessen.«

Sie starrte ihn an. »Was soll das heißen?«

»Dass ich will, was du willst, ganz gleich, was es ist.«

»Meinst du das ernst? Du willst Kinder? Mit mir?«

»Ich möchte, dass du alles bekommst, was du dir je erträumt hast, und aus irgendeinem Grund hast du mich auserwählt. Ich würde dir nie die Chance verwehren, Mutter zu werden, solange dir bewusst ist, dass ich vielleicht nicht dabei …«

Sie neigte den Kopf zu ihm runter und küsste ihm diesen Gedanken von den Lippen. »Lieber genieße ich dreißig wundervolle, magische Jahre mit dir als fünfzig Jahre mit jemand anderem, die bestenfalls okay sind.«

»Danke, Darling.« Seine Finger gruben sich in ihre Hüften. »Können wir uns jetzt wieder dem widmen, was du hier angefangen hast?«

»Definitiv.«

* * *

Am nächsten Morgen flogen sie nach Nashville zurück. Der Sturm war längst vorüber, und der Himmel strahlte klar und sonnig, mit weichen, weißen Wolken in der Ferne. Dass sie im Cockpit neben Reid saß, erinnerte Kate an ihren Ausflug nach Memphis und das gewaltige Ereignis, das dort stattgefunden hatte.

»Worüber lächelst du, Darling?«

»Ich weiß noch, wie ich das erste Mal mit dir geflogen bin.«

»Widerwillig, wenn ich mich recht entsinne.«

»Du hattest mir nicht erzählt, dass du Pilot bist, und dann überraschst du mich aus heiterem Himmel damit. Was hätte ich denn dazu sagen sollen?«

»Wie wäre es mit: ›Reid, ich vertraue dir mein Leben an, und wenn du behauptest, du wärst ein guter Pilot, dann glaube ich dir‹«, imitierte er ihren Tonfall, woraufhin sie ihn sprachlos anstarrte.

»Wie hast du das gemacht?«

»Was?«

»Mich perfekt nachzuahmen.«

Er legte ihr eine Hand auf das Bein. »Deine Stimme höre ich seit Jahren in meinen Träumen. Ich weiß, wie du klingst.«

Gerührt von seinen Worten erwiderte sie: »Es ist ein wenig beunruhigend, wie gut du das hinkriegst.«

»Jetzt bist du dran.«

Sie hob eine Augenbraue. »War ich das nicht schon heute Morgen?«

Er warf den Kopf in den Nacken und lachte. »Ich meinte, du sollst mich nachahmen, allerdings gefällt mir, wie du denkst.«

Sie dachte kurz über seine Aufforderung nach. »Fester, Darling«, drängte sie mit seinem Akzent. »Ja, genau so.« Sie blickte zu ihm rüber und erkannte, wie seine Augen vor Verlangen funkelten. »Wie war das?«

»Ziemlich gut. Wie wäre es, wenn du das wiederholst, sobald wir zu Hause sind und ich etwas deswegen unternehmen kann?«

»Kein Problem«, lachte sie. »Geht klar.« Sie betrachtete, wie die Landschaft unter dem strahlend blauen Himmel an ihnen vorbeirauschte. »So hübsch.«

»Das ist es.«

»Das war ein Spaß gestern Abend, was?« Berthas Familie war zu Hauf mit Töpfen und Schüsseln voller Chili, Maisbrot, Salat und Brownies aufgekreuzt. Kate hatte mit den Kindern gesungen, CD-Hüllen signiert und sich mit ihnen fotografieren lassen.

»Und wie. Die Kinder werden ihren Abend mit dir nie vergessen.«

Sie legte die Hand auf seine, die noch immer auf ihrem Bein ruhte. »Den Abend, an dem wir uns offiziell verlobt haben, werde *ich* nie vergessen.«

»Ich auch nicht.« Er drückte ihren Oberschenkel. »Wann möchtest du den Bund fürs Leben schließen?«

»Darüber habe ich bereits nachgedacht. Was hältst du davon, wenn wir das über die Feiertage machen, wenn meine Familie in Nashville ist?«

»So bald schon? Möchtest du keinen großen Rummel veranstalten?«

Sie schüttelte den Kopf. »Du bist doch derjenige, der mir ständig erzählt, dass wir keine Zeit zu verschwenden haben. Außerdem ist dann jeder in der Stadt, den ich dabeihaben möchte. Vielleicht kommt Dad auch, wenn er hört, dass wir heiraten.«

»Was, wenn nicht?«

Sie wollte nicht an die Möglichkeit denken, dass er sie nicht zum Altar führen würde, und sie weigerte sich, zuzulassen, dass ihre fröhliche Stimmung einen Dämpfer erhielt. Also zuckte sie die Achseln. »Dann, schätze ich, heiraten wir ohne ihn.«

»Ich hoffe doch sehr, dass es nicht dazu kommen wird.«

»Ich auch. Er hat mir gestern Abend eine Nachricht hinterlassen und darum gebeten, dass wir noch einmal darüber reden, aber ich bin noch nicht so weit, ihn anzurufen, nach dem, was er gestern zu mir gesagt hat.« Sie blickte zu ihm. »Jedenfalls, wie wäre es, wenn wir an deinem Geburtstag heiraten?«

»Du erinnerst dich an meinen Geburtstag?«

»Na klar. Ich weiß noch, wie ich es kaum erwarten konnte, am Tag nach Weihnachten nach Nashville zurückzukehren, um mit dir zu feiern.«

»Klingt gut.«

»Wir könnten in meinem Haus mit einem Friedensrichter, etwas zu essen und Musik heiraten. Hübsch und schlicht. Das wäre genau das, was ich mir vorstelle – wenn das für dich okay ist.«

»Ich sagte doch: Was auch immer dir gefällt, gefällt mir auch.«

»Werde ich immer so gut mit dir auskommen?«

»Dich glücklich zu machen macht mich glücklich.«

Sie schaute auf ihren herrlichen Ring hinunter, der im hellen Sonnenlicht funkelte. »Heute bin ich so froh, ich bin voller Hoffnung und fühle mich wie ein Glückspilz.«

»Das freut mich.«

»Aber ein wenig Angst habe ich auch.«

»Wovor denn, Darling?«

»Davor, was passieren wird, wenn wir unsere Traumwelt verlassen, in der wir gelebt haben. Das letzte Mal lief das nicht so gut.«

»Solange wir uns auf unsere Beziehung konzentrieren und bei allem ehrlich zueinander sind, wird es schon gut gehen.«

»Bei dir klingt das so einfach.«

»Es ist einfach.«

Sie hoffte, dass er recht hatte, aber dennoch beunruhigte sie der Gedanke an das, was sie zu Hause erwarten könnte.

* * *

Ashton erwachte mit einem unguten Gefühl, da er wusste, dass er Jill verlassen und wieder zur Arbeit zurückkehren musste. Er war schon einen Tag länger weggeblieben, als er vorgehabt hatte, und er konnte das Unausweichliche nicht länger hinauszögern. Im dämmrigen Morgenlicht, das durch die Fensterläden fiel, betrachtete er ihr schönes Gesicht und das dunkle Haar auf dem Kissen.

Er würde es nie leid sein, dieses Gesicht zu bewundern. Mit dem Finger strich er ihr über die Wange, unwillig, sie zu wecken, aber er wollte sie wissen lassen, dass er ging.

Blinzelnd öffnete sie die Augen. »Du bist aber früh wach.«

»Ich muss zur Arbeit.«

»Ach so.«

»Die Party musste irgendwann zu Ende gehen.«

»Ich schätze schon.«

Er fragte sich, ob ihr klar war, dass das Stirnrunzeln ihre Sorgen verriet. »Nur weil die Ferien vorüber sind, heißt das nicht, dass auch das hier vorbei ist.« Damit legte er einen Arm um sie und zog sie fest an sich, denn er liebte das Gefühl, wie sich ihre Haut an seine schmiegte. »Das hier«, versprach er, bevor er sie auf Hals und Lippen küsste, »fängt gerade erst an.«

Sie schlang den Arm um ihn und liebkoste seinen Rücken, bis er erschauerte. Sie erregte ihn wie keine andere Frau jemals zuvor, wie keine andere Frau es jemals könnte.

Lange hielt er sie fest, denn er hasste es, dass er sie auch nur für ein paar Stunden verlassen musste. »Sehen wir uns heute Abend zum Essen?«

»Klingt gut.«

»Was hast du heute vor?«

»Ich bin mir nicht sicher. Ich schätze, ich werde darauf warten, dass Kate nach Hause kommt, damit sie mir von ihrem großartigen Plan erzählen kann.«

»Was auch immer es ist, du schaffst das schon. Da bin ich mir sicher.«

»Ich denke, das wird sich zeigen.«

Er zog sich zurück, damit er ihr in die Augen schauen konnte. »Es war unglaublich letzte Nacht.«

Sie nickte. »Fand ich auch.«

»Ich möchte nicht gehen.«

Ihre Finger strichen über seine Brust und schlossen sich dann um ihn. »Ist mir nicht entgangen«, erwiderte sie mit einem Lächeln. Während sie ihn massierte, vergaß er die Arbeit und das Treffen mit Buddy um neun Uhr, das schon seit Wochen im Kalender stand. Seine Welt wurde reduziert auf ihre weiche Hand an seiner Erektion.

»Jill ...«

Ihr sanftes Lachen erfüllte sein Herz. Sie wusste ganz genau, was sie da mit ihm machte, und es gefiel ihr.

»Du hörst besser auf«, warnte er sie, auch wenn es das Letzte auf der Welt war, was er wollte.

Offensichtlich war ihr das klar, denn sie nahm ihre andere Hand hinzu und bearbeitete ihn, bis er kam.

»So«, meinte sie, bevor sie erst seine Brust, dann seinen Mund küsste. »Jetzt kannst du zur Arbeit, ohne dass dich diese lästige Sache den ganzen Tag lang ablenkt.«

Er ließ ein unsicheres Lachen erklingen. »Diese *lästige* Sache, wie du sie nennst, wird mich den ganzen Tag ablenken, weil ich ständig daran denken werde. Und an dich.«

Mit einem letzten Kuss stieg er widerwillig aus dem Bett und ging unter die Dusche, wo er keine Seife fand, die nicht nach ihr duftete. *Was soll's?*, dachte er, ehe er sich eine griff. Wie sie zu riechen wäre sicherlich nicht weniger peinigend, als den ganzen Tag lang an sie zu denken.

Als er angezogen und bereit für die Arbeit zurückkehrte, war sie wieder eingeschlafen. Er beugte sich über das Bett, küsste sie auf die Wange und lächelte, weil sie im Schlaf murmelte.

»Ich liebe dich«, flüsterte er ihr ins Ohr.

Von ihr wegzugehen war eine der schwersten Sachen, die er jemals hatte tun müssen. »Das ist doch lächerlich«, schalt er sich, während er den langen Weg entlangfuhr, der zur Hauptstraße führte. Sobald er sich dem Tor näherte, das Kates Grundstück vom Rest der Welt trennte, hielt er an, denn die Straße war von Übertragungswagen und einer Horde Reporter gesäumt.

»Mist.« Er wendete und kehrte zu Jill zurück. An der Tür musste er feststellen, dass er sie hinter sich geschlossen hatte, und fluchte. Also holte er sein Handy und hoffte, dass das klingelnde Telefon sie wecken würde.

»Hi, vermisst du mich schon?«, fragte sie mit verschlafener, sexy Stimme, die seine kürzlich befriedigte Libido weckte. Alles an ihr erregte ihn.

»Auf jeden Fall, aber wir haben ein kleines Problem. Die Presse kampiert vor dem Tor.«

»Mist«, entfuhr es ihr, wobei sie schon wesentlich wacher klang.

»Das habe ich auch gesagt.«

»Ich muss Kate warnen. Sie sind auf dem Weg nach Hause.«

»Komm runter, und lass mich rein.«

»Du bist wieder hier?«

»Natürlich bin ich das. Damit möchte ich dich nicht allein lassen.«

»Ich dachte, du musst zur Arbeit.«

»Das ist richtig, aber ich dachte, dass du mich vielleicht begleiten solltest. Du könntest bei mir in der Stadt wohnen, bis das Ganze vorbei ist.«

»Was ist mit Kate? Sie braucht mich.«

»Wenn sie klug sind, halten sie sich von hier fern, sobald sie vom Überfall der Presse hören.«

»Stimmt.«

»Also, wollen wir?«

Sie öffnete ihm die Tür, gerade als sie auflegte. »Gib mir zehn Minuten, um kurz zu duschen und ein paar Klamotten in eine Tasche zu werfen.«

»Viel mehr Zeit habe ich auch nicht.« Er hatte sich schon damit abgefunden, dass er es nicht mehr schaffen würde, nach Hause zu fahren und sich umzuziehen. Zum Glück war es nur ein Meeting mit Buddy, dem es egal wäre, wenn Ashton in Jeans antanzte. Buddys Motto lautete: Je lässiger, desto besser.

Jill hielt Wort und rannte zehn Minuten später in Pullover, Jeans und Stiefeln die Treppe runter. Das Haar hatte sie zu einem Pferdeschwanz gebunden, und sie trug eine Reisetasche. Sie blieb stehen, sobald sie merkte, wie er sie anlächelte. »Was?«

»Du siehst aus wie eine achtzehnjährige Studentin.«

»Ich hatte es eilig.«

»Ich habe nicht behauptet, dass das was Schlechtes wäre, Darling.«

»Ach, stimmt ja. Die Männer in deiner Familie mögen es jung.«

»Das war nicht nett«, entgegnete er lachend, bevor er sie zur Tür rausführte.

»Entschuldige«, meinte sie mit verlegenem Lächeln. »Das war zu einfach.«

Er hielt ihr die Tür zum Pick-up auf und ging dann zur Fahrerseite. Sobald er hinter dem Steuer saß, griff er nach einer Jacke, die auf der Rückbank lag. »Möchtest du die über den Kopf ziehen, damit sie dich nicht erkennen?«

»Glaubst du, das ist nötig?«

»Wenn du nicht möchtest, dass Kate von unserer Beziehung erfährt, bevor du bereit bist, es ihr zu erzählen, dann würde ich sagen, dass es nötig ist.«

Auf dem Weg zum Pförtnerhaus, wo er den Code eintippte, den sie ihm gestern gegeben hatte, rutschte sie auf dem Sitz runter und zog sich die Jacke über den Kopf. Kaum öffnete sich das Tor, trat Ashton aufs Gaspedal und schoss so schnell vor, dass die Reporter nicht mehr reagieren konnten.

Er warf einen Blick in den Rückspiegel und erkannte, wie einige von ihnen zur Verfolgung ansetzten, aber sie waren rasch außer Reichweite. »Du kannst jetzt rauskommen.«

Sie setzte sich auf, fuhr sich mit der Hand durchs Haar und sah zum Andrang vor dem Tor zurück. »Wow«, flüsterte sie. »So viel dazu, dass die Story von allein im Sande verlaufen wird.«

»Du musst deine Schwester warnen.«

Sie zog ihr Handy aus der Tasche. »Verdammt, es ist die Mailbox«, fluchte sie. »Kate, ich bin's. Die Medien lagern vorm Tor. Du solltest das Haus für eine Weile meiden. Ruf mich an, wenn du diese Nachricht abhörst.«

»Ich versuch's mal bei Dad«, schlug er vor und wählte die Nummer, während er fuhr. »Toll. Da geht auch nur die Mailbox ran. Dad, ihr zwei solltet Kates Anwesen meiden. Wie ich höre, haben sich dort Reporter versammelt. Ruf mich an, wenn ihr landet.« Dann schaute er rüber und erkannte, dass sie zum Fenster rausstarrte und an ihrem Daumennagel kaute. »He.«

Sie drehte sich zu ihm um.

»Keine Sorge. Ich weiß, dass ich gut reden habe, aber das alles wird sich irgendwann in Luft auflösen.«

»Hat sie denn noch eine Karriere, wenn es vorbei ist? Was, wenn die Mütter ihrer treuen Anhänger den jungen Mädchen nicht mehr gestatten, ihre Musik zu hören?«

»Ich denke nicht, dass es dazu kommt.«

»Das könnte es, wenn sie nicht zugibt, einen Fehler begangen zu haben.«

Da er dem nicht widersprechen konnte, versuchte er es gar nicht erst. Stattdessen griff er nach ihrer Hand und hielt sie auf dem Weg zur Stadt fest. Sobald sie sich seinem Büro näherten, fragte er: »Was hältst du davon, mich zu meinem Meeting mit Buddy zu begleiten? Vielleicht können wir drei uns ja die nächsten Schritte für Kate überlegen.«

»Das würdest du tun?«

»Natürlich würde ich das. Buddys Plattenfirma hat viel in sie investiert. Es wäre klug von uns allen, einen Weg aus dem Schlamassel zu finden.«

»Ach so.«

Er fuhr auf den Parkplatz neben Buddys Cadillac Escalade. »Was soll das heißen: ›Ach so‹?«

»Ich dachte, dass du das vielleicht für Kate machst und nicht fürs Geschäft.«

»Ich tue das für *dich*, Dummkopf.« Er beugte sich vor, um sie zu küssen.

»Ach so.«

»Da ist wieder dieser Ausspruch.« Er zupfte an ihrem Pferdeschwanz und meinte: »Was die Verkaufszahlen für Long Road Records betrifft, ist sie nach Buddy die Nummer eins, weshalb ihre Probleme seine Probleme sind – und damit auch meine. Aber mehr als alles andere möchte ich sehen, wie diese Sorgenfalte zwischen deinen Augenbrauen verschwindet.«

Sie hob die Hand, um die besagte Falte zu befühlen. »Ich habe keine Falten.«

»Doch, die hast du. Lass uns schauen, was Buddy von der ganzen Sache hält.«

Drinnen begrüßten sie Ashtons Assistentin Debi, die ihm ein verstohlenes Lächeln schenkte, sobald sie ihn mit Jill erblickte. Debi hatte ihm dabei geholfen, das Auto zu mieten, das Jill für ihren Ausflug nach Malibu hatte abholen sollen, und hatte ihn schon vor Monaten zur Rede gestellt, weil er in Jill verknallt war, und ihn dazu gedrängt, deswegen etwas zu unternehmen.

Sobald Jill nicht hinsah, hielt sie beide Daumen hoch.

Ashton verdrehte die Augen und führte Jill die Stufen zu seinem Büro rauf, wo Buddy Longstreet auf Ashtons Stuhl saß, die Füße auf dem Schreibtisch, als sei es seiner.

»Bequem?«, grüßte Ashton seinen Patenonkel.

»Sehr«, bestätigte Buddy, während er beobachtete, wie Ashton Jill einen Stuhl rauszog und wartete, bis sie sich gesetzt hatte, bevor er sich auf dem Platz neben ihr niederließ. »Was für ein Ärger, den deine Schwester uns da eingebrockt hat.«

Jill zuckte zusammen. »Ja.«

»Wann fliegt sie nach Hause?«

»Heute.«

»Gut. Sie soll ihren Hintern da rausbewegen und sich verteidigen.«

»Das habe ich ihr auch geraten«, erwiderte Jill. »Aber offenkundig hat sie andere Pläne.«

»Was für andere Pläne?«

»Das hat sie mir noch nicht mitgeteilt.«

»Hm.«

»Das ist alles deine Schuld«, wandte Ashton sich an Buddy.

»Inwiefern?«

»Du hast ihr verraten, wo sie Dad findet.«

»Und wenn schon? Ich habe sie nicht angewiesen, es draußen zu treiben, wo sie jeder beobachten kann.«

Buddys empörter Tonfall brachte Ashton zum Lachen.

»Wie war's in Malibu?«, fragte Buddy.

Ashton warf Jill einen Blick zu und stellte fest, dass sie mit rotem Gesicht ein Bild an der Wand betrachtete. Er hatte Buddy nicht verraten, wen er auf den Ausflug mitnehmen würde, aber dass er mit Jill hier aufgetaucht war und sie beide lässig gekleidet waren, war ein deutliches Zeichen. »Gut.«

Buddys goldene Augen funkelten fröhlich. »Darauf wette ich.«

Ashton unterdrückte das Verlangen, ihm eine runterzuhauen, als sein Handy klingelte, weil sein Dad ihn anrief. Noch mal Glück gehabt. »Hi, seid ihr zurück?«

»Sind gerade gelandet. Wo bist du?«

»Im Büro mit Buddy und Jill.«

»Wir treffen euch dort.«

»Einverstanden.« Er legte auf und teilte Buddy und Jill mit, dass Reid und Kate auf dem Weg waren.

»Na, dann«, sagte Buddy, der es sich auf dem großen Lederstuhl bequem machte, und lachte laut. »Das könnte interessant werden.«

KAPITEL 13

Kate wollte nicht zu Ashtons Büro. Sie gab sich große Mühe, dafür zu sorgen, dass sich ihre Wege selten kreuzten, und selbst jetzt, da sie Reid heiraten würde, konnte sie sich nicht vorstellen, dass Ashton sich freuen würde, sie zu sehen. Viel wahrscheinlicher war das Gegenteil der Fall. Nachdem sie über eine Woche lang nicht mehr dort gewesen war, wollte sie nur noch nach Hause.

Aber das war nicht möglich, solange die Presse ihr Tor belagerte.

»Was ist los, Darling?«, wollte Reid wissen, der am Steuer des Autos saß, das sie sich am Flughafen gemietet hatten.

»Nichts.« Wie konnte sie ihm erzählen, dass sie stets nervös wurde, wenn sie sich mit seinem Sohn treffen musste, und dass sie dann immer an jenen schrecklichen Tag auf dem Parkplatz und die hässlichen Beschuldigungen denken musste, die sie einander an den Kopf geworfen hatten?

Seitdem hatten sie kaum ein Wort gewechselt, obwohl sie regelmäßig geschäftlich miteinander zu tun hatten. Der Gedanke daran, ihm diesmal als die Verlobte seines Vaters gegenüberzutreten, hinterließ ein mulmiges Gefühl in ihrem Magen.

»Ich wünschte, du würdest mit mir reden«, bat Reid, während er sie auf dem Weg nach Green Hills durch den Verkehr von Nashville fuhr.

»Mir geht's gut. Ehrlich.«

»Wenn du das sagst.«

»Ich bin sauer, weil wir nicht nach Hause können. Dabei wollte ich unbedingt Thunder wiedersehen.«

»Darüber habe ich nachgedacht. Gibt es einen anderen Weg auf dein Grundstück als durch das Haupttor?«

Ihr Gesicht hellte sich auf, als sie seinem Gedankengang folgte. »Ja, über das Anwesen meines Nachbarn, aber man kann es nur zu Fuß oder auf einem Pferd erreichen.«

»Könnte dein Stallmeister uns mit den Pferden entgegenkommen?«

»Klar.« Begeistert von seinem Plan beugte sie sich vor, um ihn zu küssen. »Du denkst auch an alles.«

»Es gefällt mir nicht, wenn du unglücklich bist.«

»Ich habe keinen Grund, unglücklich zu sein. Mach dir keine Sorgen.« Vom Missfallen ihres Vaters wegen ihrer bevorstehenden Hochzeit einmal abgesehen, aber sie weigerte sich, heute daran zu denken. Später hatte sie noch genug Zeit, sich darüber den Kopf zu zerbrechen, nachdem sie die Begegnung mit Ashton erst mal hinter sich hatte.

Reid fuhr auf den Parkplatz und hielt neben Ashtons schnittigem silbernen Jaguar und einem roten Pick-up. Sie erinnerte sich an den Saab, den er direkt nach seinem Jura-Abschluss gekauft hatte, und daran, wie stolz er auf den Wagen gewesen war. Er hatte sie als Erster durch Nashville gefahren, hatte sie ins Mabel's gebracht, sie seinen Freunden vorgestellt, und sie hatte es ihm gedankt, indem sie eine Affäre mit seinem Vater angefangen hatte.

Was für eine angenehme Erinnerung, dachte sie, ehe Reid ihre Hand nahm und sie nach drinnen führte. Ihre Schritte fühlten sich hölzern und ungelenk an, als sie zum ersten Mal Ashtons Büro betrat. Ihre Meetings hatten sonst in den Geschäftsräumen von Long Road Records stattgefunden.

Ashtons Assistentin Debi begrüßte Reid herzlich, aber ihre Augen wurden groß, als er ihr Kate als seine Verlobte vorstellte.

Sie sprang auf und stürzte in ihrer Eile, Kate die Hand zu geben, über den Schreibtischstuhl, aber Kate fing die junge Frau auf, ehe sie hinfiel.

»Wow, war das peinlich«, stammelte Debi.

Lachend ließ Kate sie los und gab ihr die Hand. »Freut mich, Sie kennenzulernen.«

»Ich bin ein großer Fan. Vielleicht sogar Ihr größter.«

»Lieb, dass Sie das sagen. Danke.«

»Denken Sie …« Sie schüttelte den Kopf und zeigte zur Treppe. »Ashton erwartet Sie in seinem Büro.«

»Soll ich Ihnen was signieren, bevor wir raufgehen?«

Wieder fielen Debi fast die Augen aus dem Kopf. »Das würden Sie tun?« Sie rannte um den Schreibtisch, stieß sich das Bein – heftig – an der Ecke, hielt aber nicht inne, bis sie Kate einen Notizblock reichte.

»Wie wäre es mit einem Stift?«, fragte Kate amüsiert.

»Gott, ich bin ganz durcheinander«, erklärte Debi mit gedehntem Südstaatenakzent. »Buddy Longstreet begegne ich ständig, ohne mich in seiner Nähe wie eine Vollidiotin zu benehmen.«

»Ich bin wesentlich berühmter als Buddy«, erwiderte Kate, ohne mit der Wimper zu zucken, was Debi und Reid zum Lachen brachte. Sie wollte Debi danken, dass sie sie vor dem Meeting mit Ashton auf andere Gedanken brachte. Die Schmetterlinge in ihrem Bauch beruhigten sich, während sie sich mit ihr unterhielt. Sie schrieb: »Für Debi, hat mich gefreut, Sie zu treffen. Danke, dass Sie meine Musik hören. Alles Gute, Kate Harrington«. Dann gab sie der anderen Frau den Notizblock zurück.

»Vielen Dank. Ich werde es mir einrahmen. Himmel, ich werde es für zu Hause, die Arbeit, mein Auto und jeden anderen Ort kopieren, wo ich es aufhängen kann. Warten Sie, bis meine Freunde erfahren, dass ich Sie getroffen habe. Sie werden so neidisch sein.«

»Debi«, rief Ashton die Treppe runter. »Hören Sie auf, das Fangirl zu mimen, und schicken Sie sie rauf.«

Debis Gesicht lief hochrot an. »Hier entlang.«

»Hören Sie nicht auf ihn«, flüsterte Kate. »Ich tu's auch nie.«

Debi lachte leise und trat beiseite, damit sie die Treppe raufsteigen konnten.

»Damit hast du ihr eine Riesenfreude gemacht«, bemerkte Reid, sobald sie außer Hörweite waren.

»Ihr und Menschen wie ihr verdanke ich meine Karriere«, erklärte Kate achselzuckend. »Wo wäre ich ohne sie?«

»Mir gefällt, wie du mit deinen Fans interagierst. Das habe ich bisher noch nie beobachten können.«

Sie hatte nicht darüber nachgedacht, wie es für ihn wäre, ihre Fans wie Bertha oder Debi zu erleben.

Seine Hand in ihrem Rücken verlieh ihr Kraft, als sie Ashtons Büro betraten.

Jill sprang auf, um Kate zu umarmen, die sich an ihre Schwester klammerte, als ginge es um ihr Leben. Bis sie ihr gegenüberstand, hatte sie sich zusammengerissen, aber jetzt, während Jills vertrauter Duft sie einhüllte, stiegen ihr nach der Achterbahn der Gefühle, die sie in der letzten Woche durchgemacht hatte, die Tränen in die Augen.

»Schön, dich zu sehen«, sagte sie und blinzelte die Tränen weg.

»Geht mir genauso.« Jill lehnte sich zurück, um sie zu betrachten. »Du siehst gut aus.«

»Du auch.«

»Der Urlaub hat dir gutgetan«, bemerkte Jill. »Der Skandal andererseits …«

»Ich weiß, glaub mir. Das ist Reid. Reid, das ist meine Schwester Jill.«

Jill schüttelte ihm die Hand. »Freut mich, Sie nach all der Zeit endlich kennenzulernen.«

»Mich ebenfalls. Danke, dass Sie sich so gut um Kate gekümmert haben, als ich nicht da war.«

»Ach«, entgegnete Jill überrascht – und bezaubert. »Das habe ich doch gerne gemacht.«

»Das Chaos zu Hause tut mir leid«, entschuldigte sich Kate.

»Buddy hat schon vorgeschlagen, ein paar seiner Sicherheitsleute hinzuschicken, um sie vom Tor zu entfernen«, antwortete Jill.

Kate schenkte ihrem Mentor und Freund ein dankbares Lächeln.

Buddy stand auf und trat zu ihr, um sie in die Arme zu schließen. »Jedes Mal wenn du diesem Kerl zu nahe kommst, gerätst du in Schwierigkeiten.« Dann ließ er sie wieder los, um Reid zu umarmen.

»Deshalb dachten wir, dass wir wohl besser heiraten«, erklärte Reid.

Sie bemerkte, wie er im Raum nach seinem Sohn Ausschau hielt.

Ashton stand da und beobachtete sie skeptisch.

Schließlich zog Reid seinen Sohn an sich.

Kate war erleichtert, dass Ashton die Umarmung erwiderte.

»Also, was unternehmen wir wegen dem Schlamassel, in den du dich geritten hast?«, fragte Buddy, der an seinen Platz hinter Ashtons Schreibtisch zurückgekehrt war.

»Bist du dieser Tage Gast in deinem eigenen Büro, Sohn?«, wollte Reid von Ashton wissen.

»Scheint so«, entgegnete Ashton trocken.

Buddy ließ sein typisches strahlendes Lächeln aufblitzen.

Reid und Kate setzten sich auf Stühle, die Ashton ihnen geholt hatte. Kate genoss es, dass Reid direkt neben ihr war, und griff nach seiner Hand, kaum dass sie Platz genommen hatten.

Alle Blicke wandten sich ihr zu.

»Ich habe in den letzten Tagen ein paar Entscheidungen getroffen«, begann sie zögernd und sah zu Jill. »Wir sollten uns vermutlich unter vier Augen unterhalten, bevor ich es allen anderen mitteile.«

»Schon gut«, winkte Jill ab. »Deine Pläne haben auf jeden von uns Auswirkungen, es würde uns also Zeit sparen, wenn du es uns allen zusammen sagst.«

Dankbar, dass ihre Schwester so klar und emotionslos dachte, nahm Kate allen Mut zusammen, um die Worte auszusprechen, mit denen sie der Karriere den Rücken kehren würde, die ihr Leben bestimmt hatte. Vielleicht für immer.

Reid drückte ihre Hand und lächelte sie an, was sie mit Kraft und Entschlossenheit erfüllte. Für ihn, für *sie beide*, war sie bereit, alles zu tun, was nötig war, um dafür zu sorgen, dass sie ein normales Leben führen konnten. Mit diesem Gedanken begegnete sie dem Blick aus Buddys goldenen Augen und erklärte: »Ich bin fertig damit.«

Buddy setzte sich aufrecht hin, ließ seine Füße aber auf Ashtons Tisch. »Womit?«

»Mit der Musik. Der Branche. Der Karriere.«

»Warte mal«, meldete sich Jill.

Ashton verschränkte die Arme und schüttelte den Kopf, offenbar angewidert und zugleich genervt. Von ihm hatte sie nichts anderes erwartet.

»Lass sie ausreden«, bat Reid, ohne den Blick von ihr zu nehmen, während sie nach den richtigen Worten suchte.

Sie bemühte sich, sich auf ihr Ziel zu konzentrieren: ein authentisches Leben. »Lange habe ich alles in diese Karriere investiert, was ich hatte. Ich habe alles, was ein normales Leben ausmacht, aufgegeben, genau wie du, Jill. Es gefällt mir nicht mehr, schon lange nicht mehr.« Sie verstummte und betrachtete Reid. »Ich habe nicht aufgehört, weil ich nichts Besseres in Aussicht hatte. Jetzt möchte ich mich um andere Sachen kümmern. Ich wünsche mir ein Zuhause und eine Familie, die schlichten Dinge, die die meisten Leute für selbstverständlich halten. Ich möchte dem Strudel entkommen, raus aus der Tretmühle, weg von der Bühne.«

Buddy starrte sie an, als würde sie eine Sprache sprechen, die er einfach nicht verstand.

»Es tut mir leid, dich zu enttäuschen«, entschuldigte sie sich, als sie ihn wieder ansah. »Du hast so viel für mich getan. Du hast mir all das ermöglicht. Aber das ist der richtige Schritt für mich. Davon bin ich überzeugt.«

Stille dröhnte förmlich im Raum.

»Bitte«, flehte Kate schließlich und schaute zwischen Buddy und Jill hin und her. »Sagt doch was.«

»Du bist der Boss«, meinte Jill tonlos. »Was auch immer du willst, will ich auch.«

»Ich halte dich für eine gottverdammte Närrin«, verkündete Buddy in einem Tonfall, in dem er noch nie mit ihr geredet hatte.

»Buddy …« Reids Stimme enthielt eine Warnung.

»Das ist nichts Persönliches, Reid, kein Grund, an die Decke zu gehen.«

Kate spürte, dass Reid darauf etwas erwidern wollte, aber er hielt den Mund.

»Das ist geschäftlich«, erklärte Buddy, der sich wieder an Kate wandte. »Ein großes Geschäft. Die Art Geschäft, für die die Naiven und Möchtegernstars ihren rechten Arm geben würden. Himmel, ich erinnere mich noch an eine Zeit – die nicht so lange zurückliegt –, in der *du* deinen rechten Arm dafür gegeben hättest.«

»Damit das klar ist«, widersprach Kate. »So verzweifelt war ich nie.«

Ashton schnaubte, was wie ein Lachen klang.

Buddy schlug mit der Faust auf den Tisch, und alle zuckten zusammen. »Das ist nicht lustig. Ich habe mir den Arsch aufgerissen, um aus dir einen Star zu machen. Du hast mir erzählt, dass du das wolltest. Ich habe dir alles gegeben, und ich will verflucht sein, wenn ich zulasse, dass du dem einfach den Rücken kehrst, obwohl deine Karriere gerade auf dem Höhepunkt ist, nur weil du flachgelegt werden willst.«

»Buddy«, mischte Reid sich ein. »So nicht.«

Kate umklammerte Reids Hand fester, damit er nicht aus dem Stuhl sprang und seinen besten Freund verprügelte. »Obwohl ich deine Offenheit zu schätzen weiß, hat das doch nichts mit Sex zu tun, auch wenn der Sex, wie du und der Rest der Welt mittlerweile wissen, ziemlich gut ist.«

Darüber musste Ashton laut lachen, und Jill ebenfalls.

Ein warmer Hauch von Kameradschaft – und vielleicht von etwas anderem – hing zwischen ihnen. Bevor sie sich jedoch näher damit befassen konnte, stürzte Buddy sich in eine Tirade über Verträge und Termine und Tourneen und andere Dinge, die einst ihr Leben bestimmt hatten. Jetzt nicht mehr.

»Es tut mir leid, dass du sauer bist«, unterbrach sie ihn. »Aber meine Entscheidung steht fest. Ich will raus.«

»Wie lange?«, wollte Buddy wissen.

»Keine Ahnung.«

»Wir reden also nicht von einem Urlaub?«

»Nein. Wir reden von einem *Leben*. Ich möchte ein *Leben*. Ich wünsche mir eine Familie. Ich möchte meine kleinen Brüder kennen und meine Eltern nicht nur zu einem hastigen Abendessen alle paar Monate treffen. Ich möchte tatsächlich in dem Haus leben, für das ich so viel Zeit und Geld aufgebracht habe. Ich möchte auf dem Pferd reiten, das nicht ewig leben wird, ganz gleich, wie sehr ich es mir wünsche.«

Sie verstummte und warf Reid einen Blick zu, der sie voller Liebe und Stolz anschaute. Dann riss sie sich von ihm los und wandte sich an Buddy. »Entschuldige. Ich weiß, dass du das nicht hören willst, aber ich kann nicht ändern, wie ich empfinde.«

»Ich kann es nicht ändern, dass ich der Meinung bin, dass du inmitten einer turbulenten Zeit, von der Lungenentzündung über die Ohnmacht bis hin zum Video, eine unüberlegte Entscheidung triffst. Niemand würde dir vorwerfen, dass du das Ganze leid bist. Himmel, *ich* mache dir zum größten Teil keinen Vorwurf. Meinst du nicht, dass ich es manchmal leid bin, wie meine Zeit beansprucht wird, wie rigoros ich das Geschäft führen muss, während ich kreativ sein sollte, wie die Veranstaltungsorte ohne Namen oder Gesicht in einem Rausch aus Bühnenlichtern endlos an mir vorbeiziehen? Meinst du nicht, dass ich es leid bin, nicht bei meiner Frau und meinen Kindern zu sein?«

»Ich weiß nicht«, erwiderte sie. Es war ihr nie in den Sinn gekommen, dass er nicht jede verdammte Minute davon genoss. Keiner schaffte es besser, Karriere und Familie unter einen Hut zu bekommen, als Buddy Longstreet.

»Das bin ich. Ich bin es verdammt leid. Die Lebensgrundlage von unzähligen Menschen hängt jedoch von mir ab. Ich kann es mir nicht leisten, ihnen einfach den Rücken zu kehren, und weißt du, was? Ich bin nur ungern der Überbringer schlechter Nachrichten, Süße, aber du kannst es dir auch nicht leisten. Während du da draußen zum großen Star geworden bist, hast du vielleicht nicht gemerkt, wie viele Menschen für dich arbeiten. Was ist mit ihnen? Was wird aus ihnen?«

Schuldgefühle erfassten sie, als ihr klar wurde, dass sie von Jill abgesehen nicht daran gedacht hatte, was aus dem Rest ihrer Angestellten werden würde. Beschämt zwang sie sich dazu, Buddy anzuschauen. »Ich bin davon ausgegangen, dass ich ihnen eine Abfindung zahle …«

Buddys Schnauben unterbrach den Satz vorzeitig. »Was sollen sie danach tun?«

»Das ist nicht gerecht, Buddy«, meldete Reid sich zu Wort. »Die Musikbranche ist das Rückgrat dieser Stadt. Bei dir klingt es ja so, als könnten sie sich keinen anderen Job suchen.«

»Natürlich können sie das. Aber es ist ein großer Unterschied, ob man ein Roadie für Kate Harrington ist oder die Lautsprecher für den Nachwuchssänger John Q. schleppt – was du selbst auch sehr genau weißt. Du tust gerade so, als wären sie nicht wichtig.«

»Selbstverständlich sind sie mir wichtig«, stellte Kate klar. »Das weißt du.«

»Dann tu ihnen das nicht an. Tu *dir* das nicht an. Wenn du eine Pause brauchst, dann nimm dir eine, aber dich ganz und gar abzuwenden ist nicht nur unverantwortlich, es ist regelrecht gemein deinen Fans und Angestellten gegenüber.«

Wenn es darum ging, Schuldgefühle zu wecken, dann hatte Buddy Longstreet das Buch darüber geschrieben. Er brachte sie dazu, alles infrage zu stellen, was sie vor Kurzem beschlossen hatte.

»Sicherlich gibt es doch etwas«, meldete Ashton sich zu Wort, was sie überraschte, »was zwischen dem Erbringen von Höchstleistung und dem endgültigen Aufgeben liegt.«

Interessiert zwang sie sich dazu, ihn zum ersten Mal, seit sie das Büro betreten hatten, direkt anzuschauen. Sie erwartete fast, dass er den Blick mit Verbitterung erwiderte, stattdessen erkannte sie etwas, das wesentlich versöhnlicher wirkte. »Zum Beispiel?«, wollte sie wissen.

»Was, wenn du deine Tourneen auf den Sommer beschränkst und die restlichen neun Monate des Jahres zu Hause verbringst? Dort hast du dein Studio und könntest an neuen Songs arbeiten. Auf die Art müsstest du nicht alles hinschmeißen oder deine Angestellten rauswerfen, aber du könntest die Normalität erleben, nach der du dich sehnst.«

»Das ist eine sehr gute Idee, Sohn«, meinte Reid. »Was hältst du davon, Darling?«

»Ich hatte mich schon darauf eingestellt, gar nicht mehr zu arbeiten«, gab sie zu bedenken.

»Glaubst du wirklich, dass du das schaffst?«, zweifelte Jill. »Wenn du nicht auftrittst, komponierst du. Wenn mein Handy mein siamesischer Zwilling ist, dann ist die Gitarre deiner. Manchmal frage ich mich, ob du sie mit ins Bett nimmst.«

Das entlockte allen ein Lachen und lockerte die gespannte Atmosphäre, die sich in die Diskussion eingeschlichen hatte.

»Sie hat recht«, überlegte Buddy. »Ich kann dich mir nicht ohne Musik vorstellen, und ich kann mir Musik nicht ohne dich vorstellen.«

»Ashtons Idee hat was«, gestand Kate. Obwohl sie das nur ungern zugab, achtete sie Reid zuliebe darauf, es sich nicht anmerken zu lassen.

»Dem stimme ich zu«, erklärte Jill. »Auf die Art könntest du zwei Fliegen mit einer Klappe schlagen.«

»Falls wir Kinder bekommen«, überlegte Reid, »könntest du sie im Sommer auf die Tournee mitnehmen, dann müsstest du dich nie von ihnen trennen.«

Der Gedanke gefiel ihr.

»Kinder?«, fragte Ashton. »Im Ernst?«

Reid schenkte ihm ein verlegenes Lächeln. »Was soll ich sagen? Die Frau möchte ein Baby.«

»*Du* auch? In deinem Alter?«

»Pass auf«, mischte Kate sich ein. »Er ist nicht senil – noch nicht.«

»Genau wie Jill möchte ich, was Kate möchte«, versicherte Reid ihm, während er sie anlächelte. »Sie hat mich davon überzeugt, dass unsere Kinder Glück hätten, die Zeit, die ich ihnen zu geben habe, mit mir verbringen zu können, und dass sie den Job für mich zu Ende führt, sollte es so weit kommen.«

»Was es nicht wird«, warf Kate ein. »Ich weiß jedes eurer Worte zu schätzen, und ich verspreche euch, dass ich darüber nachdenken werde, bevor ich voreilig etwas entscheide.«

»Also«, seufzte Buddy, der auf seinem Stuhl zusammensank, »das ist eine verdammte Erleichterung.«

»Ich dachte, Taylor hätte dir das Fluchen abgewöhnt«, schalt Kate ihn.

»Scheiße«, lachte Buddy. »Das wäre ja noch schöner.«

Sie alle brachen in Gelächter aus, was Kate mit Erleichterung erfüllte. Was ihre Karriere betraf, würde sie sich etwas überlegen, aber sie hatte gerade einen großen Schritt auf das Leben zu gemacht, das sie sich so sehr wünschte. Außerdem schien es, als wäre das Eis zwischen ihr und Ashton gebrochen, was ihr ebenfalls sehr willkommen war.

Sie wandte sich an Reid. »Ich möchte nach Hause.«

»Bevor du fährst«, hielt Buddy sie zurück, »müssen wir über das Video sprechen, und darüber, was wir deswegen unternehmen werden.«

Sie spürte, wie sich ihre gute Laune wieder in Luft auflöste. »Müssen wir?«

»Ja, müssen wir«, erwiderte er ernst. »Ashton und Jill haben die Köpfe zusammengesteckt und sich etwas einfallen lassen, was, wie ich glaube, funktionieren wird.«

»Ashton und Jill«, staunte Kate. »Tatsächlich?« Bildete sie sich das nur ein, oder wich Jill ihrem Blick aus?

»Lass sie ausreden«, riet Buddy ihr. »Sie sind auf der richtigen Spur.«

Mit Ashtons Hilfe legte Jill ihren Plan dar, laut dem sie eine Reihe Interviews bei einigen Größen der Branche geben sollte – Leute, die mit Sicherheit die Krallen nicht ausfahren würden.

»Wir glauben, dass du ein Schuldgeständnis abgeben solltest«, erklärte Ashton. »Eine Art ›Ach, Mist, jeder macht mal Fehler‹. Das wäre auch eine Gelegenheit, deine Verlobung bekannt zu geben und deine Fans an deiner Freude teilhaben zu lassen.«

Eine Weile dachte sie darüber nach. »Was ist mit dir? Freust du dich auch für mich?«

Mit der Frage hatte sie ihn eindeutig überrascht.

»Ich möchte, was mein Dad möchte. Wie es scheint, hat er wohl immer dich gewollt, wer bin ich also, mich dazwischenzustellen?«

Ganz kurz war sie sich nicht sicher, ob sie sich verhört hatte. Dann wurde ihr klar, dass er sie nicht bedrängen würde. Er freute sich tatsächlich für seinen Vater. Offenbar war sie nicht die Einzige, die in den letzten zehn Jahren reifer geworden war. »Danke«, sagte sie leise.

»Ja, danke, Junge«, stimmte Reid zu. »Das bedeutet uns beiden viel.«

Fasziniert beobachtete Kate, wie Jill Ashton ein warmes Lächeln schenkte, worüber er sich zu freuen schien.

Was zum Henker lief da?

»Also, wofür entscheidest du dich, Kate?«, hakte Buddy nach.

Sie blickte zu Reid, der ihr aufmunternd zunickte. Von seiner Unterstützung gestärkt, erklärte sie: »Ich lasse mich von Nancy Ferguson interviewen, aber nur, wenn sie herkommt. Ich werde nicht mehr reisen. Über den Vorschlag mit den Sommertourneen werde ich nachdenken.«

Ihre Entscheidung schien Buddy zu erleichtern. »Das ist okay. Ich muss nach Hause, aber haltet mich auf dem Laufenden.«

»Machen wir«, versprachen Ashton und Jill einstimmig.

Woraufhin Jill rot wurde. Ja, da lief mit Sicherheit etwas.

Buddy gab Reid und Ashton die Hand und stupste Kate gegens Kinn. »Hör auf, mir Herzinfarkte zu verpassen, klar?«

Sie schaute zu dem Mann rauf, der ihr so viel bedeutete, als Freund, Ersatzbruder und Mentor. »Ich gebe mir Mühe.«

Sobald Buddy gegangen war, bat Kate: »Ich würde gerne kurz mit meiner Schwester sprechen, wenn das in Ordnung ist.«

»Natürlich, Darling«, erwiderte Reid. »Nehmt euch so viel Zeit, wie ihr braucht.«

»Ich gebe dir in der Teeküche einen Kaffee aus, Dad«, schlug Ashton vor, ehe er seinen Vater aus dem Büro führte.

Nachdem sich die Tür hinter ihnen geschlossen hatte, betrachtete Kate Jill eingehend.

»Was läuft da zwischen dir und Ashton?«

»Lass mich mal den Ring sehen.«

»Ich habe zuerst gefragt«, beschwerte sich Kate. »Raus damit.«

»Warum glaubst du, dass da was zwischen uns ist?«

»Ich bitte dich, Jill. Wer kennt dich besser als ich?«

Wieder lief ihre sonst so unerschütterliche Schwester hochrot an.

»*Schläfst* du mit ihm?«

»Äh, na ja, vielleicht?«

»Jill. O mein Gott. Wann ist das denn passiert?«

»Vor Kurzem.«

Kate starrte ihre Schwester an, und Schock, Fragen und Unglaube wirbelten ihr durch den Kopf.

»Sag doch was«, flehte Jill nach einem langen Augenblick unangenehmen Schweigens. »Bist du sauer?«

»Ich bin verblüfft. Ich wusste gar nicht, dass du etwas für ihn empfindest.«

»Ich wollte ja auch gar nichts für ihn empfinden. Ich weiß, dass du ihn hasst und dass er der letzte Mann auf der Welt ist, mit dem du mich zusammen sehen willst, ganz zu schweigen davon, dass ich mit ihm schlafen könnte …«

»Wow, Jill. Warte mal. Ich hasse ihn nicht. Das habe ich nie. Mir gefiel etwas nicht, was er vor langer Zeit getan hat, weil es mich in große Schwierigkeiten gebracht hat.«

»Das bedauert er.«

Zum zweiten Mal innerhalb von fünf Minuten war sie verblüfft. »Echt?«

Jill nickte. »Er wünscht sich, er könnte noch mal von vorne anfangen, das Gespräch auf dem Parkplatz mit eingeschlossen. Er hat sich seither geschämt für das, was er dir an den Kopf geworfen hat.«

»Wow, ich hätte nie gedacht, dass er das bereut.«

»Na ja, das tut er.«

»Was ist mit dir? Was empfindest du?«

»Ich … ich mag ihn. Ich hab schon eine Weile eine Schwäche für ihn, aber das habe ich mir selbst kaum eingestehen können, wegen deiner Probleme mit ihm. Aber dann hat er mich auf ein Date eingeladen, und wir sind nach Malibu geflogen und …«

»Du bist mit ihm *verreist*?«

Jill wand sich unter Kates eindringlichem Blick. »Möglich.«

»Das ist unglaublich. Ich fasse nicht, dass du mir das nicht erzählt hast.«

»Ich dachte, du würdest wütend sein.«

»Bist du glücklich, Jill? Macht er dich glücklich?«

»Er ist fantastisch, und ja, ich bin glücklich. Sehr sogar.«

Kate schloss ihre Schwester in die Arme. »Das ist alles, was ich mir jemals für dich gewünscht habe. Ich wollte, dass du weißt, wie sich das anfühlt, und ich habe mir solche Sorgen gemacht, dass du deine Chance auf das große Glück aufgegeben hast, weil du dich um mein Leben kümmern musstest.«

»Weil ich mich um dein Leben gekümmert habe, habe ich vermutlich mein großes Glück gefunden.«

Kate lehnte sich zurück, um ihrer Schwester in die Augen zu schauen. »Haben wir uns wirklich auf einen Vater und seinen Sohn eingelassen?«

»Das weiß ich noch nicht, aber wie es aussieht, hast du dir den Vater geangelt. Und jetzt zeig mir den Ring. Sofort.«

Lachend streckte Kate die linke Hand aus.

»Ach, Kate. Der ist wunderschön und passt perfekt zu dir.«

»Das dachte ich auch. Den hat er gut ausgewählt.«

»Hast du schon mit Dad geredet?«

»Ein bisschen. Er ist sauer, weil Reid und ich wieder zusammen sind. Gestern Abend hat er mir eine Nachricht hinterlassen, dass er noch mal darüber sprechen will, aber ich habe ihn noch nicht zurückgerufen.«

»Ich möchte nicht erleben müssen, wie ihr euch deswegen wieder zerstreitet.«

»Ich auch nicht, aber was soll ich denn tun? Ich kann mich nicht von Reid trennen, nur weil Dad was dagegen hat. Ich bin jetzt achtundzwanzig, und ich habe Jahre damit verbracht, den Verlust dieser Beziehung zu bedauern. Aber ich habe Dad so lieb …«

»Das weiß ich, Kate, und er weiß es auch.«

»Ganz gleich, wie sehr ich ihn liebe, ich werde nicht zulassen, dass er mir das hier verdirbt.«

»Vielleicht solltest du ihn zurückrufen. Um dir anzuhören, was er noch dazu zu sagen hat.«

Kate zuckte die Achseln. »Vielleicht. Ich möchte mich nicht mit ihm streiten.«

»Wann wollt ihr heiraten?«

»Am zweiten Weihnachtstag.«

Jills Augen traten hervor. »Himmel. Du machst keine halben Sachen.«

»Haben wir nicht schon lange genug gewartet?«

»Ich schätze schon. Na ja, da wir im Januar wohl nicht auf Tournee gehen werden, rede ich mal lieber mit dem Veranstalter, damit er uns nicht nach Strich und Faden verklagt. Außerdem müssen wir eine Hochzeit auf die Beine stellen.«

»Du bist doch meine Trauzeugin, oder?«

»Na klar. Ich müsste dich umbringen, wenn du eine andere darum bitten würdest.«

»Außer dir und Maggie gibt es keine, die ich fragen würde. Buddys Töchter werden vermutlich meine Brautjungfern. Lange habe ich sie als die Kinder betrachtet, die ich niemals haben werde. Aber jetzt bekomme ich vielleicht meine eigenen.« Ihre Augen wurden feucht, und sie schloss sie, in dem vergeblichen Versuch, die Tränen zurückzuhalten, die ihr aus den Augenwinkeln rannen. »Ich möchte mich zwicken, damit ich glauben kann, dass das alles wirklich passiert.«

»Eines ist zumindest sicher: Das gute Aussehen liegt in der Familie.«

»Nicht wahr?«, erwiderte Kate lachend.

»Ihr beide habt also direkt da weitergemacht, wo ihr aufgehört hattet, was?«

»So ziemlich. Wenn da nicht seine durchgedrehte Ex wäre, wäre es die perfekte Woche gewesen.«

»Wie meinst du das?«

Ehe sie Jill erzählen konnte, was mit Mari vorgefallen war, klopfte es an der Tür, und sie verstummte. Ashton und Reid kehrten mit ernstem Gesichtsausdruck zurück.

»Was ist los?«, wollte Kate wissen, sofort wieder angespannt.

»Einer meiner Mitarbeiter ist der Sache mit dem Video nachgegangen, um herauszufinden, woher es stammen könnte«, erklärte Ashton.

»Sie konnten nachweisen, dass einer von Maris Cousins, der im Resort neben dem von Desi arbeitet, das Video aufgenommen hat«, fügte Reid hinzu.

»Sie muss ihm also verraten haben, dass ich da war.«

»Ja«, stimmte Reid ihr zu. »Es tut mir so leid, Darling. Ich wollte nicht, dass sie dahintersteckt.«

»Es ist nicht deine Schuld.«

»Was können wir tun?«, wandte Reid sich mit einer Strenge in der Stimme an Ashton, die ihm ganz und gar nicht ähnlich sah. Das verriet Kate, wie wütend er auf seine Exfreundin war.

»Mit deiner Erlaubnis werden wir das, was wir herausgefunden haben, an die Behörden auf St. Kitts weiterleiten«, schlug Ashton vor. »Wir können auch eine Zivilklage gegen sie und ihren Cousin einreichen.«

»Sie hat kein Geld.«

»Zumindest kannst du ihr das Leben ähnlich ungemütlich machen wie sie dir, seit das Video veröffentlicht wurde«, merkte Jill an.

Reid schaute zu Kate. »Was möchtest du tun?«

»Was immer du für angemessen hältst.«

Also wandte er sich an Ashton. »Nimm sie in die Zange.«

Ashton nickte. »Ich werde jemanden von meinen Leuten damit beauftragen.«

Kate blickte zu Reid. »Ich möchte jetzt unbedingt nach Hause, wenn das in Ordnung ist.«

»Die Presse kampiert vor deiner Tür«, erinnerte Ashton sie.

»Wir haben einen Plan«, versicherte Reid und lächelte Kate an. »Lass uns verschwinden.«

»Ich, äh, bleibe in der Stadt, bis sich daheim alles wieder beruhigt hat«, erklärte Jill.

Kate sah erst sie, dann Ashton an, bevor sie sich auf das rote Gesicht ihrer Schwester konzentrierte. »Kann ich dir nicht verdenken. Ich ruf dich morgen früh an.«

»Klingt gut.«

Als sie an Ashton vorbeiging, drückte sie seinen Arm. »Kümmere dich gut um meine Schwester.«

»Versprochen.«

Kate nickte und folgte Reid aus dem Büro und die Treppe hinab.

Sobald sie das Auto erreichten, hielt Reid sie zurück. »Was sollte das mit Ashton gerade?«

»Er und Jill sind zusammen.«

»Ehrlich? Das hat er gar nicht erwähnt.«

»Er hat vermutlich darauf gewartet, dass sie mir davon erzählt.«

»Wie findest du das?«

»Ich weiß es nicht. Ich hatte kaum eine Chance, darüber nachzudenken.«

»Mir ist bewusst, dass du nicht viel von ihm hältst …«

»Das stimmt so nicht. Meine Gefühle ihm gegenüber sind kompliziert. Aber Jill hat mir gerade anvertraut, dass er es bereut, meinem Vater das mit uns verraten zu haben, und er bedauert, was er mir an den Kopf geworfen hat, nachdem er das mit uns rausgefunden hatte.«

»Was hat er gesagt? Das hast du mir nie verraten.«

»Das muss ich nicht wiederholen, und es ist so lange her, dass es nicht mehr wichtig ist. Ich bin froh, dass er es bereut. Das bedeutet mir viel.«

»Es ist dir also recht, wenn sie zusammen sind?«

»Ich wünsche mir, dass Jill glücklich wird. Ich glaube nicht, dass sie jemals verliebt war, und es hat mich immer traurig gestimmt, dass sie das vielleicht verpassen könnte, weil sie so hart für mich arbeitet.«

»Du und deine Schwester in einer Beziehung mit einem Vater und seinem Sohn«, überlegte Reid mit einem breiten Grinsen, das sie überraschte. »Wenn das mal kein Country-Hit ist, der nur darauf wartet, geschrieben zu werden.«

Sie brach in Gelächter aus. »Das stimmt. Was hältst *du* denn davon, dass sie zusammen sind?«

»Also, ich habe Jill gerade erst kennengelernt, aber wenn sie auch nur im Geringsten wie ihre Schwester ist, dann hat mein Sohn ganz großes Glück.«

»Ach, das ist aber lieb von dir, dass du das sagst. In mancher Hinsicht ist sie wie ich, in anderer ganz und gar nicht. Wegen dieser Unterschiede sind wir ein gutes Team, aber ich war immer der Meinung, dass jeder Mann, der mit ihr zusammen ist, ganz großes Glück hat.«

»Dann freue ich mich für ihn – und für sie.«

Kate holte ihr Handy aus der Handtasche und rief Gordon an. Er erklärte sich damit einverstanden, mit Thunder an die Straße zu kommen, die vom Grundstück ihres Nachbarn zu ihrem Anwesen führte. Mit einem kurzen Anruf bei ihren Nachbarn holte sie sich die Erlaubnis, die Straße von ihrer Seite aus zu nutzen.

»Alles klar«, teilte sie Reid mit, nachdem sie aufgelegt hatte.

»Ich kann es kaum erwarten, Thunder zu sehen. Der alte Junge hat mir echt gefehlt.«

»Dass er da war, hat mir durch die schwere Zeit geholfen. Danke noch mal.«

»Das höre ich gerne, Darling. Er war für dich bestimmt.«

Sie legte den Kopf an seine Schulter und schlang die Arme um ihn. »Genau wie du.«

Er drückte ihre Hand. »Unsere kleine Familie. Wieder vereint.«

Trotz der Sorgen wegen ihres Vaters und ihrer Karriere hatte sie auf dem Heimweg ein Lächeln auf den Lippen.

KAPITEL 14

Als sie aus dem Wald auf Kates Grundstück traten, erwartete Gordon sie bereits mit Thunder. Der Pferdepfleger betrachtete Reid argwöhnisch, aber Thunder wieherte, kaum dass er sie erkannte.

Kate löste sich von Reids Hand und lief zu dem Pferd.

Thunder belohnte ihre Umarmung mit einem Pferdekuss auf die Wange, der sie zum Lachen brachte.

»Gordon, das ist mein Verlobter Reid Matthews.«

»Freut mich, Sie kennenzulernen«, erwiderte Gordon.

Reid gab dem anderen Mann die Hand. »Mich auch.«

Unterdessen bekam Kate nicht genug von Thunder, der sich an sie schmiegte. »Schau mal, wen ich mitgebracht habe, Kumpel. Deinen Freund von früher.«

Reid streichelte das Pferd. »Hallo, mein Junge. Du siehst gut aus.«

Kate lehnte sich dicht ans Maul des Pferdes. »Wie war das? Er sagt: ›Du auch.‹«

Lachend schlang Reid einen Arm um sie.

Gordon räusperte sich. »Kommen Sie von hier an zurecht, Miss Kate?«

»Auf jeden Fall. Danke, Gordon.«

»Jederzeit.« Mit einem letzten argwöhnischen Blick auf Reid stieg Gordon auf das andere Pferd, das er mitgebracht hatte, und ritt zu den Ställen zurück.

»Kalt hier draußen«, meinte Reid schaudernd.

»Tut mir leid. Mein Personal ist stets wachsam, wenn es um mich geht.«

»Er fragt sich vermutlich, was eine wunderschöne junge Frau mit einem alten Mann wie mir will.«

»Soll er sich das ruhig fragen. Wenn er es laut ausspricht, darf er sich einen neuen Job suchen.« Sie stellte den Fuß in einen der Steigbügel und schwang sich auf Thunders Rücken – einer der wenigen Orte auf der Welt, an denen sie sich wahrhaftig wie zu Hause fühlte. Dann streckte sie Reid eine Hand entgegen und forderte ihn auf: »Lass uns losreiten.«

»Bist du sicher, dass er uns beide tragen kann?«, fragte er, ehe er das Bein über Thunders Rücken schwang und sich hinter Kate setzte.

»Er lässt dich wissen, dass er noch immer schneller ist als du.«

Mit einem Lachen entgegnete Reid: »Das bezweifle ich nicht.« Er hob ihre Haare hoch und strich sie zur Seite, um sie auf den Hals zu küssen. »Ganz wie in alten Zeiten, was?«

Sie schmiegte sich in seine Umarmung und ließ Thunder freien Lauf. »Die besten alten Zeiten.«

Thunder brachte sie nicht unbedingt schnell, aber sicher an ihr Ziel. Kate zeigte Reid den Bach, der über die südliche Grenze ihres Grundstücks floss, ritt mit ihm über die Brücke, die sie an der Stelle über dem Fluss hatte errichten lassen, an der er ihr Land teilte, und zeigte ihm die Weidefläche, auf der einst ein kleiner Hain gestanden hatte. »Die Bäume, die wir gefällt haben, haben wir zum Bau des Hauses genutzt.«

»Das gefällt mir.«

»Danach haben wir eine Reihe neuer Bäume gepflanzt, um die zu ersetzen, die wir fällen mussten.«

»Klingt ganz so, als hättest du dir das gut überlegt.«

»Jeder hat mir davon abgeraten, das Grundstück zu kaufen. Sie haben behauptet, es wäre heruntergekommen und würde zu viel Arbeit benötigen, um wieder bewohnbar zu werden, aber es war genau das, was ich im Sinn hatte, als ich mir vornahm, mir den perfekten Ort zu suchen. Also habe ich es angepackt.«

»So sieht es auch aus.«

»Fast hätte ich dich angerufen.«

»Wann?«

»Bevor ich es gekauft habe. Ich wollte unbedingt deine Meinung dazu hören. Da stand ich ganz kurz davor, mit dir Kontakt aufzunehmen.«

Er stöhnte und drückte sie noch fester an sich. »Gott, ich wünschte mir so sehr, dass du es getan hättest.«

»Ich auch. Hättest du es abgesegnet?«

»Auf jeden Fall. Mich brauchtest du nicht, um das Potenzial zu erkennen.«

»Ich wollte aber trotzdem unbedingt deine Bestätigung, dass es perfekt ist.«

»Jetzt kann ich dir das ja verraten. Es ist perfekt – für dich, für mich, für uns.«

Sie neigte den Kopf nach hinten, damit sie ihn betrachten konnte. »Du hast doch das Haus noch gar nicht gesehen«, erinnerte sie ihn mit einem Lächeln.

»Wohnst du da?«

»Äh, ja. Das weißt du doch.«

»Mehr brauche ich nicht, Baby.«

Diese Worte, dieser Akzent … Sie fragte sich, ob sie sich jemals so sehr an seine melodische Stimme gewöhnen würde, dass sie nicht mehr so ergriffen davon wäre. Sie hoffte nicht. »Es wäre also für dich in Ordnung, hier zu leben?«

»Viel lieber lebe ich hier als in dem Mausoleum, das meine Familie ihr Zuhause genannt hat. An dem Anwesen ist nichts Warmes oder Einladendes. Ich besitze es nur noch wegen des Flugfelds, das Ashton nutzt, und wegen der Ställe.«

»Mich würde interessieren, ob wir mit dem Haus was anfangen könnten, damit es nicht so leer steht.«

»Zum Beispiel?«

»Vielleicht könnten wir daraus ein Heim für Frauen und Kinder machen, die gerade schwere Zeiten durchmachen, damit sie wieder auf die Beine kommen können«, überlegte Kate laut. »Wir könnten Sozialarbeiter einstellen, die den Bewohnerinnen bei Berufsfragen oder bei der Wohnungssuche helfen und ihren Kindern das Reiten beibringen …«

»Eine wunderbare Idee. Das klingt fantastisch.«

»Echt? Meinst du?«

»Das tue ich. Bei der Initiative für bezahlbare Wohnungen auf St. Kitts habe ich gerne geholfen. Es ist äußerst befriedigend, wenn man Menschen unter die Arme greift, die weniger Glück hatten. Ich habe mein Vermögen geerbt. Ich habe nie ein anderes Leben gekannt, bis ich anfing, mit Bedürftigen zu arbeiten. Mir hat das Gefühl gefallen, wenn ich ihnen geholfen habe, ihr Leben zu verbessern. Also, ja, ich liebe deine Idee. Ich werde Ashton den Vorschlag unterbreiten müssen, aber ich bin mir sicher, dass er nichts dagegen hat. In der Stadt bietet er schließlich auch eine kostenlose Beratung für Bedürftige an.«

Es beschämte sie, wie sehr es sie überraschte, zu erfahren, dass Ashton der Gemeinde etwas zurückgab. Sie hatte zu viel Zeit damit verbracht, schlecht von ihm zu denken, um so etwas auch nur in Erwägung zu ziehen. »Das wusste ich gar nicht.«

»Ich hoffe, ihr beide lernt euch besser kennen und findet eine Menge guter Dinge, die ihr noch nicht voneinander wusstet.«

»Das hoffe ich auch. Seinen Beitrag heute weiß ich sehr zu schätzen. Seine Worte ergeben für mich jede Menge Sinn.«

»Ehrlich?«

Sie nickte. »Ich vermute, ich wäre eine Närrin, wenn ich dem Ganzen einfach komplett den Rücken kehre, aber ich bin entschlossen, das alles deutlich einzuschränken. Bei ihm klang es ganz so, als wäre das möglich. Was hältst du davon, nur im Sommer auf Tournee zu gehen?«

»Klingt schön. Werden wir in einer dieser Kojen im Bus schlafen, die gerade mal groß genug für eine Person sind?«

Als sie lachte, nutzte er die Gelegenheit, mit den kalten Händen unter ihren Pullover zu fahren.

Da sie Thunder nicht erschrecken wollte, zwang sie sich, still zu halten, und die Kälte wich rasch Wärme. »Wie wäre es, wenn wir nach Hause reiten und ich dir das unglaubliche Bett zeige, das ich nach Maß für mich habe anfertigen lassen?«

»Das würde ich gerne sehen.«

»Das dachte ich mir.« Also lenkte sie Thunder zu den Ställen, wo sie ihn Gordon zum Striegeln übergab. Sie fütterten ihn mit Karotten, um ihm für den Ritt zu danken, bevor sie zum Haus gingen.

»Ich wette, dass du vermutlich bei dem Pferd schlafen würdest, wenn du könntest«, lachte Reid.

»Ganz sicher. Es ist unfair, dass Hunde im Haus wohnen dürfen, Pferde aber nicht.«

»Du hast Hunde?«

Sie schüttelte den Kopf. »Ich bin nicht oft genug zu Hause, aber ich hätte gerne welche. Eine ganze Menge. Das Bett ist für uns alle groß genug.«

»Dein Bett teile ich mir auf keinen Fall mit anderen.«

»Da zeigt sich dein Alter.«

»Nenn mich ruhig einen altmodischen Kauz, aber ich habe meine Grenzen. Keine Hunde im Bett.«

»Meinetwegen. Wenn du darauf bestehst.«

Sein Handy klingelte. »Da muss ich ran. Es ist Ashton. Hi, Sohn.« Während er Ashton lauschte, blieb er stehen und runzelte die Stirn. »Ich schätze, das stand zu erwarten.« Er hörte weiter zu. »Danke für die Information. Ich rufe dich morgen an.«

»Was ist los?«

Er zögerte, und sie erkannte, dass er sich überlegte, ob er es ihr erzählen sollte oder nicht.

»Raus damit. Was auch immer es ist, ich komme schon damit klar.«

»Offenbar hat die Presse rausgefunden, wer ich bin, und jetzt wühlen sie in meinem Leben rum. Den Altersunterschied zwischen uns hängen sie schon an die große Glocke. Ashton rät uns, es zu ignorieren, was ich für einen guten Vorschlag halte.«

Ihr erster Gedanke galt ihrem Vater, denn wenn er die Berichte zu Gesicht bekam, könnte das die Sache zwischen ihnen noch verschlimmern.

»Es ließ sich nicht vermeiden, dass sie rausfinden, mit wem du in dem Video zusammen bist«, fuhr er fort.

»Das tut mir leid. Ich hasse es, dass sie dich jetzt auch durch den Dreck ziehen.«

»Das muss dir nicht leidtun. Ich wusste, worauf ich mich einlasse, und ich bin mir der möglichen Konsequenzen vollkommen bewusst.« Er schlang die Arme um sie und zog sie fest an sich.

Den Kopf an seiner Brust, schloss sie die Augen und genoss den Trost seiner Umarmung.

»Ganz gleich, was passiert, ganz gleich, was sie behaupten oder wie aufdringlich sie werden, nichts, was sie sagen oder tun, könnte mich dazu bringen, dich oder dieses Leben nicht mehr zu wollen, das wir uns hier einrichten. Verstanden?«

Sie nickte und klammerte sich an ihn, ihren Anker im Sturm.

»Die nächsten Monate werden sicherlich anstrengend, Darling. Du hast einen ungewöhnlichen Pfad eingeschlagen, als du dich einverstanden erklärt hast, einen Mann in meinem Alter zu heiraten. Die Leute werden darüber reden und vermutlich manches grausame Wort verlieren. Ich bin schon groß, ich kann damit umgehen. Sie werden mich auf keinen Fall vertreiben, verschwende also keine Sekunde damit, dir deswegen Gedanken zu machen, okay?«

»Okay«, flüsterte sie.

»Also, wie wäre es, wenn du mir dieses unglaubliche Haus zeigst, das wir unser Zuhause nennen werden?«

»Liebend gerne.«

* * *

»Was hat dein Dad zu den Medienberichten gesagt?«, wollte Jill von Ashton wissen, der sie zu seiner Wohnung fuhr. Den Nachmittag hatte sie in seinem Büro verbracht, Anrufe getätigt und das Interview von Kate und Reid arrangiert.

»Nicht viel.«

»Hoffentlich folgt er deinem Rat und schaut sich das nicht an.«

»Das hoffe ich auch.«

»Sie tun mir schon irgendwie leid«, meinte Jill. »Da haben sie sich all die Jahre nacheinander gesehnt, und als sie endlich wieder zusammen sind, passiert das. Das ist doch nicht fair.«

»Na ja, sie hätten auf St. Kitts etwas besonnener handeln sollen.«

»Das stimmt, aber sie dachten, sie wären allein.«

Er griff nach ihrer Hand. »Lass uns uns eine Weile nicht mit ihnen befassen. Was möchtest du heute Abend tun?«

»Ist es okay, wenn ich nicht viel unternehmen will? Ich bin ganz erschöpft. Sich ständig über alles den Kopf zu zerbrechen ist ermüdend, und jetzt müssen wir auch noch eine Hochzeit planen.«

»Haben sie schon ein Datum festgelegt?«

»Hat dein Dad dir das nicht gesagt?«

»Wir hatten gar nicht die Gelegenheit, darüber zu sprechen.«

»Dann solltest du vielleicht besser warten, bis er es dir erzählt.«

»Komm schon«, bat er sie. »Sag es mir einfach.«

»Am sechsundzwanzigsten Dezember.«

»An seinem Geburtstag.«

»Ach, es war mir nicht klar, dass er da Geburtstag hat.«

»Ja.«

»Was hältst du davon?«, erkundigte sie sich.

Er starrte zur Windschutzscheibe raus. »Ich find's okay. Schätze ich.«

»Du klingst aber nicht so.«

»Er wird mich sicherlich darum bitten, sein Trauzeuge zu sein.«

»Möchtest du das nicht?«

Er warf ihr einen Blick zu, konzentrierte sich aber gleich wieder auf die Straße. »Es fällt mir schwer, mit dir darüber zu sprechen. Meine künftige Stiefmutter ist deine Schwester.«

»Sie wird nicht gerade deine Stiefmutter geben, Ashton. So lustig das auch wäre.«

»Freut mich, dass du das witzig findest.« Er verstummte kurz. »Ich möchte nicht wie ein Vollidiot rüberkommen, weil ich mich für ihn freue – für sie beide. Himmel, ich lebe schon lange genug, um zu wissen, dass man das, was die beiden zu haben scheinen, nicht jeden Tag erlebt. Es ist nur, dass sie jünger ist als ich, weißt du?«

»Das ist komisch für dich.«

»Ein wenig. Ja. Siehst du? Ich klinge wie ein Vollidiot.«

»Tust du nicht. Vielleicht könnte er ja Buddy bitten, sein Trauzeuge zu sein?«

»Das könnte er machen, wird er aber nicht. Er wird mich fragen, und ich werde es tun, weil er mich darum bittet.«

»Aber du möchtest es eigentlich nicht.«

»Nein«, seufzte er. »Ich möchte es nicht.«

»Vielleicht solltest du ihm das erklären, bevor er dich bittet, um euch beiden diesen unangenehmen Augenblick zu ersparen.«

»Das könnte ich nie zu ihm sagen. Es ist schwer, zu erklären, was wir uns gewesen sind. Meine Mom ist vor so langer Zeit gestorben. Unsere Familie bestand nur aus ihm und mir, und den Longstreets natürlich. Nachdem das mit Kate damals passiert ist, habe ich mich oft gefragt, ob ich sauer gewesen wäre, ganz egal, mit wem er zusammengekommen wäre.«

»Vermutlich ein wenig. Lange hat er nur dir gehört.«

»Ja.«

»Möchtest du wissen, was ich denke?«

»Sehr gerne.«

Über den ernsten Tonfall musste sie lächeln. »Du unterstützt bereits diese Beziehung, die dir einst so viel Leid eingebracht hat. Es stünde dir zu, Grenzen zu ziehen, wenn du sie brauchst.«

»Ich schätze, du hast recht.« Er fuhr auf einen Parkplatz inmitten einer Ansammlung von Stadthäusern. »Da wären wir. Trautes Heim. Bleib sitzen.« Er stieg aus dem Auto aus, lief um den Wagen herum und öffnete ihr die Tür.

»Es hat schon seine Vorteile, mit einem Südstaatler zusammen zu sein«, bemerkte Jill, entzückt von seinen Manieren.

»Öffnen die Männer im Norden ihren Damen nicht die Tür?«

»Nicht zuverlässig.«

»Dann wurden sie nicht richtig erzogen.«

»Langsam glaube ich, dass du da recht haben könntest.«

»Kate hat da drüben gewohnt«, erklärte er und zeigte auf ein Gebäude auf der anderen Seite des Parkplatzes.

»Ich erinnere mich, dass sie mal erwähnt hat, dass ihr beide Nachbarn wart.«

»Ja, sie ist ausgezogen, sobald sie konnte – vermutlich, weil ich hier wohne. Mir gefällt es hier, also bin ich geblieben.« Er führte sie in ein schön eingerichtetes Zuhause, das eindeutig von einem Mann bewohnt wurde, mit Leder und Chrom und einem riesigen Flachbildschirm im Wohnzimmer. »Football, Baby. Jede Menge Football.«

Sie zog die Nase kraus, als er die Sportart erwähnte, die sie schon immer gehasst hatte. »Das könnte ein Trennungsgrund sein.«

Das schien ihn zu verletzen. »Nein … Dir fehlt vermutlich nur das Verständnis für das Spiel, das man braucht, um es auch entsprechend zu genießen.«

»Ich verstehe das Spiel ganz gut, aber ich werde es nie genießen.«

Er sah tatsächlich so aus, als würde er gleich weinen. »Ich dachte, du wärst die perfekte Frau für mich, aber jetzt bin ich mir nicht sicher.«

Um nicht laut loszulachen, biss sie sich auf die Lippe. »Wenn es dir zu viel ist«, setzte sie an und wich zur Tür zurück, »dann kann ich auch gehen, bevor das hier ernster wird.«

»Oder«, schlug er stattdessen vor und folgte ihr mit eindringlichem Blick, »du könntest dir was einfallen lassen, um es wiedergutzumachen.«

»Wiedergutmachen?«

»Du bist die einzige Frau, mit der ich jemals ausgegangen bin, die Football nicht genauso liebt wie ich.«

»Ach wirklich?« Sie stand mit dem Rücken zur Tür, und er streckte die Arme nach ihr aus und stützte sich neben ihrem Kopf ab.

»Ja.« Damit drängte er sich an sie, und sie musste sich zusammenreißen, damit sie ihn nicht noch fester an sich zog.

»Was wollen wir also gegen diesen bedeutsamen Meinungsunterschied unternehmen?«

»Ich schätze«, überlegte er, ehe er den Kopf neigte und sie auf den Hals küsste, »dass wir eine Art Kompromiss schließen müssen.«

Sie drehte sich ein wenig zur Seite, damit er besser rankam. »Für mich musst du Football nicht aufgeben. Das würde ich nie von dir verlangen.« Als Nächstes warf er sie sich über die Schulter und rannte die Treppe rauf. Überrascht und protestierend schrie sie: »Lass mich runter.«

Aber er lud sie wenig elegant erst auf seinem großen Bett ab.

»Das war aber würdelos.«

»So gefällst du mir – das Haar ganz zerzaust und durcheinander.«

Sie glättete ihre Haare, aber er lenkte ihre ganze Aufmerksamkeit auf sich, als er sich über sie beugte und sich auf den kräftigen Armen abstützte. »Hat sich der heutige Tag für dich lang angefühlt?«

Sie nickte und legte die Hände auf die muskulösen Oberarme. »Sehr lang.«

Ohne den Blick von ihr zu nehmen, drückte er seine Lippen auf ihre und küsste sie voll aufgestautem Verlangen. »Ich dachte«, sagte er, sobald er nach Luft schnappte, »da Kate ein wenig kürzertreten wird, hast du vielleicht etwas mehr Zeit. Da könntest du doch mit mir zusammenarbeiten.«

Sie starrte ihn an. »Das ist nicht dein Ernst.«

»Es ist mein voller Ernst. Du bist extrem gut bei dem, was du tust, und ich habe noch andere Mandanten, die von dem profitieren könnten, was du gelernt hast, während du dich um Kates Karriere gekümmert hast.«

»Aber du und ich, zusammen?«

»Warum nicht?« Er küsste sie erneut, verwirrte ihr den Verstand, der sich darauf konzentrieren wollte, was er ihr angeboten hatte.

Sie wandte den Kopf ab, um den Kuss zu unterbrechen. »Du kannst doch nicht so was äußern und mich dann ablenken.«

»Ich lenke dich gerne ab. Wenn wir zusammenarbeiten, könnte ich dich ablenken, wann immer ich will«, erwiderte er und rieb sich an ihr.

»Soll mich das etwa überzeugen?«

»Ich dachte schon.«

»Du bildest dir aber viel auf dich ein, was?«

»Ich hoffe einfach, dass du mich so gern hast wie ich dich. Ich hoffe, dass dies für uns beide der Anfang von etwas Wichtigem ist. Außerdem hoffe ich, dass du bei der Arbeit wie zu Hause meine Partnerin sein möchtest.«

Entgeistert blickte sie zu ihm rauf.

»Wie ich sehe, habe ich dich vollkommen überrumpelt.« Er rollte von ihr runter, legte den Arm um sie und drängte sie dazu, sich zu ihm umzudrehen. »Schau mich nicht so an, als hätte ich dir gerade verraten, ich würde an Aliens glauben.«

»Entschuldige. Das wollte ich nicht, aber du hast mich überrascht.«

»Es kommt dir vielleicht so vor, als würde sich alles zu schnell entwickeln, seit wir zusammen sind, aber für mich ist es, als hätte ich ganz lange auf dich gewartet, und jetzt, da du hier bist …«

»Was?«, fragte sie atemlos.

»Da will ich alles, und ich will es jetzt.«

»Gott, du machst echt keine halben Sachen, oder?«

»Nie.«

Sie wusste, dass hinter dem einzelnen Wort tiefste Aufrichtigkeit lag, und sie wusste die doppelte Bedeutung zu schätzen. »Ich … äh … ich weiß nicht, wie ich reagieren soll. So bin ich nicht. Ich bin nicht spontan. Ich plane. Ich erstelle Listen und Tabellen und noch mehr Listen.«

Er lächelte sie geduldig an, während sie sich selbst beschrieb. »Darf ich dir eine Frage stellen, auf deren Beantwortung ich eigentlich kein Recht habe?«

»Okay …«

»Liebst du mich?«

»Ja«, erwiderte sie, ohne zu zögern. »Ich nehme an, dass ich das schon lange tue.«

»Das ist gut, denn ich liebe dich auch. Seit dem ersten Tag, an dem du jeden vernünftigen, logischen Gedanken aus meinem Kopf gefegt hast, indem du einfach nur das Büro betreten hast. In dem Augenblick wusste ich, dass du die Richtige für mich bist, dabei hattest du noch nicht mal ein Wort gesagt.«

Überwältigt von den Gefühlen, die er mit diesem Geständnis in ihr auslöste, wusste sie nicht, was sie sagen sollte. »Ashton …«

»Ich weiß, dass du mich nicht eingeplant hattest, weder auf deinen Listen noch in deinen Tabellen, aber ich hoffe, dass du Platz für mich schaffst, Jill.«

Sie griff nach ihm. »Das lässt sich definitiv einrichten.«

Er schlang den Arm um sie und hielt sie fest. »Denkst du über das Jobangebot nach?«

»Das musst du nicht tun. Ich bin mir sicher, dass Kate mich trotzdem ganz schön auf Trab halten wird.«

»Mein Angebot ist nicht ganz uneigennützig. Ich komme allmählich an den Punkt, an dem ich mir sowieso einen Partner suchen muss. Ich habe mich für dich entschieden.«

»Du meinst es ernst.«

»Und wie ich das ernst meine.« Er liebkoste erneut seine Lieblingsstelle an ihrem Hals. »Ich habe so lange auf dich gewartet. Mein ganzes Leben lang. Ich möchte nicht noch mehr Zeit verschwenden.«

»Das wird mir zu viel.«

»Entschuldige.« Er lehnte die Stirn an ihre, schloss die Augen und atmete tief durch. »Das wollte ich nicht. Ich möchte das hier nicht vermasseln.«

Es tat ihr leid, dass sie ihn verunsichert hatte, also streichelte sie ihm das Gesicht und folgte ihren Händen mit Küssen. »Du vermasselst es nicht. Ich brauche Zeit, um mir das, was du mir angeboten hast, durch den Kopf gehen zu lassen. Es liegt mir nicht, mich erst in etwas zu stürzen und dann darüber nachzudenken. Das Denken kommt bei mir zuerst.«

»Denk nicht zu angestrengt darüber nach.« Als würde er die Beherrschung, an die er sich geklammert hatte, plötzlich verlieren, beeilte er sich, ihr die Kleider auszuziehen, schnappte sich ein Kondom vom Nachttisch und war in ihr, während sie noch das verarbeitete, was er gesagt hatte. Kaum drang er jedoch in sie, konnte sie nur noch daran denken, wie unglaublich es sich anfühlte, von ihm geliebt zu werden.

»Nichts, was sich so gut anfühlt, kann schlimm sein«, flüsterte er ihr ins Ohr.

Sie schlang die Beine um seine Hüften, was ihn ein wenig verrückt zu machen schien.

»Gott, Jill.« Er küsste sie heißhungrig, als könnte er nicht genug von ihr bekommen.

Sie hoffte, dass dem so war, denn er hatte recht. Nichts hatte sich jemals so angefühlt, und sie wollte es für immer festhalten. Bei diesem Gedanken legte sie ihm die Arme um den Hals und grub die Finger in sein dichtes Haar.

Er erwiderte ihren Blick und hielt ihn fest, wobei er den Rhythmus seiner Hüften zurücknahm und sie mit langsamen, tiefen Stößen irremachte, die sie bis dicht vor den Höhepunkt brachten.

Erschauernd keuchte sie: »Ashton …«

»Was, Liebling?«

»Ich brauche … Ich will …«

Er küsste sie sanft, und sein Brusthaar rieb über ihren Busen. »Was willst du? Verrat es mir.«

»Ich will kommen.« Sie spürte, wie ihr Gesicht vor Verlegenheit glühte. Noch nie hatte sie im Bett so offen mit einem Mann gesprochen.

Während er in ihr noch dicker wurde, lächelte er und küsste sie auf die Wangen. »Es muss dir nicht peinlich sein, mir mitzuteilen, was du brauchst.«

»Es *ist* peinlich.«

»Nein, es ist heiß.« Damit bewegte er sich wieder, diesmal schneller.

Sobald er sie mit den Fingern berührte, kam sie so heftig, dass sie zu explodieren meinte. Vielleicht schrie sie sogar unter der Befriedigung, die sie durchströmte.

Sobald sie die Augen öffnete, erkannte sie, wie er sie eindringlich betrachtete, und stellte fest, dass er noch immer steif war und sich noch immer in ihr regte.

»So heiß«, flüsterte er, dann küsste er sie wieder.

»Habe ich geschrien?«

Sein Lächeln steckte voller männlichem Stolz. »Und wie.«

Sie griff nach seinem Hintern und ließ ihn aufkeuchen. »Du bist dran.«

»Habe ich die Wahl, wie ich es will?«

»Äh, sicher. Schätze ich.«

Bevor sie wusste, wie ihr geschah, drehte er sie rum, sodass sie auf ihm saß, ohne die Verbindung zwischen ihnen zu lösen.

»Netter Trick«, meinte sie.

»Gefällt dir das?«

Nickend machte sie eine Bewegung mit den Hüften, was ihm ein tiefes Stöhnen entlockte.

»Ja.« Mit den Fingern fuhr er ihr durchs Haar. »Du bist so schön. Ich wünschte, du könntest dich durch meine Augen betrachten.«

»Äh, nein danke.«

Er lachte und umfasste ihre Brüste.

Sie ließ den Kopf in den Nacken fallen und ergab sich der Magie, die sie gemeinsam erschufen. Sie konnte es kaum glauben, als ein weiterer Orgasmus sie ohne Vorwarnung erfasste, der ihn diesmal mit sich riss. Schließlich ließ sie sich auf ihn sinken, seine Arme um sie und seine Lippen an ihrem Haar, während er ihr Zärtlichkeiten zuflüsterte, die sie kaum vernahm. Sie musste nicht hören, was er zu ihr sagte. Er hatte ihr gezeigt, immer wieder, was sie ihm bedeutete, und sie wollte alles haben, was er ihr zu bieten hatte – und noch mehr.

»Ich möchte mit dir zusammenarbeiten«, erklärte sie.

»Was ist mit deinen Plänen und deinen Tabellen und deinen Checklisten?«

Sie stützte das Kinn auf seine Brust und erwiderte seinen Blick. »Der beste Plan wird verworfen, wenn der Richtige daherkommt.«

Seine Augen weiteten sich überrascht, und er schürzte die Lippen, als wollte er etwas entgegnen.

Lachend fragte sie ihn: »Habe ich dich endlich sprachlos gemacht, Herr Anwalt?«

»Ja«, bestätigte er, dann legte er die Hände an ihr Gesicht. »Du raubst mir den Atem, Jill Harrington.«

Zutiefst gerührt von seinen sanft gesprochenen Worten, wollte sie wissen: »Meinst du, das schaffe ich auch noch, wenn wir zusammenarbeiten?«

»Da bin ich mir sogar sicher.«

Sie schmiegte sich in seine Umarmung, zum ersten Mal vollkommen zufrieden damit, alle Pläne in den Wind zu schlagen.

KAPITEL 15

Kate stand im Schlafzimmer vor einem Spiegel und versuchte, ihr Haar zu bändigen. In ihrem Team hatte sie Menschen, die sich ums Make-up und um ihre Frisur kümmerten, aber am liebsten übernahm sie das selbst, wenn es sich einrichten ließ.

Die ganze Sache missfiel ihr. Beim bloßen Gedanken daran, im Fernsehen über ihre Beziehung mit Reid und das Sex-Video zu sprechen, das mittlerweile die ganze Welt gesehen hatte, war ihr tagelang schlecht gewesen. Während sie sich an ihren neuen Alltag gewöhnten, hatte sie sich bemüht, sich ihre Sorgen Reid gegenüber nicht anmerken zu lassen, denn sie wusste, dass ihn das nur aufregen würde.

Wenn ihr doch bloß dieses Interview nicht im Nacken sitzen würde, dann wäre sie vielleicht glücklicher als jemals zuvor in ihrem Leben. Wieder bei Reid zu sein, ganz besonders in diesem Haus, das sie so sehr liebte, war unglaublich. Sie mussten nur den heutigen Tag hinter sich bringen, dann würde sie sich entspannen und ihr neues Leben genießen können.

»Hallo, Darling. Ich dachte, du könntest eventuell einen Kaffee vertragen.«

Sie drehte sich um und erkannte, dass er frisch rasiert war und sein Haar noch immer feucht glänzte von der Dusche. Er musste eines der Gästebäder genutzt haben, damit sie ihres ungestört mit Beschlag belegen konnte. »Das ist genau das, was ich jetzt brauche«, bestätigte sie und nahm die Tasse von ihm entgegen. »Danke.«

»Bist du nervös?«

»Ein wenig. Ich bin vorwiegend sauer, weil ich das überhaupt über mich ergehen lassen muss.«

Er legte ihr die Hände auf die Schultern, stützte das Kinn auf ihren Kopf und erwiderte ihren Blick im Spiegel. »Ich weiß, aber falls dich das aufmuntert, so finde ich, dass du das Richtige tust.«

»Das bedeutet mir viel, aber es fühlt sich so an, als würden sie in unser Privatleben eindringen.«

»Erzähl ihnen nicht mehr als nötig.«

»Mir will nicht aus dem Sinn, dass Dad sich das Interview anschauen könnte …« Sie schüttelte den Kopf. Der Gedanke quälte sie schon seit Tagen.

»Wenn du ihn zurückrufst, könntest du vielleicht reinen Tisch zwischen euch machen.«

»Wenn ich nur daran glauben könnte, dass es so läuft, statt alles nur noch zu verschlimmern, dann hätte ich das schon lange getan.«

»Irgendwann wirst du mit ihm reden müssen, wenn du möchtest, dass er zur Hochzeit herkommt.«

Sie bezweifelte, dass er das in Erwägung ziehen würde. Noch ein Gedanke, der sie in letzter Zeit beschäftigte. »Nach dem Interview rufe ich ihn an.«

»Bist du sicher, dass du mich nicht dabeihaben willst?«

»Dann wäre ich nur noch nervöser, weil ich mich ständig fragen würde, was du davon hältst. Mir wäre es lieber, wenn du es dir gar nicht erst ansiehst.«

»Was auch immer du möchtest, Darling.« Er gab ihr einen Kuss auf die Wange und drückte ihre Schultern. »Wo wir gerade von deinem Vater sprechen: Es gibt da etwas, was ich dir mitteilen muss, um ganz offen mit dir zu sein.«

Sie konnte sich nicht vorstellen, was er meinte. »Worum geht es?«

»Weißt du noch, wie wir uns versprochen haben, diesmal vollkommen ehrlich zueinander zu sein?«

»Ja.«

»Normalerweise würde ich es vorziehen, dir nicht zu verraten, was ich heute vorhabe, solange du beschäftigt bist, aber da wir aufrichtig zueinander sind, teile ich dir mit, dass ich nach Rhode Island fliege, um mich mit ihm zu treffen.«

Ungläubig starrte sie ihn an. »Warum das denn?«

»Ich bin ein altmodischer Kerl, Darling, und wenn ein Mann vorhat, die Tochter eines anderen Mannes zu heiraten, dann bittet er um Erlaubnis. So macht man das eben.«

»Er wird dir das nie gestatten. Das weißt du.«

»Mag sein, aber ich werde dennoch mit ihm reden.«

»Das musst du nicht.«

»Doch, muss ich.«

Sie legte eine Hand auf ihren Magen, der sich zusammenzog.

»Ich wollte nicht, dass du noch nervöser wirst, als du ohnehin schon bist, aber ich möchte, dass du weißt, wo ich heute hinfahre.«

Sie schaute zu ihm hoch. »Das könnte alles nur noch verschlimmern.«

»Inwiefern? Wie könnte alles noch schlimmer werden?«

»Er könnte dich schlagen oder so. Das will er schon seit zehn Jahren.«

»Wenn es das ist, was er tun muss, dann soll es so sein. Das wird nichts daran ändern, was ich für seine Tochter empfinde, oder dass ich vorhabe, sie schon bald zu heiraten.« Er legte die Arme um sie. »Ich verschwende vermutlich meinen Atem, wenn ich dir rate, dir keine Sorgen zu machen, aber ich bitte dich trotzdem darum. Es wird schon gut gehen.«

»Freut mich, dass zumindest einer von uns das glaubt.«

»Nichts kann sich zwischen uns stellen, es sei denn, wir lassen es geschehen. Ich habe nicht vor, zuzulassen, dass uns jemand oder etwas dazwischenkommt. Du etwa?«

»Nein, das weißt du doch.«

»Gut«, seufzte er, ehe er sie küsste. »Wenn du so weit bist: Das Auto, das Jill für dich hergeschickt hat, ist da.«

»Okay.« Sie atmete tief ein und langsam wieder aus. Dann trank sie den Kaffee aus, putzte sich die Zähne und warf einen letzten Blick in den Spiegel.

»Du siehst wie immer fantastisch aus.«

»Du musst das sagen.«

»Nein«, lachte er, »das muss ich nicht.«

»Doch, musst du.«

»Nein.«

»Doch.«

»Nein.« Er brachte ihre Widerworte mit einem leidenschaftlichen Kuss zum Verstummen, der sie daran erinnerte, wie sehr er sie liebte.

»Doch.«

»Du musst wohl immer das letzte Wort haben, was?«

»Darauf kannst du wetten.« Der neckische Austausch hatte ihre Nerven ein wenig beruhigt, und sie war bereit, sich dem zu stellen, was auch immer dieser Tag ihr bringen würde.

»Das behalte ich im Hinterkopf.« Damit ging er mit ihr nach draußen zu der schwarzen Limousine mit den getönten Scheiben, durch die es unmöglich war, zu erkennen, wer im Auto saß. Jill dachte aber auch an alles.

»Flieg vorsichtig.«

»Versprochen.«

»Rufst du mich an, wenn du auf dem Rückweg bist?«

»Mach ich.« Er küsste sie ein weiteres Mal und hielt ihr die Tür auf. »Hau sie um, Darling.«

»Ich versuch's.«

Dann stieg sie in den Wagen und zwang sich dazu, ihn anzulächeln. »Bis später.«

Er beugte sich ins Auto und küsste sie noch einmal. »Ich liebe dich.«

Sie liebkoste sein Gesicht. »Ich liebe dich auch.«

Schließlich schloss er die Tür und klopfte aufs Dach, um den Fahrer wissen zu lassen, dass er losfahren konnte.

Während er die Limousine auf den langen Pfad lenkte, der zur Hauptstraße führte, dachte sie daran, wie Reid ihren Vater treffen würde und was zwischen ihnen geschehen könnte. Sie wusste, dass sie ihren Dad anrufen und ihn vorwarnen sollte, dass Reid auf dem Weg zu ihm war, aber dann entschied sie, dass das Überraschungselement Reid zum Vorteil gereichen könnte.

Die beiden Männer waren einst gute Freunde gewesen. Diese gemeinsame Vergangenheit veranlasste ihren Vater vielleicht dazu, sich anständig zu verhalten. Sie konnte es nur hoffen. Auch wenn sie Reids Ehrlichkeit schätzte und wusste, wie wichtig sie für ihre Beziehung war, wünschte sie sich irgendwie, er hätte ihr nichts von seinem Vorhaben erzählt. Jetzt war an diesem Tag voller Sorgen noch eine weitere dazugekommen.

Das Auto fuhr an den Presseleuten vorbei, die noch immer vor dem Tor ausharrten, und obwohl sie angestrengt durch die Fensterscheiben blickten, beruhigte es Kate, dass sie vor ihnen verborgen war.

Was für eine Art, zu leben, dachte sie, gefangen im eigenen Heim. Auf dem Weg in die Stadt ging sie die Antworten durch, die sie und Jill für die wahrscheinlichsten Fragen einstudiert hatten. Dem Produzenten des Beitrags hatte Jill bereits klargemacht, dass sie sich nicht zu dem Sex-Video äußern würde, dafür aber über ihre Beziehung mit Reid und ihre Verlobung. Sie war darauf vorbereitet, den Altersunterschied, die Möglichkeit, Kinder zu bekommen, und ein paar vage Gedanken zu ihrer Karriere zu besprechen. Jill hatte ihr geraten, noch nichts Großes anzukündigen, was die Musik betraf, bis sie Zeit gehabt hatten, sich was zu überlegen.

Jill erwartete sie vor dem Hermitage Hotel auf der Sixth Avenue in der Innenstadt von Nashville, wo sie sich eine Suite für das Interview gemietet hatten. Nancy Ferguson, eine der ganz Großen der Promi-Nachrichten, war hergeflogen, um sie zu interviewen. Nancy hatte sie früher anständig behandelt. Kate hoffte, dass sie das auch dieses Mal tun würde.

Auf dem Bürgersteig vor dem Hotel umarmte sie ihre Schwester. »Wieder im Kostüm, wie ich sehe.«

»Ich fand das angemessen für unser heutiges Vorhaben.«

»Danach schlüpfst du wieder in die Jeans, hörst du?«

»Jawohl, Ma'am.« Jill studierte das braune Strickkleid eingehend, das sie sich für Kate ausgesucht hatten. »Du siehst toll aus. Die Farbe steht dir.«

»Danke. Bringen wir den Schrecken hinter uns.«

Lachend hakte sich Jill bei ihr unter und führte sie ins Hotel.

Sie zogen ein paar Blicke auf sich, und manche tuschelten, während sie die Lobby durchquerten, aber sie hatten sich bewusst für das Hermitage entschieden, in der Hoffnung, dass sie sich auf die Diskretion des Personals und der Hotelgäste verlassen konnten. Jill hatte vorgeschlagen, dass sie über die Laderampe reingingen, aber Kate hatte sich geweigert. Irgendwann musste sie sich ja wieder in der Öffentlichkeit zeigen, und soweit es sie betraf, war es besser, solche Sachen nicht aufzuschieben.

Nancy Fergusons Assistentin empfing sie in der obersten Etage, reichte ihnen die Hand und dankte ihnen überschwänglich für das Exklusivinterview, das sie Nancy geben würde.

»Kein Problem«, versicherte Kate ihr, obwohl es ein großes Problem war.

Kaum hatten sie die Suite betreten, stürzten sich auch schon die Leute für Haar und Make-up auf sie und machten Kates ganze Mühe in Rekordzeit ungeschehen. Auch wenn sie sich am liebsten beschwert hätte, ließ sie sie gewähren, denn sich deswegen zu streiten würde nur Zeit kosten, die sie viel lieber zu Hause verbringen wollte.

Sobald sie fertig war, brachten sie sie in den Salon, in dem Kameras und Scheinwerfer auf zwei Stühle gerichtet waren.

Wenig später kam Nancy hinzu, die immer wieder aus einer Tasse trank und ohne Unterlass redete. Sie war eine winzige Blondine und hatte sich eine Karriere aufgebaut, indem sie Promis mit Fragen löcherte. Sie war dafür bekannt, den Stars Informationen zu entlocken, die sie ihren eigenen Müttern nicht anvertrauen würden. Sollte Nancy so einen Mist heute bei ihr probieren, würde sie das Interview einfach abbrechen.

»Kate«, rief Nancy, ehe sie einem ihrer Lakaien die Tasse übergab. »Es ist so schön, dass Sie hier sind.«

Kate erwiderte Nancys Umarmung, weil das von ihr erwartet wurde, nicht weil sie besonders glücklich war, die Frau zu treffen.

»Vielen Dank für das Gespräch«, fuhr Nancy fort. »Ich kann Ihnen gar nicht sagen, wie viel es mir bedeutet, dass Sie sich von allen, die das Interview wollten, für mich entschieden haben.«

»Gerne doch.«

»Setzen Sie sich. Machen Sie es sich bequem.«

Als ob das möglich wäre. Kate ließ sich auf dem Stuhl nieder, auf den Nancy gezeigt hatte, und rührte sich nicht, bis die Mikrofone ausgerichtet waren, man sich – wieder – um ihr Haar gekümmert und sie frisch gepudert hatte. Währenddessen dachte sie an Reid und ihre Ausritte auf Thunder und Saroya, einem der anderen Pferde in ihrem Stall, einer wunderbaren, weißen Stute mit sanftem Gemüt. Sie hatte darauf bestanden, dass Reid auf Thunder ritt, auch wenn er widersprochen hatte, weil das Pferd jetzt ihr gehörte und es sich für ihn nicht richtig anfühlte, es ihr wegzunehmen.

»Es macht mich glücklich, wenn ich dich auf seinem Rücken sehe«, hatte sie erklärt, und mehr musste ihr Verlobter nicht hören.

»Dann soll es so sein«, hatte er nachgegeben.

Sie lächelte, weil sie an den Nachmittag denken musste, an dem sie jeden Zentimeter des Anwesens erforscht hatten, ehe sie sich ein Picknick am Bach gönnten. Das ungewöhnlich warme Herbstwetter bot die perfekte Kulisse für einen weiteren außergewöhnlichen Tag mit ihm. Je mehr Zeit sie so verbringen könnte, desto glücklicher wäre sie.

Sie hatten auch Pläne für sein ungenutztes Anwesen geschmiedet, nachdem Ashton sich damit einverstanden erklärt hatte, es in ein Heim für bedürftige Frauen zu verwandeln, damit sie wieder auf die Beine kommen konnten. Er hatte auch angeboten, sich um die rechtlichen Fragen zu kümmern, die mit dem Projekt zusammenhingen.

»Kate?«, riss Nancy sie aus ihren Gedanken. »Sind Sie so weit?«

»Klar, wann immer Sie wollen.«

Vor ihren Augen nahm Nancy ihre Fernsehpersönlichkeit an und setzte zu einer ausführlichen Einleitung an, während ein Mann rechts hinter Kate Karten mit Stichwörtern hochhielt.

»Kate, wir freuen uns, Sie für ein Exklusivinterview in der Nancy Ferguson Show zu begrüßen.«

»Es ist schön, hier zu sein.« Konnte die ganze Welt erkennen, dass sie log? Sie hoffte nicht.

»Das waren ereignisreiche Monate für Sie, von einer Lungenentzündung über die Ohnmacht auf der Bühne bis hin zu Ihrer höchst öffentlichen neuen Beziehung mit einem viel älteren Mann. Könnten Sie uns die letzten Monate aus Ihrer Sicht beschreiben?«

Ja, wollte sie antworten, *das meiste war ziemlich beschissen, aber der letzte Teil war echt toll.* So ging das natürlich nicht. »Es war ziemlich verrückt. Eine Weile war ich richtig krank. Bis Sie nicht selbst eine Lungenentzündung hatten, wissen Sie gar nicht, wie sehr einen das erschöpft. Ich wollte unbedingt wieder auftreten und habe den Fehler gemacht, zu früh auf die Bühne zurückzukehren, weshalb ich in Oklahoma City ohnmächtig geworden bin. Damit wir auch gleich Missverständnisse aus dem Weg räumen: Ich habe keine Entziehungskur gemacht. Ich habe nie Drogen genommen und war daher auch keinen einzigen Tag auf Entzug.«

»Das Gerücht scheinen Sie nicht loszuwerden. Warum, denken Sie, ist das so?«

»Wer weiß? Wie gesagt, ich habe in meinem ganzen Leben noch keine Droge angerührt. Ich habe noch nicht mal gekifft. Zum Abendessen trinke ich gelegentlich ein Glas Wein. Ich bin so unglaublich langweilig, dass ich mir nicht erklären kann, woher diese Gerüchte stammen. An ihnen ist nichts Wahres, auch wenn mir das keiner glauben will.« Sie zuckte die Achseln, um zu zeigen, dass es ihr egal war.

»Ich glaube Ihnen, Kate«, versicherte Nancy ihr, wobei sie ihr eine Hand aufs Knie legte.

»Schön, dass es zumindest eine tut«, erwiderte Kate mit einem Lachen.

»Was Ihre Fans aber wirklich brennend interessiert, ist der neue Mann in Ihrem Leben.« Das sprach sie in einem verschwörerischen Tonfall, wie unter Freundinnen, was Kate beinahe zum Würgen brachte.

»Reid ist … äh …« Wie beschrieb man die Liebe seines Lebens? »Er ist wundervoll, und wir sind äußerst glücklich.«

»Das höre ich gerne«, meinte Nancy und klang dabei aufrichtig. »Wie haben Sie sich kennengelernt?«

»Wir haben uns schon vor Jahren getroffen. Er war ein Freund von meinem Dad.«

»Er war ein Freund Ihres Vaters? Sind sie nicht mehr befreundet?«

Da bin ich direkt ins Fettnäpfchen getappt, dachte Kate, wütend auf sich selbst, weil sie es Nancy so leicht gemacht hatte. »Sie haben sich in den letzten Jahren nicht gesprochen.«

»Ist Ihr Vater damit einverstanden, dass Sie mit einem Mann in seinem Alter zusammen sind?«

»Er ist davon selbstverständlich nicht begeistert, aber ich glaube, er möchte, dass ich glücklich bin, und ich bin sehr glücklich. Glücklicher als jemals zuvor.«

»Wo wir gerade von dem Altersunterschied zwischen Ihnen und Mr Matthews reden, können Sie uns verraten, was Sie dabei empfinden?«

»Deswegen empfinde ich nichts. Ich liebe ihn. Er liebt mich. Andere hängen sich daran auf. Wir nicht.«

»Eine Frau in Ihrem Alter denkt doch sicherlich hin und wieder an Kinder, oder nicht?«

»Gelegentlich. In den letzten Jahren war ich ein wenig beschäftigt.«

»In der Tat«, stimmte Nancy ihr mit einem Lächeln zu, das aufgesetzt wirkte. Offensichtlich wurde ihr klar, dass Kate sich nicht so einfach geschlagen geben würde. »Sehen Ihre Pläne mit Mr Matthews auch Kinder vor?«

»Möglich. Wir schließen das nicht aus.«

»Wie ich höre, sind Sie verlobt.«

»Das stimmt.«

»Wollen Sie uns den Ring mal zeigen?«

Eigentlich nicht, dachte Kate, aber sie streckte dennoch die linke Hand aus.

»Der ist wunderschön. Glückwunsch.«

»Danke.«

»Wann ist der große Tag?«

»Wir haben uns noch nicht festgelegt, aber wir hoffen, dass es schon bald ist.« Das Datum würde sie auf keinen Fall verraten.

»Sie gelten als eine der größten Sängerinnen Ihrer Generation, und Ihre Fans wollen natürlich wissen, was Ihre persönlichen Pläne für Ihre Karriere bedeuten.«

»Zum einen werde ich nicht mehr so oft auf Tournee gehen.« Sie konnte fast schon spüren, wie Jill zusammenzuckte, als ihr die Worte über die Lippen kamen. Das hatten sie definitiv nicht als Teil des Interviews vorgesehen. In den vergangenen, seligen Tagen zu Hause mit Reid hatte sie irgendwann eine Entscheidung getroffen. »Den Sommer verbringe ich auf Tournee, und den Rest des Jahres bleibe ich daheim bei meiner Familie und arbeite an neuen Songs.«

»Das ist eine erhebliche Veränderung zu dem, was Sie in den letzten Jahren getan haben.«

»Ja, aber es ist Zeit, dass ich nach Hause zurückkehre. Ich kann nicht weiterhin zweihundert Tage im Jahr unterwegs sein und gleichzeitig auch noch ein Leben führen. Ich sehne mich nach einem Ausgleich, und auf diese Art bekomme ich das Beste von beidem.«

»Ich möchte nicht herablassend klingen, aber Sie scheinen mir eine der seltenen Künstlerinnen zu sein, die den Bezug zur Realität nicht verloren haben. Ist das korrekt?«

»Ich hoffe, dass ich bodenständig bin. Die letzten zehn Jahre waren fantastisch. Ich bin meinen Fans und meinem guten Freund Buddy Longstreet, der mir ein wundervoller Mentor und eine unvergleichliche Stütze gewesen ist, und den Menschen bei Long Road Records, die so schwer für mich geschuftet haben, so dankbar. Aber in letzter Zeit hatte ich den Eindruck, dass das Leben an mir vorübergeht, und es war an der Zeit, mich ein wenig aus der Öffentlichkeit zurückzuziehen. Das ist nicht ganz so gelaufen, wie ich mir das vorgestellt hatte«, lachte sie über die vage Anspielung auf das berüchtigte Sex-Video, »aber ich weiß, dass es für mich das Richtige ist.«

Ihr entging nicht, dass Nancy fast platzte, weil sie unbedingt nach dem Video fragen wollte. »Ihre Fans können also immer noch mit jeder Menge Musik von Ihnen rechnen?«

»Auf jeden Fall«, versprach sie, erleichtert, dass Nancy nicht zu weit gegangen war und in den Grenzen blieb, die Jill zuvor abgesteckt hatte. »Ich schreibe ständig Lieder, und ich habe ein Aufnahmestudio zu Hause, das ich in den nächsten Jahren nutzen möchte. Sobald die Pläne für die Tournee im Sommer stehen, werden wir die Fans darüber informieren.«

»Kate, es war mir ein Vergnügen, heute Zeit mit Ihnen zu verbringen. Ich hoffe, Sie wissen, dass die Nancy Ferguson Show ein großer Fan Ihrer Arbeit ist und dass wir Sie gerne mal wieder hier begrüßen würden.«

»Danke, Nancy. Das weiß ich zu schätzen.«

»Das war's«, verkündete der Regisseur.

Kate ließ den Atem entweichen, den sie während des halbstündigen Interviews praktisch angehalten hatte.

»Vielen Dank.« Nancy streckte ihr eine Hand entgegen.

Kate schüttelte sie. »Ich danke *Ihnen*. Ich schätze die faire Behandlung.«

»Na klar. Lassen Sie mal von sich hören, ja?«

»Mache ich. Wann geht das auf Sendung?«

»Übermorgen. Wir beeilen uns, damit es so schnell wie möglich ausgestrahlt werden kann.«

Das ließ ihr zwei Tage, um den restlichen Menschen, die ihr wichtig waren, mitzuteilen, dass sie verlobt war – und um sie zu ihrer Hochzeit nach Weihnachten einzuladen.

***

Auf dem dreistündigen Flug nach Rhode Island dachte Reid darüber nach, auf welche Arten seine Mission scheitern könnte. Auch wenn er darauf bestand, sich an die Tradition zu halten, was den Vater der Verlobten betraf, war er sich durchaus bewusst, dass er alles andere als willkommen war an dem Arbeitsplatz, den Jack sich mit seinem Schwager Jamie Booth teilte.

Einst waren die drei Männer zusammen an der Uni in Berkeley gewesen, hatten gemeinsam Architektur studiert und waren gute Freunde geworden, was jedoch jäh ein Ende gefunden hatte, als Reid mit Jacks achtzehnjähriger Tochter eine Affäre anfing.

Da er selbst Vater war, konnte er Jacks Zorn verstehen. Er hatte sich ausreichend für seine Gefühle für Kate geschämt, seit der ersten Minute, in der er sie kennengelernt hatte. Trotz der Jahre, die sie voneinander trennten, war die Bindung zwischen ihnen besonders intensiv geworden, sobald sie Zeit miteinander verbracht hatten.

Jetzt wieder bei ihr zu sein war ein wahres Wunder. Den Anblick, wie sie am Strand von St. Kitts vor ihm gestanden hatte, würde er für den Rest seines Lebens nicht vergessen. Das Herz war ihm fast aus der Brust gesprungen, kaum dass er ihre Stimme vernommen hatte. Über die Jahre hatte er oft daran gedacht, zu ihr zurückzukehren, aber sie war diejenige gewesen, die die Beziehung beendet hatte, und er hatte versucht, ihre Entscheidung zu respektieren.

Jetzt wusste er, dass es närrisch von ihm gewesen war, ihr fernzubleiben, und er war entschlossen, die Zeit, die ihnen noch blieb, so friedlich und glücklich zu gestalten, wie er konnte. Nichts weniger hatte sie verdient. *Sie beide* hatten nichts Geringeres verdient, weshalb er sich vorgenommen hatte, mit ihrem Vater eine Übereinkunft zu treffen.

Er landete auf dem T.-F.-Green-Flughafen außerhalb von Providence in Rhode Island und mietete sich für die halbstündige Fahrt nach Newport ein Auto. Vor seinem Aufbruch in Nashville hatte er im Internet die Adresse von Jacks Architekturbüro rausgesucht und aufgeschrieben, die er jetzt ins Navigationssystem des Wagens eingab.

Während er den Anweisungen zum Gebäude von Harrington Booth Associates folgte, bemerkte er kaum, welch malerischen Anblick der Weg über die Brücken nach Newport bot. Auf dem Parkplatz verharrte er und starrte das Gebäude an, in dem Kates Vater arbeitete. Was, wenn Jack gar nicht da war, nachdem er den ganzen Weg auf sich genommen hatte?

Über den Gedanken musste er kopfschüttelnd lachen. Das wäre doch absolut typisch, oder? Er hatte nicht vorher anrufen wollen, weil er sich sicher war, dass Jack ein Treffen ablehnen würde. Er hoffte, dass es einen Unterschied machte, persönlich aufzukreuzen.

Sein Handy klingelte, aber die Anruferkennung zeigte ihm nur »Unbekannte Nummer«. Da es Kate sein könnte, die ihn vom Handy einer anderen Person aus anrief, ging er ran.

»Reid.«

Mist, es war nicht Kate. »Was willst du, Mari?«

»Bitte … Sie haben mich verhaftet.« Sie sprach so leise, dass er sie kaum verstand.

»Was soll ich dagegen unternehmen?«

»Sag ihnen, dass ich es nicht war. Sag ihnen, dass ich so etwas nicht tun könnte.«

»Aber du warst es. Du hast mein Haus zerstört und Fotos von meinem Sohn zerrissen.«

»Das kannst du nicht beweisen.«

»Die Polizei kann es – und wird es.«

»Wenn du ihnen versicherst, dass ich es nicht war, dann werden sie keine Anzeige gegen mich erstatten.«

»Warum sollte ich das tun, nachdem du deinem Cousin erzählt hast, dass Kate in Desis Resort eingecheckt hat, und er uns beim Sex gefilmt hat? Warst du diejenige, die es im Internet hochgeladen hat, oder hast du ihn damit ebenfalls beauftragt?«

»Nein, das würde ich nie tun.«

»Mach es nicht noch schlimmer, indem du lügst, Mari. Ich hoffe, du hast mit dem Video genug verdient, um dir einen Anwalt leisten zu können. Sieht so aus, als könntest du einen gebrauchen.«

»Reid, *bitte*. Du musst nur einen Anruf erledigen. Die Leute respektieren dich hier. Du weißt, dass ich nicht das Geld für einen Anwalt habe.«

»Daran hättest du denken sollen, bevor deine rachsüchtige Ader die Oberhand gewonnen hat. Ich bezahle schon den Vermieter für den Schaden, den du angerichtet hast. Ich denke, dass wir damit mehr als quitt sind.«

»Was ist mit mir? Wir waren glücklich zusammen, bis sie aufgetaucht ist.«

»Sie hat mir einen großen Gefallen damit getan, gerade dann zu erscheinen. Ich hatte keine Ahnung, dass solche Bosheit in dir steckt.«

»Ich wollte niemandem wehtun, und das mit Ashtons Foto tut mir leid. Das hätte nicht passieren dürfen.«

»Da hast du verdammt recht.«

»Wirst du sie heiraten?«

»So schnell ich kann.«

Sie ließ ein schmerzvolles Wimmern vernehmen. »Hast du jemals etwas für mich empfunden?«

»Ja, aber jetzt nicht mehr. Ruf mich bitte nie wieder an, sonst wechsle ich meine Telefonnummer. Wir haben uns nichts mehr zu sagen.« Er legte auf und umklammerte das Handy, während er mehrmals tief durchatmete, um sich zu beruhigen. Dieser Anruf war so ziemlich das Letzte, was er vor der Konfrontation mit Jack brauchte.

Schließlich steckte er das Telefon in die Tasche und stieg aus dem Wagen, bevor ihn der Mut verließ. Drinnen wies ihm eine Rezeptionistin den Weg zu Jacks Büro, vor dem seine Assistentin gerade telefonierte.

»Hallo«, begrüßte sie ihn wenige Minuten später, nachdem sie den Anruf beendet hatte. »Entschuldigen Sie. Heute ist unglaublich viel los. Wie kann ich Ihnen helfen?«

»Ich möchte Jack Harrington sprechen, wenn das möglich ist.«

Sie betrachtete ihn aus gescheiten grünen Augen. »Erwartet er Sie?«

»Nein«, erwiderte Reid mit einem trockenen Lachen. »Er erwartet mich ganz sicher nicht.«

»Ihr Name?«

»Reid Matthews.«

Kurz weiteten sich ihre Augen, bevor sie sich wieder ganz professionell gab. »Setzen Sie sich. Ich schau mal, ob er Zeit hat.«

Nachdem sie in Jacks Büro gehuscht war und die Tür hinter sich geschlossen hatte, nahm er in der Sitzecke Platz, um das Urteil abzuwarten.

Ganz in Gedanken versunken, bemerkte er nicht, wie sich Jamie Booth Jacks Arbeitszimmer näherte.

»Was zum Henker hast du hier verloren?«

Kates Onkel war groß, blond und offensichtlich wütend. »Ich grüße dich auch. Schön, dich zu sehen, Jamie.«

»Beantworte meine Frage.«

»Ich muss mit Jack sprechen.«

»Er hat dir nichts zu sagen.«

»Das ist in Ordnung, aber ich habe ihm etwas mitzuteilen.«

»Du hast vielleicht Nerven, hier aufzutauchen, nachdem du Kates Leben ruiniert hast – schon wieder.«

»Kates Leben ist wohl kaum ruiniert.«

»Du selbstsüchtiger Bastard.«

»Ich bin nicht hier, um mich mit dir zu streiten. Ich möchte mit Jack sprechen, und dann verschwinde ich wieder.«

Mit einem letzten zornigen Blick auf Reid verschwand Jamie in Jacks Arbeitszimmer und schlug die Tür hinter sich zu.

* * *

Als Quinn ins Büro kam und die Tür schloss, schaute Jack von den Plänen hoch, die er gerade prüfte. Es sah ihr nicht ähnlich, einfach reinzukommen, ohne vorher anzuklopfen. Vor langer Zeit hatte er sie aufgefordert, nicht mehr an die Tür zu klopfen, aber sie weigerte sich, was immer wieder Anlass zu Scherzen zwischen ihnen war. Er war darauf vorbereitet, dass sie ihn wegen seines ewig unordentlichen Schreibtisches aufziehen würde, aber sie wirkte verunsichert. »Was ist los?«

»Er ist hier«, flüsterte sie.

»Wer?«

»*Er*. Reid Matthews.«

Er starrte sie an und fragte sich, ob er sie richtig verstanden hatte.

Da stürmte auch schon Jamie rein und schlug die Tür hinter sich zu. »Ist das zu fassen? Taucht der Kerl einfach hier auf, als wäre er bei uns willkommen. Der hat vielleicht Nerven.«

Jacks Gedanken überschlugen sich, während er versuchte, Jamies Worte zu verarbeiten und die Tatsache zu verstehen, dass Reid *hier* war. Dann bemerkte er, dass Jamie und Quinn ihn beobachteten und auf seine Reaktion warteten. »Hat er gesagt, was er will?«

»Nur, dass er dich sprechen möchte«, antwortete Quinn.

»Das musst du nicht tun«, behauptete Jamie. »Du schuldest ihm nichts.«

Auch wenn er insgeheim Jamies Meinung war, hallte Andis Stimme in seinem Kopf wider und erinnerte ihn an ihr Gespräch vor ein paar Tagen. »Ich rede mit ihm.«

»Jack …«

»Kate wird ihn heiraten«, erklärte Jack. Gestern hatte ihn die offizielle Bestätigung erreicht, zusammen mit einer Einladung zu ihrer Hochzeit am zweiten Weihnachtstag. Sie hatte ihn gebeten, seiner Schwester und ihrem Ehemann Jamie die Nachricht weiterzuleiten, aber seit ihrem Anruf hatte er keinen von beiden getroffen.

Jamies ganzer Leib erstarrte. »Du machst doch Witze. Sie könnte jeden Typen haben, den sie will.«

»Genau.« Er ließ das Wort zwischen ihnen stehen, ganz so, wie Andi es bei ihm getan hatte. Sobald ihm klar wurde, was Jack meinte, ließ die Erstarrung in Jamies Haltung ein wenig nach.

»Himmelherrgott noch mal«, murmelte er auf dem Weg durch das Bad, das ihre Büros miteinander verband, dann schlug er eine weitere Tür zu.

»Soll ich ihn reinrufen?«, wollte Quinn zaghaft wissen.

»Ja, bitte.«

»Willst du, dass ich, äh, bleibe?«

»Danke für das Angebot, aber ich schaff das schon.«

»Okay.«

Er wappnete sich, stand auf, fuhr sich nervös mit den Fingern durchs Haar und stemmte dann die Hände in die Hüften.

Schließlich kam Reid rein, und er sah noch fast genauso aus wie an jenem grässlichen Tag in Nashville, als Jack seinen Freund mit seiner Tochter erwischt hatte. Seinen *ehemaligen* Freund, genau genommen. Reid trat vor Jacks Schreibtisch und streckte ihm die Hand entgegen.

Jack beäugte die Hand einen für einen langen, *langen* Augenblick, bevor er sich an seine Manieren erinnerte und sie schüttelte.

»Danke, dass du mich empfängst.«

»Äh, ja. Setz dich.« Jack war dankbar, dass er sich wieder auf seinen Schreibtischstuhl niederlassen konnte, denn er fühlte sich wacklig auf den Beinen, und seine Hände waren zu Fäusten geballt, die auf etwas einschlagen wollten. Reids Gesicht erschien ihm ein wenig zu günstig.

Sobald er auf einem der Besucherstühle saß, stützte Reid die Ellbogen auf die Knie und beugte sich vor. »Entschuldige, dass ich einfach so auftauche, aber ich musste dich unbedingt sprechen, um dich zu fragen …«

Jack schwieg. Er weigerte sich, es Reid einfach zu machen.

»Ich möchte deine Tochter heiraten.«

Was zum Henker sollte er dazu sagen? »Davon habe ich gehört.«

»Kate hat mir versichert, dass ich nicht herkommen muss, dass ich deine Zustimmung oder deinen Segen nicht benötige.«

Reid rieb sich mit einer Hand über den Kiefer, eine Geste, die Jack als Zeichen der Nervosität erkannte. Gut. Zumindest war er nicht der Einzige, der sich höchst unwohl fühlte. Der Gedanke daran, dass seine wunderbare Tochter mit diesem Typen schlief … Er schob die Vorstellung ganz weit weg.

»Aber so bin ich nicht erzogen worden«, fuhr Reid fort. »Auch wenn das für uns beide nicht leicht ist, möchte ich für sie das Richtige tun. Und für dich.«

»Es ist ein bisschen spät dafür, mir oder unserer ehemaligen Freundschaft Respekt zu zollen, meinst du nicht?«

»Ja, ich schätze schon«, stimmte Reid ihm seufzend zu. »So sieht's aus, Jack: Ich liebe Kate. Von Anfang an habe ich sie geliebt. In all den Jahren, die wir getrennt waren, habe ich nicht aufgehört, sie zu lieben, und ich bin mir dreitausend Prozent sicher, dass ich für den Rest meines Lebens auch nicht damit aufhören werde. Es gibt nichts, was ich nicht tun würde, um sie glücklich zu machen, nichts, was ich ihr nicht geben würde … Was immer sie braucht. Sie muss mich nur darum bitten, und sie wird es bekommen.«

Während er Reids Worten lauschte, fragte Jack sich, ob der melodische Südstaatenakzent nicht auch einen Reiz auf Kate ausübte.

»Ich weiß, dass ich nicht derjenige bin, den du dir für Kate wünschst.«

Jack stieß ein Lachen aus. Wenn das mal nicht die Untertreibung der letzten beiden Jahrhunderte war.

»Allerdings«, fuhr Reid fort, offenbar entschlossen, sein Anliegen in seiner Gänze darzulegen, »scheine ich derjenige zu sein, den sie sich wünscht, und es würde ihr – und mir – viel bedeuten, wenn du und ich uns irgendwie aussöhnen könnten. Das würde jemanden, den wir beide sehr lieb haben, äußerst glücklich machen.«

Die nervöse Energie, die Jack durch die Adern schoss, ließ nicht zu, dass er länger sitzen blieb. Er stand auf und steckte die Hände in die Taschen, um sicherzugehen, dass sie sich nicht verselbstständigten und doch noch zuschlugen. Er drehte sich zum Fenster und genoss schweigend einen seiner liebsten Ausblicke auf den Strand, während er sich überlegte, was er erwidern sollte. Schließlich wusste er ganz genau, was er dem Mann, der seine Tochter heiraten wollte, entgegnen wollte.

»Als Kate noch klein war, war sie ganz verrückt nach dem »Zauberer von Oz«. Die meisten Kinder, einschließlich ihrer Schwestern, hatten Angst vor der Hexe und den Affen, aber Kate liebte sie. Sie war furchtlos. Ihrer Mutter jagte sie jedes Mal einen Schrecken ein, wenn sie ein Rad in den Pool hinein schlug und ohne Hände am Lenker Fahrrad fuhr. Einmal zog ein Sturm über uns auf, und Clare entdeckte Kate auf der Terrasse, durchnässt bis auf die Haut, wo sie dem Gewitter zuschaute, als wäre es ein Film und nichts, wovor man Angst haben sollte.«

Er verstummte kurz, verloren in seinen Erinnerungen an das kleine blonde Mädchen mit dem Herzen und dem Mut einer Löwin. »Dann ist sie viel zu schnell groß geworden und hat mir erzählt, dass sie nach Nashville möchte, um in die Musikbranche einzusteigen. Ich weiß noch, wie ich dachte, wie viel Angst ich gehabt hätte, allein in eine fremde Stadt zu ziehen, wo mich niemand kennt – mit nur achtzehn. Aber Kate fürchtete sich nicht. Sie freute sich darauf, ihre Träume zu verwirklichen.« Er drehte sich zu Reid. »Noch nie hatte sie vor etwas Angst, weshalb sie so unwahrscheinlich verletzlich ist.«

»Ich würde ihr nie wehtun. Nie.«

»Das hast du schon einmal.«

»Hat sie dir jemals enthüllt, warum wir uns getrennt haben?«

»Äh, nein. Wir haben uns bemüht, nicht über jene Zeit in unserem Leben zu sprechen – niemals.«

»Erinnerst du dich noch an jenen Tag, als du und Kate bei mir angekommen seid und wir beide spazieren gegangen sind, während Ashton mit ihr in die Stadt gefahren ist?«

Jack nickte, neugierig trotz seines intensiven Verlangens, es nicht zu sein.

»Damals habe ich dir erzählt, dass ich ein paar Leute in der Branche kenne.«

»Ich hatte erwähnt, dass sie vermutlich nicht will, dass jemand für sie seine Beziehungen spielen lässt. Sie war ziemlich entschlossen, es allein zu schaffen.«

»Richtig. Mir hat sie dasselbe gesagt.« Reid schaute zu Jack hoch, schien sich förmlich dazu zu zwingen, seinem Blick zu begegnen. »Ich bin mit Buddy Longstreet aufgewachsen. Er ist mein bester Freund und der Bruder, den ich niemals hatte.«

Plötzlich ergaben eine Menge Dinge Sinn. »Du hast Buddy also von ihr berichtet.«

Nickend fügte Reid hinzu: »Gegen ihren ausdrücklichen Wunsch. Nachdem sie rausgefunden hatte, was ich getan hatte, hat sie mich verlassen.«

»Anschließend hatte sie eine unglaubliche Karriere, zu einem großen Teil dank Buddys Unterstützung.«

»Ja.«

»Ich wusste nicht, dass du dabei eine Rolle gespielt hast. Ich schätze, ich sollte dir danken, dass du ihr geholfen hast, einen Fuß in die Tür zu bekommen.«

»Es war falsch von mir, mich gegen ihren Wunsch zu stellen, und ich habe auf sehr schmerzhafte Weise gelernt, was passiert, wenn man Kate Harrington enttäuscht. Als sie meinetwegen nach St. Kitts kam, hat sie mir gestanden, dass auch sie in den letzten zehn Jahren eine wertvolle Lektion gelernt hat.«

»Die wäre?«

»Dass es niemand in ihrer Branche ohne Hilfe schafft. Ich habe es bedauert, ihren Wunsch nicht respektiert zu haben. Sie hat bedauert, wie sie reagiert hat, nachdem sie erfahren hatte, was ich getan hatte. Wir beide haben uns lange genug in unserem Bedauern gesuhlt – und hatten viele Jahre Zeit, um reifer zu werden.«

»Davon wusste ich nichts.«

»Eigentlich möchte ich nur, dass du weißt, wie magisch, vom Tag unserer Trennung einmal abgesehen, jede Minute war, die wir gemeinsam verbracht haben, ganz gleich, wie groß der Altersunterschied ist, ganz gleich, wie sehr es den Menschen in unserem Leben missfiel. Wir hatten eine Bindung zueinander, nach der andere Leute ein Leben lang suchen und die sie oft nicht finden. Seit wir wieder zusammen sind, ist es ganz genauso. Diesmal sind wir beide älter und weiser, und wir sind fest entschlossen, es diesmal zu schaffen.«

Jack spürte, wie sein Widerstand unter Reids überzeugenden Argumenten zusammenbrach. »Was ist mit Kindern? Sie ist eine junge Frau, die irgendwann ihre eigene Familie gründen möchte.«

»Weißt du noch, wie ich behauptet habe, dass es nichts gibt, was ich nicht für sie tun würde? Das meinte ich ernst.«

»Du würdest also jetzt noch mal Vater werden wollen?« Das konnte er sich nicht vorstellen, schließlich hatte er sich in den vergangenen zehn Jahren um kleine Kinder gekümmert, Reid hingegen nicht.

»Wenn es das ist, was sie möchte.«

»Sie weiß davon?«

»Wir haben darüber geredet.«

Fieberhaft versuchte Jack zu verarbeiten, was Reid ihm gerade alles offenbart hatte.

Reid erhob sich. »Ich habe genug von deiner Zeit beansprucht, und ich habe dir eine Menge gegeben, worüber du nachdenken kannst. Jetzt musst du noch nicht antworten, aber es würde uns beiden viel bedeuten, wenn wir mit deinem Segen heiraten könnten. Es würde Kate sehr glücklich machen, wenn du zu Weihnachten und zur Hochzeit kommen würdest, die wir danach feiern wollen. Wir verlangen nicht mehr von dir als deine Anwesenheit.«

Er streckte die Hand aus und hielt sie ihm eine unangenehm lange Weile entgegen. Sobald Jack merkte, dass Reid sie wieder zurückziehen wollte, trat er zu ihm und schüttelte sie.

»Ich werde darüber nachdenken.« Das war das Beste, was er anbieten konnte.

Reid nickte. »Das weiß ich zu schätzen. Ich hoffe, wir sehen uns zu Weihnachten in Nashville.«

Jack hielt den Blick auf Reids Rücken gerichtet, bis er aus dem Büro war und die Tür hinter sich schloss. Anschließend dachte er über alles nach, was Reid ihm anvertraut hatte, ganz besonders, warum er und Kate sich getrennt hatten. Er hatte nicht gewusst, dass Reid entscheidend dazu beigetragen hatte, Kate die Karriere zu verschaffen, die sie sich immer gewünscht hatte.

Wenn er an die eigensinnige achtzehnjährige Kate zurückdachte, dann konnte er sich gut vorstellen, wie sie reagiert hatte, als sie erfuhr, dass Reid hinter ihrem Rücken Buddy Longstreet von ihr erzählt hatte.

Quinn trat durch eine Tür, Jamie durch eine andere.

»Was wollte er?«, fragte Jamie.

In diesem Moment traf Jack eine Entscheidung. Er war vielleicht nicht ganz einverstanden mit ihrem Tun, aber keines seiner Kinder würde heiraten, ohne dass er zumindest dabei war, um zuzuschauen. »Sieht so aus, als würden wir zu Weihnachten nach Nashville fahren.«

KAPITEL 16

Der Winter setzte langsam ein, nachdem sich der Altweibersommer noch bis nach Thanksgiving im November hingezogen hatte, das Reid, Kate, Ashton und Jill mit den Longstreets verbracht hatten. Alles andere als langsam war jedoch die verzweifelte Geschwindigkeit, mit der Kate und Jill Weihnachten mit der Familie und die Hochzeit planten.

Kurz nachdem sie die gesamte Familie samt jeweiligem Anhang zu Weihnachten nach Nashville eingeladen hatte, stellte Kate fest, dass sie in ihrem und Jills Haus nicht genug Platz für alle hatten.

»Wir bauen was«, verkündete Reid Anfang November ganz sachlich.

»*Bauen?* Bis Weihnachten? Bist du verrückt?«

»Darling, weißt du, mit wem du redest?« Er zwinkerte ihr zu und riet ihr, sich keine weiteren Gedanken zu machen.

Nur weil sie mit den Einzelheiten ihrer Hochzeit beschäftigt war, überließ sie ihm das Projekt, das er »Die Schlafhütte« getauft hatte. Er hatte sich eine Stelle hinter ein paar Bäumen ausgesucht, die in der Richtung von ihrem Haus aus die Sicht versperrten, und ihr verboten, sich in der Bauphase dem Ort zu nähern. Diesmal tat Kate, wie ihr geheißen, denn es schien ihm wichtig zu sein, dass sie es erst zu Gesicht bekam, wenn es fertig war.

Das Grundstück wurde von Betonmischern, Baustellenfahrzeugen und einer Mannschaft förmlich überrannt, die er irgendwo angeheuert hatte. Auch ein

Jahrzehnt nachdem er Reid Matthews Development geschlossen hatte, hatte er offenbar noch immer Einfluss im Baugewerbe.

Außerdem war er nebenbei mit den Renovierungsarbeiten an seinem Haus beschäftigt, das allmählich Gestalt annahm und so umfunktioniert wurde, wie sie es sich für Frauen und Kinder in Not vorstellten. Gleich im neuen Jahr wollten sie sich nach einem Hausleiter umschauen.

Das Interview, das Kate Nancy gegeben hatte, schien das irre Interesse an ihr zu zerstreuen. Sobald klar wurde, dass sie tatsächlich darauf beharrte, kein weiteres Interview zu geben – und nachdem klar war, dass sie noch andere Wege kannte, um auf ihr Grundstück zu gelangen oder es zu verlassen –, gaben die Journalisten ihre Posten vor ihrem Tor auf. Kate war dankbar, dass die Belagerung vorüber war – vorerst zumindest.

»Wann bekomme ich denn die sogenannte Schlafhütte mal zu Gesicht?«, fragte sie Reid während des Frühstücks, eine Woche bevor ihre Familie eintreffen sollte.

»Schon bald.«

»Wie bald ist ›schon bald‹?«

»Wenn du mich deswegen bedrängst, wird es nur länger dauern.«

»Was, wenn es mir nicht gefällt?«, neckte sie ihn, aber er trank nur seinen Kaffee aus und stand auf.

Auf dem Weg nach draußen beugte er sich zu ihr runter und küsste sie. »Ich verspreche dir, dass es dir gefallen wird. Wir sehen uns zum Mittagessen.«

Sie war versucht, ihm zu folgen und ihre Neugierde zu befriedigen, aber sie hatte selbst mehr als genug zu tun. Gemeinsam mit Jill hatte sie sich damit abgemüht, das lange Wochenende mit der Familie zu planen: wo jeder schlafen würde, die Mahlzeiten, die Unterhaltung und die Heiratspläne.

Sie studierte gerade Jills neueste Vorschläge zur Schlafordnung, als ihr Handy klingelte. Den Anruf der Mutter ihres Stiefvaters nahm sie gerne entgegen.

»Grandma Colleen, was für eine tolle Überraschung.«

»Hallo, Liebes«, grüßte Colleen sie herzlich. »Störe ich dich gerade?«

»Natürlich nicht. Ich freue mich immer, wenn du anrufst. Wie geht's den O'Malleys?« In den letzten Jahren waren sie und Colleen E-Mail-Freundinnen geworden, und Kate liebte ihre fröhlichen Nachrichten voller amüsanter Anekdoten über ihre ausgedehnte Familie, ganz besonders, wenn sie unterwegs war.

»Es geht allen gut. Die Enkel wachsen wie Unkraut. Aber ich rufe an, weil ich schlechte Nachrichten habe. Ich schaffe es zur Hochzeit nicht nach Nashville, so gerne ich auch kommen würde. Meine Arthritis macht mir zu schaffen, und ein Flugzeug zu besteigen und wieder zu verlassen ist mir so gut wie unmöglich.«

»O nein. Ohne dich ist es nicht dasselbe. Dad und Aidan chartern ein Flugzeug, um alle herzubringen, aber wenn das für dich problematisch ist, könnte ich Reid losschicken, damit er dich am Cape abholt, sodass du nicht nach Providence fahren musst. Ich weiß, dass er das gerne tun würde, außerdem ist er ein guter Pilot. Du wärst absolut sicher.«

Colleens helles Lachen drang durch die Telefonleitung. »Danke für das Angebot, Liebes, aber ich bleibe lieber zu Hause, wo ich mich am wohlsten fühle. Es ist nicht schön, alt zu werden.«

»Kann ich was für dich tun, damit es dir besser geht? Gibt es Spezialisten, die wir hinzuziehen könnten, um dir zu helfen? Es muss doch was geben. Ich möchte nicht, dass du dich quälst.«

»Brandon und Colin haben mich letzten Monat nach Boston gefahren, um einen Rheumatologen aufzusuchen. Er hat mir neue Medikamente verschrieben, die aber meinem Magen nicht bekommen – natürlich helfen sie mit der Arthritis. Aber ich rufe nicht an, um mich zu beklagen. Ich wollte dir mitteilen, wie sehr ich mich für dich und Reid freue. Wir alle freuen uns. Mike ist traurig, weil sie die Hochzeit wegen der Klassenfahrt nach Europa verpasst, die schon seit Langem für die Weihnachtsferien gebucht ist. Sie hat sich über die Einladung echt gefreut.«

»Natürlich ist sie eingeladen. Sie ist mein größter Fan. Sag ihr, dass ich ihr eine wundervolle Reise wünsche und dass ich jede Menge Fotos sehen will, wenn sie wieder da ist.«

»Ich geb's weiter. Sie ist jetzt sechzehn, ist das zu fassen, und macht den Führerschein. Offenbar ist sie vor einer Woche oder so mit dem Wagen im Nachbargarten gelandet. Brandon war außer sich, als er mir davon erzählt hat.«

Kate lachte. »Das kann ich mir vorstellen.«

»Ich hoffe, du weißt, dass die O'Malleys in Gedanken bei euch sein werden, euch alles Gute wünschen und euch ihre ganze Liebe schicken. Aidan bringt ein paar Geschenke von mir mit.«

»Das ist doch nicht nötig.«

»Doch, ist es. Du weißt, dass ich dich und deine Schwestern liebe wie meine eigenen Enkel, ja?«, fragte Colleen mit belegter Stimme.

Gerührt erwiderte Kate: »Du warst immer gut zu uns, und wir lieben dich auch.«

»Ihr Mädchen und eure Mutter habt meinem Sohn das Leben gerettet. Ihr ahnt ja gar nicht …«

»Wir haben ihn auch gern. Ich hätte nie gedacht, dass die Scheidung meiner Eltern so viel Gutes bringen könnte, aber meine Schwestern und ich haben jetzt viel mehr Menschen, die uns lieben und die wir auch lieben.«

»Man kann nie genug Menschen um sich haben, die einen lieben. Ich würde alles dafür geben, wenn ich erleben könnte, wie du vor den Altar trittst und deinem Bräutigam gegenüberstehst.«

»Wir besuchen dich, sobald wir können.«

»Ach, Schatz, ich weiß doch, wie beschäftigt du bist. Mach dir um mich bitte keine Gedanken. Deine Mom hat mir jede Menge Fotos versprochen. Genieße jede Minute deines großen Tages.«

Kate wischte sich eine Träne von der Wange. »Das werde ich, Grandma. Danke, dass du angerufen hast.«

»Ich hab dich lieb, Schatz.«

»Ich dich auch.«

Reid trat durch die Hintertür und blieb stehen, sobald er sah, wie sie sich die Tränen wegwischte. »Was ist los?«

»Ich habe gerade mit Grandma O'Malley gesprochen. Sie fühlt sich nicht besonders gut, also bleibt sie zu Hause.«

»Das tut mir leid, Liebes. Ich weiß, dass du dich drauf gefreut hast, sie zu sehen.«

»Ich habe ihr versprochen, dass wir sie schon bald besuchen.«

»Ich würde sie gerne kennenlernen. Sie klingt interessant.«

»Das ist sie.«

Er trat zum Tisch und legte die Arme um sie.

Da schmiegte sie sich an ihn und ließ sich vom Duft nach frischer Luft, Sägespänen und seinem unverwechselbaren Rasierwasser trösten. »Warum bist du schon so früh wieder hier?«

»Ich habe mein Handy liegen gelassen.« Er gab ihr einen Kuss auf den Kopf. »Weißt du, was dich aufmuntern würde?«

»Was?«

»Ein erster Blick auf die Schlafhütte?«

»Jetzt?«

»Sofort. Hol deinen Mantel.«

Die Tränen vergessen, eilte sie aus der Küche. Zehn Sekunden später war sie zurück.

»Schon besser«, kommentierte Reid das Lächeln, das sie ihm zeigte. »Ich sehe nicht gerne Tränen auf deinem wunderschönen Gesicht.«

»In den nächsten ein oder zwei Wochen werde ich zum Weinen neigen.«

»Dann will ich mal nicht so sein, aber danach möchte ich dich nur mit strahlendem Gesicht und voller Lachen erleben. Verstanden?«

»Klingt gut.« Sie begaben sich auf den Trampelpfad zwischen ihrem Haus und der neuen Schlafhütte, den er im Gras hinterlassen hatte. Kaum hatten sie den ersten Baum erreicht, überkam sie eine Welle des Unwohlseins. Sie blieb stehen und atmete tief die Luft ein, die in der letzten Woche endlich kühler geworden war.

»Was ist los, Darling?«

»Das Übliche um diese Tageszeit.« Die Übelkeit kam mit lästiger Regelmäßigkeit jeden Morgen um neun Uhr dreißig.

Er legte ihr eine Hand auf den Rücken. »Möchtest du zurück?«

Sie schüttelte den Kopf und atmete ein paarmal durch, um sich da durchzukämpfen.

»Ist es nicht langsam an der Zeit, dass du dir von einem Arzt bestätigen lässt, was wir schon längst wissen?«

»Ich habe morgen einen Termin.«

»Ich sehe es nicht gern, wenn du leidest.«

»Du weißt schon, dass es nichts gibt, was ein Arzt gegen die Übelkeit unternehmen kann, oder?«

Ehe sie weitergingen, legte er einen Arm um sie. »Gar nichts?«

»Nein. Ich muss da durch, bis es nachlässt.«

»Dann hoffe ich, dass es schon bald besser wird. Wir haben noch viel vor.«

Schließlich kamen sie auf die Lichtung, auf der die Schlafhütte stand.

Kate blieb stehen und öffnete den Mund, um etwas zu sagen, aber die Worte blieben ihr in der Kehle stecken. »Ach, Reid … O mein Gott.« Er hatte eine Miniversion ihres Nur-Dach-Blockhauses gebaut, samt Terrasse.

»Ich hab dir doch versprochen, dass es dir gefallen wird«, flüsterte er ihr ins Ohr, was sie wohlig erschauern ließ.

Sie warf sich ihm in die Arme. »Es ist absolut perfekt. Vielen Dank.« Dann nutzte sie seine Nähe, um ihm einen leidenschaftlichen Kuss zu geben, den er ebenso erwiderte.

Die Bauarbeiter verharrten in ihrer Arbeit und johlten und pfiffen.

Reid lehnte sich lächelnd zurück. »Ich liebe es, wie du dich bedankst, Darling.« Er küsste sie auf die Stirn, dann auf die Nase. »Komm, ich zeige dir, wie es von innen aussieht.«

Sie nahm seine Hand und folgte ihm in den gemütlichen Raum, der Wohnzimmer, Küche und Essbereich zugleich war und in dem ein riesiger Steinkamin prangte. Hinter der Kochecke befand sich ein Schlafzimmer.

»Das wäre perfekt für meine Großeltern auf der Harrington-Seite«, meinte Kate. »Sie haben Probleme beim Treppensteigen.«

»Ich erinnere mich, dass du das mal erwähnt hast.«

Dass ihr Verlobter ihr zuhörte, wenn sie was erzählte, war ein weiterer Grund, warum sie ihn über alle Maßen liebte.

Schließlich gingen sie nach oben, wo sich vier weitere Schlafräume und zwei Bäder befanden. Im Kopf verteilte sie die Räume bereits: ihr Dad und Andi, Jamie und Frannie, Jamies Eltern …

»Sieh dir das hier an«, rief er und führte sie eine weitere Treppe zum Dachboden hinauf. »Ich dachte, die Kinder schlafen vielleicht gerne hier oben.«

»Ja«, stimmte sie ihm mit strahlendem Gesicht zu. »Ja.« Er hatte ihr genau das gegeben, was sie brauchte, ohne dass sie ihm hatte mitteilen müssen, was genau sie sich wünschte. Sie umarmte ihn und seufzte, sobald er die Arme um sie schlang. »Wie habe ich nur so lange ohne dich leben können?«

»Ich habe keine Ahnung, wie wir es beide ohne den jeweils anderen geschafft haben. Zum Glück sind diese Tage vorüber.«

»Gott sei Dank.« Ein Gedanke kam ihr in den Sinn. »Wir müssen Möbel und Haushaltsgeräte bestellen.«

»Darum hat Jill sich schon vor Wochen gekümmert.«

»Natürlich hat sie das«, erwiderte Kate lachend.

»Am Freitag soll alles hier sein.«

»Ich fasse nicht, dass du dir diese Mühe gemacht hast.«

»Ich habe angenommen, dass du alle zwei Jahre Weihnachten hier feiern möchtest.«

»Liebend gerne.«

»Wir haben einfach mehr Betten gebraucht«, erklärte er achselzuckend, als wäre es keine große Sache gewesen, dieses Wunder innerhalb von sechs kurzen Wochen wahr werden zu lassen.

»Ich liebe dich so sehr.«

»Ich weiß, Darling. Ich liebe dich genauso sehr. Vielleicht sogar noch mehr.«

Sie folgte ihm ins Erdgeschoss. »Auf keinen Fall. Das ist nicht möglich.«

»Das weißt du nicht.«

Auf dem Heimweg setzten sie ihren »Streit« fort. Sie zog ihren Mantel aus und drehte sich zu ihm um. »Musst du gleich wieder an die Arbeit?«

»Heute habe ich viel zu tun, damit alles für die Lieferungen am Freitag fertig ist. Warum?«

Ihre kalten Hände wanderten in seinen Mantel und unter seinen Pullover. »Ich hatte mich nur gefragt …«

Er atmete scharf ein, sobald sie seine bloße Haut berührte. »Katherine …«

Sie hatte es schon immer geliebt, wenn er ihren vollen Namen auf diese ernste Weise aussprach. »Ja?«

»Tu nicht so unschuldig, als wüsstest du nicht, was du da treibst.«

»Was mache ich denn? Ich wollte nur wissen, ob du gleich zurückmusst.«

»Du weißt ganz genau, was du tust, du kleine Hexe.« Die Hände an ihrem Hintern, drückte er sie fest an sich, um ihr zu zeigen, welche Wirkung ihre kalten Hände auf seinem Rücken hatten.

»Das möchte ich nur ungern ungenutzt verstreichen lassen, aber du musst zurück an die Arbeit, also …«

»Nicht so voreilig.«

Sie riskierte einen Blick zu ihm rauf und bemerkte das Feuer in seinen Augen, während er sie auf eine Weise betrachtete, die keine Fragen offenließ. »Ich halte dich nur ungern von deiner Arbeit ab.«

Lachend beugte er den Kopf vor und küsste sie. »Ich schätze, du wirst behaupten, dass das meine Schuld war, was?«

»Du bist wegen deinem Handy zurückgekehrt«, erinnerte sie ihn voller Unschuld.

»Stimmt.« Als er sie mit einem Knurren umdrehte und zur Treppe führte, brach sie in Gelächter aus und war wieder einmal dankbar, dass sie den Mut aufgebracht hatte, sich das zu holen, was sie sich am meisten wünschte. Eines wusste sie ganz sicher: Sie würde ihn nie wieder gehen lassen.

* * *

Die Invasion setzte am zweiundzwanzigsten Dezember ein, als Maggie mit einem Flugzeug von LaGuardia auf dem Nashville International landete. Kate fuhr bei Jill mit, um ihre jüngere Schwester abzuholen.

»Danke für alles, was du getan hast, um dieses Wochenende zu ermöglichen«, meinte sie.

»Es hat mir Spaß gemacht, und es ist schön, alle dazuhaben. Die Schlafhütte ist fantastisch, Kate. Ich fasse nicht, dass Reid das so schnell auf die Beine gestellt hat.«

»Ich auch nicht.«

»Er ist gut in dem, was er tut, so viel ist schon mal sicher.«

»Auf jeden Fall.«

»Ich mag ihn. Ich möchte, dass du das weißt. Ich bin froh, dass ich eine Chance hatte, ihn in den letzten Wochen besser kennenzulernen.«

»Das freut mich ebenfalls. Es bedeutet mir viel, dass du ihn magst.«

»Mir gefällt es auch, euch beide zusammen zu erleben. Ich muss zugeben, dass ich mich gefragt habe, was du in einem Mann in Dads Alter siehst, aber nachdem ich Zeit mit euch beiden verbracht habe, verstehe ich es.«

»Das schätze ich mehr, als du dir vorstellen kannst.« Sie schaute zu ihrer Schwester rüber, die sich auf die Straße konzentrierte. Der Wetterbericht hatte sie vor Glatteis und Schneeschauern in den kommenden vierundzwanzig Stunden gewarnt. Darin war auch erwähnt worden, dass ihnen vermutlich eine weiße Weihnacht bevorstand, aber Kate wollte sich deswegen keine Hoffnungen machen. »Was ist mit dir? Wie läuft es mit Ashton?«

»Wir amüsieren uns, hängen rum, weißt du?«

»Nichts Ernstes?«

»Das habe ich nicht gesagt.«

»Okay, erzähl schon.«

»Wir reden über die Zukunft. Gelegentlich.«

»Inwiefern?«

Jill seufzte gereizt. »Darüber, sie gemeinsam zu verbringen. So was halt.«

»Warum habe ich den Eindruck, dass du mir was verschweigst?«

»Du hast diese Woche genug um die Ohren, ohne dass du dir um mich Gedanken machen musst.«

Kate drehte sich auf ihrem Sitz um, um ihre Schwester besser betrachten zu können. »Wartest du bis nach meiner Hochzeit damit, eigene Pläne zu schmieden?«

»Möglich …«

»Lass das. Warte nicht meinetwegen. Ich bin es leid, dich zurückzuhalten.«

»Du hast mich noch nie zurückgehalten. So viel Einfluss hast du nicht.«

»Du weißt, was ich meine. Wenn du etwas planen möchtest, dann tu das. Ich bin mehr als glücklich, das Rampenlicht mit dir zu teilen.«

»Das ist echt lieb von dir, aber so weit sind wir noch nicht – ich jedenfalls bin es noch nicht. Bei ihm sieht das möglicherweise anders aus.«

»Ich möchte, dass du glücklich bist.«

»Ich *bin* glücklich. Es gibt da aber eine Sache, über die ich mit dir reden wollte.«

Das Zögern in ihrer Äußerung ließ Kate nervös aufhorchen. »Das wäre?«

»Ashton hat mich gefragt, ob ich seine Partnerin in der Kanzlei werden möchte. Da du deine Karriereverpflichtungen ein wenig zurückschraubst, dachte ich, dass ich vielleicht Zeit hätte, um etwas anderes auszuprobieren, aber wenn du das nicht möchtest …«

»Das klingt fantastisch. Was hältst du davon, mit ihm zusammenzuarbeiten?«

»Ich bin mir nicht sicher. Er erklärt mir ständig, wie toll das wäre, aber ich habe meine Zweifel.«

»Das findest du nur auf eine Art raus.«

»Das hat er auch gesagt.«

»Ich möchte, dass du tust, was immer du willst, Jill. Für mich zu arbeiten war nie als lebenslange Knechtschaft gedacht.«

»Ich bin wohl kaum dein Knecht, und ich arbeite gerne für dich. Das weißt du. Wenn ich das mit Ashton durchziehe, wärst du immer noch meine wichtigste Mandantin – immer.«

»Darf ich dir was erzählen, was ich vor der Hochzeit keinem anderen anvertrauen werde?«

»Na klar.«

»Ich bin schwanger.«

Jill riss den Kopf zu ihr rum, schaute aber schnell wieder auf die Straße, um den Schlenker zu korrigieren. »Ach, Kate. Das sind ja wunderbare Nachrichten. Du freust dich bestimmt.«

»Ich bin überglücklich. Ich hätte nie gedacht, dass man so glücklich sein kann.«

»Wann ist es so weit?«

»Ende Juni.«

»Dann kannst du im Sommer gar nicht auf Tournee gehen.«

»Richtig.«

»Darum kümmern wir uns nach den Feiertagen.«

»Ich hatte gehofft, dass du das sagen würdest.«

Kates Handy klingelte, weil Maggie ihr eine Nachricht geschickt hatte. »Ihr Flug ist früher da. Sie wartet am Bordstein.« Kates Herz raste vor Aufregung. Sie konnte es kaum erwarten, ihre kleine Schwester wiederzusehen.

Wenige Minuten später erreichten sie den Flughafen und gerieten vor der Ankunftshalle in einen ärgerlichen Stau.

»Ist sie das?«, fragte Jill und zeigte auf eine Gestalt, die aufs Ende der Schlange zulief.

»Ja.« Kate sprang aus dem Auto und winkte Maggie zu, die sich zwischen den anderen Wagen durchdrängte, um zu ihnen zu gelangen. Mitten auf der Straße umarmte Kate ihre Schwester. »Dad wäre nicht einverstanden damit, dass du im Verkehr spielst.«

»Dad wäre mit vielen meiner liebsten Freizeitbeschäftigungen nicht einverstanden«, erwiderte Maggie mit frechem Lächeln, ehe sie auf die Rückbank kletterte. Eine perfekte Mischung ihrer Eltern, war Maggie die größte unter den drei Schwestern und hatte wie Jill Jacks glattes schwarzes Haar und wie Kate Clares strahlend blaue Augen.

»Das klingt interessant«, fand Jill, die ihr Gesicht Maggie zuwandte, die ihr einen Kuss gab. »Was treibst du so in der großen Stadt?«

»Ach, du weißt schon. Ein bisschen von diesem, ein wenig von jenem.«

»Irgendwelche festen Freunde?«, erkundigte sich Kate.

»Ein paar, aber nichts Ernstes.«

»Typisch Maggie«, meinte Jill. »Von Küste zu Küste bricht sie reihenweise Herzen.«

»Vorwiegend an der Ostküste, aber vor Kurzem habe ich ein paar aus dem Westen getroffen. Was ist mit dir, Jill? Gibt es in Nashville attraktive Männer?«

»Ach, du weißt schon«, entgegnete Jill mit neckendem Unterton. »Ein bisschen von diesem, ein wenig von jenem.«

»Sei ehrlich zu ihr«, bat Kate sie.

Da sie interessante Neuigkeiten ahnte, lehnte Maggie sich vor, bis sie praktisch zwischen den Vordersitzen hockte. »Spuck's schon aus, Schwesterherz.«

»Schnall dich an«, forderte Jill sie auf.

»Nachdem du mir alles verraten hast.«

»Ich erzähle dir nichts, solange nicht alles verkehrssicher ist.«

»Gott, du klingst schon wie Mom«, beschwerte sich Maggie, ehe sie sich wieder auf ihren Sitz setzte und anschnallte.

»Danke.«

»Der Gurt ist eingerastet, Mom, also rück schon raus damit.«

Da Jill zögerte, berichtete Kate: »Sie schläft mit Reids Sohn Ashton.«

»Kate!«

»Was? Stimmt doch.«

»Ist nicht wahr!«, rief Maggie. »Vater und Sohn? Was ist mit mir? Gibt's da noch einen für mich?«

Jill und Kate lachten. »Wir haben schon alle abgegriffen«, entschuldigte sich Kate. »Tut mir leid.«

»Ihr zwei wart noch nie gut im Teilen.«

»Schmoll nicht, Maggie«, tröstete Jill sie. »Da draußen wartet ein ganzer Haufen Südstaatenkerle bloß darauf, dich kennenzulernen.«

»Nur dass Dad da ist, und er liebt es, mir den Spaß zu verderben.«

»Mir auch«, pflichtete Kate ihr bei, die sich fragte, ob er ihr auch den Spaß an diesem Wochenende verderben würde. Sie hoffte nicht. In den letzten Wochen hatten sie ein paarmal telefoniert, sich dabei aber auf neutrale, konfliktfreie Themen beschränkt. Er war damit einverstanden, die Feiertage in Nashville zu verbringen und an der Hochzeit teilzunehmen. Sie bemühte sich, sich mit dem Teilsieg zufriedenzugeben, und hatte es nicht gewagt, ihn darauf anzusprechen, ob er sie zum Altar führen würde.

»Wann kann ich mein Kleid sehen?«, wollte Maggie wissen.

»Sobald wir bei mir sind«, versprach Jill.

»Wann lerne ich meinen künftigen Schwager kennen?«

»Morgen früh«, antwortete Kate. »Heute machen wir einen Mädelsabend, während er an der Schlafhütte letzte Hand anlegt.«

»Was zum Henker ist eine Schlafhütte?«, wollte Maggie wissen.

»Wart's ab«, meinte Jill.

* * *

Mit der Hilfe von Ashton, Buddy und Buddys achtzehnjährigem Sohn Harry richtete Reid die Schlafhütte ein. Dann beschloss Buddy, dass dem Haus ein femininer Touch fehlte, also rief er Taylor an, die ihm versprach, gleich mit Miss Martha und den Mädchen vorbeizuschauen.

Wenig später trafen sie mit Pizza, Bier und Brause ein, und Reid musste zugeben, dass sie ihnen wahrhaftig den Tag retteten. Sie nahmen die Sachen, die Reid und Kate im Einkaufswahn besorgt hatten, und erschufen gemeinsam einen warmen, gemütlichen, einladenden Wohnbereich für Kates Familie.

»Das sieht fantastisch aus«, verkündete Harry beim Pizzaessen, nachdem sie mit der Arbeit fertig waren.

»Ich fasse nicht, wie schnell du die Bude gebaut hast«, staunte Buddy.

»So ist er halt«, rief Ashley ihrem Vater ins Gedächtnis.

»Danke, Ash«, sagte Reid und freute sich wieder, dass Buddy und seine Familie ihn auf St. Kitts regelmäßig besucht hatten. Es wäre ihm nicht recht gewesen, den Kindern seines besten Freundes ein Fremder zu sein.

»Bist du nervös?«, fragte Taylor ihn. »Wegen der Schwiegereltern, der Feiertage und der Hochzeit?«

»Eigentlich nicht. Ich freue mich darauf, endlich mit Kate sesshaft werden zu können.«

»Hat ja lange genug gedauert«, brummte Buddy und hielt eine Bierflasche hoch.

Reid stieß seine dagegen und wechselte mit seinem Freund ein Lächeln. »Ja, das hat es.«

»Ich freue mich für dich und Kate, Reid«, erklärte Martha. »Ich weiß, dass ich nicht immer glücklich über eure Beziehung war, aber sie ist jetzt eine erwachsene Frau, die ganz genau weiß, was sie empfindet.«

»Danke, Martha. Das bedeutet mir viel.«

»Meine Freunde finden es cool, dass ich eine der Brautjungfern auf Kate Harringtons Hochzeit bin«, verkündete Georgia.

»Wissen sie nicht, wer Mom und Dad sind?«, erkundigte sich Harry bei seiner jüngeren Schwester.

»Klar, aber die sind nicht mal ansatzweise so cool wie Kate«, behauptete Georgia und schielte zu ihren Eltern rüber, die gemeinsam auf dem Sofa saßen.

Einstimmig protestierten sie: »He!«

Georgia lachte nur. »Stimmt doch.«

»Himmel«, seufzte Buddy. »Da steckt man Herz und Seele in die Kinder, und sie wachsen zu scheußlichen Bälgern heran.«

»Allerdings«, stimmte Martha mit einem beredten Blick auf ihren Sohn zu.

»Wow«, lachte Ashton. »Schwieriges Publikum.«

»Nicht wahr?«, murrte Buddy. »Ich werde in meinem eigenen Heim niedergemacht.«

»Nicht von jedem, Baby«, erwiderte Taylor und klimperte mit den Wimpern.

»Zum Glück gibt es dich«, erwiderte Buddy, ehe er sie vor den Augen seiner angewiderten Kinder auf den Mund küsste.

Reid lachte, wie immer von den Longstreets amüsiert.

»Wir fahren besser nach Hause«, schlug Taylor vor. »Uns bleibt nur noch ein Schultag vor den Ferien.«

Die Mädchen stöhnten laut auf.

»Gilt nicht für mich«, freute Harry sich, der von einem Ohr zum anderen strahlte und seinem Vater mit jedem Tag immer ähnlicher sah. »Noch ein Vorteil der College-Zeit. Zu Weihnachten ein ganzer Monat frei.«

»Sei still, Harry«, warnte Chloe in einem so finsteren Ton, wie Reid ihn noch nie von ihr gehört hatte.

»Also gut, werte Staatsbürger«, setzte Taylor mit ihrer strengen Mom-Stimme an, die jedes Mal Wunder wirkte. Reid war sich nie sicher, wie sie das fertigbrachte. »Lasst uns verschwinden, bevor das hier zu einem ausgewachsenen Krieg zwischen den Longstreets ausartet.«

Reid brachte sie zu ihren Autos, wo Harry klugerweise beschloss, bei seinem Vater mitzufahren, während die Mädchen und Martha bei Taylor einstiegen. »Herzlichen Dank für eure Hilfe.«

Taylor umarmte ihn. »Wir freuen uns für dich und Kate. Wir können die Hochzeit kaum erwarten.«

»Danke, Tay. Ich habe euch alle lieb.«

»Wir dich auch.« Sie küsste ihn direkt auf den Mund, tätschelte ihm das Gesicht und stieg ins Auto.

»Das habe ich gesehen«, knurrte Buddy.

»*Sie* hat *mich* geküsst.«

»Klar.« Dann überraschte Buddy ihn mit einer Umarmung. »Genieße das alles, Bruder. Lass nicht zu, dass euch die Ablehnung zu nahe geht«, sprach er wie immer aus, was alle anderen dachten.

»Werd ich nicht.«

»Wenn ich was für euch tun kann – du weißt, wo du mich findest.«

»Es gibt da eine Sache …«

»Die wäre?«

»Also, ich weiß, dass Kate dich gebeten hat, sie bei der Hochzeit die Treppe runterzuführen, aber wenn du vielleicht auch mein Trauzeuge sein könntest, wäre ich dir äußerst dankbar.«

Buddy schaute zur Schlafhütte und dann zu Reid. »Ich dachte, du würdest Ashton darum bitten.«

Er würde nie zugeben, wie sehr es ihn schmerzte, dass er sich nicht wohl dabei fühlte, seinen Sohn darum zu bitten. »Ich will mein Glück nicht überstrapazieren.«

»Ach so. Das ist vermutlich klug. Natürlich mache ich das.«

»Danke – dafür und für alles andere.«

»Du weißt ja gar nicht, wie sehr ich mich freue, euch beide wieder zusammen und glücklich zu erleben. Ich habe mir lange Vorwürfe wegen dem gemacht, was damals geschehen ist.«

»Das solltest du nicht. Daran waren wir ganz allein schuld. Du bist nur ins Kreuzfeuer geraten.«

»Trotzdem … Es fühlt sich so an, als würden wir etwas wiedergutmachen, weißt du?«

»Auf jeden Fall. Ich bin so froh, dass du und deine Familie daran teilhabt.«

»Wir auch. Wir sehen uns zu Weihnachten.«

Reid war unglaublich dankbar, dass seine »Familie« zu den Feiertagen da sein würde. Er brauchte jeden Freund, den er kriegen konnte, wenn Jack Harrington und Jamie Booth in die Stadt kamen. »Bis dann.«

Dann ging er wieder rein, wo Ashton gerade die Bierflaschen, Coladosen und Pizzaschachteln wegräumte. »Danke für deine Hilfe heute Abend, Junge.«

»Klar, kein Problem.«

In den Wochen, seit Kate und er wieder in der Stadt waren, waren sie äußerst höflich miteinander umgegangen. Weder er noch Ashton hatten Lust auf Ärger in ihrer Beziehung, wofür Reid äußerst dankbar war. Allerdings würde er für das Gefühl, dass sich sein Sohn wenigstens ein bisschen für ihn und Kate freute, fast alles geben. Das wünschte er sich mehr, als ihm klar gewesen war, bis er erkannt hatte, dass Ashton die Worte, nach denen er sich sehnte, nicht aussprechen würde.

Es reichte, redete er sich ein, dass sein Sohn teilnahm und sich bei der Schlafhütte eingebracht hatte, als Reid ihn darum gebeten hatte. Nur dass es eben nicht reichte. Nicht mal ansatzweise. Irgendwann musste er ihm von dem Baby erzählen, das unterwegs war, aber er hatte noch nicht den richtigen Zeitpunkt gefunden, das Thema anzuschneiden, das seinen Sohn aufregen könnte.

»Fährst du wieder heim?«, fragte er, nachdem die Arbeit erledigt und der Wohnbereich nach dem spontanen Treffen wiederhergerichtet war.

»Ich hatte überlegt, ob ich beim Junggesellinnenabschied vorbeischaue«, erklärte Ashton mit lausbubenhaftem Lächeln. »Möchtest du mit?«

»Kate hat darauf bestanden, Zeit mit ihren Schwestern zu verbringen.«

»Jill auch.«

Ihre Blicke begegneten sich in einem Moment unbeschwerter Einigkeit, bei der Reid das Gefühl hatte, dass bei ihnen vielleicht doch noch nicht alles verloren war.

»Bist du dabei?«, wollte Ashton wissen.

»Klar, warum nicht? Aber wenn das schiefgeht, dann ist es deine Schuld.«

Ashton lachte, während Reid die Schlafhütte abschloss und sie über den ausgetretenen Pfad zu Jills Haus spazierten.

Reid fühlte sich wie ein Kind, das sich davonschlich, um mit seinem liebsten Komplizen einen Streich zu spielen. Die Luft war frisch und kalt. Schneeflocken tanzten in der Luft, ein Vorgeschmack auf das, was sie in den nächsten Tagen erwarten würde. Kate weigerte sich, zu sehr auf eine weiße Weihnacht zu hoffen, aber alle Berichte deuteten auf Schnee zu den Feiertagen hin.

»Arschkalt«, murmelte Ashton.

»Das ist es.«

Bei Jill war alles hell erleuchtet, und eine einladende Rauchfahne stieg vom Schornstein auf.

Ashton marschierte die Stufen rauf, als hätte er das Recht, hier zu sein, und klopfte an.

Als Jill ihm öffnete, war sie überrascht. »Was willst du denn hier?«

»Dad wollte Kate besuchen.« Er trat beiseite, damit sie erkennen konnte, dass Reid hinter ihm war.

Allerdings brach Reid in Gelächter aus. »Er lügt. Das war ganz allein seine Idee.«

»Wir frieren uns hier den Hintern ab«, erklärte Ashton. »Lässt du uns rein?« Da Jill zögerte, fügte er hinzu: »Bitte?«

»Also gut.«

»Sie kann mir nicht widerstehen«, wandte er sich an seinen Vater, bevor sie reingingen.

»Fordere dein Glück nicht heraus«, warnte Jill ihn, auch wenn Reid erkannte, dass sie sich freute, seinen Sohn zu sehen.

Ashton forderte sein Glück aber wirklich heraus, als er ihr einen Kuss stibitzte.

Weil er sie kurz in Ruhe lassen wollte und sich nach einem Blick auf seine Verlobte sehnte, schaute Reid sich im Wohnbereich um, der leer war. Er folgte den Stimmen in die Küche, wo er Kate und Maggie entdeckte.

Kates Augen strahlten auf, sobald er den Raum betrat. Er hoffte, dass sie sich immer so freuen würde, ihn zu sehen.

»Was willst du denn hier?«, fragte sie.

»Ashton wollte Jill treffen und hat mich mitgeschleppt.«

»Da bin ich aber froh.« Sie trat zu ihm und küsste ihn. Über ihre Schulter erkannte er, wie Maggie sie beobachtete. Mit der interessanten Mischung ihrer Eltern wirkte sie ebenso umwerfend wie ihre Schwestern.

Schließlich löste er sich aus Kates Umarmung, schlang aber einen Arm um ihre Schultern. »Sie müssen die geheimnisvolle dritte Harrington-Schwester sein.«

»Ich bin Maggie – und bitte nicht mit Sie anreden.« Sie trat vor, um ihm die Hand zu geben. »Schön, dich endlich kennenzulernen.«

»Ebenfalls.«

»Ich schulde dir ein lange überfälliges Dankeschön«, meinte sie.

Er sah auf Kate herab, die ebenso verblüfft wirkte. »Wofür?«

»Wie ich höre, hast du meine Schwester nach Rhode Island geflogen, nachdem ich von der Leiter gestürzt war.«

»Ach, dafür. Also, kein Problem.«

»Ich war echt froh, dass sie da war.«

»Und wir sind echt froh, dass du heute hier bei uns bist«, entgegnete Reid.

Maggie schenkte ihm ein Lächeln, und er entspannte sich ein wenig, denn ihm wurde klar, dass sie ihm nicht böse war, weil er ihre Schwester heiraten würde.

Wenig später betrat Ashton mit Jill die Küche und stellte sich Maggie vor. Reid erkannte, wie rot das Gesicht seines Sohns war, was nicht nur der Kälte zugeschrieben werden konnte. Jedes Mal, wenn er Jill anschaute, legte sich ein leicht verwirrter und irgendwie überwältigter Ausdruck auf sein Gesicht, was oft geschah. Seinen Sohn zum ersten Mal verliebt zu erleben war unglaublich.

»Da ihr beide offiziell unsere Party gestört habt«, bemerkte Jill trocken, »möchtet ihr was zu trinken?«

»Bier«, rief Ashton. »Für uns beide.«

Sie verdrehte die Augen, holte aber das Verlangte.

Ashton lehnte sich gegen die Kücheninsel und machte es sich mit den Chips und dem Dip bequem. »Also, Ladys, was haben wir verpasst?«

KAPITEL 17

Bis zum Mittag des nächsten Tages war die Invasion endgültig in vollem Gange, als drei Limousinen die Straße zum Haus hinauffuhren.

Seit Kate um fünf Uhr früh wach geworden und aus dem Bett gesprungen war, um den Tag zu begrüßen, an dem ihre Familie endlich ankommen würde, vibrierte sie vor Aufregung. Sie wollte zum Flughafen fahren und sie dort abholen, aber Reid hatte sie davon überzeugt, den Morgen zu Hause zu verbringen, um die Stunden der Übelkeit zu überstehen, mit denen sie jeden Tag zu kämpfen hatte.

Da ihr heute besonders schlecht war, war sie dankbar für seine Voraussicht. Wie um Himmels willen sollte sie die Schwangerschaft geheim halten, wenn sie jeden Tag zur selben Zeit grün um die Nase wurde?

Als die Limousinen sich näherten, beschloss sie, diese Sorgen auf morgen zu vertagen.

»Bereit?«, fragte sie Reid, der die ganze Zeit schon stiller war als sonst. Sicherlich war er nervös, weil ihre Familie bald da sein würde, da er wusste, dass einige von ihnen nicht besonders glücklich über ihn und die Hochzeit waren.

»So bereit, wie ich sein kann.«

»Falls ich es vergessen habe, dir das zu sagen: Es gibt eine Million Gründe, warum ich dich liebe, aber vor allem dafür, dass du meine Familie über die Feiertage und zur Hochzeit in unserem Heim aufnimmst. Ich liebe dich, weil du die wundervolle Schlafhütte quasi über Nacht gebaut hast, und ich liebe dich, weil du meinen Dad empfängst, obwohl du weißt, dass du umgekehrt bei ihm nicht willkommen wärst.«

»Das ist eine Menge Liebe, Darling«, erwiderte er mit warmem Lächeln.

»Ich möchte, dass du daran denkst, wie sehr ich dich liebe, ganz gleich, was in den nächsten Tagen geschieht.«

»Das werde ich.«

»Versprochen?«

Nickend gab er ihr einen langen Kuss.

Das war der letzte friedliche, ruhige Moment, bevor alle aus den Wagen strömten. Kate blieb dicht bei Reid, stellte ihn jedem vor und gab niemandem die Gelegenheit, etwas Unerwünschtes zu äußern oder zu tun. Ihr entging nicht, dass ihr Vater und Onkel Jamie so wenige Worte wie möglich mit Reid wechselten, aber beide gaben ihm die Hand – allerdings etwas widerwillig, wie ihr schien.

Ihre Mutter, Andi, Tante Frannie und ihre Großeltern – die leiblichen und die angenommenen, im Falle der Booths – umarmten und küssten Kate und Reid, was sie zu schätzen wusste. Die sechs Kinder – die Zwillinge der Harringtons und die der Booths, zusammen mit den Jungs der O'Malleys – rannten kreischend über den Hof, nachdem sie den ganzen Morgen lang im Flugzeug eingepfercht gewesen waren.

Die nächste Stunde verbrachte Kate damit, alle unterzubringen. Die Familie ihres Dads, seine Eltern und die Booths – die älteren wie die jüngeren – nahmen die Schlafhütte in Beschlag, während die Familie ihrer Mom und ihre Großmutter Anna in Kates Haus einzogen. Maggie hatte beschlossen, bei Jill zu bleiben, wo es »sicher« war.

»Das ist wunderschön, Kate«, lobte Kates Mom Clare die Weihnachtsdekorationen, mit denen Kate sich in den letzten Wochen abgemüht hatte.

»Das freut mich.« Erneut umarmte sie ihre Mutter. »Ich kann kaum glauben, dass ihr alle hier seid und dass wir das hier tatsächlich auf die Beine gestellt haben.«

»Ich weiß. Es ist unglaublich. Ich erinnere mich noch an das erste Weihnachten, nachdem euer Dad und ich geschieden waren, und ich hatte gehofft, dass wir irgendwann mal Weihnachten ganz genau so verbringen würden, alle zusammen, mit den Menschen, die wir am meisten lieben.«

Es lag wohl an der Schwangerschaft, dass Kates Emotionen stets mit voller Kraft zutage drängten. Sie blinzelte die Tränen weg. »Das wollte ich auch. Unbedingt. Es ist schon so lange her, dass ich mit euch allen zusammen feiern konnte.«

Clare schloss ihre Tochter in die Arme. »Du hast uns gefehlt, Schatz.«

»Clare, weißt du noch, wo ich mein Handykabel hingetan habe?«, wollte Aidan wissen, der hereinkam, dann aber abrupt stehen blieb, als er sah, wie sie sich umarmten. »Entschuldigt.« Er machte Anstalten, den Raum gleich wieder zu verlassen.

»Nein«, rief Kate und streckte eine Hand nach ihm aus. »Geh nicht.«

Er nahm sie, und sie schlossen ihn in ihre Umarmung ein.

»Ich freu mich so, euch zu sehen«, erklärte Kate ihrem Stiefvater. »Danke, dass ihr hier seid.«

Aidan gab ihr einen Kuss auf die Stirn. »Ist uns ein Vergnügen, Liebes.«

»Hattet ihr schon eine Gelegenheit, mit Dad zu sprechen?«, fragte sie ihre Mom. »Wegen der Hochzeit?«

Aidan und Clare wechselten einen Blick, bei dem Kate nervös wurde.

»Ein wenig«, erklärte Clare. »Er bemüht sich, so gut er kann.«

»Er ist hier«, fügte Aidan hinzu. »Das ist doch was.«

»Ja«, stimmte Kate ihm leise zu. Das war schon was, aber es war nicht mal ansatzweise gut genug.

»Er möchte, dass du glücklich bist, da bin ich mir ganz sicher«, tröstete Clare sie. »Mehr haben wir uns nie für dich gewünscht.«

»Ich bin glücklich. Ich war noch nie glücklicher.«

»Zeig ihm das in den nächsten Tagen«, schlug Aidan vor. »Dann kriegt er sich wieder ein.«

»Was ist mit Jamie?«, erkundigte sich Kate.

»Er wird dem Beispiel deines Vaters folgen«, versicherte Clare ihr. »Du weißt ja, wie sie sind.«

Darüber musste Kate lachen, denn sie wusste definitiv, wie sie waren – eine Einheit. Das war schon immer so gewesen, es würde auch immer so sein.

»Es bedeutet mir viel, dass ihr uns unterstützt«, bedankte sich Kate.

»Ich habe gelernt, dass das Leben unvorhersehbar sein kann, und wir sind besser dran, wenn wir dem Fluss folgen, statt gegen den Strom zu schwimmen«, erklärte Clare.

Aidan schenkte seiner Frau ein Lächeln. »Schön hast du das gesagt.«

»Außerdem«, fügte Clare hinzu, während sie ihn schief anlächelte, »habe ich gelernt, dass es eine Herausforderung sein kann, mit jemandem verheiratet zu sein, der jünger ist, die man aber mit Geduld überwindet. Jeder Menge Geduld.«

»Sehr lustig«, erwiderte Aidan lachend und klopfte ihr auf den Hintern. »Also, was zum Henker hast du mit meinem Handykabel gemacht?«

* * *

Kate hatte sich geweigert, fürs Wochenende Hilfe anzuheuern, gab aber Reids Bitte nach, für die Hochzeit einen Partyservice zu engagieren. Mit der Hilfe ihrer Mom, von Andi, Jill, Maggie, Frannie, Grandma Anna, Grandma Madeline, Mary Booth und Frannies Tochter Olivia schafften sie es, alle mit Essen zu versorgen und danach nach draußen zu scheuchen, damit sie dort auf dem Rasen Football spielten.

Auch wenn Kate gerne mitgemacht hätte, nahm sie Rücksicht auf das neue Leben, das in ihr heranwuchs, und beschloss vernünftigerweise, mit den älteren Leuten auf der Terrasse zu bleiben, auf der sie der Action auf der Wiese zuschauten, wo aus dem schlichten Ballspiel ein richtiges Footballmatch wurde. Ihr Grandpa John und Neil Booth schlossen eine Wette ab, von der sie glaubten, dass sie niemand bemerkte, aber Kate hörte sie und schaffte es irgendwie, nicht über ihre vorhersehbaren Mätzchen zu lachen.

Das Spiel endete mit einem Touchdown in der letzten Minute, den Ashton vollendete, obwohl Jill ihn kurz vor der Endzone am Knie abfing.

Das Gesicht hochrot vor Anstrengung joggte Andi zu Kate. »Was ist denn mit Jill und Ashton los?«, wollte sie wissen.

»Warum fragst du?«

»Weil Jill Football hasst, aber das war ein unglaublich gutes Tackling.«

Kate wand sich unter Andis Blick. »Äh, also …« Ihre Beziehung mit Ashton war schließlich Jills Angelegenheit, die sie anderen mitteilen würde, wenn sie so weit war.

»Wusste ich doch, dass da was läuft«, erwiderte Andi selbstzufrieden.

»Warum redest du nicht mit ihnen darüber?«

»Ich schätze, dass ich das tun werde.« Sie beugte sich zu Kate. »Sie ist nicht die Einzige, die Geheimnisse hegt, nicht wahr?«

Sie starrte ihre geliebte Stiefmutter an. »Was bist du? Eine Art Hexe oder so was?«

»Ich kenne meine Mädchen. Mehr nicht.«

Kate lächelte sie an, und Erinnerungen aus der schwersten Zeit ihres Lebens nach dem Unfall ihrer Mutter und während des langen Komas überkamen sie. In diesen Jahren war Andi in ihr Leben getreten und hatte Clares Töchtern ihre Freundschaft und Wärme und Unterstützung angeboten, was ihr keine von ihnen jemals vergessen hatte.

Kate schloss Andi spontan in die Arme. »Verrat es keinem, okay?«

»Käme mir gar nicht in den Sinn, Schatz. Ich freu mich so für dich.«

»Danke. Ich wünschte, Dad würde sich auch freuen.«

»Das wird schon. Gib ihm etwas Zeit. Hab Geduld mit ihm.«

»Werde ich.« Sie sah zu dem Footballspiel hoch und erkannte, dass Jamie und Reid eine heftige Unterhaltung am Spielrand führten. »Entschuldige mich«, wandte sie sich an Andi, ehe sie zu den beiden Männern rüberlief. Sie bemühte sich gar nicht erst, zu hören, was besprochen wurde. Stattdessen packte sie ihren Onkel am Arm. »Komm mit mir mit.«

»Ich bin noch nicht fertig«, weigerte er sich.

»Doch, das bist du.« Sie warf einen Blick zu Reid, dessen Gesicht sich vor Anspannung verzog, was ihr zu schaffen machte. Schließlich legte sie die Hand um Jamies Arm und führte ihn von den anderen weg. Schweigend begaben sie sich zu den Ställen, während sie darüber nachdachte, was sie zu ihm sagen sollte. Da ihr die Worte nicht einfallen wollten, brachte sie ihn zu den Pferden und stellte ihm Thunder vor.

»Er ist wunderschön«, sagte Jamie leise, ehe er eine Hand ausstreckte und das weiche Fell des Pferdes streichelte.

»Reid hat ihn mir geschenkt.«

Sofort zog er die Hand zurück.

Sie drehte sich zu dem Mann um, der schon der beste Freund ihres Vaters gewesen war, bevor sie überhaupt auf die Welt gekommen war, und ihr Onkel geworden war, als er vor elf Jahren Tante Frannie geheiratet hatte. »Weißt du, was meine erste Erinnerung an dich ist?«

Er stopfte die Hände in die Taschen seiner Jeans und schüttelte den Kopf. Er war groß und blond und gut aussehend – und stinksauer. Der letzte Teil war ganz offensichtlich. Trotz seines Ärgers fuhr sie fort: »Der Tag, an dem du mir ein Eis gekauft hast, nachdem man mir die Mandeln entfernt hatte. Weißt du noch?«

Er betrachtete sie ungläubig. »Ich kann nicht fassen, dass du dich daran erinnerst. Du warst erst zwei oder drei.«

»Ich war fast vier, aber ich erinnere mich noch lebhaft. Daran und an vieles mehr – Poolpartys, die Ferien, Erstkommunionen, Schulabschlüsse, Urlaube, Segelausflüge, Schwimmen, deine und Frannies Hochzeit, die Geburt eurer Zwillinge, wie Frannie und du uns nach dem Unfall meiner Mutter unterstützt habt. Du warst Teil meines ganzen Lebens, Jamie, und ich war Teil von deinem.«

Er blickte zu Boden und schob mit der Spitze seines ausgetretenen Turnschuhs etwas Erde beiseite.

»Ich habe dich so sehr geliebt, wie man jemanden nur lieben kann.«

»Mensch, Kate«, murmelte er, und sie stellte erstaunt fest, dass ihm Tränen in den Augen standen. »Tu mir das nicht an.«

»Ich weiß, dass du denkst, er hätte mich beim ersten Mal überrumpelt. Ich will, dass du mir zuhörst – von einem Erwachsenen zum anderen –, wenn ich dir sage, dass nichts der Wahrheit fernerliegen könnte. Alles, was zwischen uns geschehen ist, ist passiert, weil *ich* es wollte. Manchmal glaube ich, dass ich es mehr wollte als er.«

»Er hätte sich beherrschen sollen. Er war ein fünfundvierzig Jahre alter Mann, Kate. Du warst noch ein Kind.«

»Ich war kein Kind mehr, seit dem Tag, an dem das Auto Mom direkt vor meinen Augen erfasst hat, und das weißt du auch. Du warst da. Du weißt, dass es stimmt.«

Er zuckte die Achseln und schüttelte den Kopf. »Trotzdem …«

»Ich bitte dich darum, das, was vor zehn Jahren geschehen ist, zu vergessen und dich auf das zu konzentrieren, was jetzt passiert. Ich werde den einzigen Mann heiraten, den ich jemals geliebt habe, und ich möchte, dass sich mein Onkel Jamie für mich freut. Noch nie habe ich dich um etwas gebeten, aber hierum bitte ich dich.«

»Da verlangst du furchtbar viel.«

»Ich weiß.« Als spürte er, dass sie das brauchte, schmiegte Thunder sich an ihren Hals und wieherte leise. Sie rieb ihm über die Nüstern, dankbar für seine unerschütterliche Liebe.

Nach kurzem Schweigen streichelte Jamie Thunder über die Nase. »Lange war ich davon überzeugt, dass ich nie eigene Kinder haben würde, aber das war okay, weil ich dich und deine Schwestern hatte. Ihr wart meine Kinder.«

»Das wussten wir. Immer.«

»Es war schwer für mich, als ein Mann, den ich einst meinen Freund nannte, etwas mit dir angefangen hat. Das war eine bittere Pille, ganz besonders, weil ich derjenige war, der deinem Vater vorgeschlagen hatte, sich bei ihm zu melden, nachdem du beschlossen hattest, nach Nashville zu ziehen.«

»Dann schulde ich dir Dank.«

»Echt, Kate«, lachte er. »Du bist mit achtundzwanzig noch genauso lästig wie mit zehn.«

Sie nutzte die lockerere Stimmung und legte ihm eine Hand auf den Arm. »Weißt du, wie sehr du Frannie liebst?«

»Ja.«

»So sehr liebe ich Reid. Solange wir getrennt waren, ist nicht ein Tag vergangen, an dem ich nicht an ihn gedacht oder mir gewünscht hätte, ich wäre bei ihm, oder mich gefragt hätte, was er gerade macht oder ob er glücklich ist. Stell dir nur vor, wie es war, als ich rausfand, dass es ihm ganz genauso ging. Ich weiß, dass uns vielleicht nur zwanzig oder dreißig Jahre bleiben, aber ich will jedes einzelne davon. Ich will jede Minute, die wir bekommen, und bin dankbar, dass ich sie mit dem Mann verbringen kann, den ich liebe.«

Jamie seufzte schwer. »Ich schätze, ich muss mich bei ihm entschuldigen.«

»Ich bin mir sicher, dass er sich darüber freuen würde. Genau wie ich auch.«

»Ich bin froh, dass du glücklich bist, Kate. Natürlich bin ich das. Wie könnte ich es nicht sein? Ich …«

»Was?«

»Ich wünschte einfach, es wäre mit jemand anderem.«

»Das ist es halt nicht. Ich möchte also, dass du die alte Feindseligkeit ablegst und dich all der Liebe entsinnst, die du schon immer für mich empfunden hast.«

»Du spielst nicht fair«, beklagte er sich, ehe er sie in die Arme schloss.

»Ich hoffe, dass du mich mehr liebst, als du ihn hasst.«

»Ach, Schatz, das tu ich. So sehr und noch mehr.«

»Danke.«

»Es tut mir leid, dass ich so ein Störenfried war. Ich möchte dir nichts verderben.«

»Dann lass es. Hilf mir, das zu feiern, und freu dich für mich. Mehr brauche ich nicht.«

Er küsste sie auf die Wange und umarmte sie noch einmal. »In Ordnung.«

* * *

Buddy, Taylor und ihre Kinder aßen am Abend mit ihnen Lasagne, die Kate selbst gemacht hatte. Anschließend zogen sich alle ins Wohnzimmer zurück, in dem der vier Meter hohe Weihnachtsbaum mit den weißen Lichtern funkelte und ein Feuer im gemauerten Kamin prasselte.

Clare schlug vor, dass sie gemeinsam singen sollten, während Kate und Aidan sie auf der Gitarre und dem Klavier begleiteten. Kate liebte es, mit ihrem Stiefvater Musik zu machen, und auch diesmal war das nicht anders. Buddy und Taylor musste erst zugeredet werden, ehe sie mitsangen, da sie nicht stören wollten.

»Ihr seid meine Familie«, sagte Kate schlicht, was sie umzustimmen schien.

»Ich fühle mich ein wenig eingeschüchtert«, meinte Aidan, und der gesamte Raum brach in Gelächter aus.

Wie sich herausstellte, konnte er sich gegen die drei Superstars behaupten, und Kate war froh, dass Maggie ihre »Show« mit dem Handy aufzeichnete. Es war eine Erinnerung, die sie sich in Zukunft immer wieder anschauen wollte.

Sie beendete das gemeinsame Singen mit ihrer Gitarre und setzte vor den Menschen, die sie beide liebten, dazu an, für Reid »Ich dachte, ich weiß« vorzutragen, um jedem, der noch immer Zweifel hegen mochte, zu zeigen, wie sehr sie ihn liebte:

Ich dachte, ich weiß
Was Liebe ist
Aber dann kamst du ...
Ich dachte, ich weiß
Wie es wäre
Aber jetzt sehe ich
Jetzt ist es wahr ...
Ich wusste nichts

Bis zu dir ...
Bis zu dir ...
Bis zu dir ...
Ich dachte, ich weiß
Jetzt ist es wahr ...
Ich dachte, ich weiß
Was Frieden ist
Dann kamst du ...
Ich dachte, ich weiß
Was Träume sind
Dann kamst du ...
Ich dachte, ich weiß
Wie es wäre
Aber jetzt sehe ich ...

Schweigen breitete sich im Raum aus, während Kate einen Augenblick erschuf, von dem sie hoffte, dass sie ihn nicht so schnell vergessen würden. Für ihren Verlobten hatte sie eine Überraschung: einen neuen Vers, den sie vor Kurzem geschrieben hatte.

Ich dachte, ich weiß
Was Liebe ist
Aber dann verlor ich dich
Dann verlor ich dich ...
Jetzt weiß ich, was Liebe ist
Denn ich fand dich
Denn ich habe dich
Denn ich liebe dich ...

Reid starrte sie an, offenkundig gerührt von den zusätzlichen Zeilen in dem

Lied, das sie vor so langer Zeit komponiert hatte.

Sie kämpfte sich durch die Emotionen, um den Song zu beenden:

Ich dachte, ich weiß
Was Liebe ist
Aber dann kamst du
Dann kamst du …

Jack stand allein hinten im Zimmer und betrachtete seine Tochter, die ihrem Geliebten ein Ständchen darbrachte. Er konnte die offenkundige Liebe und Zuneigung zwischen den beiden nicht leugnen. Seit sie heute angekommen waren, hatte er die zwei genau beobachtet, und ihm war aufgefallen, dass sie nie weit voneinander entfernt waren. Wenn sie beieinanderstanden, dann hielten sie Händchen, lächelten einander an oder strahlten einfach nur Glückseligkeit aus.

Nachdem er nicht damit gerechnet hatte, jemals wieder auch nur eine weitere Minute in der Gegenwart von Reid Matthews zu verbringen, musste er sich jetzt eingestehen, dass der Mann völlig vernarrt in Kate war, genau wie sie in ihn.

Als hätte er noch einen weiteren Beweis benötigt, hatte Kates Lied den Eindruck endgültig gefestigt. Er hatte nicht gewusst, dass sie »Ich dachte, ich weiß« für Reid geschrieben hatte. Zumindest hatte er sich nie die Mühe gemacht, darüber nachzudenken, woher das Lied stammen könnte. Jetzt ergab es Sinn, dass ihr größter Hit ihrer innigsten Liebe entwachsen war.

»Entschuldige, Jack.«

Aus seinen Gedanken gezerrt sagte er: »Hallo, Ashton.« Es hatte ihn überrascht, Reids Sohn in Kates Haus vorzufinden, denn er wusste, dass die beiden nichts füreinander übrighatten, seit Ashton Jack von der Affäre zwischen Kate und seinem Vater in Kenntnis gesetzt hatte.

»Ich, äh, ich hatte mich gefragt, ob ich kurz mit dir sprechen kann. Unter vier Augen?«

Oh, Gott, dachte Jack. *Was jetzt?* »Klar.« Er folgte Ashton in die Küche, die nach dem Abendessen verlassen dalag.

Ashton hielt eine Flasche Bourbon hoch. »Drink?«

Da er annahm, dass er die Stärkung würde gebrauchen können, nickte Jack.

Ashton goss ihnen ein paar Fingerbreit der bernsteinfarbenen Flüssigkeit ein und reichte Jack eines der Gläser.

Da bemerkte Jack das leichte Zittern in der Hand des anderen. »Was geht dir durch den Kopf?«

»Jill.«

Okay, das hatte er definitiv nicht erwartet. »Was ist mit ihr?«

»Ich liebe sie. Schon seit langer Zeit, und ich möchte sie sehr gerne um ihre Hand bitten.«

»Du ... du liebst Jill.«

Ohne zu blinzeln, bestätigte Ashton: »Ich liebe Jill.«

»Sie hat nie deinen Namen erwähnt.«

»Da bin ich mir sicher«, erwiderte der jüngere Mann lachend, dann fuhr er sich mit den Fingern durchs Haar. »Es ist recht neu. Die Beziehung, meine ich. Die Gefühle ... sind es nicht.«

»Ich hatte keine Ahnung.«

»Ich glaube, deine Frau weiß es. Den ganzen Tag hat sie mich schon mit Adleraugen beobachtet.«

Das entlockte Jack ein Lachen. »Ich zweifle nicht daran, dass ihr schon fünf Minuten nach unserer Ankunft aufgefallen ist, was zwischen euch vorgeht. Ich muss mich anstrengen, um mit ihr mitzuhalten.«

»Ich weiß, dass ich dir keinen Grund gegeben habe, mich zu respektieren ...«

»Inwiefern?«

»Nach dem, was ich getan habe, als ich dich wegen Kate und meinem Dad angerufen habe ...«

»Ich war dir dankbar dafür. Sie waren es wohl nicht, ich aber schon.«

»Das hat allen Beteiligten eine Menge Herzschmerz bereitet, dich eingeschlossen, da bin ich mir sicher. Wenn ich das noch mal machen könnte, würde ich mich zurückhalten. Dad war äußerst unglücklich, nachdem er und Kate sich getrennt hatten. Für dieses Leid trage ich zu einem großen Teil die Schuld.« Es schien ihm Mühe zu bereiten, sich von diesen schlechten Erinnerungen zu lösen. »Jedenfalls hoffe ich, dass wir das hinter uns lassen können, denn ich möchte deine Tochter sehr gerne heiraten. Ich liebe sie über alles, und es gibt nichts, was ich nicht tun würde, um sicherzugehen, dass sie glücklich ist.«

»Möchte sie dich denn auch heiraten?«

»Ich hoffe es, aber ich schätze, das erfahren wir, wenn ich sie frage.«

Es faszinierte Jack, dass Ashton wirklich nicht wusste, was er von Jill zu erwarten hatte. »Sie wird es dir nicht einfach machen.«

»Glaub mir«, entgegnete Ashton lachend, »das weiß ich. Kann ich auf deinen Segen zählen?«

»Ja«, sagte Jack, dann gab er dem anderen Mann die Hand. »Das kannst du.«

»Danke, Sir. Das weiß ich zu schätzen.«

»Nenn mich nicht Sir. Da fühle ich mich uralt.«

»Okay, tut mir leid. Danke, Jack. Ich werde dann mal, äh, zur Party zurückkehren.«

Sobald Ashton aus der Küche verschwand, nahm Jack sich einen Moment, um den neuesten Schlag zu verdauen. Seine Töchter waren längst erwachsen und lebten nicht mehr zu Hause, wohnten allein und blühten in ihren ausgewählten Berufen auf, aber sie würden stets seine kleinen Mädchen bleiben. Wie es schien, würden zwei von ihnen bald verheiratet sein.

Kurz darauf kam Jamie rein, um sich ein neues Bier zu holen, schloss den Kühlschrank und erschrak, als er Jack erblickte. »Verdammt, du hast mir einen Heidenschreck eingejagt.«

»Entschuldige.«

»Was machst du denn hier, ganz alleine?«

»Ich war nicht alleine.« Er erzählte Jamie von seiner Unterhaltung mit Ashton.

»Wow! Ein echter Doppelschlag, was?«

»Ja.«

»Was hast du ihm geantwortet?«

»Was hätte ich denn erwidern sollen? Er hat mir versichert, dass er sie liebt, dass er sie immer lieben würde.« Jack zuckte die Achseln. »Ich habe ihm meinen Segen gegeben.«

»Reid hat doch genau dasselbe geäußert, oder nicht?«

»Ja, aber das ist was anderes.«

»Ich weiß.«

Jack betrachtete den Mann, der seit ihrem ersten Tag am College sein bester Freund, den größten Teil seines Erwachsenenlebens über sein Geschäftspartner und seit elf Jahren sein Schwager war. »Was?«

»Ich habe vorhin mit Kate gesprochen.«

»Mir ist aufgefallen, wie ihr zwei zusammen verschwunden seid.«

»Sie hat mich weggeschleift, bevor ich ihrem Verlobten eine verpassen konnte.«

»Hat er was zu dir gesagt?«

»Nein. Er hat vorwiegend nur dagestanden und mich wüten lassen. Dann hat Kate mich weggezerrt und zu ihrem Pferd gebracht.« Er hielt kurz inne. »Sie liebt den Kerl, Jack.«

»Ja.«

»Ich meine, so richtig.«

»Ich weiß.«

»Sie hat behauptet, dass sie genau weiß, dass ihnen vermutlich nur zwanzig oder dreißig Jahre vergönnt sind. Aber sie will jede Sekunde mit ihm verbringen. Sie …«

Jack schaute zu ihm und stellte überrascht fest, dass Jamie mit seinen Gefühlen rang.

»Sie hat mich gebeten, sie mehr zu lieben, als ich ihn hasse.«

»Autsch.«

»Eben. Ich denke, dass wir beide das tun sollten, weißt du? Es geht mich nichts an, aber wenn ich mich einmischen würde, dann würde ich dir raten, dass du Reid vermutlich dieselbe Zuvorkommenheit schuldest, die du Ashton gerade erwiesen hast.«

»Es geht dich was an, und du mischst dich nicht ein. Außerdem stimme ich dir zu.«

»Echt?«

Jack nickte. »Er ist derjenige, den sie haben will. Unterm Strich ist das das Einzige, was zählt.« Er verstummte. »Weißt du, dass ich sie bis heute nicht zusammen erlebt habe, den Augenblick ausgenommen, in dem ich sie im Auto erwischt hatte? Ich habe sie noch nie als Paar gesehen. Mir blieb nur die Vorstellung von diesem einen schlechten Tag, auf die sich meine gesamte Einschätzung der beiden bezog.«

»Sie scheinen einander wirklich zu lieben.«

»In der Tat. Was könnte sich ein Vater für seine Tochter mehr wünschen als einen Mann, der sie so uneingeschränkt liebt?«

»Nichts, schätze ich. Wirst du ihm das mitteilen?«

»Sobald ich die Gelegenheit dazu habe.«

* * *

Reid lag bereits im Bett, als Kate kurz nach Mitternacht dazukam. Sie war noch einmal rumgegangen, um sicherzugehen, dass alle wussten, wo sie weitere Decken, Kissen und Handtücher finden konnten. Im Wohnzimmer entdeckte sie ihren Bruder Eric schlafend auf der Couch. Sie deckte ihn zu und gab ihm einen Kuss auf die Wange.

Seit sie ihn das letzte Mal gesehen hatte, war er so erwachsen geworden. Laut Andi rasierte er sich schon und hatte zu Hause eine feste Freundin, allerdings war es Kate nicht gestattet, ihn wegen dieser Dinge auszuhorchen.

»Woran denkst du?«, fragte Reid und zog sie fest an sich.

»Meinen Bruder Eric. Er ist zum Mann geworden, und ich war nicht dabei.«

»Das passiert. Hattest du heute Abend Spaß?«

»Es war herrlich. Es war alles, was ich mir erträumt hatte, und noch mehr. Was ist mit dir?«

»Viel besser, als ich erwartet hatte. Das Lied … Wow, Kate. Der neue Vers hat mich umgehauen.«

»Ich bin froh, dass es dir gefallen hat.«

»Ich liebe es.«

»Ich will mich umdrehen, damit ich dich küssen kann.«

Er ließ sie los, aber nur so lange, bis sie ihm zugewandt lag. Dann schloss er sie wieder in seine Arme.

Im Dunkeln fand sie seinen Mund, fuhr mit der Zunge über seine Unterlippe, neckte und drängte, bis er nachgab. Ihre Zungen umtanzten einander, während sich seine Hände unter ihr Nachthemd schoben.

Sie wollte ihn so dringend, dass sie sich an ihn drängte und ihm die Arme fest um den Hals schlang.

Schließlich zog er sich von dem Kuss zurück, was ihr ein widerstrebendes Wimmern entlockte.

»Es war gerade so schön.«

»Es ist immer schön.«

»Dann komm zurück.«

»Ich kann dich nicht lieben, wenn die Hälfte deiner Eltern über uns schläft.«

Sie legte die Hand um die Erektion, die seine Worte Lügen strafte. »Doch, das kannst du.«

Seine Hände auf ihren hielten sie davon ab, ihn weiterhin zu liebkosen. »Ich kann es nicht.«

»Im Ernst? Du willst mich tagelang warten lassen?«

»Es sind nur zwei Tage, das wirst du überleben. Es reicht, dass ich neben dir schlafe, solange sie hier sind.«

»Natürlich schläfst du neben mir. Du *lebst* hier.«

»Lass uns warten, Baby. Es sind nur zwei Tage, und denk mal, wie unglaublich die Hochzeitsnacht wird, wenn wir warten.«

Sie drückte ihn, was ihm ein gequältes Stöhnen entlockte. »Ich will nicht warten.«

Er löste ihre Finger von seiner Erektion. »Katherine ...«

»O mein Gott.« Sie rollte sich auf den Rücken. »Es ist dir ernst.«

»Ja, das ist es. Auch weil du wie eine Verrückte rumrennst und dich um jeden Einzelnen kümmerst. Du, meine schwangere Geliebte, brauchst deinen Schlaf.«

»Du bist nicht mein Boss.«

Darüber musste er, wie sie gehofft hatte, lachen. »Jetzt klingst du wie eine Fünfjährige.«

»Du verweigerst dich mir nicht, weil ich schwanger bin, oder?«

»Ich würde dir nie etwas verweigern – nachdem wir geheiratet haben und der Arzt bestätigt hat, dass es in Ordnung ist.«

»Meinetwegen.«

»Das ist meine Frau. Und jetzt Augen zu.«

Sie war schon so gut wie eingeschlafen.

* * *

Am nächsten Nachmittag brachte Kate Jill, Maggie und ihre Mom zu dem Heim für Not leidende Frauen, das sie auf Reids Familienanwesen errichteten. Die Übelkeit hatte sich einen dringend benötigten Tag freigenommen, und Kate war äußerst dankbar, dass sie ihren Zustand nicht vor ihrer Familie verheimlichen musste, während sie gegen Würgereiz ankämpfte.

Sie führte ihre Mutter und ihre Schwestern durch das Erdgeschoss, das einst schwere Samtvorhänge und herrliche Kunstwerke geschmückt hatten, die jetzt eingelagert worden waren. Der Grundriss des Hauses war zwar immer noch überaus elegant, aber Reid und Kate hatten beschlossen, schlichter zu dekorieren, damit es auf die Frauen in Not gemütlicher und einladender wirkte. Im Speisezimmer lächelte sie, weil sie sich daran erinnerte, wie Ashton sie an dem Tag, an dem sie sich kennengelernt hatten, gebeten hatte, ihnen »Crazy« vorzusingen. Reid hatte stets behauptet, er hätte sich in dem Moment in sie verliebt, als er sie hier singen gehört hatte.

Auf dem Weg durch die Küche, in der die Frauen dazu angeregt werden sollten, gemeinsame Mahlzeiten einzunehmen, die Schlafräume im Erdgeschoss, die zu Beratungszimmern umfunktioniert werden sollten, und das Apartment, in dem Martha einst gewohnt hatte und das jetzt dem Leiter der Einrichtung zur Verfügung stehen sollte, wenn er oder sie beschließen würde, hier zu leben, stellte Maggie ungefähr tausend Fragen.

»Das ist beeindruckend, Liebes«, staunte Clare. »Ich kann mir alles so gut vorstellen, wie du es beschreibst.«

»Danke, Mom. Wir freuen uns schon darauf, Vorstellungsgespräche für die Heimleitung zu führen. Vieles von dem, was hier geschieht, wird davon abhängen, wen wir bekommen.«

»Wie sieht es mit den Lizenzen vom Staat aus?«, wollte Maggie wissen, die mit einer Hand über das Mahagonigeländer fuhr.

»Ashton kümmert sich um alles. Sobald wir die Idee hatten, wie wir dieses Haus verwenden könnten, wollten wir nicht mehr warten.«

Sie brachte sie zu den Schlafzimmern im ersten Stock, die so umgebaut worden waren, dass man in ihnen Mütter und ihre Kinder unterbringen konnte. In manche passten bis zu fünf Leute, während die kleineren Räume Platz für nur zwei Personen boten. »Wir haben auch noch die Pferde, mit denen wir den Kindern Reitunterricht geben könnten.«

»Habt ihr daran gedacht, therapeutisches Reiten anzubieten?«, fragte Maggie.

»Ich muss beschämt gestehen, dass ich nicht weiß, was das ist«, räumte Kate ein.

»Dabei nutzt man die Pferde und das Reiten, um Menschen mit verschiedenen Entwicklungsstörungen oder Behinderungen zu helfen. Indem man ihnen Reiten beibringt, unterstützt man sie dabei, Herausforderungen zu bewältigen, was ihnen ein Gefühl von Erfolg und neues Selbstwertgefühl vermittelt. Am College habe ich dafür einen Kurs belegt.«

»Ich dachte, das wäre nur Reitunterricht gewesen«, warf Jill ein.

»Es war *therapeutischer* Reitunterricht«, erklärte Maggie und streckte ihrer Schwester die Zunge raus.

»Und ich dachte, du wolltest dir einfach nur drei leichte Scheine verdienen«, meinte Clare und lächelte ihre Jüngste an.

»Das ist eine faszinierende Idee, Mags. Reid und Ashton bringen hier Pferde unter, die vorwiegend ihren Freunden gehören, aber ich wette, wir könnten sie in unser Programm miteinbeziehen. Irgendwie.«

Kate schaute sich in dem Zimmer um, das einst Reids Schlafraum gewesen war und in dem sie anfangs so viel Zeit zusammen verbracht hatten. Damals war alles schwierig und unsicher gewesen. Jetzt erstreckte sich die Zukunft verheißungsvoll vor ihnen. Sie konnte es kaum erwarten, wieder bei ihm zu sein. Bei diesem Gedanken schwankte der Boden unter ihren Füßen, und sie hielt sich an der Wand fest.

»Kate?« Ihre Mutter eilte zu ihr. »Was ist los?«

»Nichts. Mir war nur kurz schwindlig.«

»Setz dich«, riet Maggie ihr und führte Kate zu einem Stuhl.

Clare legte Kate eine Hand auf die Stirn, um zu schauen, ob sie Fieber hatte. »Du bist leichenblass.«

Über den Kopf ihrer Mutter hinweg warf Kate Jill einen Blick zu.

Jill neigte den Kopf, als wollte sie sie ermutigen, den anderen die Neuigkeit mitzuteilen.

»Glaubst du, du hast dir was eingefangen?«, wollte Clare wissen. »Es wäre schrecklich, wenn du zu deiner Hochzeit krank wärst.«

»Ich habe mir ein Baby eingefangen«, erklärte Kate. »In etwa sieben Monaten kommt es.«

Mit einem Freudenschrei umarmte Maggie Jill.

»Warum hast du denn nichts gesagt?«, schimpfte Clare, die noch immer vor Kate hockte.

»Das wollte ich, aber erst nach der Hochzeit. Ich dachte, wir könnten es einen Schritt nach dem anderen angehen.«

»Ach, Schatz, das sind ja wundervolle Neuigkeiten«, rief Clare und drückte ihre Tochter. »Machst du mich wirklich zur Großmutter? Da wird sich Aidan ganz schön ins Fäustchen lachen.«

Kate und ihre Schwestern grinsten über ihre Mutter.

»War nur Spaß«, erklärte Clare. »Gratuliere. Ich freue mich für dich. Ich war mir nicht sicher, ob du ein Kind wolltest.«

»Ich auch nicht, bis ich wieder mit Reid zusammen war. Dann war das genau das, was ich wollte – zusammen mit ihm, natürlich.«

»Alles okay mit dir? So im Allgemeinen?«, erkundigte sich Clare.

»Die Übelkeit macht mir zu schaffen, und das Schwindelgefühl ist neu, aber ansonsten geht's mir prima. Ach, und meine Brüste. Die tun mir manchmal weh.«

»Das war bei mir genauso«, versicherte ihr Clare.

»Igitt«, verkündete Maggie, und alle anderen lachten.

Sie warteten, bis sie sicher waren, dass es Kate wieder besser ging, bevor sie zurückfuhren und sie nach Hause brachten, wo sie sich kurz hinlegen konnte. Unter anderen Umständen hätte Kate sich dagegen gewehrt, aber im Moment klang ein Nickerchen geradezu himmlisch.

KAPITEL 18

Am Weihnachtsabend fing es gegen fünfzehn Uhr an zu schneien. Reid betrachtete den dunklen Himmel mit wachsender Unruhe. Seine erste Frau war bei einem schneebedingten Autounfall ums Leben gekommen. Er wollte, dass Kate wieder da war, und zwar sofort.

Gerade als er sie anrufen wollte, betrat Jack den Stall, wo Reid die Boxen ausmistete, weil er dem Haus fernbleiben wollte, solange Kate, ihre Schwestern und ihre Mutter nicht anwesend waren.

Die Kinder hatten den ganzen Nachmittag lang Football gespielt, während die anderen spazieren gegangen waren, sich Weihnachtsfilme angeschaut oder beim Backen in der Küche geholfen hatten. Alle hatten Spaß, zumindest schien es ihm so.

Er musterte Jack vorsichtig, war sich nicht sicher, was er sagen sollte. »Lust auf einen Ausritt, Jack?«

»Nein, danke. Mit Pferden hatte ich noch nie viel am Hut. Die Mädchen sind verrückt nach ihnen, seit sie klein waren. Ganz besonders Kate.«

»Sie ist eine fantastische Reiterin.«

Thunder wieherte in seiner Box, als wollte er Reids Aussage zustimmen. »Das ist Thunder – ihr Pferd. Er kennt ihren Namen und meldet sich stets zu Wort, wenn er ihn hört.«

Jack lief die Boxenreihe entlang, um Thunders Bekanntschaft zu machen.

»Das ist Kates Daddy, mein Junge. Sei nett.«

Thunder blieb ganz still stehen, während er und Jack sich beäugten.

Reid zauberte ein paar Zuckerwürfel aus der Tasche hervor und reichte sie Jack. »Schmier ihm Honig ums Maul.«

»Danke.« Jack hielt dem Pferd die flache Hand mit dem Zucker hin.

Ohne mit der Wimper zu zucken, sammelte Thunder die Süßigkeit mit der Zunge ein.

»Ich denke, er mag dich«, meinte Reid.

»Das ist gut.« Jack wandte sich ihm zu, sagte aber nichts.

Reid mistete weiter aus und weigerte sich, sich in seinem eigenen Zuhause einschüchtern zu lassen. »Was möchtest du, Jack?«

Nach langem Schweigen erklärte Jack: »Ich werde dich niemals als meinen Schwiegersohn vorstellen.«

Abrupt hielt Reid inne und presste die Lippen aufeinander, um das Lachen zu unterdrücken, das Jack sicherlich nicht zu schätzen wissen würde. »Meinetwegen. Solange du nicht erwartest, dass ich dich als meinen Schwiegervater vorstelle.«

»Bitte nicht.«

Endlich konnte er sich nicht mehr zurückhalten und stellte erleichtert fest, dass Jack mitlachte. »Bin ich froh, dass wir das geklärt haben.«

»Da wäre noch etwas … Der Tag, an dem du mein Büro betreten hast … da habe ich dir versprochen, über das nachzudenken, worum du mich gebeten hast. Das habe ich. Darüber nachgedacht. Jede Menge.«

Um seine Nervosität zu kaschieren, lehnte Reid sich mit einem Arm gegen die nächste Box und wartete auf das, was Jack ihm sagen wollte.

»Ich bin sechsundfünfzig Jahre alt und lerne noch immer dazu.«

»Geht mir genauso.«

Jack schenkte ihm ein schiefes Lächeln. »Diese Woche habe ich gelernt, dass ich keine Urteile fällen und keine Schlüsse ziehen sollte, solange ich nicht alle Informationen habe.«

»Wie meinst du das?«

»Jetzt, da ich dich und Kate zusammen erlebt habe, als Paar, verstehe ich es besser. Ich erkenne, dass du sie liebst.«

»Das tue ich. Sehr sogar.«

»Du wirst dich gut um sie kümmern.«

»Immer.«

»Dann hast du meinen Segen.«

Reid schüttelte den Kopf. »Danke, Jack. Das bedeutet mir viel, und für sie ist es wichtiger als alles andere.«

»Tu mir einen Gefallen, ja? Überlass es mir, es ihr zu sagen.«

»Was immer du möchtest.«

»Sie sind wieder zurück«, ließ Jack ihn wissen, ehe er mit dem Kopf zur Tür zeigte, von der aus Kates Jeep zu sehen war.

Reid atmete erleichtert aus, ehe er mit Kates Vater rausging, um die Frauen zu begrüßen.

Kate bemerkte die beiden, die gemeinsam auf sie zukamen, und blickte Reid mit Neugierde in den herrlichen blauen Augen an.

Er küsste sie, aber ihm entging nicht, wie blass sie war. »Du wirkst müde, Darling.«

»Das bin ich.«

»Alles in Ordnung?«

»Mir war vorhin mal schwindlig, aber jetzt geht es mir gut.«

»Bisher war dir nicht schwindlig.«

»Wem ist schwindlig?«, wollte Jack wissen.

»Kate«, antwortete Reid, ohne den Blick von ihr zu wenden.

»Warum?«, hakte Jack nach.

»Warum dachte ich nur, ich könnte das Geheimnis für mich behalten?«, beschwerte sich Kate.

»Geheimnis?«, wunderte sich Jack, der fragend von einem zum anderen schaute.

Sie wandte sich an ihren Vater. »Dad, im Juni wirst du Großvater.«

Jack wirkte wie vom Blitz getroffen. »Oh. Wow. Großvater.« Er schaute zu Reid, der schon befürchtete, ihre brüchige Übereinkunft könnte sich wegen dieser Neuigkeit in Luft auflösen.

»Wirst du ohnmächtig, Jack?«, neckte Clare ihren Exmann mit amüsierter Stimme.

»Ich denke nicht, aber danke der Nachfrage.« Er streckte die Arme nach Kate aus, die sich von ihm umarmen ließ. Dann schloss er die Augen und drückte sie fest an sich. »Gratuliere, Liebling. Du wirst eine wundervolle Mutter.«

»Danke, Dad.« Tränen rannen ihr über das Gesicht, und ihr Haar war schneebedeckt, ehe ihr Dad sie wieder losließ.

Reid legte ihr einen Arm um die Schultern. »Wir sollten nicht in der Kälte stehen.«

Sofort schmiegte sich Kate enger an ihn und legte den Kopf an seine Schulter. Jack blieb zurück, um Clare und den Mädchen mit den Taschen zu helfen, die sie im Auto hatten.

»Habe ich gesehen, wie ihr beide gemeinsam aus dem Stall gekommen seid?«, erkundigte sich Kate.

»Das hast du.«

»Und?«

»Ich denke, dass alles gut wird, Darling. Dein Daddy und ich haben eine Übereinkunft getroffen, gewissermaßen.«

»Ach ja?«

»Ja.«

»Wann werde ich über den Inhalt dieser Übereinkunft informiert?«

Er half ihr aus dem Mantel und hängte ihn in der Diele neben seinen. »Sobald er bereit ist, es dir mitzuteilen.«

»Ist das so eine Männersache?«

Er führte sie durch die Küche in ihr Zimmer und schloss die Tür hinter ihnen. »Ich verstehe, wie du darauf kommst, aber er hat mich darum gebeten, es ihm zu überlassen, dir die Einzelheiten unserer Absprache zu verraten. Da dieses

Einverständnis zwischen uns recht empfindlich ist, habe ich vor, seinen Wunsch zu respektieren.«

»Dir ist schon klar, dass ich weiß, wie ich dir Informationen entlocken kann?«

»Weshalb ich auch Angst hatte, dir zu verraten, dass es da überhaupt eine Information gibt.«

Lachend ließ sie sich aufs Bett fallen.

Glücklich über ihre Fröhlichkeit streckte er sich neben ihr aus und stützte den Kopf in die Hand. »Sei gnädig mit mir, bitte.«

Sie griff nach seiner freien Hand und verschränkte ihre Finger. »Er hat die Nachricht mit dem Baby gut verkraftet.«

»Das ist mir nicht entgangen. Ich nehme an, dass du es deiner Mom und Maggie auch schon erzählt hast.«

»Das musste ich, nachdem mir schwindlig geworden war.«

»Was ist denn passiert?«

»Keine Ahnung. Es kam aus dem Nichts. Erst ging es mir gut, dann schwankte die Welt. Hat mich an die Lungenentzündung erinnert.«

»Sollten wir den Arzt anrufen?«

»Ich glaube nicht. Es war nur ganz kurz.«

»Bist du dir sicher?«

Sie nickte und betrachtete ihn liebevoll. Er hatte sie noch nie so friedlich und gelassen erlebt. »Was?«, fragte er lächelnd.

»Alles. Es ist perfekt.«

»Stimmt«, gab er ihr recht, ehe er sich vorbeugte, um sie zu küssen, aber in dem Moment kündigte ihr Handy eine Nachricht an.

»Da muss ich nachschauen. Wir haben schließlich ein ganzes Haus voller Gäste.«

»Die sich fünf verdammte Minuten lang auch um sich selbst kümmern können, während ich meine Verlobte küsse.«

»Wenn wir wieder auf St. Kitts sind, kannst du mich rund um die Uhr küssen.« Sie wollten drei Wochen dort verbringen, um den Hauskauf abzuschließen und ihre Flitterwochen in der Sonne zu genießen.

»Daran werde ich dich erinnern.«

»Das hoffe ich doch.« Sie holte ihr Handy aus der Tasche. »Ist von Maggie. Sie will kurz mit uns sprechen.« Sie setzte sich auf und schrieb Maggie, wo sie waren und dass sie zu ihnen kommen solle.

Reid rollte sich stöhnend auf den Rücken. »Also keine Küsse mehr?«

»Später.«

Es klopfte, dann betrat Maggie den Raum. »Tut mir leid, dass ich euch störe.«

»Schon gut«, winkte Reid sie rein. »Soll ich verschwinden, damit du in Ruhe mit Kate reden kannst?«

»Nein, ich möchte mich mit euch beiden über das Projekt unterhalten. Das für die Frauen und Kinder.«

»Was ist damit?«, wollte Kate wissen.

Hastig sprudelte es aus Maggie raus: »Ich möchte eure Heimleiterin werden.« Für Reid fügte sie hinzu: »Ich habe Sozialarbeit und Gebärdensprache als Hauptfächer studiert. Ein Jahr lang habe ich in der Stadt ein Praktikum in einem Obdachlosenasyl gemacht. Ich weiß um die Probleme und Herausforderungen. Ich verstehe was davon, wie man ihnen helfen kann. Außerdem möchte ich hier bei meinen Schwestern sein.« Dann sah sie zu Kate und erklärte: »Ihr fehlt mir.« Schließlich verstummte sie und holte tief Luft. »Ich weiß, dass das viel verlangt ist, aber mir ist es todernst. Ich würde mich da ganz reinknien. Versprochen.«

Offensichtlich erstaunt von der Rede ihrer Schwester wandte Kate sich an Reid. »Wir müssten das diskutieren.«

»Müssen wir nicht«, widersprach er. »Soweit es mich betrifft, kannst du den Job haben, wenn du ihn willst.«

Maggie atmete scharf ein. »Ehrlich?«

»Wenn Kate nichts dagegen hat«, meinte er mit Blick auf sie. »Wir hatten gehofft, jemanden zu finden, der die Sache leidenschaftlich angeht.«

»Genau«, erwiderte Kate, was ihrer Schwester ein erfreutes Kreischen entlockte. »Bist du sicher, dass du New York verlassen möchtest?«

Maggie nickte mit tränenerfüllten Augen.

»Was ist los, Liebes?« Kate nahm Maggies Hand und zog sie zwischen sie beide aufs Bett.

»In New York war da so ein Typ, aber das ist jetzt vorbei. Ich kann eine Neuorientierung genauso gut gebrauchen wie einen Tapetenwechsel. Wenn ich noch mal die Einzelheiten eines Mords übersetzen muss, dann begehe ich selbst einen.«

Lachend umarmte Kate Maggie. »Wir hätten dich liebend gerne bei uns. Nicht wahr, Reid?«

Kate umgeben von den Menschen zu sehen, die sie liebte, wärmte ihm das Herz. »Absolut.«

»Danke«, sagte Maggie, die sich beim Aufstehen die Tränen trocknete. »Entschuldigt, dass ich einfach so reingeplatzt bin. Ich lass euch dann wieder da weitermachen, wo auch immer ihr gerade aufgehört habt.«

Kate stieß ihre Schwester in die Seite, was sie zum Lachen brachte.

»Da können wir ja die Vorstellungsgespräche für den Heimleiterposten von der Liste streichen«, bemerkte Reid.

»Bist du dir sicher, dass es okay für dich ist, wenn Maggie das übernimmt?«

»Wenn nicht, dann hätte ich dem nicht zugestimmt. Eines solltest du über mich wissen, Darling: Ich äußere nie etwas, was ich nicht auch so meine.«

Sie legte sich zurück aufs Bett und streckte die Arme nach ihm aus. »Können wir uns wieder küssen wie vorhin?«

»Auf jeden Fall.«

* * *

Weihnachten verging in einem Wirbelsturm aus Essen, Geschenken, Gelächter und Musik. Über Nacht fielen dreißig Zentimeter Schnee, was die jüngeren Mitglieder der Familie freute, die den größten Teil des Tages draußen verbrachten. Sie bauten einen Schneemann, und jeder, von den Gesetzteren abgesehen, nahm nach dem Abendessen an einer Schneeballschlacht teil.

Kate war völlig erschöpft, aber glücklicher, als sie jemals in ihrem Leben gewesen war. Den ganzen Tag hatte sie schon darauf gewartet, mal einen Moment lang mit ihrem Dad allein zu sein, aber er war größtenteils mit den Zwillingen draußen gewesen. Sie hoffte, dass sie sich vor der Hochzeit morgen noch mal unterhalten konnten.

Nach dem geschäftigen Tag hockten sie gemeinsam vor dem Kamin im Wohnzimmer und entspannten sich, bis draußen Glöckchen klingelten und die Kinder an die Fenster rannten.

»Wow«, rief Rob. »Da sind ein Pferd und ein Schlitten. Zwei sogar.«

Kate schaute zu Reid, der die Achseln zuckte, aber das geheimnisvolle Lächeln verriet ihn.

»Wer hat Lust auf eine Schlittenfahrt?«, rief er.

»Ich«, verkündeten Olivia und ihr Zwillingsbruder Owen einstimmig.

»Wir auch«, erklärte John, der seinen Zwillingsbruder Rob aus dem Weg schob, um als Erster an die Mäntel zu gelangen.

»Klingt nach Spaß«, überlegte Andi. »Ich bin dabei.«

»Ich auch«, meldete sich Frannie, die Jamie an der Hand von der Couch zog.

»In jeden Schlitten passen zehn Leute«, erklärte Reid. »Wir können uns also abwechseln.«

Während sich alle anzogen und zur Tür rauseilten, stellte sich Kate auf die Zehenspitzen und gab Reid einen Kuss. »Danke.«

»Ich dachte, dass das schön werden könnte.«

»He, Dad«, rief Ashton. »Kann ich mir einen der Schlitten reservieren, nachdem jeder mal gefahren ist?«

»Klar. Sie stehen uns bis Mitternacht zur Verfügung.«

»Großartig, danke.«

»Gibt es einen bestimmten Grund?«, fragte Reid mit neckendem Unterton.

»Geht dich nichts an«, erwiderte Ashton mit gut gelauntem Lächeln. »Kate, darf ich dich kurz entführen?«

»Äh, sicher.«

»Macht nicht zu lange.«

»Dauert nur kurz.«

Sie folgte ihm in die Küche und wunderte sich, was er ihr wohl mitzuteilen hatte. In den Wochen, seit sie und Reid wieder zu Hause waren, hatten sie sich bemüht, höflich zueinander zu sein, aber bisher hatten sie noch nie unter vier Augen miteinander gesprochen.

»Ich wollte dich wissen lassen, dass ich heute Abend um Jills Hand anhalten werde.«

»Ach, das ist ja wundervoll. Meinst du, sie ahnt was davon?«

»Nein, ich bin mir ziemlich sicher, dass es eine Überraschung ist.«

»Wow, das würde ich gerne miterleben. Es ist echt schwer, sie zu überraschen. Sie ist uns allen stets einen Schritt voraus.«

»Wem erzählst du das? Die Sache ist nur … Ich kann schon fast genau vorhersagen, was sie antworten wird, wenn ich sie frage: dass wir euch nicht die Show stehlen dürfen, wenn ihr morgen heiratet.«

»Ach, Unsinn. Lass sie wissen, dass es niemanden gibt, mit dem ich lieber das Rampenlicht teile. Das weiß sie.«

»Ich dachte mir schon, dass du das sagen würdest. Ich gebe es weiter.«

»Viel Glück. Falls es dich interessiert: Ich hoffe, dass sie den Antrag annimmt.«

»Tust du? Ehrlich?«

»Ja, ehrlich«, lachte sie. »Wenn du da bist, blüht sie förmlich auf. Ich habe noch nie erlebt, wie sie jemanden so anschaut wie dich.«

»Das höre ich gerne. Ich habe ein wenig Angst, dass sie mich zurückweisen könnte.«

Voller Mitgefühl drückte sie seinen Arm. »Das wird sie nicht.«

»Ach, hör mal, Kate … Jill weiß es schon, aber ich sollte es dir direkt mitteilen: Es tut mir leid, was damals geschehen ist. Vieles von dem, was vorgefallen ist, vor allem, was ich an jenem Tag auf dem Parkplatz zu dir gesagt, und die Rolle, die ich bei eurer Trennung gespielt habe, bedaure ich. Seit ihr wieder zusammen seid, ist mein Dad richtig glücklich. Es freut mich, ihn so zu sehen. Ich wollte, dass du das weißt.«

»Und du solltest wissen, dass du, trotz der Probleme am Ende unserer Freundschaft, ein toller Kerl und guter Freund bist. Ich finde es klasse, dass du vielleicht auch mein Schwager werden könntest.«

»Klingt viel besser als Stiefsohn, was?«

Sie warf den Kopf in den Nacken und lachte, dann umarmte sie ihn. »Viel, viel besser. Danke für die Entschuldigung. Mir tut es leid, dass wir dich angelogen haben. Das hätte auch nie passieren dürfen.«

»Das liegt in der Vergangenheit. Belassen wir es dabei.«

»Abgemacht.«

»Darf ich dich noch etwas fragen?«

»Sicher.«

»Ich dachte, Dad würde mich bitten, morgen sein Trauzeuge zu sein, aber das hat er nicht.«

»Dass wir wieder zusammen sind, hast du ziemlich gut aufgenommen. Er wollte sein Glück nicht überstrapazieren.«

»Ach«, meinte Ashton und rieb sich über die Stoppeln auf seinem Kinn. »So hatte ich das gar nicht betrachtet.«

»Du wärst aber seine erste Wahl. Das solltest du wissen.«

»Bei einem so wichtigen Ereignis sollte man ihm seinen Wunsch gewähren, denkst du nicht?«

Sie lächelte ihn an. »Da bin ich ganz deiner Meinung.«

»Ich kümmere mich darum.« Er beugte sich vor und gab ihr einen Kuss auf die Wange. »Genieß morgen jeden Moment. Du bekommst den allerbesten Mann, den ich kenne.«

Gerührt entgegnete sie: »Danke.«

Dann kehrten sie ins Wohnzimmer zurück, und Ashton setzte sich auf dem Sofa neben Jill.

»Er hat dir also seine Neuigkeiten verraten?«, erkundigte sich Reid.

Sie sah zu ihm hoch. »Wie lange wusstest du schon davon?«

»Seit ein paar Tagen. Er hat mich darum gebeten, es niemandem zu sagen, aber ich konnte es kaum erwarten, es dich wissen zu lassen. Ich bin froh, dass er es dir anvertraut hat.«

»Wir haben uns gut unterhalten. Hat sich angefühlt wie in alten Zeiten. Ich sehe sie gerne zusammen.«

»Ich auch.« Er warf einen Blick auf seinen Sohn und Jill, die die Köpfe zusammensteckten und leise miteinander sprachen. »Das ganze Wochenende ist er ihr nicht von der Seite gewichen.«

»Außer zum Schlafen. Maggie hat mir erzählt, dass er nicht bei ihr übernachtet hat, solange sie da war.«

»Das würde er nicht tun. Überrascht mich nicht.«

»Ihr Matthews seid äußerst *alt*modisch in euren Ansichten.«

»Hast du mich gerade alt genannt, Darling? Am Abend vor unserer Hochzeit?«

»Ich weiß nicht, wovon du redest.«

Er brachte den Mund an ihr Ohr, was sie erschauern ließ. »Nachdem alle anderen durch sind, gehört der andere Schlitten uns.«

Sie schmiegte sich in seine Umarmung, froh über ihn, seine Überraschung und die Möglichkeit, dass ihre Schwester sich verloben könnte. Das entwickelte sich allmählich zum besten Weihnachtsfest überhaupt.

* * *

»Ist dir warm genug?«, erkundigte sich Ashton bei Jill, nachdem er ihr eine zweite Decke umgelegt hatte.

»Ja. Setzt du dich zu mir, oder fahre ich alleine?«

Sein Herz raste vor Nervosität und Aufregung. Was, wenn sie Nein sagte? Was sollte er dann tun? Er schob den negativen Gedanken beiseite und ließ sich neben ihr nieder. Der Vollmond ließ den Schnee leuchten und glitzern wie tausend winzige Kristalle.

Jill hob die Decken, um ihn zu sich einzuladen, und er rutschte näher und legte einen Arm um sie.

»So«, verkündete sie. »Jetzt ist es perfekt.«

»Das ist es.« Er wandte sich ihr zu und genoss, wie niedlich sie mit der Strickmütze, die sie bis über die Ohren gezogen hatte, und der vor Kälte roten Nase aussah. Nachdem der Schlitten mit einem Ruck losgefahren war und still über den Schnee glitt, küsste er sie. Er hatte nur einen kurzen Kuss im Sinn gehabt, aber nach drei Nächten ohne sie sehnte er sich nach mehr.

»Du hast mir gefehlt«, erklärte er ein paar leidenschaftliche Minuten später.

»Du hast mir auch gefehlt. Ich habe mich daran gewöhnt, neben dir zu schlafen.«

»Gewöhn es dir bitte nicht ab.«

»Habe ich nicht vor. Übermorgen kehrt Maggie nach Hause zurück, dann gehöre ich wieder ganz dir.«

»Das klingt gut. Ganz mir.«

Sie schlang den Arm um ihn und legte den Kopf an seine Brust. »Mmm.«

»Ich möchte, dass du für immer ganz mir gehörst, Jill.« Die Worte kamen ihm über die Lippen, ehe er den ausformulierten Antrag auch nur in Erwägung ziehen konnte, den er tagelang geübt hatte.

Sie hob den Kopf und begegnete seinem Blick. »Ehrlich?«

Er nickte. Zur Hölle mit den sorgfältig gewählten Worten. »Ich liebe dich so sehr. Die letzten Wochen, seit wir endlich zusammen sind, waren die schönsten meines ganzen Lebens. Ich möchte nicht, dass das, was zwischen uns ist, jemals endet. Machst du mich zum glücklichsten Mann der Welt, indem du mich heiratest, Jill?«

Ihr Gesicht verzog sich bedauernd, was ganz und gar nicht das war, worauf er gehofft hatte. »Du kannst mir doch nicht heute Abend einen Antrag machen, wenn meine Schwester morgen heiratet.«

»Ich wusste, dass du so reagieren würdest, weshalb ich vorher mit Kate darüber gesprochen habe.«

»Warte mal – du hast mit Kate gesprochen?«

»Ja, und ich habe erwähnt, dass es dich beunruhigen könnte, wenn wir uns am Abend vor ihrer Hochzeit verloben würden, und sie erklärte, ich zitiere: ›Lass sie wissen, dass es niemanden gibt, mit dem ich lieber das Rampenlicht teile.‹ Sie meinte auch – und hier bin ich äußerst eigennützig –, dass sie hofft, du würdest zustimmen. Ich schätze, dass sie mich lieber zum Schwager als zum Schwiegersohn hätte, aber das ist eine andere Geschichte.«

Trotz der Tränen musste Jill lachen.

»Dein Dad hat mir ebenfalls seinen Segen gegeben.«

»Hat er? Du hast ihn gefragt?«

»Natürlich habe ich das«, erwiderte er, empört, dass sie das überhaupt in Zweifel zog. »Ich bin aus den Südstaaten, Darling, und hier gibt es für solche Sachen Regeln.« Mit den Zähnen streifte er sich den Handschuh ab, holte das Schmuckkästchen aus der Manteltasche und öffnete es, um ihr den Zweikaräter zu zeigen, den er für sie ausgesucht hatte. Er vermutete, dass alles, was größer war, ihr zu viel gewesen wäre. »Was denkst du? Sollten wir den Rest unseres Lebens gemeinsam verbringen?«

Sie betrachtete erst den Ring, dann ihn.

Er glaubte schon, er müsste sterben, während er darauf wartete, dass sie ihm eine Antwort gab – *irgendeine*.

»Ja. Ja, das sollten wir.«

Irgendwie schaffte er es, seine überwältigende Erleichterung vor ihr zu verbergen, aber seine Hände zitterten, als er den Handschuh auszog und ihr den Ring an den Finger steckte. »Lass mal schauen.« Er hielt ihre linke Hand hoch, um im Mondlicht abzuschätzen, wie er wirkte. »Perfekt«, seufzte er, ehe er erst ihre Fingerknöchel und dann ihren Mund küsste.

»Ich liebe dich auch«, flüsterte sie, woraufhin sein Herz vor Freude beinahe barst.

Er drückte sie fest an sich und küsste sie erneut, diesmal länger. »Das ist das beste Geschenk, das mir jemals jemand gemacht hat.«

* * *

»Das erinnert mich an die Nacht, in der wir mit Thunder durch den Schnee geritten sind«, sagte Kate leise, während sie und Reid im anderen Schlitten über den Schnee glitten. Die kalte Luft belebte sie nach dem langen Tag, und sie freute sich, dass sie in die Decken eingehüllt neben Reid saß.

»Ich weiß, dass du heute Abend lieber mit Thunder ausgeritten wärst, aber ich möchte nicht, dass du reitest, wenn du schwanger bist.«

»Wie soll ich denn neun Monate ohne Reiten auskommen?«

»Das schaffst du, Darling. Fürs Baby.«

»Ja, ich schaff das schon, aber einfach wird es nicht. Ohne die Ertüchtigung werde ich fett wie ein Wal.«

»Ich lass nicht zu, dass du fett wirst. Auf St. Kitts gehen wir am Strand spazieren, und wenn wir hier sind, wandern wir durch den Wald.«

»Was, wenn ich doch fett werde?«, fragte sie neckend. »Wirst du mich dann immer noch lieben?«

»Ich liebe dich, ganz gleich, wie dick du wirst, ganz gleich, wie viele Falten dein Gesicht hat, ganz gleich, wie grau dein Haar wird oder wie viele Warzen auf deiner Nase sprießen.«

Über das Bild, das er erschuf, musste sie lachen. »Du stellst dir also eine dicke, faltige, grauhaarige Hexe als Ehefrau vor?«

»Ich stelle mir dich vor, rund mit unserem Kind, strahlend vor Aufregung, Liebe und Vorfreude. Ich kann es kaum erwarten, das zu erleben. Ich kann es kaum erwarten, zu erleben, wie unser Baby geboren wird und du es stillst.« Er legte eine Hand auf ihren noch flachen Bauch. »Jede Minute davon kann ich kaum erwarten.«

Zu hören, wie er mit solcher Begeisterung von ihrem Kind sprach, rührte sie zutiefst. »Ich kann nicht glauben, dass wir morgen um diese Zeit verheiratet sein werden. Was für ein langer, gewundener Pfad, bis wir endlich da sind, wo wir hingehören.«

»Danke, Darling, dass du mich erwählt hast, wo du doch wahrhaftig jeden hättest haben können.«

»Ich habe den Einzigen ausgewählt, den ich jemals haben wollte.«

Er drückte einen süßen, sanften Kuss auf ihre Lippen, und sie klammerte sich an ihn und wollte so viel mehr.

»Morgen«, versprach er ihr. »Morgen haben wir alles.« Dann küsste er sie erneut. »Ich werde dich jetzt nach Hause bringen und ins Bett stecken, und das nächste Mal, wenn ich dich sehe, wirst du als meine Braut auf mich zukommen, und in dem Augenblick werde ich der glücklichste, fröhlichste Mann der ganzen Welt sein.«

»Ich verstehe nicht, warum du heute Nacht nicht bei mir bleiben kannst.«

»Weil es Unglück bringt, die Braut vor der Hochzeit zu Gesicht zu bekommen, und ich werde nichts tun, was das Schicksal herausfordert, nachdem es so freundlich war, dich zu mir zurückzubringen.«

»Ich möchte nicht alleine schlafen.«

»Ich werde Maggie bitten, bei dir zu übernachten.«

»Ich will dich und sonst keinen.« Sie wusste, dass sie wie ein bockiges Kind klang, aber das war ihr egal. Ihr missfiel der Gedanke, auch nur eine Nacht ohne ihn zu sein.

»Du hast mich, und dies ist die letzte Nacht, die du allein verbringen wirst. Versprochen.«

Wenig später hielt der Kutscher vor dem Haus, das von einem Licht im Wohnbereich abgesehen völlig dunkel war. Reid führte sie hinein und wartete, bis sie bettfertig war.

Wie er versprochen hatte, brachte er sie ins Bett, setzte sich dann zu ihr und betrachtete sie.

»Ich möchte nicht, dass du gehst«, bat Kate.

»Ich bin nicht weit weg.«

»Wo willst du denn übernachten?«

»In der Stadt, im Hermitage. Da werden wir auch morgen Abend bleiben.«

»Wir schlafen nicht hier?«

»Nein, wir werden unsere Hochzeitsnacht nicht mit deiner ganzen Familie verbringen.«

Über den Nachdruck, mit dem er das aussprach, musste sie lächeln.

»Deine Mom will im Sommer wieder herkommen, wenn das Baby da ist, und ich habe ihr mitgeteilt, dass wir uns freuen würden«, wechselte er das Thema.

»Das wäre toll. Ich werde sie hier brauchen, damit sie mir sagen kann, was ich tun soll.«

Er beugte sich runter, um sie zu küssen. »Schließ die Augen und schlaf. Träum von morgen und unserer gemeinsamen Zukunft. Wenn du aufwachst, ist unser großer Tag gekommen.«

»Ich liebe dich«, hauchte sie.

»Ich liebe dich auch. Jetzt schließ deine Augen.«

Sie gehorchte, während er sie ein weiteres Mal küsste, dann stand er auf und verließ den Raum. Um ihm nachzuschauen, öffnete sie die Augenlider wieder. Schließlich starrte sie in die Dunkelheit, bis sie hörte, wie er den Motor anließ und die Reifen auf dem Schnee knirschten.

Er war kaum eine Minute lang weg, da griff sie nach ihrem Handy.

»Du solltest doch schlafen, Darling«, lachte er.

»Ohne dich kann ich das nicht.«

»Doch, das kannst du.«

Wie passend, dachte sie, dass sie die letzte Nacht vor ihrer Hochzeit so verbrachten wie so viele Nächte in der Vergangenheit. »Darf ich dir Gesellschaft leisten, während du in die Stadt fährst?«

»Nur, wenn du versprichst, zu schlafen, sobald ich da bin.«

»Versprochen. Möchtest du, dass ich dir was vorsinge?«

»Liebend gerne.«

Also tat sie das.

* * *

Jill und Maggie weckten Kate um zehn Uhr am nächsten Morgen, eine halbe Stunde bevor die Leute für ihre Frisur und das Make-up eintrafen, die ihr auch halfen, wenn sie auf Tournee war. Für diesen besonderen Anlass hatte sie zugestimmt, den Professionellen freie Hand zu lassen.

»Ich fasse nicht, dass ich so lange geschlafen habe.«

»Du hast es gebraucht«, erklärte Maggie, ehe sie ihrer Schwester einen Kaffee reichte. »Hier ist deine Ration Koffein für den Tag.«

Sosehr sie den Kaffee auch wollte und brauchte, ihr Magen verkrampfte sich bei dem Geruch. »Den vertrage ich gerade nicht, Mags.« Sie gab ihrer Schwester die Tasse zurück. »Entschuldige.«

»Schon okay. Wie wäre es mit Tee und Toast?«

»Das klingt gut, danke.«

»Kommt sofort.«

»Alles in Ordnung?«, fragte Jill, sobald sie und Kate allein waren.

»Mir geht's gut, es ist nur die übliche Übelkeit. Was ist mit dir? Gibt es *Neuigkeiten*?«

Sie errötete, als sie ihre linke Hand ausstreckte, um Kate den Ring zu zeigen.

»Der ist wunderschön. Gratuliere.« Sie umarmte Jill. »Gefällt er dir?«

»Das tut er. Er ist fantastisch.«

»Wie war die Verlobung?«

»Hinreißend und perfekt. Danke, dass du das Rampenlicht mit mir teilst. Ich hätte abgelehnt, hätte er mir das nicht anvertraut.«

»Du hättest ihm das Herz gebrochen, hättest du ihn zurückgewiesen.«

»Ich bin froh, dass ich das nicht musste.«

»Wann findet die Hochzeit statt?«

Jill verdrehte die Augen. »Können wir bitte erst mal deine hinter uns bringen, bevor wir über meine reden?«

»Ich schätze schon.«

»Gestern hat Reid mir das hier gegeben, damit ich es dir heute Morgen überreiche.« Sie hielt Kate ein kleines, in silbernes Papier eingewickeltes Kästchen hin, dem eine Karte beilag.

»Das ist nicht fair. Wir waren uns einig, uns zu Weihnachten nichts zu schenken, nach allem, was wir so vorhaben.«

»Ich glaube nicht, dass es ein Weihnachtsgeschenk ist.«

»Oh.« Sie öffnete den Umschlag zuerst. Auf eine geprägte, cremefarbene Karte mit seinen Initialen hatte er geschrieben: ›Etwas Neues für den großen Tag. Ich kann es kaum erwarten, heute, morgen, übermorgen und jeden weiteren Tag mit dir zu erleben. In Liebe, Reid‹. Sie riss das Papier auf und entdeckte ein schwarzes Samtkästchen. Darinnen lagen tropfenförmige Diamantohrringe.

»Die sind ja herrlich«, rief Jill.

»Ich fasse nicht, dass er das gemacht hat«, flüsterte Kate, dann las sie die Nachricht noch einmal und wischte sich die Tränen weg. »Wir waren uns doch einig, dass wir uns nichts schenken wollen.«

»Ein Mann kann seiner neuen Frau ein Hochzeitsgeschenk kaufen, wenn er das möchte. So steht es geschrieben.«

»Aber ich habe ihm nichts besorgt.«

»Du gibst ihm alles, Kate, und das weiß er. Mehr will er nicht.«

»Habe ich dir eigentlich schon dafür gedankt, dass du uns unterstützt hast, auch als es nicht angesagt war, das zu tun?«

Jill lächelte. »Ich unterstütze *dich*. Das tun wir nun mal füreinander – das haben wir schon immer füreinander getan.«

»Und wir werden immer füreinander da sein.«

»Genau. Diese ganze Sache mit der Hochzeit wird daran nichts ändern.«

»Hat Maggie dir schon von ihren Neuigkeiten erzählt?«

»Heute Morgen hat sie von nichts anderem geredet. Ich freue mich so, dass sie nach Nashville kommt, und noch dazu aus so einem tollen Grund.«

»Redet ihr über mich?«, wollte Maggie wissen, die gerade mit dem Tee und Toast zurückkehrte.

Kate brachte den halben Toast und ein bisschen vom Tee runter. Unter der Dusche kam es ihr wieder hoch, und zum ersten Mal, seit sie schwanger war, musste sie sich übergeben. Sie drehte den Wasserhahn zu, wickelte das nasse Haar in ein Handtuch, zog sich einen Bademantel an und setzte sich eine Weile auf den Toilettendeckel, um durchzuatmen und die Übelkeit unter Kontrolle zu bekommen. War ja klar, dass es heute schlimmer werden würde als an jedem anderen Tag.

»Kate?«, fragte Jill durch die geschlossene Tür. »Alles in Ordnung?«

»Komm rein.«

»Was ist los?«

»Mir war schlecht.«

»O nein.«

»Ist schon wieder besser.«

»Möchtest du dich kurz hinlegen?«

»Haben wir denn Zeit dafür?«

»Nein, aber wir nehmen uns die Zeit.«

»Vielleicht ein paar Minuten.«

Als sie aufstand, drehte sich alles um sie, und ihr schwirrte der Kopf unter dem bisher heftigsten Schwindelanfall. Nur Jills Arme verhinderten, dass sie stürzte.

»Bringen wir dich erst mal wieder ins Bett.«

»Warum muss das ausgerechnet heute passieren?«

»Weil das halt so ist.«

Jill brachte sie ins Bett zurück und zog die Decke über sie. »Ruh dich etwas aus. Ich kümmere mich um alles. Mach dir keine Sorgen.«

Die Übelkeit war so schlimm, dass Kate es nicht wagte, ihr zu widersprechen. In der nächsten Stunde nahm sie wahr, wie ihre Schwestern, ihre Mutter und ihre

Stiefmutter ab und zu nach ihr schauten, während sie immer wieder einnickte. Schließlich war sie hellwach, starrte an die Decke und wartete darauf, dass ihr wieder schlecht wurde. Nachdem nichts geschah, setzte sie sich vorsichtig auf und blieb für einen Moment still am Bettrand sitzen. So weit, so gut.

Jill kam rein und war überrascht, sie aufrecht vorzufinden. »Wie geht's dir?« Ihr Haar war zu einer eleganten Frisur hochgesteckt, und sie war bereits geschminkt.

»Besser, denke ich. Du siehst toll aus.«

»Danke. Du hast ein perfektes Timing. Alle anderen sind schon fertig. Jetzt bist du dran, falls dir danach ist.«

Aufregung und Adrenalin trieben Kate vom Bett ins Bad, wo sie sich die Zähne putzte, das Haar kämmte und ein wenig Farbe in die blassen Wangen kniff.

Dann gesellte sie sich zu den anderen ins große Wohnzimmer, das für die Hochzeit hergerichtet worden war und in dem fünfzig Stühle in einem Halbkreis vor dem Kamin standen. »Tut mir leid, dass ich die ganze Arbeit verschlafen habe, Leute.«

»Fühlst du dich wieder gut, Schatz?«, erkundigte sich ihre Mom mit Sorge auf dem Gesicht.

»Schon viel besser und bereit, zu heiraten. Wo soll ich hin?«

»Nach oben«, erwiderte Jill, die vorlief. »Dann machen wir aus dir mal eine Braut.«

* * *

Zwei Stunden später stand Kate vor einem Ganzkörperspiegel in einem der oberen Schlafzimmer und betrachtete sich von allen Seiten. Nicht schlecht dafür, dass sie vor Kurzem noch von der Übelkeit außer Gefecht gesetzt worden war. Bevor sie sich das Kleid anzog, hatte sie ein Putensandwich gegessen, das sie ganz gut vertragen hatte. Sie hoffte, dass sie es drinbehielt.

Das Kleid bestand aus cremefarbener Seide, die bis auf den Boden floss. Schleppe und Schleier hatte sie nicht gewollt, stattdessen hatte sie sich für das

Diamantdiadem der Harrington-Familie entschieden, das vor ihr ihre Großmutter, ihre Mutter und ihre Tante an ihren Hochzeitstagen getragen hatten.

Sie betrachtete ihren kunstvoll geflochtenen und frisierten Zopf und fragte sich, wie sie jemals alle strategisch verborgenen Klemmen aufspüren sollte, die ihr Haar zusammenhielten. Die würde sie vermutlich noch in einem Jahr finden – ein Gedanke, der sie vor Aufregung und Nervosität zum Lachen brachte. Wie lange noch?

Wenig später kamen Jill und Maggie herein, die beide identische rote Seidenkleider trugen, die sie sich selbst ausgesucht hatten. Sie hielten Blumensträuße aus roten Rosen und weißen Lilien in den Händen.

»Die Farbe erinnert mich an Jamies und Frannies Hochzeit«, meinte Kate mit Blick auf ihre Kleider. »Ihr seht fantastisch aus.«

»Du auch«, hauchte Maggie. »Umwerfend.«

»Danke. Ich wirke nicht zu bleich, oder?«

Maggie betrachtete Kates Gesicht eingehend. »Nein. Genau richtig.«

»Gut. Reid würde es sofort bemerken, wenn ich blass wäre. Ist er schon da?«

»Schon eine Weile. Er und Buddy sind in deinem Zimmer, um sich umzuziehen.«

»Ist Ashton bei ihnen?«

»Nein, aber er ist da.«

Kate fragte sich, wann er vorhatte, sein Vorhaben umzusetzen. Schon bald war der Raum angefüllt mit Müttern, Großmüttern und Brautjungfern, von denen jede von einem männlichen Mitglied der Familie nach unten geleitet werden würde. Kate hatte nur ihre engsten Freunde aus der Branche eingeladen, die Mitglieder ihrer Band und ein paar Leute von Long Road Records. Reid hatte ebenfalls wenige Freunde eingeladen, in der Hoffnung, eine kleine, private Hochzeit feiern zu können.

Soweit Kate wusste, hatte die Presse noch nicht Wind davon bekommen, dass sie heute heiraten würden, und sie hoffte, dass das auch so blieb. Jill hatte vor, ein einziges Foto von der Hochzeit zu veröffentlichen, nachdem sie längst aus der Stadt waren.

Zwanzig Minuten später erschien Buddy in der Tür, der im dunklen Anzug und mit der roten Krawatte umwerfend aussah. »Wow, Kleines«, lobte er, kaum dass er sie entdeckte. »Du hast dich aber rausgeputzt.«

»Du auch«, erwiderte Kate amüsiert wie immer. »Danke, dass du mir diesen Gefallen tust.«

»Wenn ich ehrlich bin, fühlt es sich komisch an, etwas zu tun, was dein eigener Daddy übernehmen sollte, ganz besonders, wenn er auch da ist.«

»Dem stimme ich zu, Buddy«, verkündete Jack von der Tür aus, den Blick auf Kate gerichtet. »Stört es dich, wenn ich es dir abnehme?«

»Ganz und gar nicht«, entgegnete Buddy. Dann gab er Kate einen sanften Kuss auf die Wange und ließ sie mit ihrem Vater allein.

»Bring mich bloß nicht zum Heulen«, warnte Kate, während sie Tränen wegblinzelte. »Ganz gleich, was du tust, bring mich nicht zum Weinen.«

Attraktiv in seinem dunkelgrauen Anzug und mit der preiselbeerroten Krawatte, musste Jack lachen. »Ich habe doch noch gar nichts gesagt.«

»Ich kenne dich. Du wirst garantiert etwas sagen, was mich zum Weinen bringen wird.«

»Dann lasse ich dich nur wissen, dass du umwerfend gut aussiehst, dass ich dich lieb habe und dass ich mich für dich – und Reid – freue. Dein ganzes Leben lang habe ich auf diesen Moment gewartet, und ich werde auf keinen Fall zulassen, dass dich jemand anderes zum Altar führt.«

Sie fächelte sich mit der Hand Luft zu und kämpfte gegen den Kloß in ihrem Hals an.

»Bist du so weit?«, fragte er, ehe er ihr den Arm hinhielt.

»Bitte noch eine Minute.«

»Nimm dir so viel Zeit wie nötig.«

»Jetzt brauche ich erst mal ein Taschentuch.«

Er zog eines hervor und reichte es ihr.

Kaum betupfte sie sich damit die Augen, wurde sie von dem vertrauten Duft seines Rasierwassers auf dem Stofftuch eingehüllt. »Dass du mich zum Altar führst, macht mich glücklicher als alles, was du heute hättest sagen oder tun können«, flüsterte sie, bevor sie ihm das Taschentuch wieder in die Tasche steckte und ihre Hand in seine Ellenbeuge legte.

»Es tut mir leid, dass es so lange gedauert hat, bis ich mich wieder eingekriegt habe.«

»Wichtig ist nur, dass du rechtzeitig hier bist.«

»Wollen wir?«

»Ja, bitte. Los geht's.«

* * *

Wenige Minuten bevor man ihn im Wohnzimmer erwartete, kämpfte Reid noch mit einem störrischen Manschettenknopf.

Buddy kam ihm zu Hilfe. »Lass mich.«

»Was willst du denn hier? Solltest du nicht bei Kate sein?«

»Ihr Vater hat mich entlassen.«

»Hat er das? Das sind ja tolle Neuigkeiten.«

Buddy schloss den Manschettenknopf und übernahm es, Reid die Krawatte zu richten. »Er hat sich ja redlich Zeit damit gelassen, auf den Zug aufzuspringen, nicht wahr?«

»Spielt jetzt keine Rolle. Er ist da und führt sie zum Altar, mehr interessiert mich nicht.«

»Du schaust echt gut aus, nicht, dass du nicht immer gut aussehen würdest. Verfluchter altersloser Freak.«

»Ich hab dich auch gern«, lachte Reid.

»Geht mir genauso. Das weißt du, nicht wahr?«

»Das ist eine Sache, die ich in meinem ganzen Leben nie angezweifelt habe.«

»Mom gefällt das Anstecksträußchen, das du ihr geholt hast.«

»Sie ist die einzige Mutterfigur, die ich noch habe.«

»Es war nett von dir. Hat sie zu Tränen gerührt.«

»Sie hat wirklich ein weiches Herz, oder?«

Ashton betrat das Zimmer mit einem weißen Kästchen in der Hand. »Für den Bräutigam.«

»Brauchst du mich dafür?«, fragte Buddy. An Ashton gewandt erklärte er: »Ich musste ihn noch anziehen.«

»Bei einem Manschettenknopf hat er geholfen«, warf Reid ein.

»Ich übernehme das«, warf Ashton ein. »Buddy, ich weiß, dass du eigentlich darum gebeten wurdest, aber wenn es dir nichts ausmacht …«

»Kein weiteres Wort. Gut, dass ich ein gesundes Ego habe, denn es kriegt hier ganz schön was ab.«

»Das ist schon das zweite Mal, dass er heute gefeuert wurde«, erklärte Reid Ashton.

»Ein bisschen Bescheidenheit tut dir gut«, wandte sich Ashton an seinen Patenonkel, der ihm laut lachend den Finger zeigte, ehe er den Raum verließ.

»Ich hoffe, das ist in Ordnung«, hakte Ashton nach, während er Reid die weiße Rose ans Revers steckte.

»Mehr als in Ordnung. So wichtig mir Buddy auch ist, heute hätte ich niemanden lieber an meiner Seite als dich.«

»Ich hatte das Gefühl, dass das der Fall sein könnte.« Er wischte ein paar Fusseln vom Ärmel von Reids dunklem Anzug. »Ich hatte gehofft, dass du mir nächsten Sommer den gleichen Gefallen tust.«

»Ehrlich?«

Ashton lächelte und nickte. »Gestern Abend habe ich Jill gefragt, und sie hat Ja gesagt.«

»Ach, mein Junge, das freut mich für dich.« Er zog Ashton in die Arme, achtete aber darauf, dass er die Blume nicht zerdrückte.

»Danke, Dad. Schau uns mal an – wir heiraten Schwestern.«

»Da haben die Klatschblätter ganz schön was zu berichten.«

»Lass sie doch. Alles Gute zum Geburtstag, übrigens. Das wollte ich schon vorher erwähnen.«

»Danke. Genau das, was ich brauchte: ausgerechnet heute älter werden.« Ashton lachte.

»Aber es erschien uns sinnvoll, zu heiraten, wenn ihre Familie sowieso hier ist.« Reid verstummte und betrachtete seinen Sohn, der so jung und gut aussehend war und sein ganzes Leben noch vor sich hatte. »Hör mal, Junge, ich muss dich um einen Gefallen bitten.«

»Klar. Was immer du brauchst.«

»Es ist ein großer Gefallen.«

»Okay …«

»Also, wie du weißt, redet Kate nicht gerne darüber, dass sie wahrscheinlich viele Jahre ohne mich verbringen wird.«

»Ich will auch nicht darüber sprechen. Schon gar nicht heute.«

»Ich weiß, aber die Sache ist die: Sie ist mit einem Baby schwanger, das wir beide unbedingt haben wollen.«

»Ach so. Ich hatte mich schon gefragt, ob ihr beide Kinder bekommt.«

»Ich weiß, dass das viel von dir verlangt ist, nachdem du so lange ein Einzelkind warst …«

»Falls es dir noch nicht aufgefallen ist: Ich bin schon ein großer Junge, Dad. Ich denke, ich komme damit klar.«

Reid lächelte, amüsiert und gerührt von Ashtons Unterstützung. »Wenn der Tag kommt, an dem ich nicht mehr für sie da sein kann …«

»Dann werde ich das übernehmen. Von heute an sind sie beide Teil der Familie. Darum musst du mich nicht extra bitten.«

Erneut umarmte Reid ihn. »Deine Mom wäre so stolz auf dich. Ich bin es jedenfalls.«

»Ich werde es nie leid, das zu hören.«

»Wir sollten uns besser blicken lassen, damit Kate nicht denkt, ich hätte sie versetzt.«

»Das können wir nicht zulassen.«

Reid bedeutete seinem Sohn, vorzugehen, und folgte ihm aus dem Schlafzimmer. Unten war jeder Stuhl besetzt, und Schweigen legte sich über die Gäste, sobald er und Ashton vor die Versammelten traten und Reids langjährigem Freund, dem Richter William Branch, die Hand gaben, der die Trauung vollziehen würde.

Buddys Mädchen kamen als Erste die Treppe herab. Sie sahen in den roten Kleidern wundervoll aus und wurden von Kates Brüdern Rob, John und Nick begleitet. Eric und Max hatten darum gebeten, nicht zum Hochzeitsgefolge dazugehören zu müssen, und Kate hatte dem widerstrebend zugestimmt.

Als Nächstes kam Maggie, dann Jill, die ein verstohlenes Lächeln mit Ashton tauschte, bevor sie ihm gegenüber ans Ende des Ganges trat, wo sie auf Kate warteten.

Sie erschien schließlich strahlend, glücklich und absolut umwerfend am oberen Absatz der Treppe am Arm ihres Vaters.

Ashton stieß ihn an. »Vergiss das Atmen nicht.«

Bis zu dem Moment hatte Reid gar nicht bemerkt, dass er die Luft anhielt. Es war nicht das erste Mal, dass sie ihm den Atem raubte, und er wettete, dass es nicht das letzte Mal sein würde. Dann stand sie vor ihm und blickte mit ihren strahlend blauen Augen zu ihm auf. Er gab ihrem Vater die Hand, der sich in die erste Reihe zwischen seine Frau und Kates Mutter setzte, die ihm beide eine Hand hinhielten.

»Alles Gute zum Geburtstag«, gratulierte Kate ihrem Bräutigam lächelnd.

Er beugte sich vor und küsste sie. »Der beste Geburtstag meines Lebens.«

»Noch nicht«, widersprach Richter Branch unter dem Gelächter der Gäste.

Da bisher nichts in ihrer Beziehung normal verlaufen war, hatten sie beschlossen, ihren Eid ganz traditionell zu sprechen, sobald Richter Branch sie dazu aufforderte. Sie tauschten die Ringe, der Richter erklärte sie zu Mann und Frau, und Reid küsste seine Ehefrau. Kate – endlich seine Ehefrau.

Erst als er ihre Fingerspitzen auf seinem Gesicht spürte, erkannte er, dass er weinte – genau wie sie. Er schloss sie in die Arme und hielt sie so fest wie sie ihn.

Nachdem er sie losgelassen hatte, beruhigte sie ihn mit ihrem Lächeln, und ihre Hand in seiner erdete ihn.

Umgeben von Familie und Freunden nahmen sie die Glückwünsche, Umarmungen und Küsse entgegen. Kate ließ seine Hand dabei nie los.

Auf ihre Bitte hin sangen Buddy und Taylor ihren Top-Hit: »My One and Only Love«, während Reid und Kate mit dem Brauttanz die Feier eröffneten. Sie stießen auf ihre Hochzeit und Jills und Ashtons Verlobung und Maggies neuen Job an. Kellner wanderten mit endlos vielen Vorspeisen und Champagner durch die Menge.

Schließlich posierten sie für zahllose Familienbilder vor dem Fotografen, den Kate eingestellt hatte, um den Tag zu dokumentieren.

Nachdem sie den Kuchen angeschnitten hatten, schlug Ashton mit dem Löffel gegen ein kristallenes Champagnerglas, um für Stille zu sorgen. »Die Tradition schreibt vor, dass der Trauzeuge ein paar Worte über die Braut und den Bräutigam verliert«, begann er, sobald Ruhe eingekehrt war. »Ich möchte mir die Gelegenheit nicht entgehen lassen, mir meinen Dad ein wenig zur Brust zu nehmen.«

»Großartig«, brummte Reid unter allgemeinem Gelächter.

Ashton lächelte. »War nur Spaß, aber ich möchte euch mitteilen, dass kein Kind sich mehr von einem Vater wünschen könnte als das, was mir meiner gegeben hat. Er war mir Mom und Dad zugleich und hat es geschafft, beide Rollen mühelos auszufüllen, auch wenn ich weiß, wie schwer es gewesen sein muss, mich allein großzuziehen. Seit ich erwachsen bin, hat er die Rollen meines besten Freundes, meines Angelgefährten und gelegentlich meines Saufkumpans eingenommen. Mein Dad und ich hatten eine schöne Zeit zusammen, was auch in Zukunft so bleiben wird. Kate, ich möchte dich und deine *extrem* große Familie in unserer kleinen willkommen heißen. Ich habe noch nie ein Weihnachtsfest wie dieses erlebt, und ich hoffe, es ist die erste von vielen Feiern, die die Harringtons und Matthews zusammen verbringen werden. Lasst uns gemeinsam Reid und Kate gratulieren. Möge der heutige Tag der erste von vielen in einem langen, glücklichen Leben sein.«

»Darauf trinke ich«, verkündete Kate und stieß mit ihrem Kristallglas mit Eiswasser gegen Reids Champagnerglas.

»Hört, hört«, rief er, ehe er sie küsste.

* * *

Gegen achtzehn Uhr erklärte Reid Kate, dass es an der Zeit sei, in die Stadt zu fahren. Obwohl sie sich darauf freute, mit ihrem frischgebackenen Ehemann allein zu sein, war sie noch nicht bereit, sich von ihrer Familie zu verabschieden, die am nächsten Morgen heimfahren würde. Die gemeinsamen Tage waren ihrer Meinung nach viel zu schnell vorübergegangen.

»Das wiederholen wir nächstes Jahr«, versicherte Andi ihr mit einer Umarmung. »Dann werden euer Dad und ich die Gastgeber sein.«

»Im Jahr danach feiern wir wieder hier?«, erkundigte sich Kate.

»Klingt nach einem guten Plan«, schaltete sich ihre Mutter ein. »Du warst eine wunderbare Gastgeberin und eine wunderschöne Braut. Keiner von uns wird dieses Weihnachtsfest so schnell vergessen.«

»Danke, Mom.«

In Tränen aufgelöst verabschiedete sie sich von ihrem Vater, Aidan, Jamie, Frannie, ihren Großeltern, den Booths und den ganzen Kindern. Als Letztes trat sie zu ihren Schwestern, die geduldig darauf warteten, dass sie an der Reihe waren.

»Danke für alles, was du getan hast, um das hier zu ermöglichen«, wandte Kate sich an Jill, während sie sie umarmte. »Ich bin für dich da, wenn du dran bist.«

»Ich weiß. Sei einfach glücklich. So kannst du dich bei mir bedanken.«

»Und du«, wandte Kate sich an Maggie. »Dich sehen wir schon bald wieder, nicht wahr?«

»Ich komme zurück, wenn ich meinen Job gekündigt habe und aus meiner Wohnung ausgezogen bin.«

»Wir freuen uns schon darauf. Du kannst hier wohnen, bis das Haus so weit ist.«

»Das war das schönste Weihnachten«, flüsterte Maggie. »Danke dafür.«

»War mir ein Vergnügen, Liebes.« Sie drückte ihre kleine Schwester lange an sich. »Komm bald zurück.«

»Mach ich.«

»Alles bereit, Darling?«, fragte Reid.

»Ich muss noch meine Tasche holen.«

»Jill hat sie schon ins Auto gebracht.«

»Natürlich hat sie das.« Kate schenkte ihrer stets effizienten Schwester ein Lächeln, die ihr einen pelzgefütterten Umhang um die Schultern legte. Dann drehte Kate sich zur Familie, die sich versammelt hatte, um sie zu verabschieden. »Danke, dass ihr alle hier wart. Ihr habt ja keine Ahnung, wie viel mir das bedeutet.«

»Warte«, unterbrach Maggie sie. »Lass uns zuerst.«

Die gesamte Familie ging Reid und Kate voraus auf die Veranda.

»Okay«, rief Maggie ihnen zu. »Wir sind so weit.«

Sobald Reid und Kate auf die Terrasse traten, regneten duftende Rosenblätter auf sie herab.

»Sagt bloß, ihr habt auch noch Dosen an mein Auto gehängt«, beschwerte sich Reid, der Kate eine Blüte vom Kopf wischte.

»Er wollte das«, erklärte Ashton und zeigte mit dem Daumen auf Buddy, »aber ich hab es verhindert.«

»Dafür bin ich dir dankbar, mein Junge«, meinte Reid, ehe er ihn umarmte. Schließlich griff er nach Kates Hand. »Wollen wir?«

Sie nickte und nahm seine, um die Stufen hinabzusteigen. Dann brachte er sie zu dem schnittigen silbernen Mercedes, den er sich vor ein paar Wochen gekauft hatte. Nach der eisigen Kälte war sie besonders dankbar für die beheizten Sitze.

»Verdammt noch mal, Buddy«, murmelte Reid.

»Was?«

Er sah in den Rückspiegel. »Schau mal.«

Sie drehte sich um und lachte, sobald sie die Worte »Frisch verheiratet« sah, die mit weißem Schaum auf die Rückscheibe geschrieben worden waren.

»Davon ist hoffentlich nichts auf dem Lack gelandet, sonst bring ich ihn um.«

»Das werde ich nicht zulassen. Aber lustig ist es schon, dass einer der größten Stars der Countrymusik mit Rasierschaum auf ein Auto schreibt.«

»Haha.«

»Komm schon, es ist witzig.«

»Wenn du meinst.«

Sie warf einen letzten Blick auf ihre Familie, die ihnen nachwinkte. »Ich fasse nicht, dass es vorbei ist. Sie fehlen mir jetzt schon.«

»Vergiss nicht, dass du mit einem Piloten verheiratet bist, Darling. Du kannst sie jederzeit besuchen.«

»Danke für die Erinnerung. Da fühle ich mich gleich besser.« Sie sah zu ihm rüber, während er die Straße entlangfuhr, die von ihrem Haus auf die Hauptstraße führte. »Darf ich dich etwas fragen?«

»Na klar.«

»Wie wollen wir es bis zum Hotel schaffen, ohne dass es jemand merkt?« Sie waren noch immer in ihrer Hochzeitskleidung, was im Hotel ganz sicher für Aufruhr sorgen würde.

»Hast du denn gar kein Vertrauen in deinen Ehemann?«

»Entschuldige. Ich wollte dich nicht beleidigen.«

Er nahm ihre Hand und führte sie an seine Lippen. »Ich werde dir vergeben, wenn du dich zurücklehnst, die Augen schließt und dich entspannst.«

»Gerne.« Ihre Augenlider fühlten sich an, als würden sie fünfzig Kilo wiegen. Als sie sie wieder öffnete, legte Reid sie auf ein Bett in einem Zimmer, das im Kerzenlicht schimmerte. »Wie sind wir denn hierhergekommen?«

»Mit Magie.«

»Mmm. Es war von Anfang an magisch.« Die Mischung aus dem Seidenkleid und dem weichen Gefühl des Pelzes im Umhang ließ ihre Haut prickeln. Sie streckte eine Hand nach ihm aus.

»Bin gleich zurück. Lass mich nur meinen Mantel ausziehen.« Er warf ihn schnell ab und streifte sich die Schuhe von den Füßen, bevor er sich im Bett zu ihr gesellte.

»Ich fasse nicht, dass wir wirklich verheiratet sind.«

Er griff nach ihrer Hand und küsste die Ringe an ihrem Finger. »Glaub es ruhig.«

»Ich warte noch darauf, dass ich aufwache und all das nur ein Traum war. Das ist es aber nicht, oder?«

»Es ist ein wahr gewordener Traum, Baby.« Sein Handy kündigte eine Nachricht an, aber er rührte sich nicht. Stattdessen strich er mit den Fingern über ihren Arm und löste eine Gänsehaut bei ihr aus.

»Willst du nicht nachschauen?«

»Hatte ich nicht vor.«

»Was, wenn es Ashton ist und er dich braucht?«

»Heute Nacht braucht er mich nicht.«

»Sieh doch bitte nach.«

»Wenn du dich dadurch besser fühlst.« Er rollte sich auf den Rücken und zog das Handy aus der Tasche.

»Vom wem ist es?«

»Mari.«

»Oh.« Sie bereute es, ihn dazu gedrängt zu haben, die Nachricht zu öffnen. »Was will sie?«

Seufzend las er vor: »›Lieber Reid, ich weiß, dass heute dein Geburtstag ist, und ich hoffe, dass du was Schönes unternimmst. Ich wollte dir sagen, wie sehr es mir leidtut, was alles geschehen ist, nachdem wir uns getrennt haben. Ich schäme mich für mein Verhalten und die Schwierigkeiten, die ich dir und Kate bereitet habe, und ich hoffe, dass ihr es übers Herz bringt, mir zu vergeben. Wo auch immer du bist und was auch immer du tust, ich hoffe, du bist glücklich. Mari‹.«

»Wow. Was hältst du davon?«

»Es ist nett von ihr, sich zu entschuldigen, aber heute Abend möchte ich nicht an sie denken. Ich möchte an nichts und niemand anderes denken als an dich.«

»Du solltest die Strafanzeige gegen sie fallen lassen.«

»Nach dem ganzen Ärger, den sie dir mit dem Video bereitet hat?«

»Vergiss es. Sie kann uns nicht mehr wehtun, und wir gewinnen nichts, wenn wir ihr schaden.«

»Sie hat das Babyfoto von meinem Sohn zerrissen.«

»Hast du nicht noch andere?«

»Ja, aber das war mein Lieblingsbild.«

»Denk nicht mehr dran.«

»Muss ich?«

Sie biss sich auf die Lippe, damit sie nicht loslachte, und nickte.

Widerwillig gab er einen Text ein und zeigte ihn ihr, sobald er fertig war. An Ashton hatte er geschrieben: *Schau mal, dass sie die Strafanzeige gegen Mari fallen lassen, ja? Sie hat sich entschuldigt, weshalb Kate findet, dass wir die Sache vergessen sollten. Danke.* »Glücklich?«

»Sehr glücklich, aber ich könnte noch glücklicher sein.«

»Ach wirklich?« Er legte das Telefon auf den Boden und drehte sich zu ihr. »Was kann ich für meine reizende Frau tun?«

Sie zupfte an seiner Krawatte, lockerte sie und widmete sich dann den Knöpfen seines Hemdes. »Du hast mich hingehalten.«

»Habe ich das?« Er strich mit einer Hand über eine seidenbedeckte Hüfte und zog sie an sich.

»Ja.«

»Lag nicht daran, dass ich dich nicht wollte.«

»Nicht?«

Seine Lippen waren wenige Millimeter über ihren. »Ich habe mich nach dir verzehrt, habe dich vermisst, dich gewollt. Wie in all den Jahren, die wir getrennt waren.«

»Jetzt bin ich hier, und ich gehöre ganz dir.«

Er half ihr rasch aus dem Hochzeitskleid, und ihm fielen fast die Augen aus dem Kopf – wie sie es sich erhofft hatte –, sobald er den Strumpfhalter und den Tanga entdeckte, die sie darunter trug. »Versuchst du, mich in unserer Hochzeitsnacht umzubringen?«

Lachend zog sie ihm das Hemd von den Schultern.

Mit der Hand unter ihr öffnete er den hauchzarten, halterlosen BH und schob ihn aus dem Weg, damit er sich ihren Brüsten widmen konnte.

Sie keuchte auf und drückte das Kreuz durch, um ihm näher zu sein. »Reid …«

»Was ist los, Schatz?«

»Mach nicht zu langsam. Diesmal nicht. Ich brauche dich.«

Er befreite sich von seiner Hose, schob den Tanga beiseite und drang in einem Zug in sie.

»*Ja*«, stöhnte sie.

Dann stützte er sich auf den Ellbogen ab und betrachtete sie. »Ist es das, was du wolltest?«

»Ja. Du bist, was ich wollte. Ich wollte dich schon so lange so dringend.«

Er zog sie fest an sich und küsste sie, ohne den Blickkontakt zu unterbrechen. »Ich wollte dich genauso dringend.«

Sie schlang ihm die Beine um die Mitte, was ihm ein Stöhnen entlockte.

Langsam und bedächtig bewegte er sich, bis sie es fast nicht mehr ertrug. Schließlich wurde er schneller, griff nach ihren Schultern und trieb sie höher, höher, als sie jemals gewesen war.

»Kate, Gott, ich liebe dich. Ich liebe dich.«

Die Worte, rau an ihrem Hals geäußert, machten kurzen Prozess mit dem Rest ihrer Beherrschung. Sie schrie auf, und Schockwellen ergriffen ihren gesamten Körper. Als sie von dem unglaublichen Ritt wieder runterkam, stellte sie fest, dass sie mit einer Faust in sein Haar gegriffen und die andere in seinen Hintern gekrallt hatte.

Schließlich ließ er sich selbst gehen. Anschließend ruhte er schwer atmend auf ihr. »Ich hatte gehofft, ein bisschen mehr Raffinesse an den Tag zu legen, wenn ich das erste Mal mit meiner Frau schlafe, aber bei dir fühle ich mich wieder wie ein notgeiler Teenager mit runtergelassener Hose.«

Sie lachte über das angewiderte Gesicht, das er schnitt. »Mir hat gefallen, wie du deine Frau zum ersten Mal geliebt hast.«

»Nächstes Mal wird's noch besser«, versprach er ihr mit einem Kuss. »Und danach auch wieder.«

»Ich kann es kaum erwarten, zu erleben, wie du das übertriffst.«

»Ich kann alles kaum erwarten.«

»Ich auch.« Sie strich ihm das Haar aus dem Gesicht und zog ihn zu weiteren Küssen, die sie so liebte, zu sich runter. »Danke, dass du mir das Leben gegeben hast, das ich mir schon immer gewünscht habe, ohne zu wissen, wie ich es ohne dich bekommen sollte.«

»Glaub mir, Darling«, versicherte er ihr mit seinem sexy Lächeln, während er die Hüften fester gegen ihre presste, »es war mir ein Vergnügen.«

Sie hielt ihn so fest, wie sie konnte, glücklich, ihren Weg zu ihm zurück gefunden zu haben, und zufrieden, dass sie den Rest ihres Lebens gemeinsam verbringen würden.

Danksagung

Danke an alle Leser, die mich darum gebeten hatten, Reids und Kates Geschichte zu beenden. Als ich 2005 »Wohin das Herz mich führt« geschrieben habe, wäre mir nie in den Sinn gekommen, dass die Leser sich wünschen könnten, die beiden zusammen zu sehen. Himmel, lag ich daneben. Wegen keiner Geschichte habe ich mehr E-Mails erhalten als wegen ihrer. Ich hoffe, Sie sind mit dem zweiten Akt zufrieden.

Nachdem ich in die Welt der Neuengland-Reihe zurückgekehrt bin, hat es sich angefühlt, als würde ich wieder Zeit mit lieben alten Freunden verbringen. Wie die meisten von Ihnen wissen, ist Jack Harrington mein erster fiktionaler Charakter, es war also besonders schön, ihn für »Und wenn es Liebe ist« zurückzuholen. Mir hat die Thematik des Vergebens und der Wiedergutmachung in diesem Buch gefallen, ebenso wie das Wachstum der Charaktere, das sie in den zehn Jahren zwischen »Wohin das Herz mich führt« und »Und wenn es Liebe ist« erfahren haben.

Mein ganz besonderer Dank gilt meiner Lektorin Linda Ingmanson, die so gut war, mir stets Zeit einzuräumen, wenn ich sie brauchte. Linda, du bist mir eine wundervolle Freundin geworden, seit wir zusammenarbeiten, und ohne deine Unterstützung würde ich das alles nicht schaffen. Linda hat mir die unvergleichliche Korrekturleserin Toni Lee vorgestellt, die jedes Buch als Letzte noch mal zu Gesicht bekommt. Toni, ich bin süchtig nach deinen Adleraugen, und mir würde im Traum nicht einfallen, ein Buch ohne deine Hilfe zu veröffentlichen. Danke auch an meine

Schreibkollegin Cheryl Brooks für die Informationen über alternde Pferde, die sie mit mir geteilt hat. Meinen Beta-Lesern Ronlyn Howe, Kara Conrad und Anne Woodall gilt mein besonderer Dank, die meine Bücher stets als Erste lesen und mir wertvolles Feedback geben.

Ich danke Chris Camara und Julie Cupp, meinen ehemaligen und gegenwärtigen Arbeitskolleginnen, deren treuer Beistand mir gestattet, mehr zu schreiben. Wie immer danke ich auch Dan, Emily und Jake, dass sie meine Schreibkarriere unterstützen, und Brandy und Louie, dass sie mir tagsüber im Arbeitszimmer Gesellschaft leisten.

Schließlich fehlen mir die Worte, um meinen wundervollen, loyalen, wunderbaren Lesern mitzuteilen, was Sie mir bedeuten. Ihre E-Mails, Ihre Teilnahme an Lesegruppen, Ihre Kommentare bei Facebook und Twitter und Ihre enthusiastische Wertschätzung meiner Bücher zaubern mir jeden Tag ein Lächeln aufs Gesicht. Danke, danke, danke.

xoxo

Marie

ÜBER DIE AUTORIN

Marie Force ist die New-York-Times-Bestseller-Autorin von über fünfzig zeitgenössischen Liebesromanen, unter anderem den beliebten Romanserien »Gansett Island« und »Green Mountain«. Unter dem Namen M. S. Force veröffentlicht sie außerdem die erotische Quantum-Serie. Sie hat unterdessen weltweit über fünf Millionen Bücher verkauft. Die Autorin lebt zusammen mit ihrem Mann, zwei fast erwachsenen Kindern und zwei Hunden in Rhode Island.

Weitere Bücher von Marie Force

Die McCarthys

Liebe auf Gansett Island (Die McCarthys 1)

Sehnsucht auf Gansett Island (Die McCarthys 2)

Hoffnung auf Gansett Island (Die McCarthys 3)

Glück auf Gansett Island (Die McCarthys 4)

Träume auf Gansett Island (Die McCarthys 5)

Küsse auf Gansett Island (Die McCarthys 6)

Herzklopfen auf Gansett Island (Die McCarthys 7)

Rückkehr nach Gansett Island (Die McCarthys 8)

Zärtlichkeit auf Gansett Island (Die McCarthys 9)

Die Green Mountain Serie

Alles, was du suchst (Lost in Love Die Green Mountain Serie 1)

Endlich zu dir (Lost in Love Die Green Mountain Serie/ Story 1)

Kein Tag ohne dich (Lost in Love Die Green Mountain Serie 2)

Ein Picknick zu zweit (Lost in Love Die Green Mountain Serie/ Story 2)

Mein Herz gehört dir (Lost in Love Die Green Mountain Serie 3)

Ein Ausflug ins Glück (Lost in Love Die Green Mountain Serie/ Story 3)

Schenk mir deine Träume (Lost in Love Die Green Mountain Serie 4)

Der Takt unserer Herzen (Lost in Love Die Green Mountain Serie/ Story 4)

Sehnsucht nach dir (Lost in Love Die Green Mountain Serie 5)

Ein Fest für alle (Lost in Love Die Green Mountain Serie/ Story 5)

Die Neuengland-Reihe

Vergiss die Liebe nicht (Neuengland-Reihe 1)

Wohin das Herz mich führt (Neuengland-Reihe 2)

Wenn das Glück uns findet (Neuengland-Reihe 3)

Fatal-Serie

Mörderische Sühne (Fatal-Serie 1)

Verhängnis der Begierde (Fatal-Serie 2)

Jenseits der Sünde (Fatal-Serie 3)

Versprechen bis in die Ewigkeit (Fatal-Serie 4)

Wenn die Rache erwacht (Fatal-Serie 5)

Bittersüßer Zorn (Fatal-Serie 6)

Bücher von M. S. Force
Die Quantum Serie

Tugendhaft (Quantum-Serie Band 1)

Furchtlos (Quantum-Serie Band 2)

Vereint (Quantum-Serie Band 3)

Printed in Germany
by Amazon Distribution
GmbH, Leipzig